BESTSELLER

Jane Green vive en Connecticut con su marido y sus cuatro hijos. Antes de dedicarse a la literatura trabajó como periodista. Es autora de las novelas *Hechizada*, *Líos, libros y más líos*, *Nadie es perfecto*, *Los patitos feos también besan*, *Hombres, bebés y todo lo demás*, *Mi vida con el hijo de Linda*, *Hablemos claro*, *Cambio mi vida por la tuya*, *Una segunda oportunidad*, *Alquilo habitación para cambiar tu vida*, *La vida sigue* y *Promesas por cumplir*. Todos sus libros se han convertido en best sellers internacionales.

Biblioteca

JANE GREEN

Promesas por cumplir

Traducción de
Flora Casas

DEBOLS!LLO

Título original: *Promises to keep*

Segunda edición: abril, 2013

© 2010, Jane Green
  Todos los derechos reservados
© 2013, Random House Mondadori, S. A.
  Travessera de Gràcia, 47-49. 08021 Barcelona
© 2013, Flora Casas Vaca, por la traducción

Printed in Spain – Impreso en España

ISBN: 978-84-9032-301-4 (vol. 567/10)
Depósito legal: B-1039-2013

Compuesto en gama, s. l.

Impreso en Novoprint, S. A.
Sant Andreu de la Barca (Barcelona)

P 323014

En memoria de Heidi Armitage (1965-2009)
y dedicado a todas las extraordinarias mujeres
de los grupos de debate de
www.breastcancer.org

1

Steffi se aparta el pelo de los ojos con un codo, coge una sartén, echa una generosa cantidad de aceite de oliva y remueve la cebolla picada finamente. Sin hacer caso del sudor que le cae sobre los ojos, se da la vuelta y corre hacia la encimera, donde Jorge está cortando cebolletas.

—Más de la parte de verde —dice, mirando por encima del hombro de Jorge, y después se inclina para mostrárselo—. Tienes que llegar hasta aquí arriba.

Vuelve a toda prisa hasta la sartén, la sacude enérgicamente, baja el fuego para que la cebolla se ablande y se dirige rápidamente hacia otra tabla, donde se pone a cortar en finas láminas un gigantesco champiñón portobello.

Ya se puede estar hundiendo el mundo que nadie lo diría al mirar por la cristalera de Joni, el diminuto restaurante vegetariano de la calle Doce, en pleno centro, en el que últimamente resulta casi imposible entrar.

La gente va allí por el ambiente acogedor, el personal amable y sobre todo por la comida, que se ganó una crítica alucinante en la revista *New York* la semana anterior gracias a su chef, la despistada pero genial Steffi Tollemache.

Steffi no da crédito a lo concurrido que está el restaurante desde hace un año. Es la primera vez que ocupa realmente el puesto de chef, y a los pocos días de empezar comprendió que al fin había encontrado su verdadera vocación.

No era solamente la excitación de tener carta blanca para

reinventar el menú lo que lo hacía tan perfecto, sino la gente. Por primera vez en su vida Steffi se sentía parte de la comunidad, pues la mayoría de los clientes vivían en el barrio y casi todos iban con regularidad.

Ya ha pasado el ajetreo de la hora de la comida cuando Steffi ve por la ventanilla de servicio a Mason, sentado a una mesa junto a la ventana, embebido como siempre en la lectura de un manuscrito y dando sorbitos a una taza de café.

Steffi tiene que darle las gracias; la semana pasada le llegó un paquete con ejemplares de promoción de dos nuevos libros de cocina de los que le había hablado Mason, quien sabía que la interesarían.

Tras secarse las manos con un paño y retirarse de la cara unos mechones húmedos, abre la puerta de la cocina con el pie y se dirige sonriente a la mesa.

El restaurante está casi vacío. Solo quedan cuatro personas en una mesa tomándose su té de menta y su bizcocho de naranja de Oriente Medio.

—¿Es usted la chef? —pregunta uno de los cuatro comensales.

Steffi se detiene y asiente con la cabeza.

—Este bizcocho. Impresionante.

—Es increíble —corean los demás—. El mejor bizcocho que hemos probado en la vida.

Una de las chicas se inclina, entusiasmada.

—A mí me encanta cocinar y se lo agradecería mucho si pudiera darme la receta.

—Gracias por los cumplidos —dice Steffi con una amplia sonrisa, y su mirada se cruza con la de Mason, que está escuchando y levanta la cabeza—. Y claro que le doy la receta. Solo le cobraré doscientos cincuenta dólares.

—¿Cómo?

Todos se quedan boquiabiertos.

—¡Lo digo en broma! —dice Steffi riendo—. ¿No conocen la historia de las galletas con trocitos de chocolate de Neiman Marcus? Estoy segura de que es apócrifa, pero no he podido resistir la tentación.

—¡Oh, vaya! —exclama uno de los del grupo—. Yo he hecho esas galletas, y me encantan.

—Sí, a mí también —dice Steffi—. Escribiré la receta del bizcocho. Si quiere, deme su correo electrónico. Seguramente será lo más fácil.

—Sería estupendo —dice la chica—. ¡Gracias!

—Creo que me he quedado corto pidiendo —dice Mason—. Está clarísimo que necesito un trozo de ese bizcocho de naranja.

—¡Todo el mundo necesita un trozo de bizcocho de naranja! —Steffi sonríe y se da la vuelta para llamar a Skye, la camarera que sigue rondando por la barra—. Skye, ¿puedes traerle a Mason bizcocho de naranja?

—¿Tienes un rato para sentarte?

Mason señala una silla, y Steffi se desploma en ella agradecida, aliviada de poder descansar al fin.

Skye va a la mesa con el bizcocho para Mason, dos cucharas y una taza de té Lemon Zinger para Steffi (su favorito), quien le sonríe agradecida y le aprieta la mano una vez les ha servido. Cuando Mason intenta darle una segunda cucharada, mueve la cabeza.

—Vamos, un trozo más. No puedo comerme todo esto yo solo.

—Pues tómate la mitad y llévate el resto a casa, para Olivia.

Mason suelta una carcajada.

—¡Olivia no se lo va a comer! Es alérgica a los hidratos de carbono, al trigo y al azúcar. Ah, y a los lácteos.

—¿Sí? ¿Es una alergia grave?

—Claro que no, pero eso es lo que ella dice, porque es más fácil que explicar cómo sigue tan espléndida después de haber tenido dos niños. Francamente, ella se lo pierde.

Claro que ella se lo pierde, piensa Steffi, que jamás se habría atrevido a decirlo en voz alta.

Mason y Olivia viven con sus hijos perfectos, Sienna y Gray, en un piso ideal de los Sesenta Este de Park Avenue. Y no en un edificio cualquiera de los Sesenta Este de Park Avenue, sino en un edificio considerado uno de los tres más destacados de Manhattan.

Steffi sabe que el piso es ideal porque hace unas semanas, mientras esperaba en la consulta del médico debido a un resfriado especialmente fuerte que la había dejado con una infección nasal tremenda (marearse y perder el equilibrio no es lo mejor cuando trabajas en una cocina con mucho ajetreo), se puso a ojear un *Elle Décor*.

En la página sesenta y cinco aparecía una gigantesca y deslumbrante foto de Mason y Olivia, con Sienna y Gray, los dos monísimos y encantadores, en su imponente casa. Los describían como una glamourosa superpareja; él, editor muy respetado, con sello propio desde hacía cinco años y ahora, gracias a tres enormes éxitos, considerado un personaje importante en el mundo editorial.

Su esposa, Olivia, es una Bedale. Sí, de esos Bedale, la familia del sur que se ha enriquecido con el petróleo. Steffi le preguntó a un amigo que trabajaba en una editorial, y al parecer el dinero, el patrimonio que había financiado su extraordinaria vivienda proviene de la familia de ella. Aunque él es un personaje importante, no ganaría lo suficiente para mantener esa casa ni para adquirir las obras de arte que alberga.

No son la clase de personas a las que normalmente trata Steffi, pero Mason trabaja al lado y va al restaurante a comer un par de veces a la semana.

Olivia había comido allí con él un día, y Steffi se quedó pasmada. Aunque Olivia fue encantadora con ella, no se imaginaba que Mason estuviera casado con una mujer tan... perfecta.

Mason siempre muestra un aspecto algo desastrado. Nunca va bien peinado, con frecuencia lleva barba de al menos un día y sus trajes no acaban de quedarle bien; le cuelgan del cuerpo larguirucho. A veces a Steffi le dan ganas de cebarlo, y aunque mucho antes de leer el artículo ya sabía que estaba casado, no se esperaba que fuera con alguien como Olivia.

Esta da la impresión de ser terriblemente exigente. El día que entró, sola, a esperar a Mason, Steffi estaba por casualidad ante la ventanilla y sintió la tentación de salir y decirle a aquella señora que se había equivocado de sitio e indicarle otro, como el Café Boulud o el Four Seasons.

¿Qué hacía en Joni? Toda ella era una pequeña sinfonía de rubio y cachemira blanca, adornada de diamantes que proyectaban cristalitos de luz sobre el techo; parecía una auténtica bola de discoteca cuando se dio la vuelta para ver si Mason estaba allí.

—Perdone... —Tenía una voz suave y cantarina, con acento claramente sureño, y le puso una mano a la camarera en el brazo con una sonrisa radiante—. Siento muchísimo interrumpirla con lo ajetreada que está, pero creo que tengo una mesa reservada.

—No hacemos reservas, pero puede usted esperar a que haya una mesa libre —dijo Skye.

A Olivia le cambió la cara.

—Ah. Bueno, estoy segura de que mi marido... —Su voz se apagó al tiempo que se abría la puerta y entraba Mason—. ¡Ahí está! —exclamó contrariada.

Skye enarcó una ceja, mirando a Steffi, quien todavía estaba asomada a la ventanilla. Esta le guiñó un ojo a Mason para darle a entender que le encontraría mesa lo antes posible.

Aunque no hicieran reservas, intentaban cuidar de sus clientes más asiduos y estimados, y, desde luego, Mason era uno de ellos, a pesar de que su mujer fuera... bueno, una sorpresa. Como a todos los clientes habituales, especialmente los que como Mason aparecen después de la hora punta de la comida, ha llegado a conocerlos, incluso a considerar amigos a algunos de ellos.

—Quería darte las gracias. —Steffi toma un sorbo de té—. Me parece increíble que te hayas acordado de enviarme los libros de cocina.

—Naturalmente. ¿Qué te han parecido? Por cierto, esto es sublime —dice Mason, señalando el bizcocho.

—Gracias. He echado un vistazo a los libros. Y tenías razón sobre el de cocina lenta. Lleva mucha carne y tuve que mirarlo con más detenimiento, pero me encantan las recetas, y entiendo que hayas quitado la carne para adaptarlas.

—Precisamente por eso te lo envié. Sabía que te gustarían las verduras.

—Francamente, el chili es increíble. Lo hice el otro día.

Steffi da un suspiro, apenas perceptible.

—¿Ah, sí? Pero ¿no lleva pavo?

Steffi se echa a reír.

—Sí, pero lo hice para el cumpleaños de mi hermana. Vamos a darle una fiesta sorpresa el viernes, y preparé dos lotes, uno con pavo para la fiesta, y otro que cambié un poco para plato vegano. Además, le añadí pimienta de Jamaica y canela, y quedó estupendo, con un toque dulce. Pero esta noche tengo que volver a hacerlo —concluye con un profundo suspiro.

—¿Tan bueno estaba?

—No, es que Rob invitó a un montón de gente anoche mientras yo estaba trabajando, y después de no sé cuántas toneladas de maría, atacaron el chili. En otro momento me habría parecido muy bien, pero lo había preparado para la fiesta de cumpleaños de este fin de semana, y Rob lo sabía —dice Steffi, disgustada—. A veces tengo la impresión de estar viviendo con un niño.

Mason se ríe con ganas.

—Yo creo que todas las estrellas del rock son un poco así.

—Yo creía que eran todos los hombres.

—Sí, eso también.

—Jesús. —Steffi mueve la cabeza—. Y yo también soy una niña, según mi padre. ¿Cómo es posible que haya acabado con alguien todavía más irresponsable que yo?

—¿Debo suponer que no es el amor de tu vida?

—No puedo ni hablar de ello —dice Steffi con tristeza, porque reconoce esa sensación y sabe que ya es solo cuestión de tiempo. Hablar sobre el asunto, incluso con alguien tan comprensivo como Mason, solo contribuiría a hacerlo más real; expresar en voz alta sentimientos tan íntimos significaría tener que hacer un cambio, y ¿cómo saldrá de una situación como esa si no sabe adónde ir?

—Bueno, entonces háblame de lo de la canela con el chili —dice Mason—. Me encanta la idea. Es muy marroquí eso de mezclar lo dulce con lo amargo, y muy curioso para el chili. O sea, que salió bien, ¿no?

—Eso parece. Al menos según los fumetas que se quedaron en casa toda la noche. Deberías probarlo —dice Steffi, sonriente—. O a lo mejor lo añado a la carta.

—Entonces tendrías que pagarme derechos.

—Por favor, dime que es una broma.

Mason levanta las manos.

—Vale, es una broma. Pero ¿cuándo me vas a escribir un libro de cocina?

—Cuando se me ocurra un enfoque que venda.

—Hace siglos que te pedí que empezaras a pensarlo.

—¿Estás seguro de que hace falta un enfoque?

—Sí, pero cuando lo tengas, ve a verme y hablamos.

Steffi vuelve a suspirar.

—Debo de ser la única chef del país a quien le ofrecen un contrato para publicar y está demasiado ocupada para aceptar.

Mason se echa a reír.

—Yo no te he ofrecido un contrato... todavía. Solo te he dicho que vayas a verme cuando tengas algo bueno que contar.

—¿No es suficiente una rockerilla vegana con un restaurante vegetariano?

—No, por desgracia —dice Mason—. Oye, hace tiempo que quería preguntarte algo.

—Pregunta, pero rápido.

Steffi mira su reloj y se da cuenta de que Skye está inquieta, deseando marcharse.

—Es que nos trasladamos a Londres...

—¿Qué?

—Acabamos de comprar una editorial en el Reino Unido y vamos a fusionar los dos sellos, así que tengo que pasar una temporada allí para poner en marcha la empresa.

—No puedo creer que hayamos estado hablando tan tranquilos del chili cuando tienes ese noticrón. ¡Es estupendo! Porque es estupendo, ¿no?

—Sí, y estamos todos entusiasmados. Olivia está ahora allí, preparando la casa con el decorador. Pero el problema es que no podemos llevarnos a Fingal.

—¿Fingal?

¿Quién será Fingal?, se pregunta Steffi. ¿El mayordomo? ¿El chófer?

—Nuestro perro Fingal.

—¡Ah! —Steffi se ríe—. Pensaba que era el mayordomo.

—¡No digas bobadas! —Mason mueve la cabeza y le guiña un ojo—. El mayordomo se viene con nosotros.

—Dime que ahora sí estás de broma.

Mason se encoge de hombros.

—Ya, ya lo sé. Es absurdo que tengamos mayordomo.

—¡Es de locos! ¿Y qué haces tú aquí? Eres demasiado pijo para un restaurante como este.

—¡No es por mí! —De repente adopta un tono infantil, quejumbroso—. Es por Olivia. Se crió así, supongo.

—Vaya. Entonces, permíteme que te pregunte una cosa. —Los ojos de Steffi desprenden un leve destello cuando se inclina hacia Mason—. Si tenéis mayordomo, ¿cómo es posible que lleves los trajes tan mal planchados? Creo que deberíais despedirlo.

Mason esconde la cabeza entre las manos.

—No puedo evitarlo. Cuando me los pongo están perfectos, pero pasada una hora parece que hubiera dormido con la ropa puesta. A Olivia le pone de los nervios. Cuando estoy en casa me obliga a cambiarme cada dos horas.

—¿En serio?

Steffi no da crédito.

—Ya, ya lo sé. Pero bueno... Fingal. No puede ir con nosotros. En el piso de Londres no admiten perros, así que tenemos que encontrarle un sitio donde vivir. ¿No conocerás a alguien, por casualidad?

A Steffi se le ponen los ojos vidriosos unos momentos al darse cuenta de la peligrosa conversación que está manteniendo. Le encantan los perros. Siempre ha querido tener uno. En algunos círculos se la conoce como la salvadora de perros, y no se sabe de ninguna ocasión en que haya salido de un centro de acogida de animales sin un perro a rastras.

El problema, del que es perfectamente consciente, es que lleva una vida demasiado ajetreada para tener un perro, y que cuando termina de trabajar, la movida de subir la escalera hasta su casa, recoger el perro, volver a bajar para llevarlo de paseo y todo lo demás es excesiva. Todos los perros han acabado con otro dueño, por lo general amigos de su madre.

Como ejemplos, McScruff, el terrier de West Highland, que ahora vive con Florence, la peluquera de su madre, en Maine. Y Poggle, el maltés, abandonado tras un divorcio, y a Steffi no le habían dicho que no estaba enseñado a hacer sus cosas fuera. Ahora vive con Arthur, el abogado de su madre. Y el año anterior Maxwell, el perro cobrador de pelo dorado del que Steffi se enamoró en el centro de acogida. Cuando se lo llevó a casa descubrió que la única razón por la que un precioso cobrador de raza estaba en el centro de acogida era porque, para empezar, estaba loco. Era el perro más hiperactivo que había visto en su vida, más bien chiflado, y al cabo de una semana todos sus zapatos quedaron reducidos a jirones; claro que no se trataba precisamente de modelos de Jimmy Choo.

Despachó a Maxwell a la granja de dieciséis hectáreas de unos primos de Milbrook, donde al parecer el perro ha llegado a la conclusión de que ovejas y burros son sus compañeros de juegos ideales. Comprensiblemente, a los animalitos no los impresiona demasiado, pero como su nueva familia lo quiere mucho, Steffi se considera una especie de buena samaritana.

Pero ¡es que un perro...! Siempre ha querido uno. Uno pequeño y suavecito que la adorase. O grande y fiero, como un doberman, que se comportaría como un gatito y sería su mejor amigo. Un compañero. El mejor amigo del hombre... ¿no es eso lo que dicen?

¿Y no sería quizá la solución perfecta? No algo permanente, pero sí un agradable paréntesis.

—¿Por cuánto tiempo? —pregunta Steffi, casi sin querer.

—Un año.

—Caray. Es mucho tiempo.

Debe tener en cuenta a Rob. Este detesta los perros. No te fíes de un hombre al que no le gustan los niños o los animales. Pero, dado que ellos no tienen ninguna de las dos cosas, ¿qué importa? A ella le encantan los perros y quiere uno, ese precisamente, a pesar de que no sepa cómo es.

—¿Qué clase de perro es Fingal?

Está pensando en uno pequeño, del tipo terrier. Ojos marrones y grandes. Fiel. Cariñoso.

—Un galgo escocés. Pero es de lo más tranquilo. ¿Quieres ver una foto?

—Sí, claro.

¿Un galgo escocés? ¿Qué demonios es eso? Steffi jamás ha oído semejante nombre.

Mason pasa las fotografías de su iPhone y se lo da a Steffi.

—¡Dios bendito! —exclama Steffi—. Eso no es un perro. Es un caballo.

—Es bastante grande, pero aquí parece que es enorme porque está junto a los niños.

—No está junto a los niños; los niños están montados encima de él.

—Era una broma. No se le suben encima.

—Yo no podría ocuparme de un perro de ese tamaño. Podría servirle de desayuno.

—Es muy vago, la verdad. Claro que podrías servirle de desayuno, si tuviera ganas, pero, puedes creerme, nunca tiene ganas. Suele pasarse el día tumbado en un sofá.

—Pues es conveniente enseñar a los perros a no acercarse a los muebles. —Steffi mira fijamente a Mason—. ¿Cómo lleva Olivia que el perro se pase el día tumbado en el sofá?

—No la tiene muy contenta. Solo se lo consiente en dos sofás, y les ha puesto unas fundas especiales para que el pelo no toque la tapicería de Fortuny, Dios nos libre.

—Desde luego, Dios nos libre. Pero Mason... o sea, he estado a punto de decirte que me llevo el perro, pero es que no nos cabe en el piso. Y por la pinta que tiene, habría que sacarlo de paseo cinco veces al día y debería andar diez kilómetros cada vez.

—No, qué va. —Mason niega con la cabeza, entusiasmado—. Lo que necesita es correr. En realidad es como un galgo normal, así que lo que necesita es un par de tandas de ejercicio muy intenso. Y en tu casa ni siquiera notarías su presencia. Es increíblemente silencioso y tranquilo.

—¿De verdad?

Steffi mira la fotografía con recelo.

—De verdad. Y te va a encantar. Es el perro más guay del mundo.

—Supongo que será una especie de imán para los hombres —reflexiona Steffi en voz alta, devolviéndole el teléfono a Mason.

—¿Y a ti qué más te da? Tienes novio.

—Dejaré de tenerlo si vuelvo a casa con Fingal. Rob no soporta los perros.

—Ah. Bueno, no te fíes de...

—Ya, ya lo sé. —Steffi suspira—. Vamos a hacer un trato. Voy a conocerlo, lo cual no significa que me lo quede, simplemente que quiero conocerlo.

—¡Sería estupendo! —exclama Mason—. Te encantará y, francamente, yo preferiría mil veces que estuviera con alguien conocido. ¡Podrías darle chili con canela! ¡Se sentiría en el paraíso canino!

—¿Qué vais a hacer si no encontráis a nadie?

La expresión de Mason cambia por completo.

—Olivia cree que deberíamos darlo en adopción. Para siempre.

—¿Y tú?

Mason niega con la cabeza.

—No me gustaría. Le tengo cariño a Fingal. Es mi perro.

—Oye, como probablemente me quede sin novio y sin casa si decido hacerme cargo de Fingal, ¿no tendrás un piso de sobra donde también pueda vivir yo?

Steffi lo dice en broma. Medio en broma.

Mason la mira con curiosidad.

—No tengo un piso... Ya hemos firmado un contrato de alquiler por un año con una pareja de belgas que van a trasladarse a Nueva York, pero... ¿lo dices en serio?

—Depende. ¿En qué estás pensando?

Mason suspira, desvía la mirada y vuelve a mirar a Steffi.

—¿Sabes qué? Nada. Es una tontería. Tú vives y trabajas en Nueva York, o sea que olvídalo.

—¿Qué? Vamos, cuenta. Ahora me pica la curiosidad.

—Tengo una casa, no un piso. Es una casa antigua en el campo, preciosa, en Sleepy Hollow.

—¡Qué guaaay! —La palabra se prolonga mientras en la cabeza de Steffi revolotean imágenes de fuegos crepitantes en la chimenea y largos paseos entre árboles frondosos.

—La tengo desde hace años —continúa Mason—. Es muy antigua, pero preciosa, y con ocho hectáreas de terreno. Olivia la detesta, así que la alquilo, pero los últimos inquilinos se largaron antes de tiempo y ahora está vacía. Esperaba volver a alquilarla después de Navidad, pero...

—¿Crees que me gustaría?

—No tengo ni idea. Casi no te conozco. —Mason sonríe—. Pero a mí me encanta.

—Sleepy Hollow está al lado de la casa de mi hermana, Callie. Vive en Bedford —vuelve a reflexionar Steffi en voz alta—. Sería fantástico estar cerca de ella. Otra pregunta... —Steffi mira a su alrededor y baja la voz—. ¿Por casualidad sabes si por la zona hay restaurantes vegetarianos que busquen una chef vegana?

Bizcocho de naranja, almendra y mermelada casi sin harina

Ingredientes

1 naranja
3 huevos
1 taza de azúcar glas
¼ de taza de harina tamizada
1 cucharadita de levadura
1 taza de almendras picadas
azúcar glas para espolvorear
Opcional: un cartón pequeño de nata montada, la cáscara de una naranja.

Elaboración

Precalentar el horno a 180 °C. Engrasar un molde de 20 cm en forma de corona y recubrirlo de papel encerado.

Poner la naranja en una cacerola, cubrir de agua y cocer a fuego lento durante 1 hora (o calentar en el microondas durante unos 25 minutos) hasta que se ablande. Cortarla por la mitad, quitar las pepitas y triturar en la batidora.

Batir los huevos y el azúcar hasta formar una crema densa. Incorporar la harina, la levadura, las almendras y la naranja triturada. Verter en el molde y hornear 1 hora.

Ablandar la mermelada en una cacerola pequeña, pasar por un colador fino, apretando para sacar todo el zumo. Cubrir el bizcocho con el zumo sin restos de naranja.

Una vez frío, espolvorear con el azúcar glas. Mezclar la nata montada con la cáscara de naranja y servirlas junto al bizcocho.

2

El teléfono sobresalta a Steffi. Lo coge a ciegas y sale dando traspiés para no despertar a Rob.

—Joder.

Tropieza con sus chanclas a la puerta del dormitorio y las aparta de una patada; se desploma en el sofá y se frota un tobillo.

—¿Sí?

—¿Steff? ¿Te he despertado?

—Ah, hola, Callie. Sí, me has despertado. ¿Por qué tienes que llamarme tan temprano?

—¿Temprano? Si son las diez y media.

—¿Las diez y media? —grita Steffi—. Joder.

—¿Qué pasa?

—Dios, Dios. Otra vez me he quedado dormida. Tenía intención de ir esta mañana al mercadillo de fruta y verdura a por lechugas y guisantes para el menú de esta noche.

—¿Y no puedes ir al súper?

—Eso es lo que hago siempre, y acabo pagándolo de mi bolsillo. Maldita sea. No me puedo creer que me haya quedado dormida otra vez. Y encima, tendría que estar trabajando dentro de media hora. No voy a llegar a tiempo.

—¿Quieres que te llame más tarde?

Steffi suspira.

—No. De todos modos voy a llegar tarde, y por hablar contigo unos minutos no pasa nada. ¿Cómo estás, hermanita? ¿Qué tal?

—Steff, me tienes preocupada. No puedes permitirte perder otro trabajo. Tienes que ser algo más responsable.

—Lo sé, lo sé. Pero me adoran. He cambiado por completo la carta, y nos llega una cantidad de gente increíble. A lo mejor les pongo de los nervios con mi impuntualidad, pero no van a despedirme.

—Eso decías la última vez.

—Sí, vale, pero allí empezaba a aburrirme. Ya era hora de irme a otro sitio.

—¿Y cómo te sientes en Joni?

Steffi titubea.

—Me aburro.

Y estalla en carcajadas.

—Eres un desastre —dice Callie, también riendo—. ¿Cuál es el tiempo máximo que has aguantado en un trabajo? ¿Seis meses? ¿Siete?

—Nooo. No seas injusta. —A pesar de estar hablando por teléfono Steffi hace un mohín, como siempre que su hermana mayor le toma el pelo—. Casi un año en el Mercado de Cereales.

—¿Un año? ¿Seguro?

—Vale, nueve meses y medio, pero en el currículo siempre se redondea. Y lo de estar aburrida lo decía en broma. No me aburre; me encanta. Pero si se me presentara un nuevo reto, estaría dispuesta a afrontarlo.

—Pues ya puedes empezar a rezar para que se te presente un nuevo reto —replica Callie con seriedad—. ¿Y Rob? ¿Cómo van las cosas con él?

Steffi baja la voz y contesta en un susurro:

—¿Te sorprenderías si te dijera que no van especialmente bien?

—No. —Callie chasquea la lengua—. Me lo esperaba. Ay, Steff, ¿cuándo vas a sentar la cabeza?

—¡Callie! —le reprende Steffi—. Eres igual que papá. Tú siempre me has apoyado. ¡No empieces ahora a darme la brasa! Además, no es culpa mía. Estoy empezando a hartarme del estilo de vida de rockera, y, francamente, si sentara la cabeza, no sería con alguien como Rob. Además, solo tengo treinta y un años y todavía tengo tiempo de sobra. Que tú ya te hubieras casado a mi edad no significa que yo tenga que seguir el mismo camino.

—Tienes razón. Yo solo... bueno, supongo que solo quiero verte feliz.

—Soy feliz —replica Steffi—. Pero no es la misma felicidad que la tuya, con un marido ideal, dos niños ideales y una casa ideal.

—Si te sirve de consuelo, el marido nunca está en casa y los niños no son tan ideales como parecen. La niña, por ejemplo, está a punto de cumplir nueve años y se comporta de una manera que me pone los pelos de punta, y la fosa séptica de los vecinos ha estallado y nos ha puesto perdido el jardín.

Steffi suelta una carcajada.

—No debería decirlo, desde luego, pero sí, me sirve de consuelo. O sea, que supongo que las cosas no han cambiado con Reece, ¿no?

—¿Te refieres a si sigue volviendo a casa no antes de las nueve y viajando continuamente? No. En eso no ha cambiado nada.

—Pero a ti te encanta, ¿verdad? Tu independencia.

—Sí, sí. Supongo que me parezco a mamá más de lo que yo creía.

Callie guarda silencio al pensar en sus noches solitarias, cuando Reece todavía no ha vuelto del trabajo y los niños ya están acostados. Le encantan esos momentos. La casa se queda completamente tranquila, y ella puede entrar y salir de su estudio, editar fotos con Photoshop si le apetece, prepararse un té, ver la televisión acurrucada en el sofá. Ha llegado a ser su momento preferido del día, las horas en las que no suena el teléfono, a no ser Reece para decir a qué hora llegará a casa, en las que nadie le exige nada.

—¿Y los niños? ¿Son como tú, o como Reece?

Steffi sonríe al pensar en sus sobrinos a los que adora.

—Eliza es igual de cabezota y terca que yo, y tiene un genio de mil demonios. Por Dios, Steff, yo no recuerdo haber sido tan grosera con mamá cuando era pequeña. A veces me deja sin habla.

—¿Que mi sobrina ideal es una grosera? ¿En serio?

—Durante los dos últimos días no, afortunadamente. Esta semana le caigo bien porque acabo de ofrecer gratis una sesión para una fotografía de familia a la subasta del colegio, y parece que oyó a una de las niñas de diez años decir que su madre estaba desesperada por que yo le hiciera las fotos. O sea, que esta semana soy guay otra vez. Sin embargo, Jack es un cielo. Sigue adorándome sin reservas. Ay, Dios, cómo quiero a ese crío... —Callie suspira.

—¡Eso es favoritismo! —señala Steffi—. Y por cierto, a pesar de lo que Eliza pueda pensar esta semana, no eres nada guay. Eres la típica esposa de Stepford.

—Steff, si no fueras mi hermana, te mataría.

—Pero si es verdad. ¿Cuántas veces tengo que decirte que se puede tener un fondo de armario con algo más que pantalones cortos Gap y deportivas FitFlop?

Callie se ríe.

—¿Cómo sabes que llevo FitFlop?

—No lo sé, pero hace un par de semanas cogí el tren para ir a ver a Lila, y no había mujer que pasara por Main Street que no llevara esos puñeteros trastos. Evidentemente es una moda generalizada de las urbanizaciones de Stepford.

—Bedford no es una urbanización. Es el campo.

—Eso es lo que tú dices para consolarte. Oye, por cierto, este tío que va al restaurante a lo mejor me deja su casa de Sleepy Hollow. ¿No sería la bomba?

Callie se anima.

—¿En Sleepy Hollow? ¡Pero si está aquí al lado! Sería fantástico. ¿Y qué sería para pasar los fines de semana?

—Algo así. Todavía no es seguro. Ni siquiera la he visto, pero te mantendré informada.

—Y por cierto, ¿cómo está Lila? ¿Cómo es que fuiste allí? Tiene gracia. Es mi mejor amiga y tú la ves más que yo.

—No, para nada, pero el hijo de ese novio suyo, Ed, iba a pasar unos días con él, y como el chico es fan de Rob, fuimos a buscarlo.

—¡Qué bien! Pero no me lo había contado.

—Es que hay amigas y amigas... —dice Steffi con sorna.

—No, si la culpa es mía —dice Callie con tristeza—. He estado tan liada que apenas he tenido ocasión de hablar con ella, y Lila es una negada para el correo electrónico. Así que, ¿has conocido a Ed? ¿Qué te parece?

—Parece buen tío.

—Sí, a mí también me lo parece. Es más, con tantas veces como Lila dice que ha conocido al definitivo, esta es la primera que no ha comentado nada. Parece más auténtico que los demás. Muy discreto y equilibrado. Creo que a lo mejor ha encontrado al fin al hombre que buscaba.

—Parece contenta. Dan la impresión de estar a gusto juntos, y Lila está tranquila con él.

—Exacto —dice Callie con entusiasmo—. Él la tranquiliza, justo lo que ella necesita. Lila se ataca tanto con sus novios que sabes que no le pueden durar.

—Y además, con ese acento inglés tan increíble que tiene...

—¡Sí! —Callie suelta una risita nerviosa—. Si cierras los ojos, te puedes imaginar a Hugh Grant.

—Bueno, hermanita querida, aunque me gustaría pasarme todo el día hablando contigo, igual me matan si me retraso más de veinte minutos, así que, ¿has llamado solo para charlar o hay otra razón?

—Las dos cosas. Para charlar y porque estoy un poco preocupada por papá.

—¿Y eso? ¿Por qué? ¿Está malo?

—¡No, por Dios! No es nada de eso. Es que le ha dado por llamarme todos los días, algo que, como sabes muy bien, no suele hacer, y lo que me preocupa es que se sienta realmente solo.

—Eso es porque es un cabrón con mal genio y en cuanto esas señoras amigas suyas se dan cuenta, se largan.

—No creo que ahora tenga amigas. Y creo que precisamente ese es el problema. Nunca se le han dado muy bien las amistades, ¿no? Y ahora tiene sesenta y nueve años y está solo, y me preocupa.

—¿Y qué podemos hacer? ¿Ir a verlo?

—Podríamos empezar por ahí. O a lo mejor podías invitarlo

a tu casa, tú que vives en Nueva York. Le encantan el teatro y la ópera, y seguramente no pasaría mucho tiempo en casa.

—Callie, tú no has estado en este piso, ¿verdad? A papá le parecería horrible, y no entendería los horarios de Rob. Le pondría de los nervios, porque Rob se pasa la noche en vela y el día durmiendo. A lo mejor lo sacaba de la cama a las seis de la mañana y lo obligaba a ir a correr o algo así. ¿Por qué no lo invitas a tu casa?

—¿En Bedford? ¿Y qué va a hacer aquí? Se lo pasará mucho mejor en la ciudad.

—Pues proponle que venga pero que vaya a un hotel. Yo lo sacaré por ahí. Es que en este piso no creo que pueda estar. Pero bueno, eso no resuelve el verdadero problema. Si se siente solo, ¿qué podemos hacer nosotras?

—Yo le propuse las agencias de contactos por internet, pero se mosqueó; supongo que son las secuelas de su relación con Hiromi. Después me dijo que no tenía el menor interés en salir con nadie. Incluso le dije en broma que no tenía que salir con ellas, sino acostarse con ellas.

—Un poco bestia. ¿Por qué sacas eso a relucir?

—Perdona. Lo decía en broma.

Callie se ríe.

—¿Sabes lo que me gustaría? —dice Steffi—. Pues que mamá y él pudieran llegar a ser amigos.

—No, de eso nada —contraataca Callie—. Lo que a ti te gustaría es que volvieran a estar juntos.

—No, la verdad es que no. O sea, que por una parte siempre lo he querido, cuando éramos pequeñas, pero ahora pienso que los dos están solos, que ninguno de los dos es precisamente un chaval y que sería estupendo que llegaran a ser, no sé, amigos. ¿No te parece?

—Sí, pero te olvidas de que papá es un cascarrabias y un cabrón de derechas estirado que siempre tiene que llevar la razón y mamá una persona nada convencional, de izquierdas, relajada y despistada que va por la vida flotando como un hada.

—Vive en el planeta Mamá. —Steffi suspira..

—Sí. Todavía —asiente Callie—. Después de tantos años sigue viviendo en el planeta Mamá. O en el planeta Honor, como lo llama papá. Siguen gustándole la medicina china y los complementos naturales. A papá le pondría de los nervios. Nunca podría cuajar.

—¿Papá sigue odiándola como siempre?

—Pongámoslo así: cuando habla de ella, todavía dice «vuestra madre» en tono burlón.

—Por Dios, si cualquiera pensaría que después de dos matrimonios y una larga relación debería haberlo superado.

Steffi mueve la cabeza.

—Ya. Yo creo que todavía la quiere.

—Si con querer te refieres a que la odia apasionadamente, desde luego que sí.

—Todavía me sorprende que no nos hicieran más la puñeta.

—Habla por ti misma. Yo soy la pequeña y, según papá, un completo desastre.

—No piensa que seas un completo desastre, sino una completa irresponsable y que te comportas como una cría.

—Gracias por apoyarme.

—Yo no he dicho que opine lo mismo —protesta Callie—. Eso es lo que piensa papá.

—Entonces ¿qué opinas tú?

Una pausa.

—Prácticamente lo mismo —contesta Callie, y las dos se echan a reír.

—Así que a lo mejor Reece y yo invitamos a papá a un hotel de Nueva York por su cumpleaños —añade Callie—. Tienes razón con lo del piso. Papá pensaría que Rob es una calamidad y estaría todo el rato de mal humor. Voy a hablar con Reece, a ver si puede sacar un poco de tiempo libre para que salgamos todos a hacer cosas.

—¿Tiempo libre, tu marido?

—Ya lo sé, ya lo sé, pero soñar no cuesta nada.

—Tengo que marcharme —dice Steffi—. Te quiero, Callie.

—Yo también, nena.

Cuelgan sus respectivos teléfonos, las dos con una sonrisa.

Callie se sienta a la mesa en el estudio de su casa y coge papel y lápiz. Hay tantas cosas que hacer a diario que la única forma de no agobiarse es escribir una lista y tachar sistemáticamente cada tarea una vez realizada.

1. Sacar a Elizabeth. Esta es su fiel perra labrador negra, que tiene el tamaño de dos labradores negros. A pesar de las súplicas de Jack para tener una perrita y sus promesas de sacarla todos los días, ya nadie lo hace, salvo Callie, y lanzarle una pelota de tenis desde el lanzador de plástico naranja del jardín dos veces al día no parece hacer mucho efecto. El veterinario dice que Elizabeth ha alcanzado un tamaño peligroso y que hay que llevarla al menos dos veces al día a la zona para perros del parque, donde pueda corretear y jugar con otros perros.

2. Apuntar a Jack a béisbol y matricular a Eliza a las clases de teatro, una tentativa de canalizar hacia algo constructivo sus teatrales llantos y pataletas cuando, por ejemplo, Callie le prohíbe que vaya a pasar la noche a casa de una amiga por sus malas contestaciones.

3. Contestar a las llamadas de teléfono de todos los campamentos de verano que llevan semanas dejando recados de una simpatía forzada en el contestador. Ojalá no les hubiera pedido información. Callie no tenía ni idea de que fueran a salirle tantos pretendientes...

4. Ir a la compra. En la nevera no hay más que cajones llenos de verduras mustias, que es lo que ocurre cuando te pasas de lista comprando comida para un regimiento con la absurda esperanza de no tener que volver a comprar al menos durante una semana y tu marido no vuelve a casa hasta las nueve de la noche y normalmente ha pillado una pizza en el camino.

5. Cocinar. Callie recibe esta noche al club de lectura, y se ha olvidado por completo hasta ese mismo instante. No puede servir comida preparada. Ni hablar. Las chicas pondrían el grito en el cielo. Va a hacer las tartaletas de

tomate de Steffi, fáciles y resultonas. Con eso les callará la boca a las chicas.

6. ¡Ahí va! Correr hasta la tienda a por botellas de vino, después a la tienda de productos de gourmet a por aperitivos. Tener la reunión del club de lectura esa noche en su casa supone otro problema, porque la anfitriona tiene que hacer una introducción del libro, dar su opinión y aportar ideas constructivas, y a Callie no le ha dado tiempo ni de abrir el libro. Le gusta la cubierta, pero no cree que eso sea suficiente.

7. Ir al gimnasio. Últimamente se siente cansadísima y está convencida de que es porque se ha relajado demasiado con la gimnasia. Es incuestionable que cuando hace ejercicio todos los días tiene mucha más energía.

8. Comprobar si hay platos de papel en la despensa. La semana pasada enviaron un correo electrónico pidiendo voluntarios para llevar cosas a la función del proyecto de la fundación Colonial Williamsburg que iba a ofrecer la clase de Eliza, y cuando Callie consiguió responder, había desaparecido todo lo bueno de la lista, las magdalenas, las galletas, la limonada, y lo que quedaba eran los platos de papel. Está casi segura de que se le han acabado porque nadie los ha utilizado desde el verano y no recuerda haber visto ninguno, así que tendrá que añadirlos a la lista de la compra.

9. Organizar la fiesta de cumpleaños de Eliza. Aunque no es hasta el año que viene, Eliza ya está haciendo planes, y Callie supone que es mejor organizarla con mucha antelación. Eliza se ha empeñado en celebrar una fiesta con karaoke, al enterarse de que la hermana mayor de alguien había celebrado una espectacular ceremonia de *Bat Mitzvá** en un karaoke de verdad de Nueva York, pero dado que en Bedford no hay bares con karaoke, Callie tiene que echarle imaginación. Eliza se niega en redondo

* *Bat Mitzvá*: ceremonia para celebrar la llegada a la edad adulta de las niñas judías *(N. de la T.)*

a una fiesta en casa, así que Callie ha encontrado un restaurante japonés con un salón privado con tatami que está disponible la noche del cumpleaños de Eliza, y tiene el teléfono de Kevin, el rey del karaoke, que al parecer se presentará con la máquina, el vídeo y los libros. ¿En qué momento habrá descubierto su hija el sushi y el karaoke?, se pregunta Callie. ¿Qué ha sido de las fiestas de hamburguesas con queso y música disco en la habitación?

10. Apuntar a Jack a fútbol y a baloncesto. Tenía intención de haberlo hecho semanas antes, pero le horrorizaba la idea de pasar tanto tiempo conduciendo. Nadie le había dicho que la maternidad significa pasarte tres cuartas partes del día ejerciendo de chófer. Había tomado la decisión de no sobrecargar de tareas a los niños, y ahora se siente culpable porque todos los chicos de la clase de Jack hacen fútbol, baloncesto, taekwondo, béisbol y música. En música pone el límite porque no tiene más fuerzas.

11. Revisar para la impresión el anuncio que va a salir en el periódico local la semana próxima, llamar al periodista que está escribiendo un artículo sobre ella —un golpe de suerte que seguramente le traerá nuevos clientes— y también a las tres personas que han llamado esta semana para pedir cita para asesoramiento fotográfico.

A Callie siempre le ha encantado la fotografía. De pequeña, le cogía la cámara a su madre y hacía fotos a la gente por sorpresa. Ya entonces era evidente que tenía buen ojo. Sin ninguna clase de preparación, sabía instintivamente encuadrar una foto, y tras una licenciatura en bellas artes y varios cursos de fotografía llegó a dominar todo lo relacionado con los tiempos de exposición, apertura del objetivo, iluminación y revelado.

Después de que naciera Eliza, durante una temporada se dedicó a ser madre a jornada completa. Por entonces vivían en la ciudad, en el Upper East Side, después de haber dejado el piso de Chelsea, y llevaba a Eliza en el cochecito a Central Park, zigzagueando por entre las niñeras, buscando desesperadamente a otra madre, una amiga.

Se trasladaron a Bedford para tener más espacio, y Callie se metió de lleno en los grupos de voluntarias que trataban asuntos de guarderías y preescolar, pensando que eso es lo que hay que hacer cuando te dedicas a ser madre a tiempo completo, que entonces era su trabajo y quería tomárselo en serio.

Pero nunca se separaba de la cámara. La llevaba siempre en el bolso y captaba todos los cambios de la vida de Eliza y Jack. Cuando los niños estaban en el colegio, o jugando, o cuando había otros niños, también los captaba, y la gente empezó a pedirle fotografías y después se ofrecieron a pagarle por fotos de estudio.

El problema era que a Callie no le gustaban las fotos de estudio, no le gustaba que posaran, y prefería conocer a quienes iba a fotografiar, por poquito que fuera, quedarse al acecho en segundo plano para disparar la cámara discretamente. Le gustaba capturar la verdadera esencia de un niño y, con el tiempo, también de su familia.

Al cabo de poco la gente más adinerada de Bedford tenía enormes retratos de su familia en blanco y negro, con grano, a ambos lados de la imponente chimenea de piedra del salón.

—¿Quién los ha hecho? —preguntaban con envidia los invitados—. Son increíbles.

Y así despegó el negocio de Callie.

Muchas veces piensa que es el trabajo ideal. Se encuentra en casa para atender a los niños siempre que ellos están allí, y sin embargo tiene algo completamente suyo. Le encanta la excitación que experimenta al descargar las fotos en el ordenador, ir pasándolas para elegir las mejores tomas y cambiar las sombras, la saturación y el tiempo de exposición para perfeccionarlas todavía más.

Siempre le ha gustado sumirse en la meditativa tarea de exponer las fotografías a la vieja usanza, en un cuarto oscuro, sujetar el papel con las pinzas y moverlo delicadamente por los productos químicos, observando la lenta aparición de la imagen, conteniendo la respiración, expectante y excitada, porque nunca sabes cómo va a salir.

Y aunque no es lo mismo, le sorprende lo mucho que también le gusta el Photoshop, hasta qué punto se puede cambiar una fotografía, mejorarla, corregir errores con un simple clic del ratón.

Si fuera tan fácil con los maridos... Descuelga el teléfono para llamar a Reece, pero de repente recuerda que está de viaje y vuelve a colgar con un suspiro. Rememora cuando se conocieron; entonces Reece tenía un trabajo menos importante y, aunque ya viajaba, cuando no estaba demasiado ocupado salía temprano de la oficina e iba a casa para cenar con ella. Pero cuando se le presentó la oportunidad de rodar los anuncios de coches en Sudáfrica, supuso un paso de gigante en su carrera que no podía desaprovechar, y también más viajes y volver más tarde del trabajo.

Tartaletas de tomate

Ingredientes

1 paquete de masa de hojaldre
2 cebollas moradas finamente picadas
aceite de oliva
vinagre balsámico
1 cucharada de azúcar
4-6 tomates en rodajas finas
1 paquete de queso feta
hojas de albahaca finamente picadas

Elaboración

Precalentar el horno a 180 °C.

Desenrollar el hojaldre y recortarlo en círculos, del tamaño aproximado de un platillo. Marcar cada círculo (recortándolo ligeramente con un cuchillo) a unos 2 ½ cm del borde.

Saltear la cebolla en el aceite hasta que quede blanda y caramelizada (unos 30 minutos a fuego lento). Añadir un generoso chorro de vinagre y el azúcar pasados 15 minutos.

Colocar la cebolla en el centro de cada círculo y rodearla con el tomate por encima.

Dejar en el horno 15 minutos.

Desmenuzar el queso sobre las tartaletas, rociar con aceite, espolvorear la albahaca y servir.

3

En noches como esta, cuando Steffi se ha pasado todo el día trabajando, con el restaurante hasta los topes y sin haber podido
tomarse un respiro, lo que menos le apetece es bajar los resbala-
dizos escalones de un club en un sótano húmedo para ver actuar
a Rob, pero a veces una novia tiene que hacer lo que una novia
tiene que hacer.

Normalmente se va con los demás del restaurante a uno de
los bares cercanos o a otro restaurante que ya ha cerrado y donde solo quedan el personal y los amigos, desfogándose y saliendo de vez en cuando a dar una caladita a un canuto.

O vuelve al piso que ahora comparte con Rob. Irse a vivir con
él no fue tanto un indicio de la seriedad de su relación, sino más
bien una cuestión de conveniencia y dinero; ninguno de los dos
se engañaba pensando que sería un paso adelante en su relación.

Pero cuando actúa la banda de Rob, Steffi sabe que tiene que
ir a apoyarlo, porque es lo que él espera, y además, si es sincera,
para hacer saber a las jovencitas que siguen a la banda de club en
club que Rob no está disponible.

Steffi mira el reloj. Las diez y cuarto. Supuestamente tenían
que salir a las nueve, pero sabe por experiencia que se entreten-
drán hasta las diez y media para dar tiempo a que el público se
ponga histérico. Cierra el restaurante, aspira el aire gélido, se arre-
buja en la parka y ruega que pase un taxi libre.

Normalmente iría andando, pero octubre en Nueva York
puede ser espeluznante, y es una de esas noches en que el viento

glacial hace descender la temperatura hasta unos límites en los que se comprende que, aunque no ha llegado oficialmente el invierno, ya anda cerca. Nadie va por la calle a menos que no le quede más remedio. En el Upper East Side las señoras elegantes que suelen pasar el invierno aisladas entre pieles ya se cubren la cara con pasamontañas de lana y orejeras gigantescas, tratando de no dejar ni un centímetro de piel al descubierto en el trayecto entre la limusina y el portero que las espera.

Arrellanándose en el asiento mientras el taxi pega un bote en cada bache del Lower East Side, Steffi cierra los ojos con una leve sonrisa y piensa que tiene mucha suerte.

Puede que esté sudorosa, sucia y cansada, y que vaya a ver una banda que en el fondo no le parece tan buena, pero de lo que está segura es que le gusta su vida.

Cuando era veinteañera llevaba una vida delirante, de fiestas, locuras, el continuo torbellino de no saber qué va a pasar a continuación, pero siempre con la sensación de no haber encontrado su sitio en el mundo, de no saber quién era; entonces nunca se había sentido del todo relajada.

Quizá no tienes por qué estarlo, cuando tienes veintitantos años, pero Steffi siempre sospechó que cuando cumpliera los treinta algo cambiaría. Callie, su hermana mayor, detestaba la época de su vida en la que cumplió los treinta. Un día llamó a Steffi, llorando, quejándose de no tener novio, ni esperanzas de casarse, ni de tener hijos, y de que los treinta eran el principio del fin.

Nueve años más joven, Steffi no supo qué decir. Pero no le sorprendió lo más mínimo que Callie conociera a Reece unas semanas más tarde ni que a los treinta y uno estuviera casada y dos años después tuviera a Eliza, la hija a la que adoraba.

Steffi celebró su treinta cumpleaños en las pistas de esquí de Jackson Hole, Wyoming, riendo y emborrachándose con Bob, su novio de entonces, en la cima de Corbet's Couloir, de donde, sin saber muy bien cómo, lograron bajar.

Bob tenía toda la pinta de lo que era: un vago que se pasaba la vida en la nieve; pero además tenía un montón de hectáreas de tierra en Sudamérica, donde cultivaba rosas que exportaba a Estados Unidos y con ello ganaba enormes cantidades de dinero, por lo que podía pasar en Jackson Hole semanas enteras. Parecía el típico surfero californiano y hablaba como tal, y hacía varios años que se había apuntado al yoga y al veganismo. Poco después de conocerla, animó a Steffi a que probara la comida vegana, horrorizado por la pasión que sentía ella por la carne, sobre todo por las costillas de cerdo. Steffi no estaba muy convencida, pero accedió a probar durante dos semanas, para ver cómo era aquello.

Le encantó. Inmediatamente. Le gustó sentirse limpia y ligera. Decía que era como si su organismo no tuviera que esforzarse por digerir, y las ventajas eran enormes. Sinceramente no creía que fuera algo que mantendría mucho tiempo, pero al cabo de dos semanas comprendió que su época de carnívora había acabado.

Cocinera entusiasta desde siempre, empezó a preparar platos con alimentos que antes de hacerse vegana conocía prácticamente de oídas: tofu, tempe, quinoa, cereales integrales. Se pasaba horas enteras ideando menús, comprobando que mantenían el debido equilibrio en cuanto a verduras de hoja, proteína, omega-3.

Se le puso la piel estupenda, su cuerpo —siempre había tenido tendencia a estar rellenita— parecía encontrar el peso natural sin esfuerzo, y la cocina vegana llegó a apasionarla.

Bob se quedó mirándola una noche después de acabar un curry de espinacas y garbanzos.

—Eres muy buena en esto. Deberías ganarte la vida así —dijo.

Steffi se echó a reír.

—¿Quieres decir que deje mi fantástico trabajo de recepcionista?

—Te dedicas a eso porque todavía no has encontrado tu camino —replicó Bob—. Por pasar el tiempo. Y sí, quiero decir que dejes ese trabajo. Si te dedicas a lo que te apasiona, serás feliz, y yo creo que es eso.

—¿Qué? ¿La comida?

—Sí, pero tú tienes talento. Siempre estás creando unos platos increíbles, porque sé que no siempre te ajustas a las recetas.

La mitad de las veces no las sigues, te las inventas. Te he visto tomar notas cuando se te ocurre una idea. Deberías ser chef.

Steffi comprendió más adelante que había sido uno de esos momentos en que parece que se te enciende la bombilla. En cuanto Bob pronunció las palabras, se dio cuenta de que era exactamente lo que quería hacer, lo que estaba destinada a hacer.

Al volver de Jackson Hole, Bob le pagó la matrícula de un curso en el Culinary Institute of America. Fue lo mejor que jamás haría por ella, y en muchos sentidos la compensó por haberla dejado poco después por una guapísima brasileña de diecinueve años.

Y ahora trabaja en Joni, un pequeño restaurante vegetariano encajado entre una lavandería y una casa de empeños en la calle Doce. No es una zona precisamente recomendable, pero han alcanzado tal fama que se ha convertido en lugar de encuentro obligado, y todas las noches hay una larga cola esperando pacientemente con botellas de vino en la mano.

Le gustaba incluso a Walter, el padre de Steffi, quien reconoció a regañadientes que a lo mejor se había equivocado con la «última decisión absurda» de su hija de hacerse chef.

Steffi realmente no podía reprochárselo; al fin y al cabo, él había sido testigo de sus incesantes cambios cuando era veinteañera, y cada vez levantaba los ojos hacia el cielo y le preguntaba cuándo pensaba encontrar un trabajo como era debido.

—Es que no lo entiendes —decía Steffi—. Ya no se trata de pensiones y seguridad. Papá, eso ya no lo quiere nadie. E incluso si lo quisieran, las compañías no lo ofrecen. La vida ya no es como antes.

—Pues hay cosas que no han cambiado —replicaba su padre—. Me he dado cuenta de que sigues recurriendo a mí cada vez que necesitas dinero.

—Muy bien —decía Steffi de mal humor—. No sabía que eso fuera un problema. No volveré a recurrir a ti.

Y no lo hacía. Durante una temporada.

Su madre era más comprensiva. Como pintaba, siempre había estimulado la creatividad de Steffi. Cuando Steffi dejó los estudios en Emory —estaba demasiado ocupada yendo de fiesta en fiesta y divirtiéndose para estudiar—, su madre, si bien no la alentó abiertamente, dijo que nunca había creído que llegara a triunfar en un entorno académico.

Por el contrario, a su padre estuvo a punto de darle un infarto. Solo había dos cosas que podía hacer Steffi para tenerlo contento: trabajar en un banco o en una compañía de seguros, con un sueldo fijo y una póliza médica, o encontrar un marido con dinero que se ocupara de ella. Dado que la habían despedido de todos los trabajos administrativos que había intentado desempeñar, y dada su debilidad por actores, músicos y escritores, cada día parecía más improbable que fuera a contentar a su padre.

—¿Cuándo te harás mayor de una vez por todas? —le gritó Walter un par de veces.

—Ya descubrirás para qué estás aquí —dijo su madre con una sonrisa—. A lo mejor tardas un poco en hacerlo, pero no importa. Yo también tardé lo mío.

Steffi aún no puede creerse que su madre y su padre estuvieran casados. No los recuerda juntos ni una sola vez. Naturalmente, ya adulta, le preguntó a su madre.

—Vuelve a contarme por qué os casasteis.

—Yo era joven y él guapo. Pensé que a mi madre la haría feliz.

—¿Y la hizo feliz?

—¿Que me casara con un Tollemache? Desde luego. Mi madre estaba encantada de la vida.

A Honor se le nublaron los ojos al recordarlo.

—¿Y no le importaba lo que tú quisieras?

—Las cosas eran distintas en aquellos tiempos. —Su madre sonrió—. Te casabas por diversas razones, y el verdadero amor raramente era una de ellas.

—Entonces ¿tú no le querías?

—Sí, sí —contestó Honor—. Tu padre es un buen hombre. Yo le quería muchísimo, pero éramos muy diferentes. La verdad es que no deberíamos habernos casado.

El padre de Steffi sigue negándose a hablar de su madre, a menos que sea con sarcasmos. Teniendo en cuenta que después se ha casado otras dos veces, por no hablar de una amante que vivió con él durante mucho tiempo, cualquiera pensaría que habría pasado página, pero parece incapaz de superar el rencor. Según la teoría de Callie, se debe a que Honor lo humilló al dejarlo tan inesperadamente.

Y sin embargo, cuando hace ocho años murió el segundo marido de Honor, el hombre al que ella consideraba el amor de su vida, Walter le escribió una larga carta, expresando su pesar y lamentando no haber sido capaz de encontrar la misma felicidad que ella.

A Callie la dejaron asombrada la generosidad y la auténtica bondad que reflejaba la carta. Sugirió que sus padres volvieran a verse, que intentaran hacerse amigos, pero Walter se refugió rápidamente en su antiguo desdén y dijo que no quería tener nada que ver con Honor, que era más que suficiente encontrarse con ella en bodas y bautizos. Lo último que deseaba era quedar con ella para ir al cine.

Callie está convencida de que su padre sigue enamorado de su madre. Mientras duró su matrimonio —catorce años— había sido feliz, pensaba que llevaba una vida perfecta. No se había dado cuenta de que Honor, como Steffi, era una persona nada convencional, pero que trataba de ser buena hija, buena esposa y buena madre, una mujer que intentaba con tal ahínco ser alguien que no era solo para complacer a los demás que la carga de tanto disimulo casi había llegado a ahogarla.

Desde su último divorcio, hace unos cinco años, Walter está solo y tiene preocupadas a Callie y a Steffi. Esta ha prometido ir a pasar unos días con él en Maine antes de Navidad, pero teme el momento. Su padre ha invitado a Rob, si bien Steffi sabe que le caerá fatal. Un músico de pelo largo, relajado, de izquierdas, que no tiene ni idea del significado de la palabra «responsabilidad» no es precisamente lo que su padre tiene en mente para ella. Para ser totalmente sinceros, tampoco es lo que Steffi tiene en mente para sí misma, pero cuando Rob le dirige esa sonrisa suya tan irresistible todo lo demás desaparece y ella piensa que las cosas pueden seguir como están. De momento.

—Me gusta tu cinta del pelo —le suelta una chica a Steffi, que intenta abrirse paso entre la gente para llegar hasta donde están sus amigos, justo enfrente del escenario.

—Gracias. —Steffi sonríe al reconocer a la chica, una grupi que intenta hacerse amiga suya porque en su mundo de quinceañeros da prestigio conocer a la novia de un miembro de la banda—. Eres Rachel, ¿no?

A la chica se le ilumina la cara.

—Sí, y tú Steffi, la novia de Rob.

Steffi asiente con la cabeza.

—Hasta luego.

Para qué fingir que tienen algo en común, y además, después de haber trabajado todo el día sin parar, Steffi no está para dar palique ni explicar que la única razón por la que lleva el pelo, rubio oscuro, con trenzas y una cinta es porque no ha tenido ni un momento para lavárselo. No es precisamente lo más glamouroso.

—¡Hola, guapa! —Susie le da un abrazo—. Qué trenzas tan monas.

—Gracias. ¿Qué pasa?

—Van a salir dentro de cinco minutos. ¿Qué tal el trabajo?

Steffi mete la mano en su bolso.

—Me lo acabas de recordar... Hoy estaba tu favorito en el menú. Te lo he traído.

—¿Bizcocho de zanahoria?

—No.

—¿Barritas de limón?

—No.

—¿Quinoa con pesto?

—Oye, rica, ¿cuántos favoritos tienes? —pregunta Steffi frunciendo el ceño.

Susie estalla en carcajadas.

—Me gusta todo, nena. Me encanta cómo cocinas. No, en serio, ¿me has traído realmente mi favorito, hamburguesa de setas y pacanas?

—¡Sí! Y pesto con tomates cherry para acompañar.

—Te quiero, Steffi. —Susie le da otro abrazo, coge la caja de cartón reciclado y lo mete en el bolso que está a sus pies.

—Y yo —dice Steffi, de corazón.

Quizá sea lo que más aprecia de esa relación, las esposas y las novias de los demás miembros del grupo. Son las únicas mujeres que de verdad comprenden cómo es su vida saliendo con un rockero: que las fans compiten constantemente contigo en los conciertos, que pasas un montón de tiempo sola mientras tu chico está de gira o grabando, o concediendo entrevistas.

A Steffi le gusta esa fraternidad que se establece entre mujeres. Le encanta que los domingos, mientras Rob está ensayando, Susie se pase por casa con el pequeño Woody apoyado en la cadera y se la lleve a dar un largo paseo y luego a cotillear ante un tanque humeante de té verde. Es a eso a lo que no puede renunciar, porque tras dieciocho meses de relación con Rob empieza a preguntarse si de verdad quiere ser una viuda del rock, empieza a plantearse qué es lo que realmente tienen en común Rob y ella.

No es que no le quiera, pero el mundo de Rob gira demasiado alrededor de sí mismo, y Steffi se da cuenta de que comienza a estar algo harta de oír las mismas historias una y otra vez. Si a él le interesaran otras cosas, como... bueno, ella misma, por ejemplo, la relación podría funcionar, pero Rob necesita ser continuamente el centro de atención, y no es que a ella le importe demasiado, sino que a veces tiene la sensación de que son dos personas que llevan vidas completamente independientes, que se juntan por la noche para practicar sexo, un simulacro de intimidad, y se separan por la mañana con un beso rápido antes de salir a vivir sus respectivas vidas. Solos.

Ir a las actuaciones le recuerda a Steffi lo que Rob tiene de fascinante. Sabe que es algo superficial, pero estar en una sala y ver cuántas mujeres gritan por él la llena de orgullo, porque es a ella a quien él quiere.

Aunque últimamente se está planteando incluso eso. «Te quiero, nena» dicho con frecuencia y de pasada no es lo mismo que un sincero «te quiero». Los amigos de Rob parecen utilizar la palabra «querer» con tanta soltura que a veces Steffi no tiene claro su significado.

El grupo está muy bien esa noche. Steffi sabe cómo será la actuación en cuanto entra en el local. No es por los ensayos, ni por el estado de ánimo de los miembros del grupo, sino por la energía de la sala. Cuando esta es buena, el espectáculo será increíble; si es débil, la actuación quedará sosa, por mucho que se esfuerce el grupo.

Cuando terminan el segundo tema, Rob ve a Steffi en primera fila. Pase lo que pase entre nosotros, siempre que te mire te encontraré irresistiblemente guapo, siempre me desarmarán ese pelo largo y oscuro y esa piel suave y bronceada, piensa Steffi.

Rob le sonríe y se chulea en el escenario, dando unos pasos que a Steffi le encantan, y después levanta una ceja y le guiña un ojo. Steffi se parte de la risa y mueve la cabeza. Aunque sabe que no va a durar para siempre, Rob tiene la habilidad de hacerla reír, y de momento parece suficiente, o eso intenta creer.

Curry de espinacas y garbanzos
con leche de coco

Ingredientes

- 1 bote de garbanzos, lavados y escurridos o 2 tazas de garbanzos cocinados en casa
- 1 lata de tomate orgánico en dados
- 2 patatas medianas, cortadas en dados de unos 3 cm y parcialmente cocidas
- 3 tazas de hojas de espinaca cortadas
- 5 clavos de olor
- 1 ½ cucharaditas de cúrcuma
- 1 ½ cucharaditas de curry en polvo
- 3 dientes de ajo finamente picados
- 1 lata de leche de coco

Elaboración

Mezclar los garbanzos, los tomates, las patatas, las espinacas, los clavos de olor, la cúrcuma, el curry, el ajo y la leche de coco en una cacerola.

Llevar a ebullición y bajar el fuego. Tapar y cocinar a fuego lento durante 30 minutos. Servir con arroz o pan de pita.

4

—Hola, soy Emily Samek.

La guapa chica se queda en la puerta, con una amplia sonrisa, y estrecha la mano a Callie.

—¡Cuánto me alegro de que hayas venido! —Callie se aparta y la hace pasar—. Sobre todo porque Jenn no puede. Menos mal que te recomendó, porque, si no, no sé qué habría hecho. Los niños están locos por ver esa película. ¿Estás segura de que te va bien?

—¡Claro! —exclama Emily—. ¿Y también quiere que me los lleve a cenar?

—Pues sí. Esta noche tengo club de lectura —dice Callie encogiéndose de hombros, a modo de explicación—. Me vienen todas las chicas y todavía no he preparado las tartaletas de tomate.

—Yo puedo ayudar, si hay tiempo. —Emily la sigue a la cocina—. Me encanta cocinar.

—¿De verdad? —Callie vacila—. Dios mío. ¿Cocinar o los niños? No. Tengo que quitarme a los niños de en medio. A lo mejor si vienes a cuidarlos otra vez podrías cocinar un poco con ellos, ¿no?

Emily está radiante.

—¡Sería estupendo!

—¡Niños! —vocifera Callie desde el pie de la escalera—. Ya está aquí Emily, la canguro. Poneos los zapatos y bajad.

—Yo no quiero ir —gimotea Jack asomando su carita en lo alto de la escalera—. Quiero quedarme en casa.

—Esta noche no, bonito —dice Callie—. ¡Piensa que vais a ver *Up!*

—¿De verdad? —Se le ilumina la cara—. ¿Y mañana hay cole?

—¡Fíjate! ¡Qué suerte!

—¡Yupi! —Jack se mete en su habitación a buscar los zapatos, gritando alegremente—: ¡Liza! ¡Vamos a ver *Up!*

Callie mueve la cabeza con resignación.

—También puedes comprarles helado... Sí, ya lo sé. Soy una madre terrible.

Los niños bajan la escalera con estrépito, Callie les da un abrazo enorme y cierra la puerta con suavidad cuando salen.

Callie es una de las fundadoras del club de lectura. Nunca se había visto como la típica socia de un club de lectura —no le gustan demasiado los grupos grandes de mujeres—, pero como al principio solo eran tres y a las otras dos, Betsy y Laura, las conocía bien, le apeteció, y sigue gustándole después de tres años.

Como ocurre con tantos clubes de lectura, no se trata tanto de la lectura en sí sino de la camaradería, de mujeres que recuerdan quiénes eran antes de tener hijos, mujeres que se pueden desplomar en un sofá con un vaso de vino sin que nadie les tire de la camiseta o exija que mamá castigue a un hermano porque este le ha pegado.

Se trata de reírse, y de amistad y vínculos afectivos. Se ha convertido en un punto de luz en la vida de todas ellas, y esta noche, como todas las demás en las que se reúne el club, las mujeres se arreglarán, se maquillarán, brillarán un poquito más. No para sus maridos, sino para las demás mujeres.

Cuando no hace frío, siempre se reúnen fuera, o al menos empiezan fuera, con sus bebidas en los jardines llenos de sol, alrededor de las serenas piscinas, en terrazas de piedra desde las que se dominan las colinas, y después se trasladan adentro o a los porches con rejilla, mientras sigue corriendo la bebida y ellas se ponen más cómodas.

Durante el verano todas llevan vestido. Vestidos de tirantes de hilo o gasa de vivos colores, con sandalias de tiras, la piel resplandeciente mientras toman Martini con granadina y se ríen a carcajadas, echando la cabeza hacia atrás, sabiendo lo guapas que están todas.

Pero ahora, en otoño, el club de lectura significa chimeneas, vino caliente, jerséis abrigaditos y hundirse acurrucadas en los sofás. Es la época del año que más le gusta a Callie, y está deseando que lleguen las demás.

Enciende la luz de su vestidor y saca con desgana un par de vestidos. Ella no es muy de vestidos, nunca se ha sentido realmente a gusto con ellos, aunque se los ponga en ocasiones especiales. Decide que esta noche se pondrá unos vaqueros. Se siente más cómoda con pantalones vaqueros, y conjuntará sus favoritos, elásticos y oscuros, con botas altas y una blusa de gasa de color rosa pálido. Con una delicada cadena de oro larga con un voluminoso cristal de cuarzo en el extremo quedará perfecta.

Aquí se lleva un uniforme, diferente del que se ponía Callie cuando vivía en la ciudad. En las zonas residenciales las mujeres llevan ropa más elegante, más vestidos, más colores. En la ciudad Callie y sus amigas iban en vaqueros a todas partes. Vaqueros con unos botines monos y jersey, o vaqueros con zapatos de tacón y tops vaporosos por la noche. Sigue luchando contra la influencia de la zona residencial, pero le ha confesado a Lila —y que no se entere nadie— que tiene dos trajes de Lilly Pulitzer en el fondo de su armario.

Sobre la mesita hay varios ejemplares de *Testimonio,* de Anita Shreve, vasos de vino medio vacíos, platos llenos de migas, y en el centro un bizcocho borracho casi acabado de calabaza y galleta de jengibre, con media docena de cucharas asomando.

Es ya su tradición secreta. Cada mes le asignan el postre a una socia distinta. Todas llevan algo —pastas, barritas de limón, pastelitos de chocolate con nueces—, pero siempre lo compran en las tiendas, y solo una tiene que preparar un postre indecente de principio a fin. Y tiene que ser enorme.

No se ponen platos para el postre; solo se reparten cucharas. Se arremolinan todas alrededor del dulce, se abalanzan sobre él a la de tres, se lo toman a cucharadas, y que les den a la línea, las calorías y los hombres.

Esta noche lo ha preparado Betsy, y durante unos segundos nadie ha pronunciado palabra, limitándose a engullir y gemir de gusto.

—Si nadie ataca, voy a terminarlo —dice Callie cuando sale de la cocina y ve el bizcocho.

—Tú puedes, porque estás como un palillo —dice Laura—. Podrías comerte un bizcocho entero todos los días y seguramente no se te notaría.

—¿Sabéis lo que es realmente raro? —Callie rebaña los restos y chupa la cuchara—. Que estaba más gorda antes de tener niños.

—Sí que es raro. E injusto —dice Laura.

—Ya lo sé. No es que estuviera enorme, pero me sobraban cinco o seis kilos, y siempre supe que cuando tuviera hijos me libraría de ellos.

—¿Enseguida? —pregunta otra mujer.

—No. Hasta hace poco aún quería perder varios kilos, pero lo curioso es que han desaparecido sin más. Supongo que he tenido tanto que hacer que no he comido mucho. Pero ahora lo estoy compensando.

Sonríe, deja la cuchara y lleva el cuenco vacío a la cocina.

Cuántas cosas han cambiado, piensa, mientras friega rápidamente el plato para no tener que hacerlo después. Cuando cumplió cuarenta años fue terrible, pero ahora, a los cuarenta y dos, comprende que está en la auténtica flor de la vida. Tiene la piel radiante, el pelo brillante y se siente totalmente a gusto consigo misma. Se levanta todas las mañanas consciente de que ama la vida. Tiene un marido al que adora, unos hijos que le alegran la existencia (salvo cuando la vuelven loca peleándose) y un trabajo que la llena. Quiere a su familia, a sus amigos, le encanta su casa. Y esta noche, como en tantas ocasiones, le sorprende encontrarse en minoría.

Porque muchas de esas mujeres parecen desgraciadas. No por fuera. Si no lo supieras, no te darías cuenta. Cualquiera pensaría que tienen maridos maravillosos, hijos preciosos, casas fantásticas, una vida privilegiada.

Durante los últimos tres años no ha dejado de asombrarle qué pocas mujeres son felices con lo que son. Bueno, sí, sus casas son fantásticas, pero lo que realmente les gustaría sería tener una con espacio suficiente para una piscina... Entonces sí serían felices.

O adoran a sus hijos, pero la cuidadora interna o la asistenta acaba de marcharse —sí, es la séptima en poco tiempo— y ya no aguantan más. ¿Alguien conoce a alguna? ¿Una filipina, a lo mejor? O brasileña; con esas sí han tenido suerte.

Y a veces es el resentimiento hacia sus maridos, aunque naturalmente expresado con humor, lo que la deja muda.

Coloca el cuenco en el escurreplatos y sale a donde se han apiñado las fumadoras secretas, en los muebles de teca sin nada encima, porque los cojines se han guardado en el garaje al empezar el otoño.

—Eh, chicas. —Se sienta y alcanza un vaso de vino ajeno para tomar un sorbo—. ¿No tenéis frío?

—Yo estoy congelada. —Sue está tiritando—. Tengo que dejar de fumar. No soporto esto.

—¿De verdad? —Callie la mira—. Yo creía que solo fumabas cuando bebías.

—Sí. Y solo bebo todos los días. A la hora de las brujas. A los niños les digo que voy a mirar el buzón de correos, y el otro día Sophie estuvo a punto de pillarme.

—¿Es que no bebemos todos cada día? —pregunta Lisa—. ¿En serio? ¿Y cómo se supone que vas a pasar las tardes sin un poco de ayuda? Mi marido no llega a casa hasta las ocho, me he pasado el día corriendo como una loca de un lado a otro, he hecho los deberes con los niños, los he bañado y les he dado de cenar, y estoy a punto de estallar. Solo es un vaso de vino. ¿No es... normal?

—¡Exacto! —exclama Sue—. ¿Tú no, Callie?

—¡Pues claro! —Callie sonríe, a pesar de que no es totalmente cierto. Si está con otra madre siempre descorcha una botella de vino, pero nunca se le ocurriría tomarse una copa ella sola.

—Dios sabe que necesito el vino para animarme —dice Sue—. Cuando Keith vuelve a casa después de una de sus paraditas en un bar, es un desastre. Entonces soy capaz de beberme una botella entera.

Lisa se parte de la risa.

—Pero ¿qué nos ha pasado? —dice, mirando primero a Sue y después a Callie—. Yo antes no era capaz de quitarle las manos de encima a mi marido. ¿Qué ha pasado? Sinceramente, sería feliz si no volviera a tener sexo nunca más.

—¡Chica, tú lo has dicho! —chilla Sue, con un gesto de «choca esos cinco», mientras Callie se levanta sonriendo y se disculpa para ir a por un margarita.

¿Seré tan rara?, se pregunta. ¿Me pasará algo? Porque le sigue gustando hacer el amor con su marido. Tras todos esos años juntos están más unidos, no más distanciados, y nunca se siente más próxima a él que cuando están en la cama y su marido se mueve delicadamente dentro de ella.

No puede conectar con lo que les ocurre a esas mujeres. No las juzga, pero no se atreve a desvelar su verdad, porque entonces sería ella la marginada, la juzgada o incomprendida.

¿Cómo es posible que Reece y ella se hayan librado de lo que están pasando tantas de esas mujeres? ¿Suerte? ¿Esfuerzo? Esfuerzo, no, piensa, porque en su relación con Reece nunca siente que tenga que esforzarse. ¿Suerte? En parte, sí. Y la comunicación. Tomarse y hacer tiempo para dedicárselo el uno al otro. Respeto mutuo. Escuchar al otro. Evitar esas ocasiones en las que están con otras parejas y podrían recurrir al humor, pero a costa de uno de los cónyuges; el comentario mordaz que provocaría una sonrisa o una carcajada de los amigos y que Reece se retorciera incómodo en la silla.

Ella no piensa hacer una cosa así. Quiere a su marido y sabe que no puede tomárselo como algo que siempre va a estar ahí. Lo sabe por noches como esta.

Callie no tiene un modelo de matrimonio, al menos no lo tuvo durante su infancia y adolescencia, que, según dicen, son las etapas de formación. Apenas recuerda a sus padres juntos, y lo poco que recuerda se centra en dos personas que parecían completamente distintas, que llevaban vidas diferentes.

Quizá fue la relación de su madre con George la que más le

impactó. Su madre solía decir que lo maravilloso de su matrimonio con George se debía a que era una segunda tentativa. No se casó con él porque tuviera que hacerlo, ni porque fuera una manera de marcharse de casa de su madre, ni porque se sintiera presionada. A pesar de que pensaba que no volvería a casarse, lo hizo porque apareció un hombre del que se enamoró perdidamente, un hombre amable, delicado, que la hacía reír y al que, como también solía decir, consideraba el más guapo que había visto en su vida.

El que, al menos a Callie, George le pareciera viejo y arrugado y nada guapo no tenía importancia. Honor se quedó prendada desde el mismo momento en que lo conoció, y siguió prendada hasta el día en que él murió.

«Qué guapo es mi hombre», decía Honor, inclinándose mientras George intentaba desayunar, cogiéndole delicadamente la cara entre las manos y besándole. «Mira a este hombre —decía feliz a quienquiera que tuviera delante—. ¿No es el hombre más maravilloso que has visto en tu vida?»

Todo el mundo le daba la razón, no en que George fuera el hombre más maravilloso que habían visto en su vida, sino en que era la relación más maravillosa que habían conocido. Estar con Honor y George animaba a todos, les hacían sentirse bien. Callie debió de tomar nota en un plano subconsciente, porque sabía que algo como aquello era posible y que algo menos sería conformarse con demasiado poco.

Reece llegó a gustarle con el tiempo. Le cayó estupendamente y le agradó su compañía desde el momento en que se conocieron, pero sabía que los treinta es una edad peligrosa. Había visto a demasiadas amigas suyas cercanas a la treintena que se habían lanzado de cabeza al matrimonio con el primero que se lo había propuesto. No eran relaciones basadas en el amor o en afinidades, sino en el tictac del reloj biológico, cada vez más audible.

Había sido dama de honor en la boda de Samantha, una amiga del colegio, una chica inteligente, preciosa y llena de vida, con una personalidad fuera de lo común. Samantha había pasado la época de los veinte a los treinta en una montaña rusa emocional, enamorándose y desenamorándose apasionadamente.

Alex, el marido de Samantha, era sin duda el hombre más aburrido que había conocido Callie. Era arrogante, altanero y grosero. De entrada, tenía una buena presencia pero no era real, aunque con la ropa y el corte de pelo adecuados y mucho empeño podía dar el pego.

A Callie, quien quería a todo el mundo, le cayó mal desde el principio. Comprendió inmediatamente que Samantha iba a cometer una equivocación. Sabía que su amiga iba a casarse con Alex porque él se lo había pedido y porque le horrorizaba la idea de que no se lo pidiera nadie más, y sabía que él se casaría con Samantha porque no daba crédito a la suerte que tenía de que una mujer tan maravillosa como Samantha se dignase no solo a mirarlo sino a casarse con él.

Callie se pasó incontables noches escuchando a Alex pontificar sobre cosas que él consideraba importantes, siempre proclamando saber un poquito más que los demás.

En la iglesia, mientras se dirigía al altar como dama de honor delante de Samantha, Callie rezaba por que alguien interviniera; sabía que ella no podía hacer nada.

El primer niño llegó al cabo de un año. El segundo, veinte meses después. El tercero, dos años más tarde, y el cuarto, a los dos años y medio.

«Supongo que yo estaba equivocada —le dijo Callie a Reece, que se negaba a seguir saliendo con ellos en pareja, porque Alex era insoportable—. Supongo que son felices.»

Cuando Samantha dejó a Alex por su preparador personal, a nadie le sorprendió. Callie llevaba años sin tener una conversación larga y tendida con su amiga, pero quedaron un día para comer en Greenwich y Samantha se lo confesó todo.

—Creo que empecé a detestarlo incluso antes de casarme con él. —Movió la cabeza con incredulidad—. Es que... supongo que estaba convencida de que podía conseguir que funcionara. Pensaba que él me quería lo suficiente por los dos, y que yo aprendería a quererlo.

—Y querías tener hijos —le recordó Callie.

—Sí, era lo que más deseaba. —Samantha suspiró—. Y eso anulaba todo lo demás.

Callie ya estaba casada, feliz y dichosa, y entonces comprendió la suerte que tenía al haber encontrado la clase de relación que había mantenido su madre con George.

Incluso ahora, después de tantos años, si llega temprano a una fiesta, cuando ve entrar por la puerta a Reece le da un vuelco el corazón. ¡Está conmigo!, piensa. ¿Veis a ese hombre maravilloso? ¡Es mío!

Callie se para en la puerta de la cocina y mira las fotografías de la pared, las de Reece, y se le ensancha el corazón. Quiero a mi marido, piensa, con un escalofrío de excitación ante la perspectiva de que vuelva a casa. Qué suerte tengo, caray.

Bizcocho borracho de calabaza y galleta de jengibre

Solo unos tres millones de calorías por ración, pero vale la pena, y a ver quién las cuenta en la reunión del club de lectura...

Ingredientes

3 tazas de crema de leche ligera
6 huevos grandes
½ taza de azúcar blanquilla
½ taza de azúcar moreno
½ taza de melaza
1 ½ tazas de canela molida
1 cucharadita de jengibre molido
1 cucharadita de nuez moscada molida
½ cucharadita de clavos de olor molidos
½ cucharadita de sal
3 tazas de puré de calabaza, o 1 ½ latas, aproximadamente
1 paquete de pan de jengibre
1 litro de nata para montar
½ cucharadita de esencia de vainilla
¼ de taza de jengibre escarchado
1 ½ tazas de galleta de jengibre desmigada

Elaboración

Precalentar el horno a 180 ºC.

Calentar la crema de leche ligera en una cacerola de fondo grueso hasta llevarla al punto de ebullición y retirar del fuego.

Batir los huevos, las dos clases de azúcar, la melaza, la canela, el jengibre molido, la nuez moscada, los clavos de olor y la sal. Incorporar la calabaza y la crema de leche ligera. Cuando adquiera una textura fina, verter en una fuente de horno untada con mantequilla y poner al baño María dentro de otra fuente de horno más grande con agua caliente hasta unos 3 cm por debajo del borde de la fuente de la mezcla. Hornear durante 50 minutos, hasta que quede bien firme. Para comprobar si está hecha, introducir un cuchillo en el centro, y si sale limpio, ya está.

Dejar enfriar y conservar en la nevera durante toda la noche.

Cocinar, enfriar y cortar el pan de jengibre.

Para montar el bizcocho, usar un cuenco especial para bizcochos o un cuenco profundo de cristal.

Montar la nata con la vainilla, añadir el jengibre escarchado. Reservar.

Poner la mitad de la crema de calabaza en el cuenco, una capa de pan de jengibre por encima y la mitad de la nata montada. Repetir. Cubrir la última capa de nata montada con las migas de galleta de jengibre y, si se quiere, rociar con Calvados.

5

Reece Perry se acomoda en su asiento de primera clase y hace lo mismo de siempre en esos casos. Saca el reproductor de DVD, lo mete entre su asiento y el de al lado, se quita los zapatos y se pone los calcetines que siempre se lleva para los viajes. Sus revistas están en la bolsa delante de él y el lector de libros electrónicos detrás, para cuando hayan ascendido y sea seguro activar los artilugios electrónicos.

Tiene el iPhone sobre las piernas y lo coge para revisar el correo. Al otro lado del pasillo hay un hombre, más o menos de su edad, jugando a un juego de carreras de coches en el iPhone. Reece sonríe. Se descargó una cantidad increíble de aplicaciones al principio de tener el teléfono, hasta que se dio cuenta de que estaba regresando a sus dieciséis años y malgastando demasiado tiempo con los juegos, y se deshizo de todas.

Mira el reloj. Las once menos veinte de la noche en Ciudad del Cabo, es decir, las cuatro menos veinte de la tarde en Bedford. Vuelve a coger el móvil para llamar a Callie, pensando en lo mucho que desea verla y con la esperanza de que aún no haya salido para recoger a los niños del colegio.

—Hola, Loki —dice, utilizando el nombre cariñoso que le ha puesto, el mismo que el de él. Empezó como una broma, cuando lo vieron en una camiseta y a Callie le pareció el nombre ideal y tontorrón entre amantes, y se lo quedaron.

—¡Bichito mío! —El saludo de Callie delata su excitación y su satisfacción—. ¿Estás en el avión?

—Sí. Estoy deseando verte. Os he echado mucho de menos, chicos.

—Siempre nos echas de menos a los chicos —replica Callie—. Y nosotros también. Eliza hizo un calendario y ha ido tachando los días que faltan para que vuelvas a casa. Y esta mañana Jack estaba prácticamente pegando saltos de alegría, pero le he dicho que seguramente llegarías a casa cuando ya estén en la cama. Los dos dicen que tienes que prometer que los despertarás.

Reece sonríe.

—¿Acaso alguna vez no los he despertado?

—Es verdad, y normalmente ninguno de los dos se acuerda por la mañana. Pero me alegro de que vuelvas. ¿Cuándo tienes el próximo viaje?

—No me preguntes cuándo es el próximo, que todavía no ha acabado este, Callie.

Ella se ríe.

—Tienes razón. Solo me gustaría saber que podré verte un poquito antes de que vuelvas a despegar.

—Me verás un mucho. —Reece vuelve a sonreír y añade—: Me verás todo, si quieres.

—Sí, tú promete, promete. —Callie se ríe—. Me gustaría verte todo entero esta noche.

—Estarás despierta, ¿verdad?

—Por supuesto. Tengo que revisar un montón de fotos. Ay, Dios, no te lo había dicho. He hecho una sesión fotográfica con esa gente que vive al final de East Magnolia Drive.

—¿Qué gente?

—Los que han comprado esa casa enorme, los Kavanagh. ¿No te acuerdas de que los conocimos en el cóctel de New Canaan, en casa de Philip Johnson?

—Sí, ya me acuerdo. ¿Cómo es la casa?

—Preciosa. O sea, que es enorme... ¡otra casa nueva y grande! Pero la ha decorado ella y creo que lo ha hecho increíblemente bien. Todo el mundo dice a sus espaldas que son unos plastas, pero a mí me parecen encantadores.

—A ti todo el mundo te parece encantador.

Se produce una pausa mientras Callie reflexiona.

—¡Tienes razón! —Su risa resuena en el teléfono—. Sí, pero ella lo es de verdad, y sirvió un bizcocho de chocolate de no dar crédito. Tú te habrías muerto de gusto. Bueno, el caso es que vendrán a cenar dentro de un par de semanas; o sea, que más te vale estar aquí.

—Dime la fecha cuando llegue a casa y te aseguro que estaré.

—Madre mía, la hora que es. Tengo que ir a la parada del autobús. Que tengas buen viaje, cielo. Te quiero.

—Yo también te quiero.

Reece cierra el teléfono con el corazón desbordante de júbilo. Le encanta que Callie no se sienta necesitada, a diferencia de sus anteriores novias. De un par de ellas pensó que darían la talla, pero de repente hacían cosas como coger su móvil y leer los mensajes mientras él estaba en otra habitación, o ponerse pesadas porque tenía que hacer otro viaje de trabajo y no, ellas no podían acompañarlo porque iba a trabajar contra reloj y no se divertirían.

Pasa la azafata, que le dirige una mirada insinuante.

—¿Champán? ¿Zumo de naranja? ¿Agua con gas?

—Champán, por favor.

Es una lástima que una mujer tan guapa se haya echado a perder de esa manera, piensa Reece, porque salta a la vista que se ha hecho numerosos arreglos en la cara, una apuesta por conservar el aspecto juvenil, y tiene los labios demasiado abultados, la piel demasiado bronceada, las cejas demasiado arqueadas, y cuando sonríe, las arrugas desde la nariz hasta la boca parecen verdaderamente... raras.

—Me llamo Sally —dice la azafata—. Si necesita algo, no tiene más que decírmelo. Cualquier cosa.

No es exactamente coqueteo, pero sí da señales de ello, aunque Reece está acostumbrado por lo mucho que viaja.

Es casi divertido ver el entusiasmo con que reaccionan algunas azafatas ante un hombre que viaja solo, piensa, cómo su mirada esperanzada da paso a una mirada de aburrimiento y resignación cuando ofrecen las mismas bebidas a la mujer que va sentada detrás.

Reece jamás lo reconocería en voz alta ante Callie, aunque ella en el fondo lo sabe, pero le encanta viajar. Era lo único que le daba miedo cuando conoció a Callie; sin embargo, enseguida se dio cuenta de que era la mujer con la que iba a pasar el resto de su vida: ¿y si ella le hacía cambiar?

Le gusta su profesión, en la que subió peldaño a peldaño hasta el puesto de director creativo de su pequeña agencia de publicidad para luego pasar a dirigir una agencia más grande. Los premios de publicidad creativa que ha ganado para esa agencia llenan las estanterías de cristal de su despacho.

Le gusta haber llegado a base de trabajo a un despacho elegante y moderno del tamaño de una cancha pequeña de baloncesto, con todos los juguetes y artefactos que supuestamente deben tener todas las personas creativas. Hay un aro de baloncesto; una mesa de billar americano; un sofá de Mies van der Rohe de cuero y metal cromado, y una barra de bar para las sesiones nocturnas de intercambio de ideas.

Le gusta ir a escenarios más exóticos para rodar los anuncios, conocer a personas interesantes, comer platos insólitos, quedarse con el personal hasta altas horas de la noche en bares y clubes, todo ello como resultado del avance de su trayectoria profesional.

Antes de Callie, viajar también significaba mujeres. A montones. Desde las modelos y actrices que aparecían en los anuncios hasta mujeres que de vez en cuando conocía en los bares. Es un estadounidense alto, de aspecto deportivo, sonrisa irresistible y con encanto e ingenio. No es que sea el hombre más guapo del mundo, pero tiene una forma de centrar su atención en ti, ya seas hombre o mujer, que hace que te sientas la persona más interesante que ha conocido en su vida. Casi todo el que mantiene una conversación de más de cinco minutos con Reece se enamora un poco de él. A ello contribuyen su uno ochenta y cinco de estatura, su pelo alborotado, rubio ceniza, y que le sientan estupendamente unos vaqueros viejos.

Es una de las cosas que más atrajeron a Callie al principio: le sienta igual de bien un traje de Brooks Brothers que unos vaqueros con un polo, zapatillas de deporte y una gorra de béisbol desteñida.

A Reece siempre le había espantado el matrimonio o cualquier tipo de compromiso, porque pensaba que comprometerse implicaría grandes cambios en su vida. Pero cuando conoció a Callie, ella no intentó que él cambiase —en realidad no quería—, sino que él fue quien cambió. Descubrió que ya no le interesaban las modelos de piernas interminables de sus rodajes, que no se dejaba convencer tan fácilmente como antes por un escote vertiginoso o una mirada sensual.

Al principio le disgustaba separarse de Callie, y en un par de ocasiones incluso interrumpió un viaje para volver a casa. Después, cuando nació Eliza, se volvió loco de alegría; sin embargo, empezó a agradecer las noches fuera, los hoteles de lujo, las noches de sueño ininterrumpido. Y después llegó Jack, y con él un caos al que aún no sabe si se ha acostumbrado del todo.

Callie, Eliza y Jack se las arreglan perfectamente sin él, y aunque los echa de menos, agradece no solo un poco de paz y tranquilidad sino volver a disfrutar de la aparente libertad del soltero. No se trata de ir con otras mujeres —eso, jamás—, sino de poder quedarse hasta tarde bebiendo con los chicos. Consigue sacar tiempo libre para vaguear junto a la piscina con los periódicos y buena música en los auriculares, sin gente pequeña tirándole de la manga y pidiéndole que juegue a algo, o que lance una pelota o que le preste atención, por favor, por favor.

Sin embargo, últimamente se ha dado cuenta de que, aunque sigue apeteciéndole viajar, se está haciendo algo viejo para trasnochar y beber. En los últimos dos viajes ha sido el primero en marcharse después de cenar, incluso antes del postre, bostezando y excusándose, para volver a la habitación de su hotel y desplomarse frente al televisor.

Puede que el gusto por la fiesta siga ahí, o al menos la idea, pero la realidad es bien distinta. Es un poco como el año que dejó de correr, de hacer cualquier tipo de ejercicio. Todas las noches, en la cama, decidía que a la mañana siguiente saldría a correr. En realidad, no tenía que tomar ninguna decisión; ponía el despertador cuarenta y cinco minutos antes, se levantaba, se ponía pantalones cortos y zapatillas de deporte, y salía por la puerta incluso antes de que se despertaran los niños.

Ahora, todas las mañanas, cuando suena el despertador, indefectiblemente saca una mano para apagarlo, gruñendo, y vuelve a dormirse. La idea de correr era mucho más atrayente que el hecho de correr en sí, exactamente lo mismo que empieza a ocurrirle con los viajes. Dios, qué alegría volver a casa.

Reece toma un sorbo de champán, reclina la cabeza en el asiento y cierra los ojos mientras los últimos pasajeros avanzan por el pasillo.

—Perdón.

Le han dado un golpe en un codo, y al abrir los ojos ve a una mujer de pie, a su lado, con una bolsa apoyada en su brazo mientras retrocede un poco e intenta meter en el compartimiento de arriba un maletín evidentemente muy pesado.

—Deja que te ayude.

Haciendo gala de buena educación, Reece se levanta y guarda el maletín.

—¡Uf! Gracias. —La chica sonríe y, naturalmente, se sienta junto a Reece—. Me llamo Alison.

—Yo, Reece —dice él, pensando, no por Dios, que no sea una cotorra. Es un vuelo nocturno, y lo que menos le apetece es tener alguien al lado que no pare de rajar en toda la noche, aunque sea... bueno, sí, muy atractiva.

En el vuelo de ida iban sentados delante de él dos hombres de negocios que se emborracharon y no cerraron la boca en toda la noche. Reece se puso furioso. Esta noche solo quiere dormir.

Por favor, no me preguntes qué he estado haciendo en Sudáfrica, piensa, sonriendo forzadamente y cavilando sobre cómo hacerle entender, sin ser grosero, que no le apetece hablar con ella.

—¿Te importa que...?

La chica señala su propio iPod.

Reece vuelve a sonreír, en esta ocasión con auténtica gratitud.

—Yo tenía pensado hacer lo mismo —dice, y los dos se echan a reír.

Reece se despierta sudando. Había extendido el asiento, se había envuelto en una manta y ha dormido durante la mayor parte del trayecto.

Se quita la manta, pone el asiento en la posición anterior y comprueba que la cabina sigue a oscuras, con un resplandor espectral en un par de asientos donde están viendo una película.

Saca el cepillo de dientes y salta cautelosamente por encima de... ¿cómo se llamaba? ¿Alison? Se dirige al baño, se lava los dientes y se enjuaga con el colutorio hasta que empieza a sentirse medianamente persona.

—¿Puede traerme café, por favor? —le pregunta al salir a la azafata, que sonríe mientras él se dirige hacia su asiento.

La gente empieza a despertarse; unos se encaminan cansinamente al baño, otros vuelven a transformar la cama en asiento, se desperezan y bostezan con la mirada vacía, con esa expresión ligeramente infantil de desconcierto.

Alison rebulle, se quita el antifaz y se incorpora. Mira a su alrededor, desorientada, vuelve a hundirse en el asiento y aprieta el botón hasta que la cama se eleva. Su mirada se encuentra con la de Reece.

—¿Has dormido?

—Todo el rato. Acabo de despertarme.

—Entonces ¿no has oído mis ronquidos?

Sonríe. Está igual de guapa, incluso con los ojos cargados de sueño y el pelo revuelto.

—No, pero seguro que yo he roncado más fuerte.

—Vuelves a casa, ¿no?

Reece asiente con la cabeza.

—¿Y tú?

En realidad no quiere saberlo, pero es una cuestión de cortesía.

—Sí. He estado en Ciudad del Cabo, de vacaciones. Un antiguo novio.

—Ah. Lo habrás pasado bien.

No sabe qué decir.

—No tanto. Resulta que había una razón para que no funcionara la primera vez.

Alison suspira, y Reece comprende que está intentando que sepa que está soltera. Las señales son evidentes y algo absurdas.

—Atravesar esos campos de minas que son las relaciones es complicado —sugiere con una sonrisa, y coge una revista, con la esperanza de desanimar a la chica.

—Si lo sabré yo... —Alison vuelve a suspirar—. ¿Y tú? ¿Tienes novia?

Reece se echa reír.

—No. —Y se apresura a añadir—: Esposa. Y dos hijos. Esta es mi única oportunidad de tener un poco de paz y tranquilidad.

—Qué suerte —replica Alison, decepcionada, y se planta los auriculares.

Callie se siente un poco tonta por estar tan nerviosa y excitada ante la idea de ver a su marido tras más de diez años de matrimonio, y cuando Reece la llama para decir que está saliendo de la autopista nota que va a estallarle el corazón de impaciencia.

Se sirve un vaso de vino, se encarama a la encimera para tener una vista aérea de los faros del coche de Reece cuando entre en el sendero de la casa, y en cuanto los ve sale corriendo a abrirle la puerta del coche.

—Loki —susurra junto al hombro de Reece, enterrando la nariz en su chaqueta, aspirando su olor familiar.

Reece le acaricia el pelo con la nariz, pensando en cómo es posible que no se dé cuenta de cuánto la echa de menos hasta que vuelve a tenerla en sus brazos.

—Eh. —Se echa hacia atrás y le sonríe, su cara iluminada unos momentos por los faros de la limusina de alquiler que gira perezosamente sobre la grava para volver a la ciudad—. ¿Me has echado de menos?

—Muchísimo.

Callie le rodea la cintura con un brazo mientras se dirigen a la casa.

—¡Papá!

Profundamente dormida, Eliza le dirige a Reece una sonrisa adormilada, le echa los brazos al cuello y Reece se inclina para sujetarla.

—Hola, cielo —susurra Reece—. Mamá me ha dicho que tenía que despertarte. Ya estoy en casa. Te quiero.

—Te quiero, papá —dice la niña, y se le cierran los ojos cuando se pone de costado y aprieta su conejo de peluche contra el pecho.

Reece va de puntillas hasta la habitación de al lado, la de Jack. El niño está al revés en la cama, con una pierna colgando por un costado, el pijama por encima de las rodillas, la manta en el suelo. Reece se queda un momento en el umbral, mirando a su hijo. Luego se acerca a él, desbordante de amor, lo coge por debajo de los hombros y lo coloca debidamente, con la cabeza en la almohada.

Espera que Jack se despierte, con una sonrisa cariñosa, quizá también un «te quiero», pero su hijo no está para nadie, y tras arroparlo, se inclina, le da un beso en la frente y después se detiene un momento ante la puerta de los dos dormitorios para contemplar los cuerpecitos dormidos, respirando acompasadamente.

Los quiero, piensa. A todos. Sus hijos. Su mujer. Su vida. Quiere esa casa, esa antigua casa de campo de la que se enamoraron los dos en cuanto se metieron en el camino de entrada. Le encantan los muros de piedra seca que circundan los arbustos de boj recortados en forma de globo delante de la casa y las paredes recubiertas de gruesos paneles de roble que le hacen sentirse seguro.

Le encanta el ancho pasillo por el que camina, sujetando una copa y arrastrando la maleta de ruedas; el pasillo, con sus asientos empotrados bajo las ventanas y tapizados de cretona gris claro, que va desde las habitaciones de los niños hasta la suite principal, y que hace dos años decidieron enmoquetar para intentar sofocar el ruido de los niños cuando salían corriendo como una manada de elefantitos por el suelo de madera.

Le encanta la habitación de matrimonio, los blancos y azules suaves, el escritorio sueco y las mesitas gustavianas antiguos pintados de gris, el dosel sobre la cama de cuatro columnas, las bonitas cortinas con flores de lis colgadas de las cuatro esquinas, tras las cuales distingue la curva de una pierna desnuda.

Sonríe, deja la maleta junto a la puerta, pone la copa sobre su mesilla de noche, se sube a la cama y avanza hacia Callie, que está tumbada con la mejor y más cautivadora de las sonrisas y su camisón de algodón de Land's End.

—Grrr —dice Reece riendo—. Alguien parece realmente contenta de verme.

La besa con ternura, se desploma sobre ella y Callie chilla.

—No... puedo... respirar —dice Callie entrecortadamente, pero Reece no se lo cree y ella se ríe cuando al fin se levanta, apoyándose en las palmas de las manos, baja la cabeza y vuelve a besarla.

—Te quiero, esposa —dice él.

—Te quiero, esposo —dice ella, y ya no dicen nada más.

Callie se despierta en mitad de la noche, empapada. Malditos sudores nocturnos, piensa con rabia; se levanta, va hasta el armario, se quita el camisón e introduce la cabeza en una de las enormes camisetas de Reece.

Vuelve a la cama y sonríe, acurrucándose contra el hombro de su marido. Conoce a tantas parejas que no parecen tan felices... Personas que tienen hijos en común y a las que no se les pasaría por la cabeza separarse, pero que no son capaces de hacer feliz al otro.

Qué suerte tengo, piensa, volviendo la cabeza para plantarle un beso a Reece en el cuello. Este no es el hombre con el que me casé; es mucho más. Es mejor marido, padre y amigo de lo que podía imaginarme. Es fuerte, comprensivo y cariñoso. Y a medida que han pasado los años se ha vuelto más atractivo, más sexy y más delicado.

Soy la chica con más suerte del mundo, piensa; se da la vuelta y cierra los ojos mientras el sueño se apodera de ella.

Bizcocho de chocolate y castañas

Ingredientes

1 taza de chocolate negro en trozos
1 taza de mantequilla en cubitos
1 taza de castañas cocidas y peladas
1 taza de leche entera
4 huevos, las yemas separadas de las claras
½ taza de azúcar
Opcional: virutas de chocolate para decorar

Elaboración

Precalentar el horno a 180 °C y engrasar un molde con forma de corona de 22 cm.

Derretir el chocolate y la mantequilla en una cacerola a fuego muy lento. En otra cacerola calentar las castañas y la leche hasta que esta empiece a hervir. Triturar.

Mezclar las yemas con el azúcar hasta obtener una crema esponjosa. Añadir el chocolate y las castañas, y pasar por la batidora.

Batir las claras a punto de nieve y repartir sobre la masa. Poner la mezcla en el molde y hornear 30 minutos. Servir el bizcocho templado (si lo queremos más bien como una mousse) o ponerlo en la nevera hasta que adquiera consistencia. Se puede adornar con virutas de chocolate.

6

—¿Qué tal, Louis?

Mason se detiene en el vestíbulo para saludar al conserje.

—Bien, bien, señor Gregory. ¿Y usted?

—Estupendamente —miente Mason con entusiasmo—. ¿No anda cerca el cumpleaños de su hija? ¿Cuántos años cumple Sophie? ¿Cuatro?

Al conserje se le ilumina la cara.

—Sí. ¡Cuatro cumple, y está monísima!

—¿Le gusta Barney?

—No. Quiere ser como su hermano mayor. Le gusta Bob Esponja.

Mason toma nota mentalmente —hacerse con unos libros de Bob Esponja para la niña— y se despide con la mano al salir a la Quinta Avenida.

Es un precioso día de invierno. El cielo está azul, el aire limpio, a pesar del frío y el viento cortantes. Como siempre, en cuanto sale de su edificio y ve los árboles que rodean el parque al otro lado de la calle, se le alegra el corazón.

Y algo más: nota que se le quita un peso de encima.

Baja por la Quinta Avenida —son doce manzanas hasta la oficina— y se para un segundo para coger el Blackberry, que está zumbando. Olivia. Puede esperar. Que deje un mensaje. No lo llama para decirle algo cariñoso, sino para recordarle que haga un recado o que vaya a algún sitio o que se ocupe de los niños porque la cuidadora no puede ir y ella tiene que salir. Empieza a darse cuenta de que a lo mejor está vivo, pero que eso no es vida. Sus momentos más felices son los que pasa en la oficina, rodeado de personas dinámicas e inteligentes que lo respetan y lo escuchan.

Come con escritores, agentes, editores. Mason es divertido, perspicaz y sobre todo afable. Teme la hora de marcharse; su andar es mucho más pesado por la Quinta Avenida, camino de su casa, y sus pensamientos se centran en los niños; tiene la esperanza de que Olivia no esté.

Se ha convertido en un espectador, un observador que contempla el paso de su vida desde lejos. No quiere que sea así, pero Olivia y él no tienen nada en común y se pregunta en qué demonios estaría pensando cuando le pidió que se casara con él. Y en qué demonios estaría pensando ella cuando dijo que sí.

Olivia detestaba a su madre. Detestaba su esnobismo, que le exigiera que se casara con «alguien de nuestra clase». Mason no era ningún vago. Licenciado en empresariales por Harvard, cuando se conocieron ya tenía cierto prestigio en el mundo editorial, pero era de origen humilde, y la madre de Olivia no lo aceptaba. Naturalmente, Olivia tuvo que casarse con él, para hacerle un desaire definitivo a su familia.

¿Y Mason? ¿No debería haber tenido mejor criterio? Sí, pero estaba aturdido por el mundo de Olivia, tan distinto de todo lo que había conocido, y se dejó llevar por su romanticismo y por todo lo que ella podía ofrecerle. Y que Olivia, tan menuda, dulce y delicada, con su belleza dorada, se fijara en él era algo extraordinario. El que ya desde el principio de salir juntos pareciera que se interesaban por cosas muy distintas entonces tenía su encanto. A él le fascinaba la sociabilidad de Olivia. Era el contraste ideal para su personalidad, algo introvertida, y lo obligaba a salir más a menudo, lo que en su momento parecía algo bueno.

La participación de Olivia en obras benéficas resulta impresionante. Mason pensaba que se trataba de verdad de una buena persona; su mujer era miembro de innumerables juntas dedicadas a recaudar un montón de dinero para buenas causas. Recuerda que se quedó atónito cuando le preguntó por una de sus obras benéficas y Olivia le dijo que no tenía ni idea de lo que realmente hacían.

Mason descubriría muy pronto que no se trataba de recaudar dinero, sino de mantenerse en lo más alto de la escala social.

Olivia está obsesionada con aparecer en la sección de estilo de *The New York Times*; da besitos sin rozar las mejillas a todos los fotógrafos; es amiga de todos los diseñadores de moda, que le hacen vestidos gratis a cambio de publicidad.

Mason es un accesorio, una figura en la sombra con corbata negra que se queda al margen, incómodo, junto a las demás figuras en la sombra con corbata negra a las que de vez en cuando empujan sus esposas para la foto.

Ha pensado muchas veces en dejarla, pero si la idea por sí misma ya le resulta agotadora, el proceso físico y real de llevarlo a cabo lo agobia hasta lo indecible. No es que odie a su mujer, ni siquiera le cae mal; sencillamente no sabe por qué siguen casados. Apenas se hablan, y si comen juntos —como cuando Olivia fue a Joni el otro día— es porque tienen algo concreto que tratar, en este caso la logística de su traslado a Londres.

Y además, hay que tener en cuenta a los niños. Tiene que quedarse porque, si él no estuviera allí, en la vida de los niños habría una sucesión de cuidadoras. Olivia quiere a sus hijos, no le cabe la menor duda, pero los quiere más cuando se portan maravillosamente, van vestidos de forma impecable y cuando hay otras personas delante que puedan admirar a su familia ideal. Pero si los niños están cansados, o se ponen llorones o hacen de las suyas, como todos los niños, Olivia sale del ascensor gritando «¡Christy!», o «¡Elena!» o «¡Dominica!» o comoquiera que se llame la cuidadora de turno.

No es culpa de Olivia, piensa Mason con tristeza. Su madre se quedó ingresada en el hospital diez días después de dar a luz y la mandó a casa con una enfermera y una niñera. Una vez en casa, veía a la niña por la mañana, cuando la bajaban a desayunar, ya lavada y vestida, y un ratito por la tarde, antes de que se la llevaran a su cuarto para merendar. Era inglesa y, a pesar de vivir en Texas, mantenía escrupulosamente las tradiciones de la clase alta británica.

Cuando Olivia estaba nerviosa, o enfadada, o se había peleado con su mejor amiga, o se había metido en algún lío en el colegio, o no le gustaba la clase de música o se caía del poni, recurría a la niñera. Su madre siempre estaba fuera, almorzando y haciendo vida social, y apenas tenía tiempo para dedicárselo a Olivia, a no ser que esta cumpliese estrictamente sus rígidas normas.

El modelo se repite ahora con los hijos de Olivia, solo que en lugar de una niñera que los críe y los quiera durante años hay una serie de chicas jóvenes, ninguna de las cuales ha durado más de un año.

Cuando se hacen un arañazo en la rodilla, o están tristes o contentos, es a Mason a quien recurren.

Por eso no se irá nunca.

Todas las mañanas llega a la oficina a las seis, y a casa todas las tardes a las seis. Le da las gracias a la cuidadora, le dice que puede marcharse y se emplea a fondo en el serio asunto de qué preparar de cena a los niños.

Si Olivia está allí se empeña en encargarse ella, pero nunca durante mucho tiempo. Un chillido, una voz más alta que otra, un pequeño fallo, e inmediatamente se los devuelve a Mason, quien se queda con ellos hasta que se acuestan o hasta que él y su mujer salen.

—¿Jim? Soy Mason.

—¡Hola! Hacía siglos que no sabía de ti. ¿Dónde te habías metido?

—He estado liado, como siempre. ¿Te apetece tomar una cerveza esta tarde?

—Estupendo. ¿En el sitio de siempre?

—Vale. ¿A las seis?

—Pues hasta luego.

O'Hanrahan está oscuro y abarrotado, y hay mucho ruido. Mason se abre paso hasta la barra y saluda con la mano al camarero, que se la estrecha.

—Hacía siglos que no te veía. ¿Qué tal?

—Liado, Declan —dice Mason—. ¿Has visto a Jim?

—Al final de la barra. ¿Una jarra de lo de siempre?

Mason asiente con la cabeza y se mezcla con la fuerza laboral de Manhattan, todos charlando y encantados de desfogarse al final de la jornada.

Olivia acaba de volver de Londres y esta tarde lleva a los niños a una merienda benéfica, de ahí que Mason pueda quedar con Jim. Fueron compañeros de habitación en la universidad, pero ya no se ven mucho. Intentan reunirse una vez al mes para tomar una copa. Antes eran varias veces a la semana, pero Mason siempre está ocupado con el trabajo y la familia, y Jim persiguiendo mujeres.

—¡Colega!

A Jim se le ilumina la cara. Se acerca y se dan el típico abrazo masculino.

—¡Qué buen aspecto! —Mason retrocede un poco—. ¿Haces ejercicio?

—No. No te lo vas a creer, pero me parece que al fin me he enamorado.

—¿Quién? ¿Tú? Pues tienes razón. No me lo creo.

—Ya, claro. El eterno soltero a lo mejor está a punto de jubilarse. ¡Salud!

—Salud. ¿Y quién es la afortunada?

—Françoise. Es francesa. Vino hace años, de *au pair,* y se quedó.

—Vaya, vaya. Conque hace años, ¿eh? Y tiene dieciocho, ¿no?

—Ojalá. —Jim sonríe—. Treinta y cinco.

—¡No! Lo dices en broma. ¡Es adulta!

—Sí, quién lo habría pensado, ¿verdad?

—Creía que ponías el tope en los veinticinco.

—Pues sí, hasta que conocí a Françoise.

—¿Y cuál es el secreto?

Jim da un sorbo de cerveza y se encoge de hombros.

—Me entiende. Y yo a ella. Es independiente, inteligente, trabajadora. No estaba buscando un hombre y no piensa en casarse. Me quiere, pero no me exige nada. Es... no sé, genial.

—Qué bien, Jim —dice Mason—. Ya era hora de que domasen a la fiera. Pero ¿nada de boda? ¿No quiere casarse?

—Esa es la historia. Que ella no quiere y yo sí. Por primera vez en mi vida quiero casarme.

—No hay prisa —le advierte Mason—. ¿Vivís juntos?

—Ha accedido a venirse a casa. Es un primer paso.

—El matrimonio es un compromiso muy serio, y es mejor no cometer errores. Créeme. Debéis conoceros muy bien antes de pensar en el matrimonio.

—Hablando de eso, ¿qué tal el tuyo?

—Ya sabes, como dos barcos que se cruzan en la noche, pero los niños están fenomenal. Tendrías que verlos.

—A lo mejor deberíamos vernos todos un día de estos —dice Jim—. Françoise y yo, los niños, tú... —Y añade en voz más baja—: Y Olivia, claro.

—Sería estupendo —dice Mason, sabiendo que jamás ocurrirá, al menos no mientras siga con Olivia, porque a ella nunca le ha gustado Jim, ni ninguno de los amigos de Mason—. Pero con lo de Londres, que se nos echa encima, no sé si podremos.

—Dios. —Jim se da una palmada en la frente—. Se me había olvidado por completo. Londres. Eso es tremendo.

—Ya lo sé —dice Mason con un suspiro—. Pero no sé si para bien o para mal.

Mason sale del ascensor justo después de las siete y se encuentra la casa en silencio. Deja el maletín en el recibidor y entra en la cocina, donde los niños están sentados ante la encimera, picoteando de un cuenco de moras mientras la asistenta recoge la habitación.

—¡Papá!

Sienna baja del taburete de un salto y se echa en brazos de Mason.

—¡Hola, nena! —Mason la aprieta con fuerza y abre los brazos para rodear a Gray, que aparece segundos después—. ¿Qué tal la merienda?

—Un aburrimiento —dice Sienna—. Charlotte ha sido mala conmigo otra vez.

—Lo siento, cielo. ¿Te has puesto triste?

Sienna asiente con la cabeza.

—Había magdalenas enormes con caramelos encima —dice Gray, y se le iluminan los ojos—. ¡La bomba!

—Sí que tiene que ser la bomba —dice Mason riendo, y mira la encimera—. No me extraña que no estéis cenando. ¿Y mamá?

Sienna se encoge de hombros.

—La señora Gregory se encuentra en su habitación —dice Elvira, la asistenta, que está limpiando la puerta del microondas y se da la vuelta—, arreglándose para salir.

—¿Otra vez? —Mason frunce el ceño—. Creía que hoy solo tenía la merienda.

—La cena por lo de las flores de Central Park.

Elvira se encoge de hombros.

—¡Ay, Dios!

Es evidente que Mason ha olvidado algo importante. Tuerce el gesto y se dirige al dormitorio de Olivia. Llama a la puerta.

—Adelante.

La voz suena débil. Olivia tiene que estar en el vestidor.

—Olivia, soy yo.

Mason abre la puerta que da a lo que antes era la habitación que compartían hasta que Olivia empezó a quejarse de que los ronquidos de Mason no la dejaban dormir y él quedó relegado a otra habitación al extremo del pasillo.

—¡En el vestidor! —grita Olivia.

Mason entra y ve a Olivia sentada ante el tocador, con Megumi maquillándola con mano experta. Junto a una serie de productos capilares que llenan la mesa, se están calentando las tenacillas de Megumi.

—Hola, cielo —dice Olivia a media voz, abriendo los ojos un segundo para mirarlo—. Ya casi hemos terminado con el maquillaje. Megumi está haciendo un trabajo espectacular, como de costumbre.

—Olivia, me siento fatal. Me había olvidado por completo de esta noche. Se me debe de haber ido de la cabeza, pero es que no creo que pueda ir. Tengo un montón de trabajo que hay que terminar para mañana por la mañana y...

Olivia abre los ojos y levanta una mano, y Megumi se aparta obediente para que pueda hablar con Mason.

—No te preocupes, cielo —dice, porque siempre añade un

término cariñoso cuando hay alguien delante—. Sé que detestas estas cosas. Va a llevarme Kent.

—Ah. —Mason suspira discretamente aliviado—. Entonces ¿no me había olvidado?

—No. No te lo había dicho. —Se vuelve hacia Megumi, le hace una seña y levanta la cara para que termine de aplicarle el colorete—. Espero que te parezca bien —añade, como si acabara de ocurrírsele.

—Desde luego. —Mason se acerca a la puerta—. A Kent siempre se le han dado mejor estas cosas.

—Llegará dentro de poco. ¿Te importaría ponerle un whisky cuando venga? Dile que salgo enseguida.

—Vale.

Estupendo, piensa Mason mientras vuelve a la cocina. Kent Beckinsale, anteriormente acompañante de estrellas y ahora, según parece, de su esposa. Kent, con su buena presencia, su encanto y efusividad y sus historias divertidas. Kent, en quien no confía lo más mínimo.

Este vive en un piso que le dejó Rose Thorndike en su testamento, que sorprendentemente cambió en el último momento. Sorprendente porque la mujer tenía tal confusión mental debido al Alzheimer que ya no reconocía a nadie, y era un misterio por qué había cambiado de repente su testamento, en el que dejaba todo lo importante a Kent en lugar de a sus bienamadas obras de beneficencia.

No era la primera vez que una viuda adinerada le dejaba regalos sorprendentes a Kent. En el fondo, Mason piensa que es una cuestión de intercambio: él se ocupa de ellas, algo que se le da maravillosamente, y es justo que ellas se ocupen de él.

No le hace ninguna gracia que Kent sea el acompañante de Olivia, pero no puede decirle nada. Bastaría que se lo comentara para que, por rebeldía, Olivia empezara a ver a Kent todavía con más frecuencia.

Suena el telefonillo —el conserje para anunciar que ha llegado el señor Beckinsale—, y Mason entra a toda prisa en la cocina y coge a los niños.

—Elvira, voy a bañar a los niños. Cuando llegue el señor Beckinsale, ¿puede ponerle un whisky y llevarlo al salón? Dígale que la señora Gregory vendrá enseguida y que disculpe mi ausencia, pero que estoy con los niños.

Por los pelos, piensa. Se lleva a sus hijos rápidamente por el pasillo y los mete en el reluciente cuarto de baño de mármol.

Requesón batido con miel

Ingredientes

- 2 tazas de requesón de leche entera
- 100 gramos de queso fresco
- 4 cucharadas de azúcar
- 3 cucharadas de miel
- ½ cucharadita de esencia de vainilla

Elaboración

Mezclar el requesón, el queso fresco, el azúcar, la miel y la vainilla en la batidora o con la minipímer hasta que quede homogéneo. Delicioso con frutos rojos.

7

Lila sonríe al oír la voz familiar de Callie en el contestador.

«¡Bruja! —vocifera Callie, pero Lila oye su sonrisa—. No me habías contado que ha ido mi hermana a verte. Es que no me puedo creer que ella te vea más que yo. Pero ¿dónde te metes y por qué no sé nada de ti? Y no me vengas con el cuento de que estás enamorada, porque yo soy tu mejor amiga y no me lo trago. Y sé que te has olvidado de mi cumpleaños, que está al caer, y a ver cuándo podemos cenar los cua...» Biiip.

Lila la llama y le deja su mensaje. «Ahora te toca a ti.» Cuelga el teléfono y empieza a preparar la cena.

Lila comprende que es un poco tarde, a la madura edad de cuarenta y dos años, para convertirse en una auténtica ama de casa, pero, como dice su madre, más vale tarde que nunca. Había crecido convencida de que a esa edad ya llevaría décadas haciendo esas cosas —cocinar para un marido y unos hijos—, pero no aparecía el hombre adecuado.

Los parientes mayores le reprochaban haber antepuesto su carrera profesional a un hombre, pero no comprendían que ella no lo había elegido, que se había centrado en su carrera porque no tenía ningún hombre. Cuando era una veinteañera estaba desesperada por casarse, miraba a todo chico con el que salía como posible marido y durante muchos años tuvo álbumes secretos con fotografías de la boda de sus sueños.

Su vestido sería de Vera Wang, de gasa vaporosa, con una falda enorme. Llevaría el pelo recogido hacia atrás, en un moño, con una delicada diadema de perlas y cristal de Swarovski, y el ramo sería de hortensias y peonías blancas.

Se transformaría; pasaría de ser una chica judía de uno cincuenta y cinco de estatura, pelo crespo y trasero grande a una Audrey Hepburn. Nunca estuvo muy segura de cómo ocurriría, pero sí convencida de que ocurriría.

Y su marido sería como Harrison Ford. Pero en judío. O del tipo de Jon Stewart, un neoyorquino guaperas, neurótico, divertido, con un agudo sentido del humor y una pinta estupenda con polo y pantalones chinos cortos.

El problema es que descubrió, no sin decepción, que los Harrison Ford judíos y los dobles de Jon Stewart no sentían especial inclinación por las chicas bajitas, regordetas y de pelo crespo como Lila. Ya podía ser inteligente, indeciblemente ingeniosa y tener un corazón que no le cabía en el pecho, que a los hombres por los que se sentía atraída solo les interesaba como amiga.

Una y otra vez albergó en secreto ardientes pasiones por hombres que llegaron a ser sus mejores amigos, con la esperanza de que un buen día se despertaran y cayeran en la cuenta de que ella, Lila Grossman, su confidente y consejera, era en realidad el amor de su vida. Y una vez y otra se sintió agarrotada por el dolor al asistir a la boda de uno de ellos. Siempre con la misma chica. Menuda, delgada, con el pelo de rizo natural hábilmente secado y transformado en una melena lisa, brillante y sedosa, una chica que estaba estupenda con vaqueros Seven y un bolso Goyard personalizado colgado con descuido del hombro.

Lila ha pasado años enteros tratando de ser esa chica. Ha probado todas las dietas habidas y por haber, pero ninguna le ha reducido el tamaño del trasero y, francamente, le gusta demasiado comer para preocuparse por caber en unos vaqueros de la talla treinta y seis, o de la cuarenta y dos. En su cuarto de baño tiene un armario desbordante de productos y artefactos para el pelo que prometen una cabellera lisa y sedosa, pero nada ha sido capaz de domar el encrespamiento de la suya.

Incluso se compró un bolso Goyard, pero a un vendedor callejero de Chinatown, y si te fijas bien pone Coyerd. Pensó que nadie se daría cuenta, pero cuando pasaba junto a las adictas a las marcas comprobaba que le lanzaban una despectiva mirada de soslayo, y entonces sabía que ellas lo sabían. A veces pensaba que debía preocuparle un poco más en lugar de parecerle gracioso, pero si le parecía gracioso era solamente porque le resultaba más fácil reírse que reconocer el dolor que sentía al perder innumerables hombres que elegían a mujeres que ella no comprendía.

Estuvo a punto de casarse en una ocasión. Tenía treinta años y salía con Steve, que no le gustaba especialmente. Steve era arrogante y soso, pero también inteligente, abogado y judío. Trató a Lila como una criada desde la primera vez que ella le hizo la cena, algo a lo que se había acostumbrado desde pequeña viendo a su madre preparándola todas las noches mientras esperaba el regreso de su padre a casa.

«Tú siempre ten la mesa puesta aunque la cena no esté lista —le decía su madre, colocando los mantelitos y las servilletas—. Así siempre se sienten bien atendidos.»

Su madre le tenía la copa preparada a su padre en cuanto él entraba por la puerta, una bandejita con un Martini con vodka y un cuenco de frutos secos. No se le permitía a nadie que hablara con su padre hasta que «se descomprimía» en su despacho. Después salía, se sentaba a la mesa del comedor y su esposa le servía la cena, mientras se llevaban arriba a Lila, a su hermano y a su hermana para «dejar a vuestro padre en paz».

Como su madre, Lila es una cuidadora nata. Muestra el cariño que siente por la gente cocinando para ellos. Pero a diferencia de su madre, no con hígado troceado, pollo asado chorreando grasa, falda de ternera cocinada a fuego lento durante tantas horas que se deshace, sino con recetas sacadas de los libros de cocina *Barefoot Contessa* o de los programas de Martha Stewart y Mario Batali.

Steve era el receptor perfecto de sus cuidados culinarios. Le encantaba su forma de cocinar y a ella le encantaba darle de comer. El hecho de que no tuvieran mucho de que hablar importaba menos que saber que Steve era justo el tipo de hombre con el que el padre de Lila habría querido que ella se casara.

Steve la animaba a preparar las cenas de los viernes e invitaba a toda la familia de ella. Lila ejercía de anfitriona en lugar de su madre, servía la comida preferida de su padre y sentía una cálida satisfacción al oírle sorber ruidosamente la sopa de pollo, suspirar soñadoramente y felicitarla por las bolas de harina, las *kneidlach:* «Ligeras como plumas».

«Es una persona íntegra, un verdadero *mensch* —decía de Steve, que concedía al padre de Lila el honor de bendecir el pan y el vino—. Y abogado. No podría irte mejor.»

—*Nu?* ¿Para cuándo la boda? —preguntaron los parientes de más edad la primera noche del *Séder** en casa de los padres de Lila.

Cuando Steve se lo pidió en el Jardín Botánico de Nueva York, rodilla en tierra y mostrándole un estuche con un diamante grande, centelleante, cortado como una esmeralda, que había sido de su abuela, a Lila no se le ocurrió otra cosa que aceptar.

Decidió no hacer caso de la sensación de la que no era capaz de librarse desde que empezó a salir con él: ¿esto es todo?

No es que Steve fuera mala persona, sino que no se parecía en nada a lo que había imaginado para ella. Leila era una especie de gurú del marketing, enamorada de su profesión, que se había pasado desde los veinte hasta los treinta años esperando la llegada del caballero con brillante armadura por el que perdería la cabeza. Y lo que había llegado sin alharacas era ese *mensch* dulce, regordete y desaliñado que ya la trataba como si llevaran treinta años casados. No había entusiasmo, pasión, ni emoción alguna. Tan solo la rutina que marcaba la vida de su madre: ama de casa, cocinera y, en cierto momento de un futuro muy próximo, si Steve tenía algo que ver con ello, madre.

Pero eso debería haber bastado. ¿No es lo que querían todos? Un tipo decente que la tratara medianamente bien y con un trabajo estupendo. ¡Y quería casarse con ella! No como esos hombres altos y apuestos de los que durante tantos años se había enamorado y que invariablemente le partían el corazón. Al fin alguien que la quería de verdad, que no le iba a partir el corazón. Llevarían una vida como la de sus padres; Steve ya había empe-

---

* *Séder:* fiesta judía que se celebra el primer día del *Pésaj* o Pascua, en conmemoración de la salida de Egipto de los israelitas. *(N. de la T.)*

zado a hablar de trasladarse a New Rochelle en cuanto se casaran. Y decididamente, él no la haría sufrir.

Pero Lila no lo quería.

Tardó meses en darse cuenta. Trató de ser buena chica, de hacer todo lo que supuestamente debía hacer para tener a todos contentos. Hizo cola pacientemente en las rebajas de los vestidos de novia de muestra de Vera Wang, con su madre y su futura suegra, que charlaban animadamente sobre las gangas que encontrarían dentro. Entró con las hordas y se probó como una posesa los vestidos que le tiraban su madre y Carol, mientras se preguntaba por qué Vera Wang no habría tenido en cuenta a las de la talla cuarenta y seis y uno cincuenta y cinco de estatura.

Fue al hotel Roosevelt para ver al encargado de los banquetes y al encargado del restaurante, y pasó un rato probando los menús de bodas, con la mirada perdida; se sentía como si estuviese en pleno viaje astral.

Tienes que pasar por esto y ya está, se decía. Es la mieditis de antes de la boda. Le ocurre a todo el mundo. Miraba a Steve, despatarrado en el sofá viendo la televisión después de cenar —se había convertido en su rutina nocturna—, y deseaba con todas sus fuerzas sentir algo. Pero no sentía nada; así que lo atribuía al estrés, o a los nervios.

Callie la sacó una noche para preparar la fiesta de despedida de soltera. Cenaron tranquilamente en el Atlantic Grill, y Callie, que observaba a Lila comisquear de forma mecánica el sushi que tenía delante, le hizo de repente una pregunta que Lila había intentado evitar.

—Sé que vas a casarte dentro de cuatro semanas —dijo Callie, bajando la voz e inclinándose hacia delante—, y sé que puede parecer una pregunta absurda, pero ¿le quieres?

—Pues claro —respondió Lila, porque las palabras le salieron con facilidad. Steve la llamaba varias veces al día para preguntarle qué iban a cenar, para saber cuándo iban a quedar para cenar con unos amigos de él, hablarle de una película que él creía que debían ver, y al final de cada conversación decía: «Te quiero», a lo que Lila replicaba: «Yo también te quiero» con igual rotundidad.

—No me refiero a eso. Es decir, ¿estás loca y perdidamente enamorada de él?

Lila se rió, un tanto incómoda.

—¿Quieres decir que si siento por él lo mismo que tú por Reece?

—¡Exacto!

La cara de Callie se iluminó al oír el nombre de Reece. Había empezado a salir con él hacía poco, pero estaba loca de entusiasmo.

—Mira, Callie, no todo el mundo tiene el mismo tipo de relación. Steve es un tío estupendo. Es increíblemente bueno conmigo, tiene un trabajo magnífico y será un marido y un padre maravilloso.

—Por Dios, Lila, pero ¿quién está hablando? ¿Tu padre? Porque tú no, desde luego.

Y Lila comprendió que sí, que era su padre, que él era la única razón por la que estaba sentada a esa mesa, mientras le hacían los últimos cambios a su vestido de novia (se lo estaban sacando, no metiendo; debía de ser la única novia en la historia que, en lugar de perder un montón de kilos antes del día de su boda, los estaba ganando, porque no paraba de comer para intentar tragarse los sentimientos cuya existencia no quería reconocer).

—Ay, Callie. —A Lila empezó a caérsele la máscara—. ¿Me ayudarás?

—Claro que sí. No importa lo que estés haciendo, tienes que pararlo ahora mismo.

—Pero ¿cómo? —La voz de Lila se redujo a un susurro—. ¿Cómo voy a dejar plantada a tanta gente? ¿Cómo se lo digo a Steve? Le destrozaría la vida. ¡Y mi padre! Y toda la gente que va a venir. No sé si seré capaz de hacerlo.

—¿Preferirías ir al altar sabiendo que te has equivocado? ¿Tener que pasar por un divorcio doloroso?

—Ya estoy debajo del *chuppa*, ya sabes, el dosel nupcial —dijo Lila, intentando quitarle importancia.

—Lo que sea. Sabes muy bien a qué me refiero.

—¿Y si conseguimos que funcione? —Lila hizo una mueca—. Porque no todo el mundo tiene lo que tú con Reece. Si pensara que un Reece me estaba esperando a la vuelta de la esquina sería muy fácil, pero eso para mí no existe. Siempre he sufrido cuando me he enamorado, y con Steve no siento dolor. Estoy tomando una decisión pragmática, estoy eligiendo con la cabeza, no con el corazón.

—Pero Lila... —A Callie se le saltaron las lágrimas—. Eres una mujer maravillosa, fuerte e inteligente que se merece amar y ser amada. ¿Por qué crees que tienes que sentar la cabeza? ¿Por qué crees que tienes que casarte con Steve solo porque te lo haya pedido?

—¿Y si no me lo pide nadie más?

La voz de Lila se llenó de pánico al expresar un temor que jamás había reconocido ante nadie.

—¿Y qué? Entonces te comprarás un piso de cine, te acostarás con un montón de niñatos y tendrás dieciséis gatos. ¡Qué cojones!

Y Lila se echó a reír.

—Tienes razón. ¡Qué cojones!

—Gracias. No tienes que ser tu madre para llevar una vida plena, y no tienes que complacer a tu padre para sentirte bien. Ya no vivimos en los años sesenta, y no tienes que preocuparte en absoluto por no casarte con alguien por el simple hecho de que te lo haya pedido o de contentar a tu padre.

Llorando y riendo al mismo tiempo, desbordada por el alivio, la alegría y la tristeza, Lila le apretó la mano a Callie.

—¿Vas a ayudarme?

—Desde luego. Incluso te ayudaré a devolver ese jarrón monstruoso de tu tía abuela Sadie. ¿En qué estabas pensando para poner eso en la lista de bodas?

—No fui yo. —A Lila se le entrecortan las palabras de la risa—. Steve se empeñó en ponerlo en la lista. Su madre tiene uno igual.

—¡Cielo santo! ¿Y en su casa queda tan feo?

—¡Sí! Dios, cómo detesto esa casa. No puedo creer que sea capaz de reconocerlo, pero ¡no los soporto! A ninguno de ellos. No soporto a su familia, ni a sus amigos. Por Dios, Callie, ¿qué demonios he estado haciendo?

Callie se echó hacia atrás en la silla y alzó las manos hacia el techo.

—¡Alabado sea el Señor! —gritó riéndose, y los clientes se volvieron para mirarla.

A medida que Lila se acercaba a los cuarenta, se preguntaba con frecuencia si habría tomado la decisión acertada, pero sabía que estaba mucho mejor sola que casada con un hombre al que no quería.

(Para que conste, Steve se casó seis meses después con una chica que conocía de toda la vida, la hija de los mejores amigos de sus padres. Ella dejó su trabajo inmediatamente y se trasladaron a Englewood, Nueva Jersey, donde es presidenta de la Hadassa* local y madre de tres adorables niños. Lila sigue considerándose afortunada por haber escapado a ese destino.)

Hace dos años la empresa de Lila se trasladó a Norwalk, Connecticut, y aunque durante una temporada se conformó con ir y venir a diario del trabajo, de pronto empezó a fantasear en el tren con una casita con jardín para ella sola, con sentarse en el porche a tomar el sol con un vaso de vino y un gato sobre el regazo.

Se dio cuenta de que estaba cansada de Nueva York. Había oído decir que cuando te cansas de Nueva York te cansas de vivir, pero sabía que no era verdad. Solo quería una vida distinta, alejarse de la continua lucha por la supervivencia, de la competición entre mujeres por salir con alguien, que se había endurecido con la edad.

JDate o match.com; no había grandes diferencias entre las agencias de contactos por internet, porque todas eran horribles. Nadie era como en la foto, y en contadas ocasiones se daban auténticos emparejamientos. Había llegado el momento de empezar desde cero, en algún sitio en el que pudiera ser feliz, ella y su gato.

Encontró una casita victoriana en Rowayton, casi a la orilla del mar, que necesitaba una restauración a fondo, y aunque tar-

* *Hadassa*: organización sionista de Estados Unidos, de carácter voluntario, integrada mayoritariamente por mujeres. *(N. de la T.)*

dó más de un año en sentirse plenamente instalada, en aprender a desenvolverse y hacer amigos —tarea difícil cuando estás rodeada de parejas casadas y niños—, al fin encontró la paz que le faltaba a su vida en la ciudad.

Y el año anterior conoció a Ed. Primero lo oyó, hablando por el móvil en el Starbucks al final de Greenwich Avenue, y se enfadó lo indecible, porque estaba plenamente convencida de que hay que atender las llamadas en la calle para no molestar a los demás.

Trató de no hacer caso, pero él estaba discutiendo con su mujer —si bien a medida que fue subiendo el tono de la conversación se puso de manifiesto que se trataba de la ex mujer—, que lo acusaba de no haber devuelto la ropa de su hijo, mientras que él intentaba decirle que él mismo había comprado la ropa del niño y siempre había devuelto puntualmente la de ella.

Podría haber resultado interesante si no hubiera sido tan estruendoso.

—Disculpe. —Lila se dio la vuelta, ceñuda, echando chispas—. Por fascinante que pueda ser lo de los tres polos de Ralph Lauren que usted asegura no tener en su casa y las sandalias Merrell, prefiero mil veces leer tranquilamente *The New York Times*. ¿Le importaría continuar la conversación fuera?

A aquel hombre le cambió la cara.

—Cuánto lo siento —dijo acongojado. Se levantó inmediatamente para dirigirse a la puerta—. Estoy... abochornado. Lamento haberla molestado.

—No pasa nada. —Ahora le tocaba a Lila sentirse avergonzada—. No se preocupe. Pero hable más bajo.

Se enfrascó en la lectura del periódico y al levantar la vista diez minutos más tarde se topó con el mismo hombre delante de ella, aclarándose la garganta.

—Vuelvo a pedirle disculpas —dijo, y las disculpas parecieron mucho más sinceras con aquel correctísimo acento británico—. ¿Puedo invitarla a un café, o quizá a algo de comer?

—Claro. —Lila sonrió abiertamente, dobló el periódico y lo dejó sobre la mesa—. Disculpas aceptadas, y me encantaría un café con leche desnatada y un trozo de bizcocho de cerezas bajo en calorías. ¿De dónde ha sacado ese acento? ¿De Brooklyn?

Y ahora, a los cuarenta y dos, Lila sabe lo que es enamorarse. Ha comprendido que no se trata de fantasear con hombres inaccesibles o inalcanzables que siempre la verán como a una amiga. No se trata de jueguecitos —no devolverle la llamada, fingir que estás ocupada cuando no lo estás—, apostando por mantener su interés o quizá de empezar a interesarle.

Se trata de sentir paz. Y alegría. Y felicidad. Se trata de cómo le sonríe hasta el corazón cuando oye entrar en el jardín el coche de Ed, de sentirse segura, de saber que no hay jueguecitos, que él llamará cuando ha dicho que llamaría, de que cuando la mira cuando están sentados en el porche, no la ve como ella se ve a sí misma, una chica judía regordeta de uno cincuenta y cinco de estatura, pelo crespo, nariz larga y papada. Él la ve como Audrey Hepburn.

Y cuando ella lo mira a él, ese periodista inglés rubio, de uno noventa, modales exquisitos, humilde y ligeramente tímido, nota que el corazón le estalla de amor.

Puede que haya tardado cuarenta y dos años, pero la espera ha merecido la pena.

Albóndigas de pescado

Ingredientes

½ kilo de filetes de abadejo sin piel
½ kilo de filetes de bacalao sin piel
1 ½ cebollas de tamaño mediano
3 huevos
3 cucharaditas de sal
un pellizco de pimienta blanca
3 cucharaditas de azúcar (yo acabé poniéndole mucho más, creo que
    entre 5 y 6, pero está bien que tenga un sabor ligeramente dulce y
    salado)
1 cucharada de aceite
½ taza o ¾ de taza de pan rallado

Elaboración

Limpiar el abadejo y el bacalao; dejarlos escurrir.

Pelar y picar la cebolla en trozos de unos 2 cm.

Ponerla en la batidora junto con los huevos, la sal, el azúcar, la pimienta y el aceite. Triturar hasta que se forme una pasta homogénea.

Verter en un cuenco grande, añadir el pan rallado, remover y dejar reposar.

Cortar el pescado en trozos de 1 cm aproximadamente y ponerlos en la batidora, en dos tandas. Triturar durante 5 segundos hasta que el pescado quede finamente desmenuzado.

Añadir a la cebolla triturada y mezclar a mano.

La pasta debe ser lo bastante consistente para hacer bolas como las albóndigas de carne. Si no es así, añadir un poco de pan rallado; si es demasiado consistente, añadir un poco de agua.

Poner aceite en una sartén, 1 o 2 cm, y calentar. Depositar con cuidado las albóndigas de pescado y freír, dándoles la vuelta varias veces a fuego medio hasta que queden doradas. Retirar y poner a escurrir sobre papel de cocina.

Pueden servirse calientes o dejarlas enfriar.

8

Callie suelta el aire lenta y prolongadamente y sonríe mientras la masajista alivia con habilidad la tensión de sus hombros. ¡Y ella que pensaba que Reece se había olvidado de su cumpleaños!

Esa mañana no había ningún regalo de Reece. Cuando Callie se despertó, él ya se había marchado. Callie supuso que se le había olvidado y apretó el botón del despertador suspirando con tristeza.

Pero enseguida entró corriendo Eliza, y detrás Jack, con una bandeja en la que había huevos revueltos, unos restos de pollo de la cena de la noche anterior, dos tostadas quemadas y una taza de té de un tono sospechosamente gris.

—¿Es para mí? —preguntó encantada.

—Te hemos traído el desayuno a la cama —anunció Jack con orgullo; se subió a la cama y se acurrucó junto a Callie—. Feliz cumpleaños, mamá.

Los niños no pararon de moverse inquietos y excitados mientras la veían desayunar —por Dios, ¿de verdad tenía que comerse esas tostadas negras?—, hasta que le dieron su «sorpresa», que iba envuelta en papel de colores para los trabajos manuales del colegio y que Callie reconoció, porque estaba en el armario de abajo.

Se le saltaron las lágrimas al abrirlo y ver una fotografía suya y de Jack cuando era un bebé, con un enorme marco de papel marrón que evidentemente había hecho Eliza, con delicadas conchitas pegadas, formando remolinos. Callie se imaginó a Eliza encerrada en su habitación, con la cabeza gacha, concentrada en pegar debidamente las conchitas.

—¡Me encanta esta fotografía! —Rodeó con los brazos a sus dos hijos y los estrechó con fuerza—. Siempre ha sido la que más me ha gustado de nosotros dos. ¡Y el marco es precioso! ¿De dónde habéis sacado algo tan bonito?

—¡Lo he hecho yo! —dijo Liza toda orgullosa—. ¡Yo sola! Por eso no podía dejarte entrar en mi habitación la semana pasada.

—¡Y yo pensando qué hacías allí tanto tiempo encerrada! Liza, es precioso.

—¿Te gustan los círculos?

—¡Mucho! —Callie asintió con la cabeza, entusiasmada—. Estas partes sobre todo. Y este trocito... me recuerda a una ola.

—¡Eso es lo que yo quería! —exclamó Eliza, radiante; saltó de la cama y echó a correr escalera abajo, hacia la sala de la televisión para ver *Camp Rock*. Otra vez.

—¡Te quiero, mamá! —gritó Jack, y salió detrás de Eliza. La tentación de la televisión era demasiado fuerte para resistirse a ella, como de costumbre.

Callie se permitió unos momentos de autocompasión. La noche anterior, justo antes de quedarse dormida, le había recordado a Reece que al día siguiente era su cumpleaños y que el mejor regalo que podía hacerle era tomarse el día libre y pasarlo con ella. Y mientras se lo decía ya predecía la respuesta.

Reece se rió, le dio un beso y le dijo que no se preocupara, que le tenía preparada otra sorpresa.

—No, en serio —insistió Callie—. No quiero regalos. Sé que es viernes, pero me gustaría que te quedases en casa.

—Sabes que tengo que marcharme temprano —replicó Reece—. Pero intentaré volver a las seis, ¿vale?

Callie siguió albergando la esperanza de encontrarlo allí cuando se despertara por la mañana.

Pero Reece le dio una sorpresa. A las dos de la tarde le llegó un enorme ramo de flores con una tarjeta que decía que la recogerían a las tres y que ya había contratado a una canguro para los niños.

Callie intentó llamarlo por teléfono para preguntarle si iba a necesitar algo especial, pero Reece se pasó el día en reuniones y no pudo hablar con él, así que cambió las omnipresentes Flit-Flop por unas bailarinas, pantalones negros y un bonito blusón —la clase de atuendo con el que podría ir a cenar a un restaurante decente, si era eso lo que tenía pensado Reece— y se dispuso a esperar el coche.

Saltaba a la vista que algo se estaba tramando, porque los niños bajaron del autobús del colegio justo antes de las tres, y mientras Jack se precipitaba dentro para poner la televisión, Eliza apenas podía disimular la excitación.

—No necesitas nada, ¿verdad, mamá?

—Parece que no.

—Pero ¿no sabes adónde vas?

—No, pero me da la impresión de que tú sí. —Callie se inclinó hacia delante con aire de complicidad—. ¿Me lo cuentas? ¿Juntamos los dedos y te prometo que no se lo digo a nadie?

—¡Mamá! —exclama Eliza, indignada—. Soy demasiado mayor para eso.

—¿Te lo juro y si no que me muera aquí mismo?

—¡No! No me dejan decírtelo. Pero te vas a poner contenta. —Y subió brincando la escalera para llamar por teléfono a su amiga.

A las tres en punto una limusina se deslizaba majestuosamente por el sendero y hacía crujir la grava al detenerse con elegancia ante la puerta de esa casa tan antigua.

Se abrió una portezuela y salió la canguro con una sonrisa de oreja a oreja.

—Jenn, ¿hay alguna razón por la que te presentes en nuestra casa en una limusina gigantesca? —preguntó Callie, tratando de no reírse. A qué extremos ha llegado Reece, pensó.

—¿No es la bomba? Cuando me recogió, ya me encargué yo de que me vieran todos los chavales por la calle. Ahora le toca a usted. Yo me encargo de los niños y usted, a divertirse. ¡Ahí dentro hay de todo, incluso champán!

—Espero que tú no hayas bebido —le dijo Callie en broma—. Irás a la universidad, pero aún eres menor de edad.

—¡Claro que no!

Después de abrazar a Jack y Eliza y tras despedirse de Jenn agitando la mano, Callie subió al coche.

Y cuando la limusina salió del sendero, Jenn sacó su móvil y volvió a marcar.

—Soy Jenn, la canguro —dijo—. Acaba de salir. No hay moros en la costa.

La limusina dejó a Callie en un lujoso hotel con instalaciones para tratamientos de salud y belleza, un lugar que Callie llevaba tiempo deseando conocer. La llevaron a una luminosa suite donde había más flores y una caja de sus bombones preferidos.

Colgado en el armario, estaba el vestido que se había comprado el año anterior pero que no había llegado a estrenar, porque cogió la gripe y no fueron a la fiesta. Callie seguía esperando una ocasión para ponérselo, pero ya nadie parecía dar fiestas, y desde entonces permanecía colgado tristemente en el armario de su casa.

También estaban allí sus sandalias y el estuche de maquillaje. Incluso el secador y los cepillos. Qué marido tenía... Había pensado en todo.

Primero un masaje facial y después el masaje corporal más fantástico que le habían dado en su vida.

Se envuelve en la bata, va tambaleándose al dormitorio, y después de tantear con la tarjeta se abre la puerta. Allí está Reece, con una enorme sonrisa.

—¡Cielo! —chilla Callie, echándose en sus brazos.

—¡Feliz cumpleaños, cariño!

Reece la abraza, le acaricia el cuello con la nariz y se aparta un poco para ponerle una cajita en las manos.

Callie sonríe.

—Me encantan las sorpresas, pero más vale que sean joyas.

—Ya lo sé, ya lo sé —susurra Reece—. A todas las chicas habría que regalarles joyas por su cumpleaños.

Como una niña pequeña, Callie rasga el papel, abre la caja y da un grito sofocado al ver los pendientes, unos aros enormes y delicados de oro salpicados de minúsculos diamantes que lanzan destellos.

—¡Has hablado con Lila! —dice, abriendo los ojos desmesuradamente, encantada.

—¡Pues claro! ¿O es que creías que no le iba a pedir consejo a una experta?

Callie y Lila habían estado de compras por la ciudad cuando pasaron por delante de una joyería.

—Vamos a entrar a echar un vistazo —dijo Lila—. A lo mejor podría probarme anillos de compromiso.

—¿Anillos de compromiso? ¿En serio? —A Callie se le ilumina la cara—. ¿Hay algo que quieras contarme?

—Todavía no —respondió Lila animadamente—. Pero estoy segura de que muy pronto.

Una vez en la tienda, mientras Lila se ponía alegremente enormes sortijas de diamantes en el dedo anular de la mano izquierda, Callie se paró en seco al ver esos pendientes; se enamoró de ellos al instante.

—A lo mejor te los podría regalar Reece por tu cumpleaños.

Lila apenas despegó la vista de la gigantesca y deslumbrante pera que tenía en un dedo.

—Jamás se gastaría esa cantidad de dinero —refunfuñó Callie, devolviendo los pendientes de mala gana.

—¿Y no podrías comprártelos tú? —preguntó Lila cuando salieron de la tienda y Callie seguía hablando de ellos—. Creía que te iba muy bien con la fotografía.

—Y me va muy bien —dijo Callie con tristeza—. Pero ese

dinero es para la universidad de los niños, no para mis gastos frívolos en joyería.

—Esos pendientes no tienen nada de frívolos —replicó Lila.

—¿Y cómo lo sabes? No puedes haberte fijado, si apenas le has quitado ojo a los anillos.

—Tienes razón, tienes razón. Perdona. Pero sí los he visto, y ahora las dos tenemos algo que desear.

—Te quiero.

A Callie se le llenan los ojos de lágrimas mientras se pone los pendientes, los contempla en el espejo —son tan bonitos como la primera vez que los vio— y se acerca a la cama, donde se ha tumbado Reece. Se inclina para besarle.

—Te quiero —dice él, echándose hacia atrás para mirarla a los ojos, para que Callie sepa cuánto la ama, y vuelve a besarla, la tira encima de él y le quita la bata con dulzura, pero con decisión.

Callie termina de maquillarse con un toque de brillo, aprieta los labios con un chasquido, se retuerce el pelo por detrás y se lo recoge con un pasador grande y reluciente.

—Estás preciosa.

Reece se acerca por detrás y le da un beso en el cuello, y ella le sonríe en el espejo.

Once años, piensa Callie, y lo quiere tanto como el día que se casaron. No, tanto no. Más. Su amor por él se ha fortalecido y se ha hecho más profundo, y no ha habido un solo momento en el que haya dudado de Reece, ni de su relación, ni que haya pensado que podría haberle ido mejor.

Su relación es una anomalía, en muchos sentidos. Ninguna de sus amigas acaba de comprenderla. Se imaginan que deben de tener problemas; él pasa fuera demasiado tiempo. Debe de sentirse muy sola. Pobre Callie, que tiene que hacer tantas cosas sola y sin ayuda.

Precisamente la distancia es lo que hace que funcione, piensa ella. El que sean dos personas independientes y autosuficientes que se quieren pero no se pasan la vida pensando que se necesitan desesperadamente el uno al otro es lo que fortalece su relación.

Callie es el gran amor de Reece, y él el de ella. Que su marido viaje tanto la estimula. Organiza salidas solo de chicas con sus mejores amigas, o se mete en la cama con Eliza a las ocho de la tarde —que no se entere nadie— para ver películas tontorronas y cenar palomitas y chocolate.

Cuando Reece vuelve a casa se siente feliz al verlo y se sorprende de lo guapo que sigue pareciéndole. Y si lo mira desde el otro extremo de una habitación, le palpita el corazón, desbordante de la dulce satisfacción de saber que ese hombre es suyo.

Le encanta su olor, su tacto, su sabor. Muchas veces, por la noche, cuando él está profundamente dormido y ella inquieta y no para de dar vueltas en la cama, se inclina y le besa en un hombro o un brazo. Reece no se despierta, pero aun así busca su mano y se la estrecha antes de dormirse más profundamente.

Nunca han sido una pareja de las que duermen agarraditos. Callie no es capaz de dormir así, pero le gusta saber que Reece está allí, tumbado y despatarrado como un niño pequeño, ocupando toda la cama.

Lila se asoma a la ventana, esperando a que llegue Steffi.

—Por Dios bendito —masculla en voz alta—. La quiero como a una hermana, pero ¿por qué demonios tiene que llegar siempre tarde?

—Llegará enseguida —dice Ed desde el recibidor, donde está preparando las bebidas—. ¿Quieres que corte los limones y las limas?

—Eres una joya —le dice Lila sonriendo—. Mi hombretón blanco, anglosajón y protestante.

Se acerca a él y le rodea la cintura con los brazos.

—¿Quieres dejar de llamarme así? —Ed baja la mirada hacia Lila—. Soy inglés, que es distinto. Allí no tenemos esas cosas.

—Pero tú sigues siéndolo. Por eso te encargas del alcohol.

—¿Cómo? —Ed se aparta, confuso—. ¿Y eso que tiene que ver?

—Los protestantes blancos y anglosajones beben, los judíos, no. Vale, pues no es eso, cristianos, o lo que sea. No judíos. A los judíos no les va el alcohol, no se les da bien. ¿Has estado en una boda judía?

Ed niega con la cabeza. Lila siempre le hace sonreír con sus historias y su franqueza.

—Pues que la gente va por la comida, no por la bebida. Con un poco de suerte te dan un poco de vino kosher, ya sabes, el que cumple los preceptos. Después de la ceremonia de circuncisión del hijo de mi prima la mesa estuvo a punto de venirse debajo de tanta comida como había, y cuando alguien propuso un brindis, mi prima se dio cuenta de que se le había olvidado encargar algo para beber.

—¿Y qué hicisteis?

—Beber leche y agua. Era lo único que tenía.

—Bueno, por lo menos esta noche estaremos bien servidos de comida —dice Ed.

—Eso si aparece Steffi. Incluso si no aparece, he preparado suficientes entremeses para dar de comer a un regimiento de quinceañeros hambrientos. No lo puedo evitar —añade—. Lo llevo en los genes.

—Me haces reír —dice Ed con cariño, y se inclina para besarla—. Eres la mujer más extraordinaria que he conocido en mi vida.

—Pero ¿te molo?

Lila emplea esa expresión que le hace tanta gracia.

—Me molas mogollón.

Ed enarca una ceja y hace un gesto para señalar el piso de arriba.

—¡Venga! —Lila lo aparta de un empujón—. No estarás proponiendo en serio que vayamos arriba a echar un polvo rápido en casa de mi mejor amiga mientras estamos preparando su fiesta sorpresa y su hija de ocho años y su hijo de seis están ahí viendo la televisión, ¿verdad?

—Eso es exactamente lo que estoy proponiendo.

Y Ed se ríe.

—Pues la respuesta es no. Pero si te portas bien, a lo mejor tienes suerte más tarde...

En el momento en que Lila sube los brazos y acerca a Ed para besarle oyen el ruido de un coche. Lila se asoma a la ventana.

—Bueno, por fin ha llegado. Por Dios bendito, ¿qué demonios es eso?

—Es Fingal —dice Steffi jadeante, señalando el perro enorme, flaco y peludo, como un caballo, que está a su lado—. Voy a tenerlo el fin de semana.

—No habrás rescatado otro animalito que acabará con alguno de los pobres amigos de tu madre, ¿verdad? —Lila la mira con recelo después de darle un abrazo gigantesco—. Porque a lo mejor tu madre no vuelve a aceptarlo.

—No, no. En realidad no es mío. Es de un cliente. Estoy pensando en cuidarlo mientras su dueño está en Londres, así que voy a quedármelo este fin de semana para ver qué tal nos llevamos.

—¿De qué raza es? Porque es enorme —pregunta Lila.

—Un galgo escocés, si no me equivoco. —Ed se inclina para darle un beso a Steffi y después rasca a Fingal detrás de las orejas. El animal, encantado, se apoya sobre él para recibir más atenciones—. Son unos perros estupendos. Muy aristocráticos.

—Eso no es un perro. Es un poni —dice Lila con prudencia.

—Es muy tranquilo. —Steffi lo lleva adentro—. Es increíblemente dócil.

Lila se asoma para mirar el coche.

—¿Dónde está Rob?

—No ha venido.

—Uy, uy. ¿Va todo bien?

—Pues la verdad, no. —Steffi se acerca al sofá en un extremo de la cocina y lo señala—. Arriba —le dice a Fingal, que da un brinco, se acurruca formando una bola sorprendentemente compacta y apoya la cabeza con elegancia en las patas para examinar la habitación.

—Es impresionante —dice Lila.

—¿A que sí?

—Entonces, Rob...

—Los hombres —murmura Steffi, y lanza una rápida mirada a Ed para disculparse—. Perdón. No todos los hombres, desde luego.

—¿Los hombres que se llaman Rob? —apunta Ed.

—Exacto. Así que estoy enfadada con él porque la otra noche se llevó a todos sus amigos fumetas y cuando les entró el hambre se comieron todo el chili que había preparado para esta noche, y después ni siquiera se disculpó. Encima, me dijo que si quería guardar comida para algo, que la dejara en la nevera de mi restaurante. —Lila mueve la cabeza con indignación—. Le dije que lo había avisado, y él me respondió que no se había acordado, así que yo le repliqué que eso era porque está tan ciego todo el tiempo que la maría le ha machacado las pocas neuronas que le quedaban porque, como todo el mundo sabe, los guitarristas no se distinguen precisamente por su capacidad intelectual.

—¿Eso le dijiste? —le pregunta Lila, horrorizada.

—Pues sí. Estaba muy enfadada.

—¿Tú crees? —dice Ed pensativamente—. Yo creía que son los baterías los que no se distinguen por su capacidad intelectual. Muchos guitarristas famosos son muy inteligentes. Fíjate en Queen, y en Coldplay. Son todos universitarios, y muy listos.

Steffi mira a Ed como si pensara que está loco, mientras que Lila lo contempla embelesada.

—¿No es fantástico? —le dice a Steffi, que se apresura a asentir con la cabeza.

—Bueno, no sé, no conozco a ningún batería. Ni a otros guitarristas. Es una de esas estupideces que se dicen cuando te enfadas.

—¿Y así empezó la pelea?

—Sí. Y después... —Parece avergonzada—. Después llevé a Fingal.

—Deja que lo adivine. No le habías avisado.

—¡Pero porque sabía que iba a decir que no! —dice Steffi en tono lastimero.

Ed se ríe.

—¡Ah! Eso lo explica todo.

—Y... esto... ¿de quién es el piso?

—Nuestro —responde Steffi con irritación.

—¿Cuánto tiempo llevas viviendo allí? —insiste Lila.

—Cuatro meses.

—¿Y Rob?

—Doce años —farfulla Steffi.

—Perdona, pero no te he oído —replica Lila poniéndose una mano en la oreja.

—¡Doce años! Vale, vale, ya lo pillo. El piso es suyo, no le pregunté nada y sé que detesta los perros.

—¿Que qué? —Lila se queda mirándola, incrédula—. ¿Has dicho que detesta los perros?

—Pues... sí.

—¿Y por casualidad le gustan los ponis pequeños?

—La verdad es que no. No le gustan los animales.

Ed se encoge de hombros.

—Ya sabes lo que dicen, no te fíes...

—¡Sí, ya lo sé! Esa es la cuestión. Llevé a Fingal a casa sabiendo que Rob se enfadaría todavía más, y lo hemos dejado temporalmente.

—Vaya, cielo. ¿Y tú estás bien?

—Sí, sí. Mejor que bien. Me siento aliviada, francamente. Estoy harta de no poder dormir porque él se dedica a ensayar *riffs* con sus amigos hasta las seis de la mañana, en casa.

—¿Cuándo duerme? —pregunta Ed intrigado.

—Por el día. Es como estar casada con un puñetero vampiro.

—Sí, no parece muy divertido —reconoce Ed.

—No lo es.

—Y... ¿ya has encontrado otro piso?

—No. Voy a quedarme en casa de una amiga unos días, pero hay otra cosa.

—Uy, uy. Algo me dice que me vas a dar otro disgusto.

—No, no es nada malo. Es que el dueño de Fingal tiene una casa de campo en Sleepy Hollow que está vacía, y me ha dicho que me puedo quedar allí. Me ha dado por pensar que estoy un poco harta de la ciudad y que a lo mejor podría pasar allí el invierno.

—Steffi —dice Lila muy seria—. No me gustaría parecer tu padre, pero ¿cuándo demonios vas a sentar la cabeza?

Chili

Ingredientes

1 pimiento verde
½ cebolla
2 tazas de zanahorias *baby*
3 dientes de ajo
3 cucharadas de aceite de oliva
1 cucharadita de chili en polvo
2 cucharaditas de cominos molidos
½ cucharadita de pimienta de Jamaica (o de otra clase; dio la casualidad de que yo tenía de esa)
½ cucharadita de canela
1 cucharadita de pimentón
½ cucharadita de cúrcuma
½ kilo de pollo o pavo picado (para los que coman carne)
2 botes pequeños de judías pintas
1 bote pequeño de judías negras
1 lata grande de tomates en trozos
una pizca de salsa Worcestershire

Elaboración

Triturar la cebolla, las zanahorias, los ajos y el pimiento en la batidora, y sofreír en el aceite unos 5 minutos hasta que todo se ablande. Añadir el chili, el comino, la pimienta de Jamaica, la canela, el pimentón y la cúrcuma; remover bien.

Para el chili vegetariano, omitir el paso de la carne y continuar. Si no, añadir la carne ahora y remover hasta que cambie de color.

Agregar las judías, previamente lavadas y escurridas con un colador. Incorporar los tomates y la salsa Worcestershire.

Llevar al punto de ebullición, bajar el fuego y cubrir, dejándolo a fuego lento durante unos 30 minutos. Cuanto más tiempo esté a fuego lento, más sabroso quedará. Además, es mejor hacerlo dos días antes y dejarlo en la nevera para que absorba todos los sabores.

Servir con nata agria, el cilantro picado y queso rallado.

9

—No me lo puedo creer. —Callie, ya vestida y maquillada, sintiéndose guapísima, intenta contener las lágrimas—. Es mi cumpleaños, estamos a punto de ir a cenar... ¿Para qué necesitas el puñetero Blackberry?

—Lo siento, Callie. —Reece parece compungido—. Solo tengo que enviar un correo y acabo enseguida, te lo juro. Yo tampoco puedo creerme que no me haya traído el Blackberry.

—¿No puedes enviarlo con el móvil?

—No, cielo. Todos los correos referentes a esta campaña están en el Blackberry, y necesito un teclado como es debido.

—¿No puedes acceder a tu cuenta de correo desde el hotel? Estoy segura de que tendrán un ordenador que podrás usar.

—Callie, Loki. —Reece la rodea con los brazos y la estrecha contra sí—. No puede ser. Ya lo he intentado. Sé que es tu cumpleaños y sé lo mucho que te disgusta que tenga que trabajar por la noche, pero te juro que esto va a ser muy rápido. Vamos a casa, recogemos el Blackberry y volvemos enseguida. Si conduces tú, mientras tanto yo envío el correo y ya me tienes para ti toda la noche, te lo juro. Serán veinticinco minutos, máximo. Vamos, nena. No dejes que esto te eche a perder el cumpleaños. Por favor.

Callie suspira dramáticamente, vuelve la cabeza y al final accede con un encogimiento de hombros mientras recoge la cartera de noche y el chal.

—No estoy muy conforme, Reece —dice llamándole por su

nombre en lugar de utilizar un término cariñoso, algo que solo hace cuando está enfadada con él—. Pero vale. Vamos.

En la sala de la televisión del 1024 de Valley Road, Honor Wharton les da un beso a sus nietos y se aleja de ellos de mala gana para echar una mano en la cocina.

—Oye, me gusta tu falda —dice Eliza despreocupadamente cuando su abuela está saliendo de la habitación.

Honor entra otra vez, y al dar unas vueltas las lentejuelas y los espejitos cosidos en el bajo del vestido, que le llega hasta el suelo, reflejan las luces, y le lanza un beso a su nieta para darle las gracias.

No deja de sorprenderla lo mucho que quiere a sus nietos, un amor muy distinto del que siente por sus hijas, pero aún la sorprende más lo mucho que la quieren los niños. Si pudiera, viviría en la casa de al lado, pero Maine es su hogar desde hace cuarenta años y no se ve marchándose de allí.

Prepara sus grandes viajes a Bedford tres veces al año, con excursiones a Nueva York para pasar el día con Steffi, y este año es la cuarta visita, para celebrar el cumpleaños de Callie.

A pesar de estar con su abuela en tan pocas ocasiones, Eliza y Jack desbordan de cariño cada vez que la ven, se echan en sus brazos, se la comen a besos y se acurrucan sobre su regazo como cuando eran pequeños. Eliza siempre pregunta si Googie —así llaman a Honor— puede dormir en su cuarto esa noche.

Y Googie invariablemente lo hace. Renuncia a la habitación de invitados de abajo, con su cuarto de baño y su preciosa cama con dosel, por la cama individual en la habitación de Eliza, porque no hay nada tan mágico para ella como que la despierte a las seis de la mañana una naricita, a escasos milímetros de la suya, pidiéndole que juegue a los caballos con ella.

Y Honor juega con ella de buena gana, apurando hasta la última gota de lo que disfruta con su nieta y maravillándose del vínculo que han establecido a pesar de la distancia y del poco tiempo que pasan juntas.

—¡Googie! ¡Te estábamos buscando! —Lila está sacando del horno los triángulos de queso Boursin y levanta la vista—. ¿Sabes dónde están las etiquetas con los nombres?

—Sí. —Honor abre un cajón que tiene al lado—. Las he guardado aquí. ¿Tienes la distribución de la mesa?

—Te la traigo enseguida. ¿Conoces a Kim y Mark, amigos de Callie y Reece?

—Claro que conozco a Mark. —Honor lo saluda con un beso y una cálida sonrisa—. Pero creo que no tengo el placer de... —Se vuelve hacia Kim, y sin hacer caso de la mano tendida, le da un cálido abrazo—. Yo soy Honor.

—¡Encantada de conocerte! —dice Kim—. He oído hablar tanto de ti... Pero ¿dices que te llamas Honor? Creo que Lila acaba de llamarte con otro nombre.

—Googie —responde Honor, sonriente—. Así me llamaba Eliza y así se ha quedado. Ahora soy Googie para toda la familia.

—Entonces ¿te llamamos Honor o Googie?

—Lo que prefiráis. Hoy en día respondo prácticamente a cualquier cosa.

—Se lo contaré a papá. —Steffi, que se está sirviendo más vino, alza la vista con una amplia sonrisa. Mira el reloj—. Mamá, voy contigo a poner los salvamanteles. Conozco la distribución. Llegarán dentro de poco y hay que tenerlo todo listo. ¿Has terminado con la comida, Lila?

—Creo que sí. Voy a emplatar esto y lo llevo al salón.

Steffi y Honor entran en el comedor, y Honor contempla la mesa con gesto de aprobación.

—¿Has sido tú, cielo? ¿Has puesto tú la mesa?

Steffi asiente con la cabeza.

—Qué creativa eres, cielo. ¡Me encantan estas flores, y además en bolsas de papel! ¡Preciosas!

Steffi ha comprado hortensias verdes y las ha puesto en vasos y tarros de mermelada; después los ha forrado con bolsas de papel blanco, atado con rafia, y los ha dispuesto a lo largo del centro de la mesa.

Las etiquetas con los nombres son etiquetas de equipaje de

papel de estraza, atadas alrededor de unos tarritos de terracota llenos de lavanda.

—Me parecía que quedaba muy primaveral. —Steffi se encoge de hombros, incapaz de disimular su satisfacción—. Y además, huele bien.

—Bien es poco. Huele divinamente.

Honor mete la nariz en la lavanda, y en ese momento se oye un grito espeluznante en el salón.

Se miran asustadas y corren a averiguar qué ha pasado.

—¡Joder! —vocifera Lila—. ¡La madre que...! —Y al ver a Honor, añade—: Ay, Dios mío. Perdonad, qué lengua tengo. ¡Pero Steffi! ¡Ese puñetero perro se ha comido todo el paté!

—No ha sido Fingal —replica Steffi a la defensiva—. Está en la habitación de la tele, con Eliza y Jack, y les he dicho que cerraran la puerta.

—Entonces, eso que hay debajo de la mesa ¿qué es? —Lila señala con la cabeza un enorme hocico que asoma por debajo de la mesa en el otro extremo de la habitación—. ¿Mi amigo imaginario?

—Joder —murmura Steffi, y se da la vuelta gritando—: ¡Eliza! ¡Jack!

—No es culpa suya. Son niños —intercede Honor.

—¿Sí? —Eliza entra despreocupadamente en el salón, balanceando un triángulo de queso caliente entre los dedos y soplándole—. Están buenísimos.

—¿Dónde está Fingal?

Steffi se pone en jarras.

—Está... esto... Yo he cerrado la puerta. Lo juro. No he sido yo. Ha sido Jack.

—Me da igual quién haya sido —dice Lila—. El caso es que se ha comido todo el paté. Y menos mal que he entrado a tiempo, porque si no se habría comido todo lo demás.

A Eliza le cambia la cara.

—Lo siento.

—Vale. —A Lila se le va el enfado con la misma rapidez con que le vino—. No te preocupes. No será por falta de comida. Pero el paté era bueno.

—Gracias —dice Steffi—. De setas y pacanas. También se le puede dar forma de hamburguesa y hacerlo a la plancha.

—¿Vas a darme la receta?

—Claro.

—Y algo más importante. ¿Vas a quitar de en medio a ese puñetero perro?

—Sí. Ven, Fingal. Eso es. Venga, vamos a la habitación de la tele.

—Oye, cielo. —Honor para a Steffi, que se dirige al salón con Fingal trotando a su lado—. ¿No te parece que un perro de ese tamaño es un poco excesivo para ti? No sé yo si deberías acceder a cuidarlo otra vez. Es precioso, pero enorme. Creo que la próxima vez vas a tener que decir que no. —Honor mira fijamente a Steffi. Conoce esa expresión. Muy bien—. No puede ser. No es solo para un fin de semana, ¿verdad?

Steffi se encoge de hombros y desvía la mirada.

—Es solo este fin de semana...

—Entonces ¿qué es lo que no me estás contando?

—No, es que, bueno, he dicho que me voy a encargar de él una temporada.

—Ay, Steffi. ¿Por qué haces estas cosas? ¿Qué quieres decir con una temporada? ¿Una semana? ¿Dos?

—No, un poco más.

—¿Cuánto? —Honor insiste, pero ya conoce la respuesta—. Es para siempre, ¿no? Es tu nuevo perro. Francamente, Steffi... ¿Te parece que haces bien?

—No, mamá. No es mi nuevo perro. Solo voy a cuidarlo durante un año, nada más. Se lo devuelvo a su dueño este domingo, creo, pero después me lo llevo un par de semanas. Es muy dócil, aunque, sí, muy grande... ¿Y sabes una cosa? ¡Que a cambio de cuidarlo voy a tener una casa en Sleepy Hollow!

—¿En Sleepy Hollow? Es decir, ¿aquí al lado?

—Sí. ¡Estoy entusiasmada!

—Pero... ¿y el viaje de ida y vuelta hasta el restaurante? Porque además pillarás las horas punta.

—Ya lo sé —replica Steffi animadamente—. Lo tengo todo pensado. Iba a quedarme en la casa solo los fines de semana, pero... ¿quieres que te diga la verdad? Creo que ya va siendo hora de marcharme de la ciudad. Necesito una vida más tranquila, y esto es justo lo que siempre había soñado: una vieja casa en el campo y un perro grande y peludo.

—Pero, Steffi, ¿y tu trabajo? ¿Y tu novio?

—Mamá, mi trabajo me encanta, pero eso es lo bueno que tiene hacer lo que hago, que puedo hacerlo en cualquier parte. Y Rob y yo lo hemos dejado durante un tiempo.

—¿Durante un año?

—Vale, así es como voy a enfrentarme a la separación, pero mamá, deberías alegrarte por mí. Sabes lo mucho que siempre me ha gustado el campo. Acuérdate de lo que me gusta estar en casa, en Maine. ¿No he dicho siempre que me encanta vivir al aire libre? ¿Y no dices que soy igual que tú? ¿Que también sería feliz viviendo en Maine? Pues a lo mejor acabo por volver a allí, pero ahora tengo esta increíble oportunidad de vivir en el campo sin pagar alquiler... y además, el dueño de Fingal tiene animales. Tengo el presentimiento de que debo hacerlo.

Honor mueve la cabeza, pero sonríe sin poder evitarlo.

—Sé que debería decirte que no, pero te pareces tanto a mí que a veces me da miedo.

—¿En serio?

—Sí, pero tú tienes más valor. Estás haciendo todo lo que yo siempre quise hacer, pero en lugar de eso intenté complacer a mis padres casándome con tu padre. Me recuerdas mucho a mí, y tienes razón: no debería juzgar. Me parece estupendo. Ojalá Fingal fuera un poco más manejable.

—Es fantástico. No te preocupes por nosotros. Nos irá bien. ¡Maldita...! ¿Qué hora es? Llegarán en cualquier momento. ¡Lila! ¡Enciende las luces!

—¿Loki? Oye, cielo.

Reece llama a Callie, que está en el coche, de mal humor, sin querer hablar con él porque le ha estropeado el cumpleaños, furiosa porque incluso esa noche antepone el trabajo a todo. Aprieta el botón para bajar la ventanilla.

—¿Qué?

—Eliza quiere darte un beso de cumpleaños.

—Dile que venga aquí.

—No lleva zapatos. Dice que si puedes entrar.

—Lo que faltaba —murmura Callie. Abre la puerta y entra resueltamente en la casa—. Eli...

—¡Sorpresa!

Se encienden las luces, y allí están las personas que más quiere en el mundo, en la entrada del recibidor, con sonrisas y copas de champán, y Callie se queda pasmada unos segundos y después rompe a llorar.

Cinco minutos más tarde está radiante, enjugándose las lágrimas.

—Lo siento, cariño —dice, abrazándose mimosa a Reece—. Qué injusta he sido.

—¡Y tanto! —Reece sonríe, mirándola—. Con todo el tiempo que hemos dedicado a darte esta sorpresa y tú te has puesto de un humor de perros...

—¡Calla, por Dios! ¡Qué vergüenza! No tenía ni idea. ¡Y ha venido mamá! Eso es lo mejor. ¿Habéis... hay alguna posibilidad de que me deis una sorpresa con papá?

—Lo he intentado, Cal. Creo que le ha creado un verdadero conflicto. Quería venir a toda costa, pero no soportaba la idea de estar cerca de tu madre.

Steffi lo oye sin querer y se acerca.

—Cielo santo. Ya va siendo hora de que lo supere.

—Ese es el problema de los hombres que se divorcian y no se les pasa el enfado —dice Callie—. No lo superan porque no hablan de ello con nadie.

—¿Estás sugiriendo que papá vaya a terapia? —pregunta Steffi, y las dos hermanas se echan a reír.

—¿Te lo imaginas? ¿Papá aireando su infancia? ¿Que alguien le diga: «Bueno, Walter, cuénteme qué *sintió* cuando...?».

—¡No me hagas reír, que me duele! —dice Callie, apretándose el estómago.

—A ver, chicas, riéndoos como cuando erais pequeñas. ¿De que os reís ahora? —pregunta Honor.

—Nos estábamos imaginando a papá yendo a terapia —contesta Steffi.

—¿Y cómo se siente? —repite Callie en tono grave, e incluso Honor se echa a reír.

—¿Quiere eso decir que se lo está planteando?

Honor no sale de su asombro.

—No hasta que las ranas críen pelo —dice Reece—. Es una broma.

—Es una lástima. —La mirada de Honor refleja tristeza mientras espera a que las chicas dejen de partirse de risa—. Me da pena que no pueda estar aquí, en el cumpleaños de su hija. Llevamos divorciados casi treinta años y todavía no es capaz de estar en la misma habitación que yo. Lo siento por él. Yo... me parece que se está perdiendo tantas cosas por ser tan rígido...

—Así es papá. Más tieso que un palo —dice Steffi.

—¿En serio? ¿Todavía?

—Bueno —tercia Callie—. Hay que reconocer que Eleanor hizo que se soltara un poco.

—¿La última esposa?

—La penúltima.

—Os caía bien a las dos, ¿verdad? Pensabais que le hacía bien.

—Sí, pero el rollo espiritual y de la meditación llegó demasiado lejos para él. Desde luego, Eleanor era una persona muy relajada, y cada vez que papá se cogía un cabreo por algo ella le tomaba el pelo. A mí me sorprendió mucho que se separasen —dice Steffi.

—¿Que te sorprendió? Eleanor se quedó hecha polvo. No se lo esperaba en absoluto.

—Entonces ¿por qué rompieron?

—Creo que a papá le fastidiaba cada día más el modo de vida de Eleanor. Al principio era algo nuevo y excitante, pero con el tiempo... no tanto. Dijo que si no volvía a comer una hamburguesa vegetariana en lo que le quedara de vida, le parecería poco.

—¿Vuestro padre comiendo hamburguesas vegetarianas? —Honor se echa a reír una vez más—. ¿Me estáis diciendo que Eleanor consiguió que dejara el solomillo poco hecho?

Las chicas asienten con la cabeza.

—Entonces, no me extraña que no durase.

—Y le dijo que también tenía que dejar de beber. Una vez que estaba yo allí encontró una botella de whisky que papá había escondido en el despacho y la vació en el fregadero, delante de él. Creí que a papá le iba a reventar una vena.

—Dios mío. —Honor mueve la cabeza—. Es una mujer más valiente que yo. Pero esa Hiromi bebía, ¿no?

Las chicas cruzan una mirada y se estremecen al recordar a Hiromi.

—Más vale intentar olvidarse de Hiromi —replica Steffi.

—¿A ti no te importaría que Walter estuviese aquí? —pregunta Reece.

—No, por Dios. En absoluto. No lo veo desde que nació Eliza, pero para mí es agua pasada. Y además, entre los dos hicimos a estas dos chicas maravillosas. ¿Qué sentido tendría odiarlo a estas alturas?

—¡Señoras y señores! —Reece da unos golpecitos en su copa con una cuchara hasta que se hace el silencio en la habitación—. Sé que dentro de un momento vamos a cenar, pero quisiera decir unas palabras antes de ir al comedor. En primer lugar, agradecerles a todos que hayan venido para compartir esta noche tan especial con nosotros.

»Lila y Steffi, habéis organizado la mejor de las fiestas, y a pesar de que nuestro invitado inesperado, Fingal, ha robado el paté —dice, y le dirige una sonrisa a Eliza—... eso me lo ha contado un pajarito, todo parece delicioso y, gracias también sobre todo porque ¡es comida sana! Y gracias, Lila, por haber traído a nuestras vidas a Ed, que parece un tipo excelente con el que estamos deseando celebrar muchas más ocasiones felices.

»Honor, no podríamos estar más contentos de que hayas venido hasta aquí para estar con nosotros. Nuestras celebraciones no son lo mismo sin tu cariño y tu calor.

»Kim y Mark, gracias por compartir esta noche con nosotros. Me encanta que nuestras hijas sean tan buenas amigas, pero Mark, por encima de todo te doy las gracias por haber cambiado nuestras vidas.

»Y por último, pero no por ello menos importante, la mujer a la que hoy homenajeamos: mi maravillosa, inteligente, preciosa y gruñona esposa.

Reece mira con cariño a Callie, que le da un codazo y alza los ojos hacia el techo.

—No, en serio, estos últimos once años han sido los más felices de mi vida. Jamás me había imaginado que podría encontrar a una mujer tan maravillosa como Callie, y todos los días me despierto sintiéndome el hombre más afortunado del mundo por mantener una relación tan llena de amor, admiración y alegría.

«Y otra de las razones de esta celebración no es solo el cumpleaños de Callie, que recientemente ha llegado a la madura edad de cuarenta y tres años y sin embargo no aparenta más de treinta y cinco, sino que casi hemos cumplido los cinco años.

Reece adopta un tono de voz más serio y en sus ojos aparece un brillo acuoso al hacer una pausa para tragar saliva.

—Ya sé que no deberíamos celebrarlo hasta que hayan transcurrido cinco años, pero estoy seguro de que vamos a conseguirlo. Como sabéis, a Callie le diagnosticaron un cáncer de mama. Fue una dura batalla, y la situación más dura que hemos vivido jamás, pero con la ayuda de unos médicos increíbles, como Mark —dice Reece, y los dos inclinan la cabeza, emocionados— y todo el equipo de oncología del hospital Poundford, lo superamos. Callie se libró del cáncer, y el mes que viene se cumplirán los cinco años que indican que está fuera de peligro.

»Nunca había pensado que el cáncer pudiera traer cosas buenas, pero os aseguro que tampoco pensé que nuestro matrimonio pudiera ser mejor que durante los primeros años, y sin embargo he aprendido que siempre puede mejorar. El cáncer me ha enseñado lo que es el amor. Me ha enseñado a valorarlo. Me ha enseñado a no desperdiciar ni un solo minuto, que cada día que nos despertamos juntos, fuertes, sanos y llenos de amor es un día único. Callie es el amor de mi vida, y yo no sería quien soy sin ella a mi lado. Te quiero, Callie.

Y todos en la habitación sacan agradecidos un pañuelo de papel del paquete que por casualidad lleva Honor en su bolso.

Paté de setas y pacanas

Ingredientes

2 cebollas finamente picadas
3 dientes de ajo picados
2 tazas de setas secas hidratadas
1 taza de setas de temporada cortadas en láminas
2 cucharadas de aceite de oliva
½ taza de perejil fresco picado
1 ½ tazas de pan rallado o de quinoa cocida
3 cucharadas de tahini
2 cucharadas de salsa hoisin
¾ de taza de pacanas o de nueces tostadas y picadas
3 cucharadas de salsa de soja y tamari
1 cucharadita de orégano seco
½ cucharadita de salvia seca
sal y pimienta al gusto

Elaboración

Sofreír la cebolla, el ajo y las setas a fuego medio durante 6 o 7 minutos. Dejar enfriar y triturar en la batidora junto con el perejil.

Poner la mezcla en un cuenco y añadir el pan rallado, el tahini, la salsa hoisin, el tamari, las pacanas, el orégano, la salvia, la sal y la pimienta. Dejar en la nevera al menos una hora.

Servir con verduras y galletas saladas como paté o precalentar el horno a 180 °C, darle forma de empanadillas con las manos húmedas, untarlas con un poco de aceite y cocinarlas durante 20 minutos o hasta que queden crujientes.

10

—¡Buenos días! —canturrea Lila cuando Reece entra en la cocina dando traspiés.

—Hola. —Reece nunca se levanta de especial buen humor, y la cantidad de alcohol que consumió la noche anterior no ayuda mucho—. ¿Dónde están todos?

—Tu madre se ha llevado a Eliza a desayunar a la cafetería. Dice que es la tradición los fines de semana. Ed está en la cama leyendo el periódico, Steffi ha sacado a Fingal y yo estoy preparando el desayuno.

—Eres la más —dice Reece muerto de sueño, inclinándose para darle un beso en la mejilla a Lila. Después abre el armario de las medicinas.

—¿Qué? ¿Resaca? —pregunta Lila sonriendo.

—Pequeñita. Pero la de Callie es enorme.

—¿Le preparo café?

—Sería estupendo. Voy a llevarle esto y seguro que baja dentro de nada.

—Ya se lo llevo yo. No sería la primera vez que veo a tu mujer en pijama.

No era lógico que Callie y Lila se hicieran amigas. Callie era delgada, guapa, una de las chicas que gozaba de más simpatías, y Lila, no. Pero lo mejor del campamento de verano Manitoba era que no importaba quién fueras en el instituto; en cuanto el autobús o, si eras un poco rara, el coche de tus padres, traspasaban los gigantescos tótems de la entrada y te dejaban allí, el campamento igualaba a todas. Las chicas acostumbradas a ser las reinas en su instituto de pronto se encontraban fuera de lugar en un campamento en el que no se permitían los secadores de mano, ni la manicura y pedicura semanales, ni el maquillaje (aunque todas escondían lápiz de ojos, brillo de labios y colorete en la maleta).

Y las chicas a las que nadie hacía caso durante el resto del año tenían la oportunidad de ser reconocidas y destronar a las reinas en piragüismo, hockey sobre hierba y fútbol.

Lila fue la última en llegar. Como de costumbre, sus padres se habían empeñado en llevarla; su madre no paraba de volver la cabeza para recordarle la suerte que tenía al ir de campamento, lo mucho que le iba a gustar, que a lo mejor hacía algo de deporte y adelgazaba un poco, y a continuación se secaba las lágrimas, lamentándose de lo mucho que la iba a echar en falta.

Lila iba en el asiento de atrás y cuando su mirada se cruzaba con la de su padre en el retrovisor, se sonreían y alzaban los ojos al cielo.

Cuando llegó al dormitorio vio que ya estaban ocupadas prácticamente todas las camas, que las chicas ya estaban recorriendo el campamento y que solo quedaba la cama de abajo de una litera. Decepcionada, le cambió la cara. Era el primer año que iba de campamento —su madre no había cedido los años anteriores, cuando todas sus amigas iban, aunque retrospectivamente comprendió que sus padres se habían esforzado mucho para poder permitirse lujos como aquel— y tenía una visión idealizada de cómo sería.

Parte de esa visión consistía en ser dueña y señora de las literas. Ocuparía el mejor puesto, la cama de arriba, desde la que dominaría toda la habitación y desde allí divertiría a las chicas y sentiría su calor.

Una cama de abajo en un rincón no era lo mismo.

Se abrió la puerta de par en par mientras Lila y sus padres estaban allí plantados; Lila no tenía ganas de poner sus cosas encima de la cama, como habían hecho las demás. Apareció una chica alta y delgada con una sonrisa de oreja a oreja.

—¡Vaya! ¿Qué hay? —dijo, como si Lila y ella fueran amigas.

—Hola —repuso Lila tímidamente.

—Yo soy Callie, y tú la nueva, ¿verdad? Ya han cogido las mejores camas, pero yo había pensado que a lo mejor querías cambiar conmigo. A mí me gusta estar cómoda, en un rincón, y me encantan las camas de abajo. ¿Quieres que cambiemos?

—¿Dónde estás?

Callie señaló la mejor litera de la habitación. La cama de arriba y justo en el centro. La litera de los sueños románticos de Lila.

Callie juró durante todo el verano que le encantaba la cama de abajo, pero meses más tarde, cuando empezaron a escribirse cartas, reconoció que le parecía fatal que Lila, la recién llegada, tuviera la peor cama y que ella detestaba la de abajo, pero que no se arrepentía porque si no no se habrían hecho tan buenas amigas.

Fue quizá una amistad insólita. La chica judía de Long Island y la auténtica estadounidense de Nueva Inglaterra que vivía a unos cuantos kilómetros del campamento.

—Yo tendría que pasar solamente el día en el campamento —dijo un día Callie—, pero a fuerza de pedir y pedir mi padre acabó cediendo.

—¿A pesar de que vives a cinco minutos de aquí?

—Sí. Y tengo una hermanita pequeña que es una monada, pero necesitaba descansar de hacer de canguro todos los días.

—¿Haces de canguro?

—Claro. Todo el rato. Por eso quería volver a sentirme un poco como una niña, ¿me entiendes?

—Sí, te entiendo —mintió Lila, que se sentía como si tuviera treinta y cinco años desde el día en que nació.

Durante el invierno se escribían cartas, y durante el verano eran inseparables. Cuando acabaron el instituto fueron a universidades distintas —Callie, a Brown; Lila, a Binghamton—, y después de la universidad compartieron un *loft* enorme en Nueva York, donde, a pesar de que cada cual tenía su habitación, nueve de cada diez veces acababan durmiendo las dos en la gigantesca cama de Callie, regalo de su padre.

En Nueva York todo parecía girar en torno a la habitación de Callie. Cuando iban sus amigos a casa, todos se subían a la cama, que enseguida fue bautizada con el nombre de la Alfombra Mágica y siempre estaba cubierta de botellas de vino, comida y revistas.

No paraba de entrar y salir gente; algunos se quedaban dormidos y se despertaban allí a la mañana siguiente. Cuando Lila rememora esos días, como en este momento, solamente puede visualizar una habitación, la de Callie.

El matrimonio y los hijos siempre transforman las amistades. Durante una temporada después de que naciera Eliza, a Lila la aterrorizó la idea de que la hubieran sustituido por la oleada de nuevas amigas del grupo de mamás de Callie.

Fue a pasar un fin de semana en Bedford —Eliza debía de tener dos años— y Callie la llevó a un parque infantil en el que se reunía el grupo. La presentó como su mejor amiga, pero Lila se dio cuenta de que aquellas señoras conocían a Callie mejor de lo que ella se esperaba; formaban parte de su vida cotidiana y existía una intimidad entre ellas de la que sintió tales celos que no se lo podía creer.

Sabían más que ella de la vida de Callie, de su vida actual. Hablaban de guarderías, de canguros y de otras madres, de cosas que Lila difícilmente podía comprender. Aquella noche confesó de mala gana sus celos, y Callie se echó a reír.

—Las demás pueden ir y venir, pero tú siempre serás mi mejor amiga —dijo.

Lo que pasaba con Callie era que todo el mundo quería ser su mejor amiga, y como era tan abierta, cariñosa y cálida, todo el mundo pensaba que lo era. Y en cierto modo era verdad; Callie siempre había tenido la rara habilidad de iluminar cualquier habitación en la que entraba.

Pasado el tiempo, cuando Eliza se hizo un poco mayor y nació Jack, a Lila dejaron de importarle los demás. Cuando le diagnosticaron el cáncer, Callie siempre estaba rodeada de esas amigas, y Lila dejó de sentir celos porque no había lugar para ellos;

vio cuánto quería toda esa gente a Callie y que eran unas amigas fantásticas.

Llevaban comida a su casa todos los días, recogían a los niños y los acompañaban al colegio, dejaban flores y regalos en la puerta. Organizaron turnos para recoger a Callie, ir con ella a quimioterapia, hacerle visitas, llevarla de nuevo a casa.

En más de una ocasión Lila se vio con las amigas de Callie en el aparcamiento, después de una sesión de quimio, llorando a mares y abrazándose a ellas.

Por eso Lila insiste en llevarle el café a Callie, que está en la cama deseando que se le pase el maldito dolor de cabeza.

Cuando Lila abre la puerta sin hacer ruido y entra en la habitación muy despacio, Callie hace una mueca de dolor.

—No puedo creerme que tengas cuarenta y tres años y seas capaz de beber hasta el extremo de tener semejante resaca —dice Lila riéndose y mirándola—. ¿O es que tienes dieciséis?

—Te juro que no creía haber bebido tanto.

Callie se incorpora en la cama lentamente, y Lila le pone una taza de café delante.

—Seguramente porque estabas demasiado borracha para darte cuenta —señala Lila sonriendo.

—¿Tan borracha estaba? Porque yo no lo noté.

—Qué va. No lo parecías. Creo que nos estamos haciendo mayores, ya no aguantamos el alcohol.

—Eso debe de ser. —Callie se lleva la taza a los labios con cuidado, para no mover la cabeza—. Yo, desde luego, no aguanto tanto. Con un solo vaso de vino por la noche, me levanto con un dolor de cabeza monstruoso.

—También podría ser la menopausia —apunta Lila, sentándose en la cama.

—¿Qué? Lo dirás en broma. Tengo cuarenta y tres, no cincuenta.

—Quiero decir premenopausia. Yo ya tengo síntomas.

—¿En serio? ¿Qué síntomas?

—Sudores nocturnos. Es un asco. Me despierto en mitad de

la madrugada congelada y empapada. La mayoría de las noches tengo que cambiarme de pijama y después arrimarme a Ed, que tiene su lado de la cama seco. —Lila se ríe—. Él se cree que me pongo supercariñosa de repente, pero es que no estoy dispuesta a dormir en unas sábanas húmedas.

—A mí me ha pasado lo mismo unas cuantas veces últimamente. ¿Y qué más?

—Unos picores tremebundos. No tenía ni idea de que fuera un síntoma, pero lo busqué en Google. Dejo un cepillo del pelo cerca de la cama, y a veces me pica tanto la piel que me rasco hasta que literalmente me hago sangre.

—Puag. Qué fascinante. Seguro que a Ed le pone a cien.

—Por suerte me quiere, así que también le gustan mis piernas con sangre.

—Estupendo, pero yo no tengo picores. ¿Qué más?

—Los dolores de cabeza son un síntoma definitivo, y la depresión, la irritabilidad y los cambios de humor. Ah, y la pérdida del deseo sexual, pero yo todavía no he llegado a eso. Oye, ¿te encuentras bien?

Blanca como el papel, Callie niega con la cabeza, y sale disparada hacia el cuarto de baño. Se oye el inconfundible ruido de un vómito, y luego sale; Lila le está sirviendo un vaso de agua.

—Menudo resacón. ¿Te ha servido de algo vomitar?

—Sí. Siempre ayuda un poco.

—¿Ah, sí? ¿Cuando tienes dolor de cabeza también devuelves?

—No siempre. A veces. Bueno, a ver, doctora Grossman. ¿Cuál es su diagnóstico?

—Creo que podría ser migraña. Es exactamente igual que cuando yo tengo migraña. Siempre devuelvo. Tengo Imitrex. A lo mejor deberías probarlo, porque si es migraña te la quita en un abrir y cerrar de ojos. ¿Por qué no llamas a Mark para preguntarle si puedes tomarlo?

—No, tú tráemelo. No estoy tomando medicación, y mi cuerpo ha soportado tantos medicamentos que también podrá con este.

Lila baja corriendo a buscar su bolso, saca una píldora del paquete que siempre lleva y vuelve con Callie, quien se la traga rápidamente y le hace un gesto con la mano para que se marche porque quiere intentar dormir un poco a ver si se le pasa el dolor de cabeza.

Una hora más tarde Callie baja a la cocina, donde están todos sentados a la mesa atacando huevos revueltos, roscas de pan, salmón ahumado y panceta.

—Es el desayuno judeo-cristiano —explica Lila—. Yo no puedo vivir sin el desayuno de los fines de semana a base de salmón y roscas de pan, y Ed no puede vivir sin sus huevos revueltos con panceta.

—No es estrictamente cierto —la interrumpe Ed, y mira a los demás—. Yo le dije que los fines de semana por la mañana no puedo pasarme sin fritos, pero ella no soporta el olor, porque llena toda la casa, así que hemos llegado a un acuerdo.

—Es verdad —reconoce Lila—. No os podéis ni imaginar lo que le gustan los fritos: huevos, salchichas, panceta blandengue y llena de grasa, tomates... ¡y ojo! ¡Hasta pan frito! ¿Os hacéis una idea? Y luego hablan de los ataques al corazón.

—Y se te olvidan las alubias con salsa de tomate.

Ed la mira con cariño.

—Qué horror. —Steffi tuerce el gesto mientras unta un panecillo con queso de tofu—. ¿Cómo puedes comer esas guarrerías a primera hora de la mañana?

—En serio, es lo mejor para la resaca. Hablando de lo cual, Callie, tengo entendido que has pasado una mañana un poco fastidiada. Parece que ya estás bien, ¿no?

Callie sonríe y saca una silla.

—Lila, esa pastilla es increíble. Estoy estupendamente. Creo que tienes razón con lo de las migrañas. Voy a tener que comprármelas. Me has salvado la vida, como siempre.

—Es mi misión, sacarte de los líos —replica Lila.

Reece entorna los ojos.

—Yo creía que era la misión de Callie sacarte a ti de los líos, no al revés.

—La misión de Callie es solucionar los líos de todo el mundo. —Steffi se ríe—. ¿A que sí, mamá?

Honor sonríe.

—Tengo que reconocer que de vosotras dos Callie siempre ha sido la más sensata. Y sí, creo recordar una ocasión en que tú, Lila, diste una fiesta cuando tus padres no estaban en casa y fue Callie quien se pasó toda la noche recogiendo para que no te metieras en líos.

—¡Madre mía! —Lila abre los ojos desmesuradamente—. ¿Cómo es posible que te acuerdes de eso?

—¡Caray, mamá! —Callie se ríe—. Es impresionante. Pero seguro que no te enteraste de que Lila y yo cogimos tu abrigo de piel un día que estabas en Palm Beach. Y fue idea de Lila.

—¡Mentira cochina! —farfulla Lila—. Fue idea tuya.

—No, tuya.

—No, tuya.

—¡Niñas, niñas! —Reece levanta las manos riendo para hacerlas callar—. O dejáis de pelearos o tendréis que levantaros de la mesa.

—Da igual, porque sí lo sabía —dice Honor, guiñando un ojo—. Encontré en un bolsillo una barra de brillo de labios horrenda, de bola, con sabor a chocolate. Como llegué a la conclusión de que no había pasado nada terrible, no dije nada.

—Dios mío. Pieles —dice Lila—. ¿No os parece curioso que en esa época todas las madres llevaran abrigos de pieles?

—¡Ni me lo recuerdes! —bufa Steffi—. Mamá todavía tendría el suyo si yo no la hubiera obligado a deshacerse de él.

—Me encantaba ese abrigo de mapache. —Honor suspira—. Pero comprendo vuestro punto de vista. Es una enorme crueldad. ¿De dónde sale ese zumbido? Un zumbido de mil demonios que me está volviendo loca.

—Dios mío, perdón. —Sonrojándose, Ed saca el Blackberry de un bolsillo y aprieta un botón—. Lo tengo en modo vibración, y estoy tan acostumbrado que no me molesta.

—¿Qué zumbido es? ¿El de siempre?

Lila lo mira con expresión repentinamente seria.

Callie se queda mirando a los dos.

—¿El de siempre? ¿Cuál?

—Mi ex. —Ed se encoge de hombros con tristeza—. Está intentando localizarme.

—¿No deberías contestar? —Callie parece confundida—. A lo mejor es algo importante.

—Nunca es nada importante, puedes creerme —tercia Lila con cierto desprecio—. Se pone de los nervios cuando Ed no contesta al teléfono, así que insiste cada dos o tres minutos. ¿Por qué no lo pones en modo silencio, cielo?

Ed asiente con la cabeza y aprieta más botones.

—¡Venga, vamos! —exclama Lila—. Sé que soy mala, pero dinos cuántas veces ha llamado esta mañana.

Ed mira la pantalla y va pasando.

—Veintisiete.

—¿Cómo? —se sorprende Callie.

Incluso Reece parece atónito, y todos se echan a reír.

—Ah, y eso no es nada —dice Lila alegremente—. El otro día fueron cuarenta y tantas.

—Pero... —Honor parece preocupada—. ¿Cómo sabes que no es urgente? Podría tratarse de algo grave.

—Pero no lo es. —Ed suspira con resignación—. También me ha enviado mensajes. Está empeñada en que vaya a recoger a Clay esta tarde para comprarle zapatillas de béisbol. Quiere que me quede con él por la noche.

—¿Otra vez? —dice Lila—. Si este fin de semana le toca a ella...

Ahora es Ed quien parece alterado.

—Lila, sabes cómo me siento. Es mi hijo. Si quiere estar conmigo, no voy a decirle que no. Deja que los llame. Perdonad, chicos. Vuelvo enseguida.

Todos observan en silencio a Ed, que se va al jardín de atrás con el teléfono. Callie se vuelve hacia Lila.

—Supongo que es su defecto imperdonable.

—¿Qué?

—Tener una ex que está como una cabra.

Lila suspira y se cubre la cara con las manos.

—Sí. Yo no lo soporto. Al fin he encontrado al hombre que

llevaba toda la vida esperando y no solo no es judío, sino que tiene una ex mujer que está loca.

—¿Siempre ha sido así? —pregunta Reece.

—Eso creo, pero ha empeorado notablemente desde que yo aparecí en escena. Supongo que sabe que va en serio y no lo lleva bien. Ed ha sido poco menos que su perrito faldero desde que rompieron, porque le aterrorizan sus ataques de ira.

—¿Le dan ataques de ira? —exclama Steffi levantando la vista.

—Tremendos. Puede estar tan ricamente y de pronto se pone hecha una auténtica furia, a chillar como una posesa. Es como una cría de cinco años con una rabieta.

—Qué horror.

—Espeluznante.

—O sea, que tú eres la Bruja Mala del Oeste, como en *El mago de Oz* —dice Callie.

—Dese luego. Para ella soy el mismísimo bicho que picó al tren, una egoísta odiosa, y, francamente, para mí es pura transferencia.

Callie mira a los que están alrededor de la mesa con una amplia sonrisa.

—Os aseguro que si la doctora Grossman dice que es transferencia, es transferencia.

—Pero ¿no tienes una relación estupenda con su hijo? —pregunta Steffi—. Tendría que estarte agradecida por ser tan buena con él, ¿no?

—Eso es lo que pensaría cualquier persona en sus cabales. No sé. Y yo que pensaba que Ed era el hombre ideal, sin ninguna carga a sus espaldas, y de repente descubro esto.

—A partir de los cuarenta es imposible no llevar alguna carga a tus espaldas —dice Reece.

—De eso nada —replica Lila—. Yo no llevo ninguna. O bueno, no demasiada.

—Eso es lo que más me gusta de ti —tercia Callie—, que eres prácticamente perfecta.

—¿Conoces a la ex esposa? —pregunta Honor—. Quizá podríais hablar tranquilamente, de mujer a mujer, y buscar la mejor solución para todos. Tal vez así podrías hacer que entrara en razón.

—Me odia —dice Lila—. Siempre me está lanzando pullas, y

algunas son repugnantes. Hace unas semanas le dijo a Ed que yo estaba demasiado gorda para llevar falda y que a una clienta suya le habían sobrado unos cuantos paquetes de productos para adelgazar que a lo mejor me venían bien.

—Ya. Te entiendo. —Reece asiente con la cabeza y sonríe—. Es del tipo pasivo-agresivo.

—Exacto. Y encima... —Hace una pausa teatral antes de añadir—: Me envió por correo electrónico un vale para un tratamiento nuevo para las bolsas de los ojos.

—¿En serio? —pregunta Callie, asombrada.

—¡Fíjate! ¿Te lo puedes creer? No es para tanto, ¿verdad? Se vuelve hacia Callie bajando la cabeza, y esta se ríe.

—Pero ¿qué bolsas ni qué narices?

—Eso digo yo. Horrible, ¿verdad?

—Alucinante. —Callie mueve la cabeza—. Deberías habérmelo contado.

—Es que si hablo del asunto, no sé por qué, me siento peor. Estoy intentando hacer las cosas como es debido, ser siempre amable y atenta, y supongo que podría ser mucho peor.

—Pero ¿y Ed? —pregunta Callie—. ¿No puede decir algo? ¿Enfrentarse a ella?

—Es precisamente lo que más me gusta de él lo que lo hace tan difícil. Es el hombre más delicado que he conocido en mi vida, y amable hasta lo indecible. Intenta con todas sus fuerzas contentar a todos y se siente atrapado en el medio.

—Vaya —dice Steffi—. Es justo lo que yo estaba pensando. Lo que tiene que...

—Chist —la interrumpe Lila—. Ya está aquí. —Se vuelve animadamente hacia Ed y le dice en un tono de voz distinto—: Hola, cielo. ¿Todo bien?

—Sí. —Ed se sienta y coge un trozo de panceta—. Tenemos que recoger a Clay a las cuatro.

—¿No puede llevarlo ella?

—Tiene un problema con el coche.

Lila mira a Callie y reprime un suspiro; esta se encoge de hombros.

—Ya sabía yo que era demasiado bueno para ser verdad.

Steffi pasea por las calles de Nueva York con la mano sobre la cabeza de Fingal y disfruta de lo mucho que llama la atención.

«¡Caray! ¿Eso es un caballo?» y comentarios semejantes se repiten cada pocos metros, y Steffi se para de buena gana a charlar con la gente que siente verdadero interés por Fingal.

—Eres único para empezar una conversación —le dice en voz baja mientras esperan a que se abra el semáforo en una esquina. Se inclina y le frota un costado; el perro se apoya en ella, la mira a los ojos y Steffi sonríe—. Creo que estoy enamorándome de ti —añade, y a cambio Fingal le da un lametón en la mano.

El conserje le indica el piso de Mason, pero nadie sale a recibirla. El ascensor se abre directamente al apartamento, a un recibidor redondo, enorme, con una mesa de nogal y un centro gigantesco de peonías y grandes lienzos colgados en todas las paredes.

—¿Hay alguien? —dice indecisa, y suelta la correa.

Fingal sale trotando y se pierde detrás de un rincón. Steffi nunca ha estado en un piso como ese, en un edificio en el que solo unos pocos, la flor y nata de la alta sociedad, pueden permitirse el lujo de vivir. Fascinada, siente curiosidad por saber cómo vive esa gente, porque es un mundo completamente distinto del suyo.

Steffi proviene de una familia con dinero de antiguo. Tan antiguo que ha desaparecido, como le gusta decir en broma. Viene de un mundo en el que se consideraba de mal gusto hacer gala de la riqueza, en el que las normas dictaban una vida tranquila y elegante. Era un mundo que murió cuando fallecieron sus abuelos. Ya al final de sus vidas, se había esfumado el dinero. No vivían en la finca familiar, sino en una casita en el otro extremo del pueblo.

La herencia de Walter era insignificante, debido a la corrupción de asesores financieros y abogados, y a la poca disposición de su padre para reconocer que no entendía de negocios o para delegar en otras personas. Callie y Steffi se criaron con el apellido, pero sin el dinero.

Desde luego, nada que ver con esto.

Steffi no hace ruido al pisar el suelo de mármol con sus zapatillas Vans, y por unos arcos enormes se asoma a unas habitaciones de color beis, techos y paredes lacados con un acabado brillante en el que se reflejan lámparas de anticuario, miles de ventanas, esculturas y obras de arte por todas partes.

Y de repente descubre en un rincón a un perrito salchicha acurrucado y profundamente dormido en su cama.

Fingal ha desaparecido, y Steffi sigue esperando, ya un tanto incómoda, a que aparezca alguien. Se acerca al rincón y se agacha junto al perro.

—No sabía que Fingal tuviera un hermano —dice en voz baja, extendiendo un brazo para acariciar al perro. Caray, debe de ser viejísimo, piensa, porque tiene el pelo un poco apelmazado y áspero al tacto—. ¿Estás dormidito? —pregunta con dulzura y le rasca las orejas, esperando que el perro se despierte y la mire, pero de repente se queda pasmada—. Joder —murmura, poniéndose de pie al tiempo que Mason aparece por la puerta.

—Está disecado —le explica sonriendo—. En realidad no debería decir eso, sino que es una instalación.

—¿Dices que es una obra de arte?

Steffi espera que dejen de arderle las mejillas.

—Pues sí. Si te digo cuánto ha costado, igual te da un infarto y te quedas en el sitio, pero, por favor, no lo hagas. Sería un incordio.

—Vale, pero sí podré decir que estoy tan abochornada que ojalá se abriera este suelo de mármol y me tragara.

—No te preocupes. Le pasa lo mismo a todo el mundo. A menos que lean las revistas de arte, conozcan al artista y sepan que Olivia pagó una cantidad sin precedentes por él, etcétera, etcétera. Y entonces se quedan impresionados y no paran de soltar «¡ah!» y «¡oh!».

—Bueno, ¿cuánto costó?

—Demasiado.

—Y a ti... a lo mejor es una ordinariez... pero... ¿a ti de verdad...? —farfulla Steffi frunciendo el ceño.

—¿Que si me gusta? ¿Un perro salchicha disecado lleno de porquería que parece tener ciento cincuenta años? —Mason suelta una carcajada—. ¿Tú qué crees?

—Vale. Estupendo. De repente me ha dado por poner en duda tu buen gusto. ¿Olivia y tú no habláis de estas cosas?

—De arte, no. A mí no me interesa lo más mínimo. Cuando se trata de arte, dejo que haga lo que quiera, y ella insiste en que es una gran inversión.

—¿En serio? ¿Aunque el mundo se esté hundiendo?

—Con suerte, igual dentro de diez años sacamos algo a cambio. —Se encoge de hombros—. Nunca se sabe.

Steffi mira a su alrededor con expresión alegre.

—Vaya. Esto sí que es una casa. O sea, que es francamente impresionante.

—Ya. ¿Quién lo diría al verme con mis trajes arrugados?

—La verdad, los vaqueros te quedan mucho mejor. —Lo mira de arriba abajo, como juzgándolo—. Muchísimo mejor. Deberías ir a trabajar así. Se nota que te sientes mucho más cómodo.

—Gracias. —Mason parece encantado—. Últimamente no me hacen muchos cumplidos. Porque es un cumplido, ¿verdad?

—Por supuesto.

—Vamos a la cocina. ¿Quieres limonada? Ah, no te lo vas a creer, pero hemos hecho las galletas con trocitos de chocolate de Neiman Marcus.

—¡Venga ya! ¿En serio? ¿Y ese «hemos hecho»? ¿Quieres decir Olivia y tú?

—¿Cocinar, Olivia? ¡Qué cosas dices! No, los niños y yo, y tengo que darte las gracias porque son las galletas más ricas que he comido en mi vida.

—A mí no tienes que darme las gracias. Yo no he tenido nada que ver. ¿De dónde has sacado la receta?

—De internet. Pero no me habría enterado de su existencia de no haber sido por ti. A lo mejor me has cambiado la vida. —Sonríe socarronamente, poniendo las galletas sobre la encimera—. Prueba una.

—Madre mía. —Steffi suspira y le saltan migas de la boca—. Qué buenas.

—Ya te lo decía yo. ¡Joder! —A Mason se le borra la sonrisa—. Ay, Steffi, perdona. No son veganas.

—Tranquilo. Con el chocolate me salto las normas. Y más de una vez me tiro al barro con el pollo asado de mi madre.

Steffi se encarama a un taburete. Fingal ya está acurrucado en una cama hecha a medida debajo de la encimera.

—¿Qué tal os lleváis Fingal y tú? ¿Te has enamorado de él?

Steffi asiente con la cabeza.

—Por completo. Es increíble. Hizo alguna trastada en casa de mi hermana, porque mi sobrina lo dejó salir de la habitación de la tele y se comió todo el paté de setas, pero aparte de eso es muy tranquilo. Y me encanta cómo se recuesta contra mí.

—Solo si le caes bien.

—Ya. Lo dices para intentar convencerme de que me quede con él un año.

—¿Y funciona?

—Sí, funciona. Estoy convencida. Lo quiero. Así que, ¿cuándo puedo ir a ver Sleepy Hollow?

Se oye el ruido del ascensor, a continuación el repiqueteo de unos tacones y aparece presurosa una mujer menuda y rubia que al ver a Steffi se para bruscamente.

—Ah... —Mira a Steffi con las cejas enarcadas—. Hola.

Ya no es la mujer amable que se presentó en Joni; ahora tiene una actitud imperiosa, como preguntándose quién será esa chica rubia sentada a la encimera de su cocina.

—¡Hola! —Steffi baja de un salto con la mano tendida y una gran sonrisa—. Nos conocimos en Joni... ¿El restaurante vegetariano? ¿Soy la chef...?

Sin poder evitarlo, cada palabra que pronuncia se transforma en una pregunta, para agradar a Olivia.

—Steffi es la chica que va a cuidar a Fingal —le explica Mason—. ¿Te acuerdas? Te dije que se lo iba a quedar durante el fin de semana para ver qué tal se llevaban.

—¡Me encanta! —balbucea Steffi—. Es un perro encantador. ¡Estoy deseando quedarme con él!

—¡Ah! —Olivia sonríe con frialdad. La sonrisa no le llega a los ojos—. ¡No tenía ni idea de quién eras! ¡Pero claro! ¡La chef!

Se disculpa y desaparece a toda velocidad. Aunque ha sonreído, y aunque ha sido amable, algo en el tono de las palabras «¡la chef!» hace comprender a Steffi que ha sido rechazada.

Galletas con trocitos de chocolate de Marcus Neiman

Ingredientes

- 5 tazas de avena
- 2 tazas de mantequilla
- 2 tazas de azúcar blanquilla
- 2 tazas de azúcar moreno
- 4 huevos
- 2 cucharaditas de esencia de vainilla
- 4 tazas de harina
- 1 cucharadita de sal
- 2 cucharaditas de levadura en polvo
- 2 cucharaditas de bicarbonato de soda
- 700 gramos de chocolate en trozos
- 200 gramos de buen chocolate negro rallado
- 3 tazas de frutos secos picados (a elegir)

Elaboración

Precalentar el horno a 180 ºC.

Triturar la avena en la batidora hasta reducirla a polvo fino.

Batir la mantequilla con las dos clases de azúcar. Agregar los huevos y la vainilla. Añadir la harina, la avena, la sal, la levadura y el bicarbonato; remover. Incorporar los trocitos de chocolate, el chocolate negro y los frutos secos.

Formar bolas y colocar en una bandeja de horno, separándolas entre sí unos 5 cm.

Hornear entre 8 y 10 minutos (o entre 10 y 12, si las queremos más crujientes).

Cantidad suficiente para toda la familia y el vecindario.

11

La última vez que Lila asistió a la reunión del instituto fue hace cinco años, pero no le habría hecho falta ir para saber qué le había pasado a la inmensa mayoría de las chicas de su clase.

Incluso antes de ir ya sabía que todas estarían delgadas como palillos, con largas melenas oscuras, lacias, con raya en medio, deslumbrantes. Llevarían vaqueros pitillo, con brillantitos en los bolsillos traseros, botas de tacón, bolitas de diamante en las orejas, de diversos tamaños, dependiendo de lo bien que les fuera a los maridos, y el último bolso gigantesco de marca. Sus maridos se quedarían en un rincón de la habitación, hablando de deportes, de operaciones comerciales y de dónde habían ido en las últimas vacaciones. Nadie se atrevería a decirlo en voz alta, pero en el fondo todos pensaban en quién de ellos alcanzaba mayor estatus social.

Incluso antes de ir Lila sabía que Alissa Golbaum, después de casarse Alissa Golbaum Stern, seguiría siendo la reina. Viviría en la casa más grande de la mejor calle de Scarsdale, tendría un coche enorme, impresionante, e iría envuelta en la ropa de marca más moderna, a la última.

Incluso antes de ir Lila sabía que todas las mujeres lucirían un aspecto infinitamente mejor que el de sus maridos. Incluso las chicas que en el instituto tenían muslos grandes, o mala dentadura, o la nariz larga habrían reducido a nada los muslos a base de Pilates, habrían pasado horas en el sillón de dentistas expertos poniéndose fundas de porcelana, se habrían arreglado la nariz... rellenado pómulos, alisado arrugas y quitado papadas con liposucción, Botox y Restylane.

Los hombres estarían prácticamente como antes, pero más gordos; su éxito se reflejaría en las chaquetas, que no acabarían de quedarles bien. Tendrían la misma dentadura, el pelo más escaso, la barbilla más caída. Pero ninguno de ellos apreciaría eso al mirarse en el espejo; solo verían que eran los reyes del universo.

Incluso antes de ir Lila sabía que no sería una de ellos. Seguirían considerándola una rareza, alguien que no encajaba.

Años atrás, cuando estaba en octavo o quizá noveno curso, Alissa le había dicho en una fiesta: «Tú podrías ser muy guapa si adelgazaras un poco y te alisaras el pelo».

Lila no se había sentido especialmente ofendida. Ya a esa edad, tenía suficiente seguridad en sí misma para que le resultara gracioso, y sabía que Alissa pretendía ser amable dándole ese consejo porque creía que ayudaría a Lila a ser mejor persona.

Lila no es delgada, no tiene el pelo liso y cuando tenía veinte años no vivía en el Upper East Side ni se pasaba el día dando vueltas por los sitios adonde iban los solteros hasta encontrar marido, tener un niño, trasladarse a Westchester County o volver a Long Island a menos de diez kilómetros de la casa en la que te habías criado, formar parte de la Hadassa local, ponerte a agitar y remover cosas en la nueva sinagoga conservadora.

Y lo que más hace al caso: Lila no se ha casado. No se ha casado con un buen chico judío ni ha tenido 2,4 hijos. No vive en una enorme casa de estilo colonial ni ha llevado a los susodichos hijos a preescolar en la nueva sinagoga conservadora.

Lila nunca ha querido hijos de la misma manera que sus coetáneas. No ha querido esa vida a la que estaba destinada, la vida que llevan sus amigas del colegio. Nunca se ha considerado especialmente maternal, e incluso dice en broma que es un poco alérgica a los niños pequeños.

Los niños mayores no la molestan, incluso disfruta con su compañía, pero los niños de hoy en día le resultan insoportables. ¿Qué ha pasado con las normas?, se pregunta. ¿Y con los límites? ¿Desde cuándo pueden interrumpir las conversaciones de los adultos siempre que se les antoje y decir algo sin siquiera un «perdón»? Y aún peor: ¿desde cuándo los padres se callan en medio de una conversación y responden a la pregunta de sus hijos con una sonrisa beatífica, dejando al interlocutor con un palmo de narices? ¿Cuándo han dejado los padres de enseñarles a sus hijos a decir «por favor» y «gracias»? Últimamente en los restaurantes suele oír decir a los niños «quiero tal o cual», sin el menor asomo de un «gracias» cuando llega la comida.

Se suben a los asientos con los zapatos llenos de barro y sonríen juguetonamente a los comensales que están detrás de ellos, mientras sus madres no les hacen ni caso; seguramente están pensando que a todo el mundo le parece tan encantadora como a ellas la conducta de sus hijos.

Se bajan de las sillas y se ponen a corretear, regateando a las camareras que llevan comida caliente en las bandejas, se chocan con la gente y les chillan, mientras las madres no los ven, o prefieren no mirar.

Cuando Lila entra en las tiendas los niños salen corriendo, colándose por debajo de sus brazos, y ya no espera que ninguno de ellos se haga a un lado para dejar entrar a un adulto.

Cielo santo, piensa a veces. Parezco mi abuela. Menuda cascarrabias. A los cuarenta y dos años se es demasiado joven para eso, ¿no? Pero no comprende qué les pasa a los padres de hoy en día.

Y no puede comprenderlo porque ella no es madre. No sabe lo que es sentirse agotada, agobiada, ser consciente de que tus hijos se están portando fatal pero que hoy ya has hablado con ellos miles de veces y, francamente, ya no te quedan fuerzas.

Lila no puede saber que llevas años intentando que tus hijos digan «por favor» y «gracias», pero que eres humana y no puedes estar todo el tiempo encima de ellos, que a veces estás muerta de cansancio.

En ocasiones es mejor desconectar, porque nadie puede estar pendiente al cien por cien todo el rato.

Pero Lila no lo sabe. Solo sabe que en su momento dio por sentado que encontraría un buen marido, probablemente cuando ya hubiera cumplido los treinta, tendría un par de hijos y viviría en una casa pequeña de estilo colonial en alguna parte. No lo imaginaba así porque fuera algo que quisiera, sino porque era lo que sus padres esperaban de ella, lo que su mundo esperaba de ella.

Y ahora, a los cuarenta y dos años, su vida no es en absoluto como se la esperaba. Ya no está en la plantilla de una gran compañía, sino luchando por encontrar trabajo de consultora de marketing, agradecida a su anterior empresa por que le haya dado una indemnización tan cuantiosa.

No está casada y no quiere hijos. Es muy feliz en su casita con su hombretón inglés, que no es judío, y cada dos fines de semana con el encantador hijo de este, Clay, de nueve años, un niño sorprendentemente bien educado y dicharachero. De modo que cuando Ed le hace la siguiente pregunta, se queda no poco sorprendida. Están desplomados en el sofá un domingo por la noche, viendo una película de pago en la televisión mientras esperan a que empiece la serie *El séquito*. Lila ojea las páginas de la revista *Martha Stewart Living* y a ratos ve la película, con demasiada acción y sangre para que realmente llegue a acaparar su atención, mientras Ed le masajea las piernas, que Lila tiene encima de las suyas.

—He estado pensando... —dice Ed, mirándola.

—¿Sí? —dice Lila levantando la vista y preguntándose que irá a decir Ed.

—¿Te gustan los niños?

—Pienso que son estupendos siempre y cuando sean de otros. Pero a Clay lo adoro. Claro que en realidad no es un niño. Es un chico de veinte años atrapado en un cuerpo de un niño de nueve. ¿Por qué? —Lo mira fijamente—. ¿Esa es tu pregunta o te refieres a algo mucho más concreto?

Ed se ríe.

—Un poco más concreto. No, era por si habías pensado en tenerlos.

—Que si lo he pensado, sí. Hace mucho tiempo. Muchísimo tiempo. Lo pensé y llegué a la conclusión de que la respuesta es no. —Lila entorna los ojos, pensativa—. ¿Estás intentando decirme de una forma enrevesada que quieres que sea la madre de tus hijos?

Y para sorpresa de Lila, Ed se sonroja.

—¡Por Dios santo! —brama Lila, retirando las piernas del regazo de él e incorporándose—. Estaba de broma. Oh, Ed. ¿Qué significa exactamente? ¿Qué me estás pidiendo?

Su tono de voz se suaviza cuando ella le toma de la mano y lo mira a los ojos.

—Ni yo mismo lo sé —contesta Ed—. Es solo que... supongo que siempre he pensado que tendría familia numerosa. Yo era hijo único, y lo detestaba. Decidí que cuando fuera mayor tendría tres o cuatro hijos, y que probablemente los criaría en una granja preciosa en medio del campo y tendría una familia idílica, cariñosa y divertida.

—¿Porque no tuviste eso en tu infancia? —pregunta Lila con dulzura.

—Sí, sí, hasta cierto punto —contesta Ed—. Pero era una vida muy... ordenada. Mis padres me trataban como si fuera realmente único. Me llevaban a conciertos, a galerías de arte, al teatro. Aprendí a hablar sobre los méritos de Picasso, los méritos de las sinfonías de Bach, pero lo único que yo quería era vivir con los Campbell.

—¿Los Campbell?

—Vivían al final de nuestra calle. Cuatro hijos, tres chicos y una chica, y la parte de atrás de su casa daba a un campo de deportes enorme. Los niños del barrio se pasaban todo el tiempo en la casa, o en el campo de atrás, y la señora Campbell siempre hacía un bizcocho gigantesco para la merienda y comida para un ejército, y recuerdo lo mucho que me gustaba aquel caos. En esa casa se recibía bien a todo el mundo, y como había tantos críos, supongo que la señora Campbell estaba acostumbrada a que le llegaran más.

—Pero seguro que no iban a galerías de arte ni museos —señala Lila sonriendo.

—No creo, pero en su casa uno siempre se divertía, con tanto ruido, unos olores fantásticos y animales por todas partes.

—¿Animales?

—Tenían dos setters irlandeses, dos gatos, y normalmente había bichos roedores por la casa. Anna tenía un conejo que se llamaba Timmy y se creía un gato, y los chicos tenían hámsteres y conejillos de Indias. Ah, bueno, y Roger tenía una iguana. —Ed sonríe al recordar y añade—: Cuando estaba con ellos, pensaba que esa era la familia que yo debería haber tenido. Pasaba todos los días por delante de la casa, rogando que me viera alguien o que los chicos estuvieran fuera, porque era demasiado tímido para llamar a la puerta sin más. Y eso fue lo que siempre pensé que tendría: una casa llena de niños y animales. Pensé que la tendría con Mindy hasta que... bueno, hasta que me di cuenta de que estaba como una cabra. Y después pasé años enteros sufriendo porque no me decidía a separarme.

—No acabo de entenderlo. ¿Por qué no te marchaste antes?

—Lo intenté muchas veces, pero cada vez era una tragedia. Mindy estaba terriblemente enferma, o algo le pasaba a su familia, o simplemente me hacía sentir culpable. Y funcionaba. ¿Cómo iba a dejar a mi esposa y a mi hijo tan pequeño? Era impensable.

—Pues claro. Porque eres un caballero de brillante armadura y creías que tu deber consistía en rescatar a todo el mundo.

—Pero qué americana eres —exclama Ed sonriendo.

—Pero es verdad.

Él se encoge de hombros.

—Quizá. Pero el caso es que yo creía que tendría un montón de hijos. Y tengo a Clay, al que quiero más que a nadie en el mundo, y te digo en serio que me había resignado a tener un solo hijo y además perfecto. No había manera de tener otro con Mindy, y había aceptado que ese era mi destino, solo que las cosas no me habían salido como yo pensaba.

—Y... ¿ahora?

—Pues... esa es la cuestión. Cuando pensaba en tener otro hijo mientras estuve casado con Mindy, la sola idea me espeluznaba. Pero ahora, contigo, me he dado cuenta de que por primera vez en años me puedo imaginar con otro hijo. Nos puedo imaginar con un hijo.

Lila aparta la mirada unos momentos, incapaz de soportar la dulzura de los ojos de Ed, y cuando vuelve a mirarlo, a ella se le han llenado los ojos de lágrimas.

—Ed, Ed. Ojalá te hubiera conocido hace años. Ojalá te hubiera conocido cuando tenía treinta y dos, no cuarenta y dos.

No voy a decir que no lo había pensado, que no había pensado en el milagro que supondría tener un hijo con el hombre al que quiero, crear una persona de este extraordinario amor que sentimos el uno por el otro, pero... Ed, tengo cuarenta y dos años. En primer lugar, no creo que pueda quedarme embarazada. Y en segundo lugar, no quiero hijos, Ed. Ya no. —Ed no puede disimular su tristeza—. Me gusta mi vida, me gustas tú. Me gusta vivir aquí. Soy demasiado mayor, demasiado egoísta y estoy demasiado aferrada a mis costumbres para tener hijos. Y veo lo difícil que es. A los treinta y dos habría pensado que criar hijos es fácil, que serían unos apéndices adorables a los que vestir con ropa mona y que me servirían de perfectos accesorios. Pero no tengo fuerzas. Ni ganas. Lo que no significa que te quiera menos por ello. Simplemente creo que mi momento ha pasado.

Ed asiente con la cabeza, reflexionando sobre lo que ha dicho Lila.

—No estoy tratando de que cambies de idea —dice al fin—, pero ¿podemos al menos seguir con la conversación en otro momento?

—Sí, cariño. —Lila sonríe, y lo atrae hacia sí para darle un beso—. Por eso te quiero. Porque no descartas ninguna posibilidad, no dejas piedra sin remover. Sí, podemos seguir con la conversación, pero te aseguro que no voy a cambiar de idea.

—Lo único que te pido es que estés dispuesta a continuar hablando de ello.

—¿Te he dicho alguna vez lo mucho que te quiero?

Lila le pone una mano en cada mejilla y lo mira a los ojos, con la nariz casi pegada a la suya.

—Ni la mitad de lo que yo te quiero a ti —replica Ed muy serio.

—¿Seguro que no te estás enrollando con él? Joder, espera un momento. —Callie deja caer el teléfono sobre su regazo y pasa junto al policía, dirigiéndole una sonrisa radiante—. Espera. Policía a la vista —grita. Vuelve a coger el teléfono cuando da la vuelta a la esquina—. Perdona, es que estoy en el coche.

—Ya me lo imaginaba. ¿Dónde tienes el chisme ese de Bluetooh?

—He vuelto a perderlo.

—¿Otro? —Steffi se ríe—. Eres igual que yo, Callie. ¿Cuántos has perdido en el último año?

—Solo cuatro. Pero no intentes cambiar de tema. Volvamos a ese tío, Mason. Con una mujer rica, que al parecer es un mal bicho. Salta a la vista que le interesas.

—No. No hay nada que salte a la vista. ¿Por qué tienes que ser siempre tan malpensada?

—Porque algo no encaja. Comprendo que quiera que le cuides al perro, sobre todo porque ve que tienes un gran corazón, pero ¿ofrecerte su casa en Sleepy Hollow? ¿Gratis? Debe de alquilarla por un dineral. Lo que no entiendo es por qué te deja su casa a menos que tengas relaciones sexuales secretas con él y no me lo digas porque soy tu hermana, mayor y más sensata que tú, y no lo aprobaría en absoluto.

—En primer lugar, no me enrollaría con un hombre casado —balbucea Steffi, indignada—. Jamás. Y en segundo lugar, ¿te he ocultado yo algo alguna vez?

—Sí.

—¡No es verdad! ¿Cuándo?

—La última vez que te enrollaste con un hombre casado.

—¿Qué? ¿De qué me estás hablando?

—Del pintor con el que tuviste un lío. Paul no sé cuántos. ¿Te acuerdas? No fuiste en absoluto sincera conmigo y no me dijiste que estaba casado hasta después. O sea, que eres culpable de los dos cargos. Tuviste un lío con un hombre casado y me lo ocultaste.

—Por Dios, Callie. No cuenta si no lo sabes. No tenía ni idea de que estuviera casado hasta las seis semanas de estar saliendo.

—Y ¿cómo es posible no saber que alguien está casado?

—Porque tenía a su mujer en Woodstock y le decía que pasaba toda la semana pintando en su estudio de Nueva York, y a mí me aseguraba que los fines de semana pintaba en su estudio de Woodstock y que no tenía teléfono para que no lo molestaran, porque interrumpía su labor creativa.

—¿Y de verdad te lo creíste?

—¡Sí! En su momento me pareció perfectamente creíble. Te juro que si hubiera tenido la más mínima sospecha de que estaba casado no me habría liado con él. Esa fue la única vez, y no cuenta porque yo no lo sabía.

—Bueno, entonces ¿qué pasa con Mason? ¿Lo encuentras atractivo? Vamos, sé sincera. Porque creo que hay algo que no me cuentas.

—No. Bueno, no es verdad. Creo que es un tío estupendo, y resulta algo atractivo, pero, Cal, te juro por lo más sagrado que no me atrae físicamente y que ni tengo ni voy a tener un lío con él. En serio, solamente nos caemos bien. Somos amigos. Su mujer parece bastante bicho, y creo que él va al restaurante porque conmigo se siente cómodo y puede hablar.

—Entonces ¿por qué te da la casa?

—No me la va dar. Es... supongo que me paga así a cambio de ocuparme de Fingal. Y mira, Callie, esa gente no necesita el dinero. Por mucho que saquen con el alquiler de la casa, pueden vivir sin él. El piso que tienen no se puede comparar con nada a lo que yo haya visto. Ella es de la familia Bedale, que tiene millones. El dinero no es problema.

—¿Cuándo vas a ver la casa?

—Este fin de semana, creo.

—Dime que no vais a ir juntos, porque entonces volveré a pensar mal.

—No vamos a ir juntos, ¿vale? En absoluto. Mason me ha dicho que piensa ir esta semana para mandar que lo limpien todo, y yo me iré en el tren el sábado.

—Y si te gusta, ¿cuándo vas a mudarte?

—De momento estoy durmiendo en la habitación que Susie tiene libre, así que espero poder quedarme a partir del sábado.

—¿Se lo has dicho a Mason?

—No, pero creo que no le importará. Como tengo muy pocas cosas, me llevaré una bolsa grande y siempre puedo volver a recoger lo que quede cuando me instale.

Callie se ríe.

—No me puedo creer que vayas a hacerlo. Otra vez.

—¿Qué? ¿Cambiar de vida?

—Sí. En cierto modo te envidio. ¡Cuántas aventuras en tu vida!

—Lo dices en broma, ¿verdad? ¿Tú envidiosa de mí? ¡Callie Perry! ¡Pero si lo envidiable es tu vida! No solo eres guapa e inteligente, sino que tienes un marido creativo, con talento y guapísimo, unos hijos perfectos, vives en una casa increíble y todo el mundo que te conoce te quiere. Y eres fantástica como fotógrafa. Cambiaría tu vida por la mía sin pensármelo dos veces.

—¿Estás intentando decirme que te acostarías con mi marido? —pregunta Callie con recelo.

—¿Có... ? ¡Sí! ¡Claro que sí! ¿Contenta?

—No... ¡Dios! —exclama Callie mirando el reloj del salpicadero—. Hablando de fotografía, ahora tendría que estar haciendo unas fotos.

—¿Ahora?

—Hace quince minutos. No puedo creerme que se me haya olvidado. ¡Te quiero, Steff! —grita y desconecta el teléfono.

—Yo también te quiero —dice Steffi a nadie.

Bizcocho de plátano y chocolate tibio

Ingredientes

1 taza de chocolate de pastelería
1 taza de mantequilla en pomada
1 taza de azúcar
3 huevos batidos
1 taza y 2 cucharadas de harina
1 cucharadita de levadura
2 cucharadas de cacao en polvo
3 plátanos maduros y machacados

Elaboración

Precalentar el horno a 180 ºC.

Derretir el chocolate al baño María (o a mi manera superlenta, en el microondas).

Batir la mantequilla y el azúcar. Añadir poco a poco los huevos. Remover la harina, la levadura y el cacao; verter en la mezcla.

Agregar los plátanos y el chocolate fundido. Mezclar bien.

Hornear durante 45 minutos.

12

—¿Qué...? —Con la cabeza como un bombo, Steffi intenta abrir un ojo mientras Susie, junto a su cama, le ofrece un teléfono móvil.

—Cielo, como tu teléfono no dejaba de sonar al final lo he cogido. Es tu madre.

Levantando un brazo con desgana, Steffi se lleva el teléfono a una oreja. Tiene un ojo medio abierto; el otro completamente cerrado.

—¿Mamá?

—Hola, tesoro. —Honor habla en tono claro y alto, demasiado alto para Steffi, que hace una mueca de dolor—. Te oigo fatal. ¿Qué pasa? ¿Estás enferma?

—Es que he trasnochado —contesta Steffi, pensando que es mejor no mencionar la copiosa cantidad de alcohol que acompañó al trasnoche. Ay, Dios. Y el hombre. ¿Cómo se llamaba? Luke. ¿Qué demonios habrá sido de él?

Steffi se da la vuelta para examinar el otro lado de la cama. Ni rastro de él. Habría jurado que se había quedado a dormir.

—¿A qué hora pasamos a buscarte?

—¿De qué me estás hablando?

—¿No te acuerdas de que hablamos anoche, cielo? Callie ya no tiene sesión de fotos, así que vamos a ir a la ciudad a recogerte y te traemos aquí.

—¡Ay, Dios! —Steffi se incorpora de golpe—. Se me había olvidado por completo. ¿Qué hora es?

—Las ocho y media.

—¿Las ocho y media? ¡Mamá! Pensaba que eran las once. Me vuelvo a dormir. No voy a ver a Mason hasta las tres; o sea, que podéis venir a las dos. Hasta luego.

—¡Steffi Tollemache! No iremos a las dos. Te recogeremos a las once y buscaremos un sitio bonito para comer. No es frecuente que pase el día con mis dos hijas, así que tengo intención de aprovecharlo al máximo. No discutas. Hasta pronto. Te quiero.

Steffi suelta un gruñido cuando se apaga el teléfono y lo tira al otro extremo de la habitación.

—¡Susie! —chilla—. ¡Susie!

Ni rastro de Susie, de modo que Steffi retira las sábanas de un tirón y entra en el salón, con el pelo revuelto, los ojos medio cerrados, unos calzoncillos boxer y una camiseta enorme que debe de haber encontrado en alguna parte en algún momento de la noche.

—¿Puedes despertarme a las...? ¡Oh! —Se sonroja cuando Susie señala las dos tazas de café humeantes que están sobre la mesa—. Joder —susurra, presa del pánico, y se lleva las manos al pelo—. ¿Está todavía aquí?

—No. —Susie se ríe—. Acaba de irse. ¡Es muy mono!

—¿Sí? No me acuerdo ni de cómo era.

—Claro que te acuerdas. Rubio, un poco desastrado, sonrisa seductora. Un niño pijo.

—¿Un pijo? —Steffi parece horrorizada—. ¿Estás segura? No es mi tipo. Yo nunca me enrollaría con alguien... pijo.

—Pues lo has hecho. Es pijo, y muy mono. Me ha dejado su número de teléfono y me ha hecho prometer que te lo daría.

Steffi coge la tarjeta que le da Susie y se echa a reír.

—¡Es arquitecto! ¡No puede ser!

—¿Quieres decir que no es un músico que malvive de la música?

Susie, casada con un músico que malvive de la música, enarca las cejas.

—¡Exacto! O un actor de tres al cuarto, o un novelista que ha escrito la mejor novela estadounidense desde Tom Wolfe y sirve mesas en un restaurante hasta que alguien lo descubra...

—O un drogadicto, por supuesto. Tú siempre dices que tienen un atractivo especial para ti —añade Susie.

—Pues sí. ¡Un arquitecto! Es gracioso.

—¿Piensas llamarle?

—¿A un arquitecto pijo? —Steffi mira fijamente a Susie—. ¿Se te ha ido la olla o qué? Naturalmente que no voy a llamarle. —Rompe la tarjeta y va hasta el cubo de la basura para tirarla—. Demasiado normal, y encima ni siquiera me acuerdo de él.

—Yo te lo recuerdo. —Y así lo hace Susie, moviendo la cabeza, preocupada—. No puedo creerme que no vayas a llamarle. Es buen tío.

—¿Cuántas veces tengo que decírtelo? —Steffi se ríe—. No me van los buenos chicos. Vamos a ver, lo diré de otra manera. Puede que una noche sí, pero me conozco y sé que me aburren. Necesito algo más excitante. Y un tatuaje.

—¿Un qué?

—Un tatuaje. Nunca he salido con nadie que no tuviera al menos un tatuaje.

—¿En serio?

—En serio.

—Entonces ¿has recordado de repente que el arquitecto no tenía ningún tatuaje?

—Sí. Me acuerdo. Un cuerpo estupendo, pero sin tatuajes.

Susie suspira.

—Me parece una lástima. Por cierto, ¿qué querías decirme?

—Iba a pedirte que me despertaras antes de que llegue mi madre, pero ya... Fíjate qué horas. ¿Para qué voy a volver a dormirme? A lo mejor me echo un sueño en el coche de mi hermana.

Coge la taza de café, ya frío, lo apura y se dirige al cuarto de baño a ducharse.

—Despierta, dormilona. —Honor se vuelve hacia el asiento trasero—. Casi hemos llegado.

—¡Buf! —Steffi se incorpora y se estira, emitiendo un profundo gruñido—. Ha sido tremendo. He dormido todo el camino.

—Ya nos hemos dado cuenta. —Callie chasquea la lengua—. Encima, has roncado.

—Perdón. —Steffi se encoge de hombros y mira el paisaje que pasa como un rayo, los árboles entre cuyos frecuentes claros aparecen una preciosa casa antigua o caballos pastando tras una valla blanca.

—Qué bonito. ¿Ya estamos llegando?

—Hemos decidido ir a New Canaan a comer —dice Honor—. Y después de compras. ¡Vaya! ¿No es bonito? —añade mirando los escaparates.

—Una maravilla —coincide Callie—. No sé por qué no vengo aquí con más frecuencia. ¡Mira, mira, Steffi!

Esta vuelve la cabeza y las dos gritan al mismo tiempo: «¡Ralph Lauren!».

—¿Qué?

Honor arruga la frente.

—¡Mi tienda favorita! —exclama Callie revolviéndose nerviosa en el asiento—. ¡Y nunca consigo venir!

—Es su tienda favorita —confirma Steffi—. Demasiado pija para mí, aunque pudiera permitírmela.

—No es pija —replica Callie y suspira—. Es clásica. Vamos a buscar aparcamiento. Tengo que entrar.

—Vamos, Callie. —Steffi se ríe—. Tranquilízate. Ni que fueras una yonqui que necesita un pico. Tranquila.

—No, en serio, no puedo tranquilizarme. ¿Has visto ese abrigo de *patchwork* en el escaparate? Lo quiero.

Honor mira divertida a su hija.

—¡Callie! No tenía ni idea de que fueras tan adicta a las compras.

—Y no lo soy —dice Callie—. ¡Pero esto es Ralph Lauren, mamá! Es un mundo completamente distinto.

Una vez dentro, Callie se pone en plan serio y eficiente. Una dependienta va detrás cargada de prendas que Callie devuelve. «¿Tienen esto en una treinta y ocho?» o «¿Tienen esto en otros colores?», pregunta.

Honor se acerca a Steffi, que toquetea con tristeza un blusón de seda.

—¿No te vas a probar nada, cielo?

Steffi niega con la cabeza.

—Aquí no hay nada para mí, y además es demasiado caro. Lo único que me gusta es ese pañuelo, pero no voy a gastarme tanto dinero.

—Yo te lo regalo —dice Honor, y a Steffi se le ilumina la cara—. Soy tu madre. Es mi trabajo —añade sonriendo.

Al final las tres mujeres salen de la tienda cargadas de bolsas. Callie ha comprado un montón de ropa, Steffi también lleva algo, e incluso Honor ha encontrado un chal largo de cachemira, de color crema, al que no ha podido resistirse.

—Estoy muerta de hambre —dice Steffi—. Con tanta compra se me ha abierto el apetito. ¿Vamos a comer algo?

—Y a lo mejor encontramos un sitio en el que puedas trabajar —dice Callie—. Un pequeño restaurante vegetariano ahí a la vuelta de la esquina, por ejemplo.

—No tiene por qué ser vegano. —Steffi se encoge de hombros—. Eso sería lo ideal, pero ya he cocinado de todo y puedo volver a hacerlo.

—Así que te encantaría meter la mano en un pollo, sacarle el hígado y las tripas blandengues y babosas, ¿no?— se burla Callie.

—¡Puag! —Steffi tuerce el gesto—. Por Dios, Callie. ¿Por qué tienes que ser tan ordinaria?

—No, si es solo para saber hasta qué punto estás dispuesta.

—Se hace lo que se tiene que hacer —tercia Honor—. Y a Steffi le irá bien. ¿Qué os parece ahí?

Señala un bonito restaurante con jardín y terraza.

—Id entrando vosotras. Yo voy a quedarme fuera un momento —dice Callie.

—¿Te encuentras bien? —pregunta Steffi.

—Me está entrando dolor de cabeza, y con el aire fresco se me pasará.

—¿Otra vez?

Honor parece preocupada, y Callie le explica la teoría de Lila sobre la menopausia.

—Tienes que ir al médico.

—Sí, ya iré. Tenía cita el otro día pero me llamó un cliente y tuve que anularla. Iré la semana que viene. Seguro. Bueno, chicas, ¿qué os apetece comer?

Un rato más tarde, cuando ya se han comido las ensaladas, se han bebido el agua con gas y han pedido la cuenta —invitación de Honor— suena el teléfono de Steffi.

—¡Ah, hola, Mason! Estamos terminando de comer en New Canaan... ¿Ya estás...? Claro que podemos ir... No te preocupes, estoy con mi madre y mi hermana, que lleva GPS en el coche. Vale... Estupendo. —Cuando acaba de hablar mira a Honor y a Callie—. Mason ya está allí y dice que podemos ir si estamos listas. ¿Quieres que conduzca yo, Callie? Tienes muy mala cara.

—Se me pasará. —Callie entorna los ojos; el dolor es considerable—. Creo que tengo migraña. ¿Paramos en la farmacia de arriba para comprar un analgésico? Esto se está poniendo feo.

—Déjame conducir —insiste Steffi.

—No, no. —Callie mueve la cabeza y hace un gesto de dolor; se levanta lenta y cautelosamente—. Estoy bien, de verdad, y prefiero conducir yo.

Steffi y su madre intercambian una mirada, pero Honor se encoge de hombros. No hay forma de discutir con Callie cuando se empeña en algo, pero cuanto antes se tome un analgésico, mejor.

Callie conduce con los ojos entrecerrados por el dolor, concentrándose con todas sus fuerzas en llegar a la farmacia. Es como si le estuvieran introduciendo un taladro en la cabeza, y cada vez siente más náuseas. El dolor es mucho más intenso que las otras veces.

Tienes que llegar a la farmacia, se repite a sí misma, mientras la voz que resuena dentro de su cabeza sofoca los balbuceos de su madre y su hermana, preocupadas. Y de repente todo se vuelve negro. Ni siquiera se da cuenta de que está atravesando lentamente la calle ni de que se estrella contra una farola. Honor grita e intenta hacerse con el volante; Steffi se cubre la cabeza, horrorizada.

Buñuelos de judías negras con especias

He preparado esta receta con judías negras, garbanzos, judías blancas e incluso judías pintas, y queda igualmente rica. Es la comida ideal para guardar en la despensa y recurrir a ella cuando no tienes nada a mano.

Ingredientes

2 cucharadas de aceite de oliva
1 cebolla pequeña finamente picada
1 pimiento verde grande finamente troceado
chili rojo seco (al gusto) molido
2 cucharaditas de cilantro molido
2 cucharaditas de comino molido
1 ½ cucharaditas de cúrcuma
1 bote de judías negras
2 puñados de cilantro fresco
½ cucharadita de cáscara de limón rallada
3 o 4 cucharadas de yogur, normal o de soja
sal y pimienta al gusto
½ taza de harina de trigo integral o de garbanzos
2 cucharadas de aceite de sésamo
2 o 3 tres dientes de ajo

Elaboración

Calentar el aceite, añadir la cebolla, el pimiento y chili al gusto, poco para los que no les guste el picante. Si se añade demasiado, rebajar con zumo de limón.

Pochar durante cinco minutos, añadir el cilantro, el comino y la cúrcuma; freír sin dejar de remover otros 30 segundos. Retirar del fuego y reservar.

Triturar las judías y el cilantro fresco en la batidora. Remover en un cuenco las judías, la cebolla pochada, la ralladura de limón y el yogur. Sazonar con sal y pimienta.

Hacer ocho tortitas de unos 2 cm de grosor y enharinar. Calentar a fuego fuerte el aceite de sésamo en una sartén. Freír las tortitas, unas cuantas de cada vez, alrededor de un minuto por cada lado. Poner a escurrir sobre papel de cocina durante unos minutos; servir con chutney de mango o acompañado de nata agria con ajo y cilantro picados.

13

Walter Tollemache se sienta ante el ordenador y suspira cansinamente al ver en la bandeja de entrada otro correo de Hiromi. Con lo bien que le había ido la mañana.

Echa de menos estar casado, por supuesto que echa de menos tener a alguien que se ocupe de él, y sin embargo... sin embargo, hay algo tan agradable en estar solo en casa, en no tener a nadie que se ponga a hablarte a primera hora de la mañana, poder disfrutar de tu té sentado en el banco de fuera acariciando al gato... lo único bueno que ha quedado de su matrimonio con Hiromi.

En los primeros tiempos, durante el cortejo, cuando ella aún fingía ser dulce y dócil, le llevó un gatito que «había rescatado» de una tienda de animales. Walter nunca había sido muy aficionado a los gatos, pero como Hiromi adoraba aquel animalito, intentó con todas sus fuerzas que le gustara, y muy pronto comprendió que era un gato excepcional, con más de perro que de gato, y llegó a establecer una sólida amistad con Brutus. Y siguieron siendo amigos, Brutus y él, durante el matrimonio.

Hiromi se empeñó en que el animal asistiera a la ceremonia de la boda, con un esmoquin en miniatura, lo que Walter consideró una locura y una crueldad, porque Brutus parecía aterrorizado con el vocerío, la bebida y las canciones, y acabó maullando lastimeramente en su cesta, en otra habitación.

Walter también estaba aterrorizado. Pensaba que iba a ser una ceremonia discreta, en privado. Tan discreta y privada que

Hiromi dijo que solo estarían ellos dos, que así sería más romántico. Walter se lo contó a Callie y a Steffi horas antes de la boda, tratando de quitarle importancia, con la esperanza de que no se disgustarían.

Les disgustó menos que no las invitaran a la boda que el hecho en sí de que su padre se casara con Hiromi.

—Es muy buena —repetía Walter—. Y me cuida.

—No me fío de ella —le dijo Callie—. Y creo que anda detrás de tu dinero.

—¡Ja, ja, ja! —Walter se desternilló de la risa—. Pues se va a llevar una buena decepción, porque de donde no hay, no se puede sacar. Los días gloriosos de los Tollemache hace tiempo que pasaron.

—No creo que Hiromi lo sepa —replicó Callie—. ¿Cómo dices que la conociste?

—Por mediación de unos amigos —contestó Walter, como siempre.

Pero no era verdad. La había conocido a través de un sitio web diseñado especialmente para presentar señoras japonesas a hombres estadounidenses. El sitio explicaba con toda claridad que el objetivo de esos contactos consistía en ayudar a los hombres a apreciar las maravillas de una esposa asiática dócil, servicial, dulce y encantadora. Aparecían fotografías de señores mayores encantados con sus esposas, preciosas y más jóvenes —muchísimo más jóvenes que ellos— y testimonios de esos hombres, que aseguraban no haber sido tan felices ni haber estado tan bien atendidos en su vida.

Ya iba siendo hora de que alguien lo cuidara, pensó Walter. Honor lo había hecho durante algún tiempo, hasta que llegó a la conclusión de que sus catorce años juntos y dos hijas habían sido una terrible equivocación y que no podía seguir en una situación tan lamentable y espantosa.

Y entonces apareció Sally, que iba de crisis en crisis y recurría a Walter para resolverlas. Durante un tiempo se sintió enormemente halagado; nunca había desempeñado el papel de caballero andante y le daba la impresión de que le iba que ni pintado. Pero diez años de tragedia le resultaron agotadores, y cuando una de ellas acabó en un lío con un colega del trabajo, Walter casi batía palmas de alegría y alivio.

Sally le rogó que la perdonara, y Walter tuvo que hacer acopio de todas sus dotes de actor para fingir que estaba furioso.

Por suerte, no habían llegado a formalizar su relación, y por consiguiente Walter daba gracias a Dios por no tener que pasarle una pensión. A continuación apareció Eleanor, que era encantadora, pero demasiado moderna para su gusto, y de pronto, una esposa más joven, maleable le pareció algo... tentador.

Cuando Hiromi empezó a escribirle, adjuntándole fotografías de su dulce y tímida sonrisa, Walter quedó cautivado. Hiromi tenía cuarenta y seis años, una edad que Walter consideró ideal. No tan joven para que estuviera fuera de lugar, pero sí madura. Una mujer, no una chica. Había estado casada hacía mucho, pero había sido más bien un matrimonio de conveniencia, para complacer a sus padres, según le dijo.

Se había inscrito en Esposa Asiática de Ensueño hacía unas semanas, le aseguró. Había recibido correos de varios hombres, pero ninguno le había interesado. Sin embargo, a Walter lo encontraba fascinante. «¡Tan apuesto e inteligente!» Se prodigaba en signos de exclamación cuando le escribía.

Y Walter se dejó seducir.

Pagó el billete de Hiromi y fue a recogerla al aeropuerto, hecho un manojo de nervios y en un mar de dudas, pero en cuanto ella salió, con una sonrisa radiante en su dulce rostro, se entusiasmó.

—¡Mucho más apuesto que en la fotografía! —dijo Hiromi mientras iban hacia el coche, y se tapó la boca con las manos, avergonzada, con una risita irresistible.

—Y tú mucho más guapa —replicó Walter, sonrojándose ante lo manido de la frase.

Pero no le pareció manido, sino... maravilloso.

Hiromi estaba continuamente pendiente de él, a su entera disposición. Le preparaba la mejor lubina al vapor al estilo asiático que había comido en su vida. Lo miraba mientras hablaba, como si fuera el espécimen más interesante, inteligente e increíble que hubiera visto jamás, y, en honor a la verdad, a Walter le resultaba adictivo.

Cuando volvió a Japón al cabo de seis semanas —Walter había ampliado el billete—, él empezó a echarla de menos. Además, estaba casi seguro de haberse enamorado. Su relación era puramente platónica, pero él sabía que irían más allá, que ella sentía por él lo mismo que él por ella, pero era tímida y recatada y primero quería casarse.

—Papá —dijo Steffi cuando Walter mencionó que estaba «saliendo en plan tranquilo» con una japonesa encantadora—. No te habrás metido en uno de esos sitios web, ¿verdad?

—¿Qué dices? —replicó Walter—. ¿Qué sitios web?

—Para encargar esposa por correo. Porque de lo que se trata es de conseguir la tarjeta de residencia, vamos, una completa estafa.

—No la he conocido en un sitio web. —Walter soltó una carcajada forzada—. Pero ¿cómo va a ser una estafa? Si hasta los jóvenes se conocen a través de sitios como esos hoy en día. A lo mejor deberías probar.

—No, gracias. El padre de mi amiga Erin se casó con una tailandesa que conoció en un sitio web y pensó que era el amor de su vida. Bueno, ella era unos treinta años más joven que él, pero en cuanto se casaron se convirtió en una auténtica bruja, lo dejó por el fontanero y se llevó la mitad de sus ahorros.

—Ah.

Walter tomó nota mentalmente para llamar de inmediato a su abogado, pero enseguida olvidó la advertencia de su hija pequeña. Lo suyo no era una estafa; era amor verdadero.

Hiromi se trasladó a casa de Walter, y al poco tiempo se trasladó a su dormitorio. Después se trasladó Brutus, y a continuación, como parecía que era lo que había que hacer, Walter le propuso matrimonio.

Hiromi chilló de entusiasmo, saltó de la silla y le echó los brazos al cuello. Fueron tales su alegría y su felicidad que Walter fue a besarla, pero ella se escapó y fue corriendo al teléfono. Walter se quedó allí sentado, sonriéndole con cariño mientras ella telefoneaba a su familia a Japón. Después a sus amigos, a continuación a toda la gente que conocía, hablando muy deprisa y moviendo los dedos de una forma encantadora. Al cabo de dos horas Walter susurró que se iba a la cama, Hiromi se rió alegremente y asintió con la cabeza, poniéndose de puntillas para darle un beso rápido y continuar con sus llamadas.

Walter se desnudó, se puso el pijama, se lavó los dientes y se acostó, a esperar a que Hiromi subiera. Evidentemente ella no lo había oído, así que volvió al cuarto de baño y tiró de la cadena, sabiendo que eso sí lo oiría porque las cañerías de la casa estaban fatal.

Hiromi seguía sin aparecer. Walter se puso las gafas de leer, cogió la biografía que estaba leyendo y pensó que le concedería diez minutos más y después le diría que subiera. Al fin y al cabo, quería celebrarlo ¡con su... prometida!

—¡Ya voy, ya voy! —Siguió con sus risitas, tan mona y adorable cuando se entusiasmaba—. Tengo que contárselo a mi tía abuela.

—Creía que ya se lo habías contado a tu tía abuela.

—Por parte de mi padre. Y a mis primos. Tú sube. Seré rápida.

Una hora más tarde, mientras Walter roncaba apaciblemente, con el libro caído en el suelo, Hiromi seguía con sus risitas en el piso de abajo.

Por la mañana todo estaba olvidado. Más tarde Walter fue a ver a su abogado, su antiguo compañero de habitación en Yale, para preparar el acuerdo prematrimonial. Desde luego que tomar medidas jurídicas para protegerte no era la mejor manera de empezar un matrimonio, pero no podía quitarse de la cabeza lo que le había contado Steffi sobre el padre de su amiga, y más valía guardarse las espaldas. Por si acaso.

Empezó a pensar que quizá había cometido una equivocación la noche de la boda. En la puerta del ayuntamiento aparecieron unos doce japoneses que los cubrieron de confeti.

—Mis primos —le explicó Hiromi—. ¡Sorpresa!

Y desde luego que fue una sorpresa. Walter había encargado una cena romántica para dos en un restaurante muy especial, pero después de llevar a Brutus a casa se vio en un bar muy cutre con un montón de felices japoneses que apenas hablaban inglés pero que se las arreglaron estupendamente para que la cuenta de la barra se disparase.

No pararon de beber. Y de pronto entraron dos hombres con unos aparatos y los japoneses aplaudieron. Noche de karaoke, o eso parecía, algo habitual allí, y todos se pusieron a cantar mientras corría el vodka.

¿Y su recatada Hiromi? ¿Qué le había pasado? Se emborrachó. Le quitaba el micrófono a quienquiera que estuviera cantando y se ponía a dar vueltas por el escenario, entre los aplausos de sus amigos.

Walter estaba horrorizado.

La llevó al coche, porque no se encontraba en condiciones de andar, y se pasó el resto de la noche buscando en Google cómo anular un matrimonio.

Afortunadamente, por la mañana Hiromi se deshizo en disculpas. Dijo que estaba tomando antibióticos para un «asunto de mujeres», que por eso no le había dicho nada, y que le habían producido una reacción tremenda con la pequeña cantidad de alcohol que había ingerido.

Walter estaba seguro de haberla visto tomar cantidades ingentes de alcohol, pero tras consumar el matrimonio Hiromi volvió a ser tan maravillosa como antes de la noche de bodas. De modo que había sido un problema pasajero.

Hasta la siguiente vez. Y la siguiente.

Cada vez aparecía un cortejo de amigos de Hiromi, sonrientes, encantadores, con continuas inclinaciones de cabeza, ninguno de los cuales hablaba inglés, y a Walter empezó a aterrorizarle salir con ella.

De repente a Hiromi le dio por gritarle, por llamarle «viejo imbécil», y cuando se sentía desgraciada no se ocupaba de la casa. Al cabo de poco tiempo sentirse desgraciada pasó a ser su estado habitual, y Walter se trasladó del dormitorio principal a la habitación libre del piso de abajo, para tener un poco de paz y tranquilidad.

Lo habían engañado. Y le daba vergüenza. Demasiada vergüenza para contárselo a nadie.

«¿Qué tal la vida de casado?», le preguntaban sus amigos,

metiéndose con él por tener una mujer tan guapa y tan joven, y él decía con una sonrisa forzada: «Bien, bien, ya sabes... vida de casado», e intentaba cambiar de tema rápidamente.

Tumbado en la cama, con Brutus sobre el pecho —porque a Brutus Hiromi tampoco le causaba muy buena impresión, aunque fingía cuando tenía hambre—, Walter se sentía vacío por dentro. Y pensaba en Honor, en Eleanor y, a veces, incluso en Sally. Mujeres que no eran perfectas, pero a las que entendía.

No sabía qué pensar de Hiromi. A veces ella se limitaba a reírse cuando Walter decía algo, y entonces sentía un enorme alivio; otras, decía exactamente lo mismo y se ponía hecha un basilisco.

Lo tenía aterrorizado.

Le dieron los papeles del divorcio al cabo de un año. Tenía la sensación de que había sido el año más largo de su vida. Lo hizo mientras ella estaba trabajando —recientemente había encontrado trabajo en un restaurante, de recepcionista— y cambió las cerraduras de su casa, metió todas las cosa de Hiromi en cajas y las dejó delante de la puerta.

Sabía que si ella volvía a la casa, a lo mejor ya no salía de allí. Lo que ocurrió fue que se quedó chillando y aporreando la puerta durante una hora o más, tiempo durante el que Walter agradeció que los vecinos no vivieran demasiado cerca.

Cuando Hiromi se marchó, empezaron a llegar los correos electrónicos. Llevan cinco años divorciados, y siguen llegando correos electrónicos.

Hiromi está convencida de que Walter le ha robado algo. Unas bragas moradas y negras con sujetador a juego de Victoria's Secret, sus favoritos. Lo acusa de ser un viejo verde, pero Walter no tiene ni idea de a qué se refiere y está completamente seguro de que no se habría olvidado de unas bragas y un sujetador de color morado y negro de Victoria's Secret. No, señor.

Lubina al vapor al estilo asiático

Ingredientes

1 kilo de lubina, a ser posible en una pieza
½ cucharadita de sal
½ cucharadita de azúcar
un trozo de jengibre de unos 3 cm pelado y cortado en juliana
8 cebolletas cortadas en juliana, en trozos de unos 6 cm, separando la
    parte verde de la blanca
6 cucharadas de aceite de cacahuete o de maíz
4 cucharadas de salsa de soja

Elaboración

Limpiar y secar el pescado. Hacerle dos o tres cortes en diagonal por ambos lados.

Cocinar al vapor en una vaporera o similar a fuego fuerte durante unos 8 minutos, o hasta que la carne de la lubina se desprenda fácilmente.

Colocar cuidadosamente el pescado en una fuente y espolvorear la sal y el azúcar.

Esparcir el jengibre, la parte verde de las cebolletas y a continuación la parte blanca.

Calentar el aceite en una cacerola pequeña a fuego fuerte hasta que empiece a humear. Verter poco a poco sobre las cebolletas y el jengibre.

Regarlo con la salsa de soja.

14

—Estoy bien —insiste Callie—. Solo quiero marcharme de aquí.

—Pero te desmayaste. —Honor hace un gesto de dolor por la magulladura producida por el cinturón de seguridad, pero nada más, gracias a Dios, gracias al Volvo—. No puedes volver a casa hasta que descubran la causa.

—Han dicho que estamos todas bien. Aparte del susto y los moratones, no tenemos nada, y no quiero que me hagan pruebas aquí, ¿vale? Os juro que cuando vuelva a casa iré al médico, pero no quiero quedarme en el hospital.

Honor y Steffi se miran. Lo comprenden. Claro que lo comprenden. Desde lo de su cáncer, Callie detesta los hospitales, detesta los recuerdos que la asaltan en tropel cada vez que entra por la puerta, porque todos los hospitales parecen iguales, huelen igual, producen la misma sensación.

—Pero, cielo —insiste Honor—, ese médico ha dicho que debían hacerte una resonancia para intentar establecer la causa de los dolores de cabeza...

—Sí, pero no voy a hacérmela aquí. Me la haré, mamá, pero tiene que ser en el hospital Poundford. Necesito estar con las personas que conozco, ¿entiendes? Para mí es demasiado traumático estar en un hospital desconocido, ¿vale?

Honor y Steffi ceden inmediatamente. Lo último que desean es que Callie se traumatice.

—Vale. Pero tienes que ver a alguien, y pronto. Voy a decírselo a Reece.

—Estupendo. ¿Nos vamos ya?

—Una cosa, chicas. ¿Crees que podrías conducir tú, mamá? Steffi va a al volante.

—Sí, puedo conducir. —Honor contesta con cautela, lanzando miradas de preocupación a Callie, que va tumbada en el asiento de atrás—. ¿Por qué?

—No, es que le he contado a Mason lo que ha pasado y se ha ofrecido a venir a buscarnos. Le he dicho que estamos bien. Va a pasar la noche aquí, y le he dicho que intentaría ir más tarde, pero sé que tenéis que volver.

—¿Vas a dejarnos?

Honor parece horrorizada.

—Pero si estáis bien, mamá. Ya has oído a Callie... ella también está bien.

Las dos se vuelven para mirar a Callie, que no tiene precisamente buen aspecto.

—¿Te encuentras bien, Call?

—Solo es un dolor de cabeza —contesta Callie.

—¡Por Dios! Creo que deberíamos volver. ¿Y si es un edema cerebral? Tenemos que volver.

Honor está temblando.

—¡No! —La voz de Callie es sorprendentemente enérgica—. Ni siquiera me he dado un golpe en la cabeza, ¿verdad? No tengo ningún edema cerebral. Es el dolor de cabeza de siempre, una migraña. Debe de ser el estrés. —Abre los ojos y les lanza una mirada asesina a su madre y a su hermana—. Llevadme a casa. Por favor.

—Steffi, necesito que te quedes con nosotras —murmura Honor, apretando los dientes con rabia.

—Pero yo necesito ver esa casa, mamá. Lo tenía planeado, y todas estamos bien. Estás bien para conducir hasta casa.

—No estoy bien para conducir hasta casa. Estoy temblando. De ninguna manera voy a conducir hasta casa. Ya sé que Bedford no queda lejos de New Canaan, pero ni aún así. No tienes elección. Me niego a conducir, y tú, jovencita, tienes que crecer.

Honor cruza los brazos y mira con decisión la carretera delante de ella, mientras que Steffi aprieta los labios, tensa y con el ceño fruncido.

Joder, a veces no soporto a mamá, piensa. E inmediatamente se avergüenza de retroceder a cuando tenía doce años.

Lila se sienta en el suelo del vestidor y esconde la cabeza entre las manos. ¿Qué demonios se va a poner? O, algo más importante, ¿quién quiere ser esa noche?

Es el concierto de Clay. Toca el chelo, y si bien las actuaciones de las orquestas escolares no es lo que prefiere para pasar el rato, reconoce que es un acontecimiento importante, no solo porque Clay quiere que asista, sino porque Ed también.

Porque Mindy estará allí. Será la primera aparición de Lila en el colegio como novia de Ed, que va lo suficientemente en serio para llevarla a los conciertos de su hijo. Conocerá a los profesores de Clay, a sus amigos y a los padres de sus amigos.

Ed habla con frecuencia del colegio, de lo mucho que le gusta, de que da la sensación de familia, y, sin embargo, a veces se siente en desventaja, porque, como padre divorciado, no lo tratan como a las parejas. A él no lo incluyen en los «tenemos que volver a vernos» al final de la tarde del primer día de vuelta al colegio ni en las reuniones vespertinas de padres y profesores, cuando todos los padres se saludan en los pasillos del colegio.

Y Ed le confesó a Lila que lo echaba de menos, que se sentía distanciado de los demás como padre soltero y porque era Mindy quien se había hecho amiga de ellos.

—¿En serio? —Lila se rió—. ¿Y les cae bien?

Ed asintió con la cabeza.

—Puede ser... encantadora.

—Eso tengo entendido —replicó Lila—. Pero no poseo demasiadas pruebas.

—Esta noche se portará como es debido —le había asegurado Ed antes por teléfono—. Te lo garantizo.

Lila es muy distinta con la gente. Mientras que Mindy es puro artificio, Lila es auténtica. Mientras que Mindy es fría y crítica, Lila es cálida y tolerante. Puede que no sea tan resultona como Mindy, que va bien peinada, con mechas rubias, vestida de cachemira por grandes diseñadores, pero la gente acoge a Lila de una manera que nunca ocurre con Mindy, y Ed está deseando presentársela al entorno social del colegio de Clay.

Entonces ¿qué se va a poner Lila? Normalmente le da igual, pero esta noche es distinto.

—No importa lo que te pongas —le dijo Ed—. Te quiero tal y como eres.

—Eso no me sirve de mucha ayuda, cariño —replicó Lila—. ¿Qué llevan las demás madres en estas situaciones? ¿Van muy arregladas? ¿Modernas? ¿Clásicas? ¿Se maquillan?

Ed se rió, encogiéndose de hombros.

—Es una mezcla. Un poquito de todo. Pero tú no te preocupes por ellas. Les caerás bien vayas como vayas.

Ed siguió diciendo cosas por el estilo, asegurando, como todos los hombres, que no importaba lo que se pusiera. Pero sí importa. Esta noche importa, y mucho.

Quizá negro. Hace más delgada. Vaya por Dios. ¿Por qué se le habrá ocurrido comer pasta con pollo? Ahora tiene la tripa hinchada como un globo. Por consiguiente, sus pantalones negros preferidos, que le favorecen, y el top de cachemira también negro, como un poncho. Disimula sus mayores defectos —desde luego la tripa pospasta— y la hace sentirse increíblemente elegante, sobre todo conjuntados con botas de tacón.

Los pendientes de ámbar... y Lila se mira en el espejo con aire satisfecho. Pero falta algo. Hay algo que no acaba de estar bien. Sale suspirando del cuarto de baño, pasa junto al surtido de productos Ouidad alineados sobre las estanterías, entra en su dormitorio y marca el número de su peluquero.

—Soy Lila Grossman. ¿Hay alguna posibilidad de que Toni me haga un huequecito dentro de unos quince minutos? Por favor... Estoy desesperada. ¿Sí? ¡Os quiero!

Y sale corriendo.

—Estoy nerviosa —dice Lila cuando entran en el aparcamiento que hay detrás del colegio.

—No tienes por qué, cariño —dice Ed—. Todo el mundo es amabilísimo, y estoy seguro de que Mindy se va a portar estupendamente.

—No es por esta noche —replica Lila—. Es por Callie.

—¿Qué dice su madre?

—Que se desmayó. Estuvo a punto de matarlas, Ed. A punto de matarse. ¿Te das cuenta de la suerte que han tenido, que nadie se haya hecho daño? Y Callie sigue con los dolores de cabeza, pero no ha ido al médico. Me asusta que haya tenido que llamarme su madre.

—Pero ¿piensa ir al médico?

—Parece que por fin sí. Y Reece le ha prohibido que conduzca hasta que hayan llegado al fondo de la cuestión. Pero estoy asustada, Ed.

—Lo sé —dice él. Aparca y le coge la mano a Lila—. Sé cuánto la quieres, y también que ya estuvo enferma. Podría no ser nada. Le harán las pruebas que tengan que hacerle, y descubrirán qué tiene y le pondrán un tratamiento. No tiene sentido preocuparse por algo que no ha ocurrido.

—Pero ¿y si es...?

No puede pronunciar la palabra que empieza por ce.

—No nos adelantemos a los acontecimientos.

—Es que... es que tengo el presentimiento de que no es nada bueno.

—Es solo un presentimiento, y los presentimientos no son realidades.

—Tienes razón. Pero no soporto esta sensación de angustia en todo el cuerpo.

—No durará mucho. El médico averiguará qué pasa. Probablemente es solo falta de vitaminas. Había una chica en el periódico en el que yo trabajaba en Inglaterra que se desmayaba con frecuencia, y lo que le pasaba era que le faltaba vitamina B1. Había desarrollado no sé qué síndrome que le producía los desmayos, pero siguió un tratamiento y se puso bien. Seguro que lo de Callie es algo parecido.

Lila le coge la mano.

—Siempre consigues que me sienta mejor.

—Qué bien. —Ed sonríe y se inclina para besarla—. ¿Puedo decirte una cosa sobre tu pelo?

Lila sonríe de oreja a oreja.

—¡Ya lo sé! ¿A que me queda monísimo? Pero no vayas a decirme que lo lleve así todo el tiempo, porque han tardado como dos horas en alisarlo y solo puedo hacerlo en ocasiones especiales. Podría alisármelo con un tratamiento definitivo, supongo, pero creo que con el pelo como lamido por los gatos quedaría ridícula, me hace falta un poco de...

—¿Te quieres callar, Lila? —dice Ed, pero no con brusquedad, sino sonriendo—. Creo que está precioso, pero tengo que reconocer que me gusta más rizado.

—¿Sí?

Lila se queda boquiabierta.

—Sí. Porque es natural, porque eres tú.

—Gracias, cielo.

Lila abre la puerta.

Ed no tiene por qué saber que no se ha alisado el pelo por él, sino por Mindy.

Lila no es una mujer competitiva y cree haber aprendido a no sentirse fuera de lugar entre otras mujeres, sobre todo si son más altas, más delgadas y más guapas que ella, pero Mindy es algo distinto, y con sus constantes pullas tiene que demostrarse a sí misma que vale tanto como ella, a pesar de que, como bien ha dicho Ed, es mil veces mejor.

Ve a Mindy en cuanto entran en el vestíbulo del colegio. Embutida en unos vaqueros en los que a Lila le cabría un tobillo, se balancea sobre unos tacones de vértigo, con una cazadora forrada de piel. Está con dos mujeres como de manual, idénticas; le dirige a Lila una fría sonrisa, la saluda con la mano, y a continuación se inclina hacia las otras dos, les dice algo y ellas miran a Lila.

—Por favor —dice Lila entre dientes—. Me siento como si hubiera vuelto al instituto.

—¿Qué?

Ed la mira, sin comprender nada.

—Tu ex. Ya... ya empezamos.

—¿Está aquí?

—Pues sí. Tiene la escoba apoyada en la puerta. Es la del enorme logo de Chanel en el mango.

Ed sonríe abiertamente.

—Mira que eres mala, pero qué graciosa.

—No, en serio. ¿Cómo te crees que ha llegado hasta aquí, puesto que su chófer ya no trabaja?

—¿Te refieres a mí?

Lila se pone en jarras y le dirige una penetrante mirada.

—¿A quién si no? ¿O es que tengo que recordártelo?

—Vamos, déjalo —dice Ed en tono conciliador, frotándole la espalda. Se inclina y le da un prolongado beso—. Pertenece al pasado. Es la madre de mi hijo, la única razón por la que sigo teniendo algo que ver con ella. Lo que importa es el ahora. Tú eres mi presente. Y mi futuro.

Y una vez más Lila mira a ese hombre y comprende lo que significa sentirse amada de verdad.

Mindy se separa de las otras chicas y se aproxima a ellos con una sonrisa que no se refleja en sus ojos.

—¡Hola, Lila! —dice, cambiando la anterior sonrisa por otra de suficiencia cuando, para sorpresa de Lila, se inclina para darle un beso.

—¡Mindy! —Lila parece radiante—. Estás guapísima.

Encantada, Mindy se sonroja, algo totalmente insólito.

—Ah... gracias. Tú... también estás muy bien. Ed, por favor, ¿puedo hablar contigo un momento?

Lila se vuelve para mirar a Ed, preguntándose, y no por primera vez, cómo demonios podían haber estado juntas esas dos personas, y mucho menos casadas, durante tanto tiempo.

—Por supuesto —responde Ed—. ¿Qué pasa?

Mindy le dirige una mirada de soslayo a Lila, como añadiendo «a solas», pero no quiere decirlo en voz alta por temor a ofenderla.

—Podemos hablar delante de Lila —dice Ed en tono cansino.

Mindy se pone de mal humor. No se esperaba esa respuesta.

—Muy bien —dice con brusquedad—. Es sobre la pensión alimenticia del niño. Tengo que hablar contigo del aumento de la pensión alimenticia.

Lila reprime una carcajada. ¿Por qué no intentas ponerte a trabajar?, piensa.

Ed aprieta las mandíbulas.

—No me parece que la actuación de la orquesta del colegio sea el momento más adecuado para hablar de eso —dice.

—Como no me contestas a los correos electrónicos, ya me dirás de qué modo puedo ponerme en contacto contigo.

Lila se queda allí, incómoda. Quiere poner cualquier excusa, como ir a por algo de beber, o a los servicios, o a colgar su abrigo, lo que sea. Pero no quiere dejar a Ed solo con Mindy.

—Podemos hablar de ello el lunes —dice Ed.

—No quiero hablar de ello el lunes —replica Mindy en tono lastimero—. Quiero hablar ahora.

«Por favor, vayan pasando al auditorio. La actuación está a punto de empezar.» La voz resuena con fuerza por los altavoces de los rincones de la sala.

—Vaya —dice Ed—. Ya hablamos después.

—Lo de discutir sobre la pensión alimenticia después de la actuación, ¿lo decías en serio?

Lila mira a Ed con incredulidad mientras toman asiento en el auditorio, lejos de Mindy.

—No. Tengo intención de salir corriendo a darle un abrazo a Clay y después salir corriendo de aquí.

—Explícame de nuevo por qué te casaste con ella.

—Fue una experiencia extrasensorial. —Mueve la cabeza—. ¿Sinceramente? No tengo ni idea. Creo que debieron de abducirme unos alienígenas.

—Exacto.

—¡Salta a la vista!

Ed sonríe y se inclina hacia Lila para darle un beso justo cuando los niños entran en fila con sus instrumentos y ocupan sus sitios.

Clay es de los últimos, y una vez sentado recorre con la mirada el auditorio hasta que sus ojos se posan en Ed y Lila, que agita la mano como una posesa. Clay les dirige una sonrisa superradiante antes de inclinarse hacia delante para ajustar el atril.

Pollo con pasta y romero
a la veneciana

Ingredientes

1 pollo de 1 ½ kilos
2 cucharadas de aceite de oliva virgen extra
sal
pimienta negra recién molida
½ taza de piñones ligeramente tostados
unas hojas de romero finamente picado
½ taza de pasas de Corinto previamente remojadas en agua caliente
   durante 30 minutos y escurridas
½ kilo de tallarines
2 o 3 cucharaditas de perejil fresco picado

Elaboración

Precalentar el horno a 180 °C.

Frotar el pollo con el aceite, salpimentar y colocarlo en una fuente de horno con la pechuga hacia abajo. Dejarlo en el horno una 1 ½ horas o hasta que esté bien dorado, dándole la vuelta casi al final para dorar la pechuga.

Sacar el pollo, dejarlo enfriar 1 hora, separar la carne y la piel de los huesos. Retirar la grasa de la piel y los huesos, conservando los trozos crujientes.

Calentar y dorar ligeramente los piñones en una sartén pequeña.

Para la salsa:

Verter el jugo de la fuente de horno en una cacerola. Añadir el romero, las pasas y los piñones. Empezar a calentar a fuego lento al tiempo que se cuece agua para la pasta.

Preparar la pasta, añadiendo sal cuando el agua rompa a hervir (se puede agregar un poquito de aceite). Escurrir y poner junto con la salsa, los trozos de pollo y el perejil en un cuenco grande templado.

15

—Mamá.

Una voz susurra insistente a unos centímetros de su cara, y al abrir los ojos Callie ve a Jack saltando de un pie a otro.

—¿Quieres ir al cuarto de baño, Jack?

—No. Sí. Oye, mamá, Eliza es mala conmigo.

Callie suspira y aparta las sábanas.

—Vale. Iré a hablar con ella, pero tú ve al cuarto de baño —le ordena, sonriendo mientras el niño se dirige zigzagueando hacia la puerta del baño.

Dios mío, pero qué mono es.

Cuando nació Eliza, Callie pensó que jamás podría querer tanto a nadie. Ni siquiera a Reece. Su mundo giraba alrededor de esa minúscula criaturita de pelo oscuro, de esa niña que le había robado el corazón desde el momento en que se la pusieron en los brazos.

A Callie le encantaba todo lo que tuviera que ver con Eliza. Fue concebida una fría noche de primavera, en el pisito de una de las viejas casas en hilera de Chelsea, el primero que tuvieron juntos Reece y ella antes de mudarse a uno más grande en el Upper East Side, un traslado del que Callie siempre se arrepintió.

Y asegura que sabía, incluso cuando estaban haciendo el amor, que Reece y ella estaban haciendo un niño. Recuerda que fue al cuarto de baño, se miró en el espejo y notó que algo había cambiado. Sonrió y se frotó la tripa.

—Hola, nena —susurró.

—Estás como una cabra —dijo Reece cuando ella volvió a la habitación y saltó sobre él contándole la noticia.

—A lo mejor es verdad, pero eso no cambia nada. ¡Acabamos de hacer un hijo! Es una niña, y vamos a ponerle Eliza.

—Vale. —Reece movió la cabeza, sonriente; se inclinó sobre el vientre de Callie y dijo—: Hola, Eliza. Aquí papá. ¿Todo bien por ahí?

Y los dos se echaron a reír.

Cuando Reece volvía a casa, se encontraba a Callie rastreando la red en busca de documentación sobre bebés y leyendo todo lo imaginable sobre embarazos.

Y eso durante las tres primeras semanas.

Empezó a comprar pruebas de embarazo, pero hasta dos días antes de que tuviera que venirle el período no apareció una débil línea azul. La línea fue haciéndose más visible en cada una de las innumerables pruebas que se hizo Callie durante los dos días siguientes, y la visita al médico confirmó lo que ella sabía desde el principio. Estaba embarazada; que se tratara de una niña llamada Eliza es algo que tardó un poco más en confirmarse.

Disfrutó de cada momento del embarazo. Su cuerpo adquirió lozanía, exuberancia, se puso precioso. Le hablaba a su bebé todos los días, y desde la primera sonrisa de Eliza, desde la primera risita, supo que si le pasaba algo a su hija (no lo permitiera Dios), ella no podría seguir viviendo.

Jack llegó de improviso. Callie ni siquiera estaba segura de querer otro hijo, por miedo a no albergar suficiente amor para dos, pero Reece quería un chico. El padre de Callie también quería un chico, y en el fondo ella seguía deseando complacer a su padre. Sabía que era muy probable que en un momento dado tuviera otro hijo, y no dejaba de pensar que si era inevitable, todos se alegrarían de que fuera un chico.

Pero en esta ocasión no lo supo de inmediato. Se sentía muy

cansada y no se dio cuenta de que no le había llegado el período hasta las siete semanas. El embarazo no le resultó tan fácil, y se sentía enorme. Engordó veinticinco kilos, e iba arrastrándose, resentida.

Cuando al fin llegó, Jack sufría cólicos. Por las mañanas estaba bien, pero a media tarde se ponía a chillar sin motivo aparente.

Callie intentaba cuidar de Eliza y al mismo tiempo acunar a Jack; lo único que parecía calmarlo era que lo acunaran o lo pasearan en el cochecito durante horas y horas.

Callie lo intentó todo. Dejó de tomar lácteos por si el niño no toleraba la lactosa y por consiguiente no digería la que contuviera la leche materna. Después le dio leche maternizada de vaca, de cabra, de soja, predigerida... Nada conseguía que Jack dejara de chillar.

Se sucedían los días, y Callie se pasaba horas enteras dando vueltas como una zombi, preguntándose en qué demonios habría estado pensando para tener otro hijo y deseando volver atrás, a como era antes, solo los tres.

El sentimiento de culpa era terrible. Al mirar a Jack, no sentía nada parecido al amor arrollador, devorador, que había sentido por Eliza desde el primer momento. Al mirar a Jack sentía... «odio» era una palabra demasiado fuerte, pero, desde luego, experimentaba aversión. Algo que no podía confesarle a nadie.

A los tres meses y medio cambió todo. Honor se presentó inesperadamente, con una maleta enorme y un cargamento de paciencia. Cogió a Jack en brazos y echó a Callie de la habitación. Decidió empezar a darle alimentos sólidos, algo que el pediatra había desaconsejado hasta que cumpliera los seis meses; le explicó a Callie que el aparato digestivo de los bebés no estaba plenamente formado y hasta entonces no podían digerir los sólidos.

—Eso no es verdad— canturreó Honor acunando a Jack en sus brazos—. Tu hermana y tú empezasteis a tomar arroz para niños a los tres meses, como todo el mundo. Y las dos dormíais toda la noche. Vamos a probar.

Callie estaba demasiado cansada para discutir con su madre.

Honor le metió en la boca una cucharadita de arroz mezclado con leche maternizada al hambriento Jack y esa noche el niño durmió hasta las dos, en la cunita de la habitación libre, junto a la cama de Honor. («Ni hablar —se opuso Honor cuando Callie protestó débilmente alegando que Jack debía estar con ella—. Tú lo que necesitas es dormir, y yo pasar tiempo con mi nieto.» Esa noche Callie durmió como es debido, la primera vez desde hacía tres meses. Por la mañana empezó a pensar que quizá hubiera una luz al final del túnel.)

Honor le dio al niño un biberón cuando se despertó por la noche, y en el plazo de una semana dejó de necesitar alimento a esa hora y empezó a dormir de un tirón. Milagrosamente, también se transformó en un niño feliz, y un día, cuando miró a Callie y le sonrió encantado, esta le abrió su corazón y desde ese momento lo quiso tanto como a Eliza.

Y Jack la adoraba. Lo suyo era auténtica adoración. Incluso ahora, a los seis años, es muy distinto de Eliza a su edad. Eliza era independiente, terca, cabezota. Se negaba a que Callie la besara o la abrazara si no estaba de humor, pero Jack...

Jack siempre está encima de ella. Le rodea las piernas con los brazos y las estrecha con todas sus fuerzas, mirándola con adoración. Por la noche, cuando va a darles un beso, Eliza apenas la roza, indiferente, y de vez en cuando Callie le pide un abrazo como es debido, pero Jack le deja sitio en su camita, y cuando ella se acuesta a su lado, él le rodea el cuello con un brazo, la estrecha contra sí y le acaricia las mejillas, con una mirada de adoración y felicidad sin límites.

—¡Eliza! —grita Callie, poniéndose una bata y unas zapatillas y torciendo el gesto por el dolor de cabeza que últimamente no parece abandonarla—. ¿Qué pasa con tu hermano?

—¡Nada! —vocifera Eliza desde su cuarto, y aparece en la puerta con mallas, una camiseta con el signo de la paz y un pañuelo rosa, largo y zarrapastroso alrededor del cuello—. No he sido yo. Ha sido él.

—Eliza, tú eres la mayor, ¿no? Eres tú quien tiene que dar ejemplo. Sé amable. Por favor.

Callie deja a Eliza protestando y de mal humor y baja a preparar el desayuno.

—¿Por qué no puede quedarse papá a desayunar con nosotros? —pregunta Eliza cuando Callie le pone delante un plato de huevos revueltos.

—Está trabajando —replica Jack con enfado.

—Siempre está trabajando.

Eliza está enfurruñada, y Callie le da la espalda para que no vea su expresión, porque su hija tiene razón. A veces sería muy agradable que Reece se fuera a trabajar un poco más tarde o que volviera a casa un poco antes; que pasara más tiempo con los niños.

—Está aquí todos los fines de semana —dice Callie alegremente—, y entonces sí que pasa un montón de tiempo con vosotros.

Y eso sí es verdad.

—Pero yo quiero que esté aquí los días de colegio —replica Eliza en tono quejumbroso—, y también quiero que esté Googie. ¿Por qué no podemos despertarla por la mañana?

—Porque Googie no se pone muy contenta si no duerme lo suficiente —le advierte Callie, y como Eliza no sabe qué responder se termina los huevos revueltos en silencio, pone la silla en su sitio y se sienta ante el ordenador de la cocina a jugar a Club Penguin.

Jack se queda detrás de ella, extasiado, mientras un pingüino surca la pantalla. Callie llena el lavavajillas y limpia la mesa.

—Vamos, chicos —dice, mirando el reloj—. Faltan cinco minutos para que llegue el autobús. A lavarse los dientes. Eliza, a peinarse. Zapatos y abrigos. Hay que salir zumbando.

Cuando vuelve a casa, Callie se toma un Imitrex y se acuesta con la esperanza de que se le pase el dolor de cabeza durmiendo. Cierto que a veces mejora a lo largo del día, pero en ese momento necesita acostarse.

Honor se sienta con cuidado en la cama y deja una taza de manzanilla sobre la mesilla de Callie.

—¿Cómo te encuentras, cielo? —pregunta cuando Callie abre los ojos.

—Bien —miente Callie.

—¿Vas a ir al médico hoy?

—Sí.

—¿Al de cabecera?

Silencio. Y a continuación:

—No. Voy a ver a Mark.

Su oncólogo.

A Honor le cambia el color de la cara y se lleva una mano al corazón, que se le ha disparado.

—¿Cómo? Es...

Apenas puede hablar; le invaden las náuseas.

—No, no es eso. —Callie trata de sonreír—. Reece se empeñó ayer en llamar a Mark porque no me hacen el escáner hasta el mes que viene, y Mark dijo que prefería verme él. No creo que sea nada para preocuparse, mamá, y además me siento más cómoda con él. Apenas conozco al internista y sé que Mark me mandará a los mejores neurólogos o a quien tenga que ver.

—De acuerdo. —Honor exhala un fuerte suspiro—. Es que... me he asustado.

—No te preocupes, mamá. Yo no tengo miedo. Incluso Mark dijo que podía ser cualquier cosa.

—¿Cómo migrañas o premenopausia?

Callie sonríe.

—Exacto.

Pero no es así como se siente Callie.

Igual que supo inmediatamente que estaba embarazada de Eliza, ahora tiene un nudo en el estómago, un temor constante, la certeza de que algo va muy mal, y ha intentado esconder la cabeza como el avestruz, con la esperanza de que a la mañana siguiente se despertará y todo estará bien.

Pero llega una mañana, y otra, y cuando se despierta, nada está bien, y tiene tanto miedo que ni siquiera puede pensar en ello; cada vez que lo piensa no es capaz ni de respirar.

Ni siquiera sabe por qué está tan asustada. Cuando le diagnosticaron cáncer de mama no sintió miedo, ni por asomo. Sabía que todo saldría bien. Ahora es distinto. No es que entonces presentara síntomas de cáncer, y ahora tampoco sabe qué tiene, si es cáncer u otra cosa, pero, sea lo que sea, está segura de que se trata de algo grave. Motivo por el que se ha negado a ir al médico. No quiere saber. Se niega a reconocer que pueda pasarle algo porque, como se dice una y otra vez, a Callie Perry no le pasa nada malo y, si por casualidad le pasa, todo acaba bien.

No hay más que recordar lo del cáncer. Los unió, a Reece y a ella, más de lo que podría haberse imaginado. Durante cuatro años había estado inmersa en sus hijos, sin olvidarse de su marido, pero Reece dejó de ser la prioridad. El diagnóstico le abrió los ojos e hizo que volviera a acercarse a su marido.

Reece no cambió su agenda de viajes, pero volvía de la oficina un poco antes y salía de casa un poco más tarde, y si bien no a todas, sí fue a la mayoría de las citas con el equipo de oncología del hospital Poundford.

Volvieron a pasar tiempo juntos, los dos solos. Reece incluso le dio una sorpresa con una segunda luna de miel después de que la declarasen limpia de cáncer, o al menos sin indicios de la enfermedad.

Fueron a París. Por supuesto. Se alojaron en un hotelito detrás del Sacré-Coeur. Se pasaban toda la mañana en la cama, tomando cruasanes con sabor a mantequilla y enormes tazas de café con leche, y dedicaban las tardes a ir a los museos, las Tullerías, el Château de Vaux le Vicomte. Y cenas tardías a la luz de las velas en pequeños restaurantes, volviendo a enamorarse ante un chispeante borgoña y una deliciosa tarta Tatin de pera.

A pesar de que ese año había sido tan complicada, la vida volvía a parecer de repente muy sencilla. Reece quería a Callie. Callie quería a Reece. Los dos querían a sus hijos. Y la vida iba bien. Mejor que bien. Maravillosamente.

Pensar en esos días casi le parece un sueño lejano, y Callie no puede imaginarse, ni recordar, qué significa sentirse tan bien, tan optimista. Lo único que desea es que desaparezca el dolor.

Honor deja a su hija y baja a la cocina. Va a llevar a Callie al hospital, porque no le permiten conducir hasta que se le pasen los dolores de cabeza y averigüen qué le ocurre. Apoya las manos sobre la encimera y deja caer la cabeza.

Tiene miedo, un miedo que tampoco ella había sentido antes. Pero no puede permitírselo. Tiene que ser fuerte, por su hija. Pero ¿es ella la única que se ha dado cuenta de la pérdida de apetito de Callie? ¿De que Callie finge comer, pero solo toma un par de bocados y dice que se ha preparado un tentempié enorme hace apenas una hora y que está llena? ¿Es ella la única que ha observado las preocupantes ojeras de Callie, su palidez, el color de su piel?

Cierra los ojos y reza: Dios, te lo ruego. Te lo ruego, que no sea nada. Te lo ruego, que Callie se ponga bien. Sabe que quizá no sea lo más acertado, que quizá debería pedir fuerzas o fortaleza para afrontar lo que Él decida que va a ocurrir, pero no tiene ánimos para hacerlo.

Rezar es algo a lo que no está acostumbrada, porque si bien cree en el espíritu universal, en una fuerza tutelar, en unos ángeles protectores que velan por nosotros, lleva muchos años cuestionando el Dios de su educación católica, y la única otra vez que recurrió a Él en busca de ayuda fue hace casi cinco años. Cuando a Callie le diagnosticaron el cáncer.

Reece mira su reloj y suelta un taco entre dientes.

—Tengo que marcharme. ¿Puedes seguir tú, Al?

Su socio asiente con la cabeza, y Reece recoge su chaqueta, saluda con la mano a todos y sale de la sala de juntas.

—¡Vuelvo dentro de un rato! —le grita a su ayudante—. ¡Cita con el médico!

Su ayudante se pone de pie.

—A las cuatro tienes una...

—Ya lo sé, ya lo sé. —Reece se para en la puerta—. No te preocupes. Estaré aquí a esa hora, pero es que ya llego tarde.

Siempre llega tarde, a pesar de que intenta ser puntual con todas sus fuerzas, pero lleva una vida tan ajetreada, con tantas cosas que atender y tantos sitios a los que ir...

Hoy cree que no es realmente necesario ir con Callie al médico. Está seguro de que será una simple consulta y que Callie volverá a casa con una larga lista de especialistas para ver, pero es evidente que ella no se encuentra bien, y cuando la noche anterior le dijo: «Necesito que vengas conmigo», él se dio por enterado.

Sube corriendo por la calle Cincuenta y dos, cruza Lexington a toda velocidad y llega al garaje, donde solo tiene que esperar unos minutos para que le saquen su flamante y reluciente Audi negro.

Encaja el cuerpo dentro y acelera; le gusta ese coche tanto como el día en que se le ocurrió que a lo mejor estaría bien probar un Audi 55 y se pasó las siguientes horas en su despacho con la puerta cerrada, salivando ante las fotografías de internet.

Hay un tráfico tremendo en el centro, pero ya no puede hacer nada. Tendría que haber salido hace veinte minutos, pero ya no tiene remedio. Llama a casa para decirle a Callie que se ven en el hospital y que a lo mejor se retrasa diez minutos.

Honor contesta el teléfono.

—¿Honor? Soy yo. Hay un tráfico horrendo, así que voy a tardar más de lo que pensaba. ¿Puedes llevar a Callie? Llegaré a la consulta de Mark en cuanto pueda. Allí os veo.

—Claro —dice Honor. Sabía que iba a pasar, como casi siempre. Ya es algo que todo el mundo se toma a broma, que a todo acontecimiento de la vida social tienen que ir en dos coches porque Reece siempre se presenta con media hora de retraso. Nota que empieza a enfadarse, porque no se trata de ninguna celebración sino de algo importante, pero se contiene. Quiere a su yerno, lo quiere desde el mismo momento en que lo conoció y vio cómo miraba a su hija y, lo que es aún más importante, ha aprendido a aceptarlo con todas sus debilidades y rarezas—. Nos vemos allí. ¿Has comido?

—No —contesta Reece sonriendo mientras enfila la autopista del West Side.

—¿Quieres que te lleve algo?

—¡Me encantaría! —Reece se entusiasma—. ¿Puedo elegir?

—Déjalo de mi cuenta. Te daré una sorpresa —dice Honor, y se dirige a la nevera.

A Honor no le extraña que Steffi sea chef, porque ella siempre ha cocinado. Cuando eran pequeñas, Callie y Steffi se encaramaban a los taburetes y la ayudaban, y recuerda a Steffi preparando comidas complicadas cuando tenía... ¿qué? ¿Cinco, seis años?

Hoy en día a los niños no se les permite acercarse a un fogón o al agua hirviendo, pero Honor recuerda con toda claridad que Steffi empezó por hacer huevos revueltos cuando tenía unos cuatro años, después las galletas y los bollitos de rigor y acabó ideando menús para toda la familia. Se sentaba a la mesa, con los libros de cocina de Honor, y elegía algo. Usaba mucha carne de cerdo, porque a George, el segundo marido de Honor, le encantaba el cerdo, y a Steffi le encantaba George.

Honor se queda un buen rato ante la encimera, pensando. Ha llevado una vida perfecta. Sí, por Dios, fue terrible cuando murió George. Terrible, y durante mucho tiempo; pero ella siguió adelante con su vida, empezó a asistir a un grupo de lectura, a clases, todas esas cosas para las que no había tenido tiempo mientras estuvo casada. Y descubrió que la vida podía estar bien otra vez. Mejor que bien. Que podía ser maravillosa. Rodeada de familia y amigos, intenta con todas sus fuerzas no atormentarse por la soledad. O el miedo. Ojalá no sintiera tanto miedo.

Lomo de cerdo asado relleno de higos, prosciutto y salvia

Ingredientes

1 lomo de cerdo de ½ kilo
50 gramos de mantequilla
6 higos secos
4 lonchas de jamón (prosciutto)
1 diente de ajo
8 hojas de salvia fresca o 1 cucharadita si es seca (de sabor mucho más intenso)
sal y pimienta al gusto
1 cucharada de mostaza de Dijon
2 cucharadas de miel
aceite de oliva

Elaboración

Precalentar el horno a 180 °C.

Hacer un corte profundo a lo largo del lomo, sin llegar al otro lado. (Para hacerse una idea, pensad en los *Teleñecos*.)

Triturar en la batidora la mantequilla, los higos, el jamón, el ajo, la salvia, la sal y la pimienta hasta que se forme una pasta. Rellenar el lomo con ella y atarlo con un cordel.

Mezclar la mostaza con la miel y cubrir la carne con la mezcla.

Rociar el lomo con el aceite y hornearlo durante 1 hora.

16

Ahora que está a punto de hacerse realidad, Steffi no tiene tan claro lo de mudarse a Sleepy Hollow. Si hubiera sido a San Francisco, por ejemplo, o incluso a Portland, en Oregón, no se lo habría pensado dos veces, pero Sleepy Hollow, en Nueva York... ¿qué puede hacer allí una chica sola?

¿No son los sitios como Sleepy Hollow para parejas de casados como Callie y Reece? ¿Para parejas con hijos pequeños que buscan una casa y un espacio adecuados en los que puedan jugar los niños?

De acuerdo, tendrá alojamiento gratis, y por una parte ya ha empezado a fantasear sobre su vida en el campo: fuegos crepitantes en la chimenea; largos paseos con Fingal trotando a su lado; acurrucarse en el sofá junto a una estrella del rock de pelo largo que milagrosamente vive al final del camino de tierra y estaba buscando a una mujer maravillosa justo como Steffi, qué casualidad.

Después piensa en cómo va a ser de verdad: levantarse al amanecer para dar de comer a las gallinas y a las cabras, no encontrar a un fontanero que pueda ir en un plazo de menos de una semana, lo que significa tener que vivir sin lo básico, como un váter, por ejemplo. Y encima, la absoluta soledad puede llegar a volverla loca.

¿Dónde va a trabajar? ¿Con quién va a hablar? ¿La aceptarán? Mason le ha asegurado que todo irá bien, que hay un montón de gente interesante por los alrededores y que no es exactamente como vivir en pleno campo. Pero lo que a los veintitantos años le habría parecido una fantástica aventura en este momento, a los treinta y tres, se le antoja simplemente una terrible equivocación.

Sale de la autopista y mira el cielo por la ventanilla del coche de alquiler. Después de haber estado lloviendo toda la mañana, el sol pugna por asomar al fin, y vuelve a dar gracias a Dios por el GPS, sin duda la única manera de llegar hasta allí sin sufrir un infarto leve. Habrá pasado temporadas en Bedford, muy cerca, y habrá estado en New Canaan el otro día, pero en este pueblo no ha estado nunca y el sentido de la orientación no es precisamente su fuerte.

Parece una zona residencial, piensa, siguiendo las indicaciones del GPS, pero continúa y cuando al fin sale el sol pasa por un bonito pueblo con tiendas anticuadas y una auténtica plaza de pueblo, todo encantador, y sonríe.

Sigue por la carretera, pasando ante antiguas casa de tablones blancos, vallas desvencijadas y unos cuantos graneros que evidentemente llevan allí más de un siglo.

La siguiente a la izquierda, le dice Matilda —Matilda es la voz tranquila y enérgica del GPS—, y tuerce a la izquierda, después a la derecha, otra vez a la derecha, hasta llegar a lo que le había descrito Mason con precisión: un camino de tierra que no parece llevar a ninguna parte.

Al entrar, Fingal, que iba profundamente dormido en el asiento trasero, yergue la cabeza bruscamente y se levanta, con la lengua colgando, jadeando y gimiendo de alegría.

—Sabes que has llegado a casa, ¿verdad, chico? —dice Steffi, y Fingal le da un golpe en un hombro con la cola.

Baja dando tumbos por el camino y al doblar la curva avista el tejado de la casa; sigue por el empedrado, por un sendero de grava y se para ante una bonita casa de estilo italianizante, con mecedoras estratégicamente colocadas en el amplio porche que rodea todo el edificio.

—¡Caray! —Steffi silba por lo bajo, sale del coche y se queda allí parada, mientras Fingal se pone a dar vueltas, enloquecido, con una auténtica sonrisa, o eso juraría Steffi.

Se queda observándolo unos momentos y después se vuelve lentamente para contemplar el panorama. Junto a la casa hay un granero de madera y detrás ve la esquina de una jaula; debe de ser el gallinero.

«Siento no poder ir otra vez para enseñarte la casa —le había dicho Mason el otro día al darle la llave—. Pero te las arreglarás bien. Ahora está deshabitada, pero cerca vive un tipo que me ayuda con el mantenimiento. Intentaré localizarlo para explicarle quién eres.»

Rodea la casa y sonríe al ver las gallinas; se acuclilla para mirarlas más de cerca, cloquea suavemente y comprueba encantada que se le aproximan para ver si tiene algo para ellas.

—Lo siento, chicas. Esta vez no hay nada. Pero la próxima a lo mejor sí.

Al levantarse contiene la respiración unos momentos, porque Mason no le había dicho nada de la increíble vista desde el porche trasero, que se extiende por las montañas hasta una distancia de kilómetros.

—Qué maravilla —susurra y se asoma a donde están pastando las pequeñas cabras. También ellas parecen sociables, y les rasca la cabeza mientras canturrea.

Sube hasta el porche de atrás, llama a Fingal y se dirige a la puerta principal. Mason le ha dicho que cuando está allí nunca se molesta en cerrarla con llave, pero la casa lleva una temporada vacía, y por eso se la ha dado. Gira sin dificultad, y cuando se abre la puerta aparece un amplio recibidor con una escalera en forma de curva a un lado y una chimenea de mármol en la pared de enfrente.

A un lado de la chimenea hay un sofá pequeño, al otro un sillón de orejas, y Steffi se sienta en el sofá. No hay fuego en la chimenea, pero se lo puede imaginar fácilmente, y ¿qué sería más agradable que entrar en un recibidor que parece un cuarto de estar con un fuego crepitante y un sofá blandito?

Se levanta, casi con respeto, y se asoma por el arco a un elegante salón con puertas vidriera desde el suelo hasta el techo. La tarima de anchos tablones del suelo es de color ébano, con raídas alfombras de Tabriz, y todas las paredes están recubiertas de estanterías, con cientos de libros por dondequiera que se mire.

Los sofás son de color gris oscuro, con cojines grandes, blandos, de rayas grises y crema; las desteñidas cortinas, de terliz. El ambiente denota distinción y dejadez al tiempo, como el propio Mason, piensa Steffi examinando las cajitas de porcelana expuestas sobre una mesa.

Aquí y allá hay litografías enmarcadas, sobre las estanterías, apoyadas contra los libros. No tiene ni idea de si son valiosas, originales o reproducciones, pero reconoce algunas: dos de Picasso, una de Matisse, otra de Léger.

Al otro lado del recibidor Steffi entra en el estudio y sonríe al pensar en Mason allí sentado, porque su personalidad está impresa en cada objeto, desde la mesa de despacho de caoba, grande y vieja, con una lámpara antigua, hasta los grabados y cuadros que cubren todos los espacios disponibles, pasando por los montones de libros que están por toda la habitación y amenazan con desmoronarse. En las grandes cestas de mimbre hay docenas de revistas, *Architectural Digest*, *Publishers Weekly*, *Time*, *The New Yorker*.

Junto a la chimenea hay un sillón de orejas de cuero agrietado, con una manta de angora sobre un brazo y un alto escabel. Steffi se sienta y pone los pies en alto, se arrellana y contempla sonriente la habitación, una habitación en la que podría sentirse realmente feliz.

Sigamos, piensa; se levanta, sale al pasillo que hay bajo la escalera y entra en la cocina.

—¡Conque estás aquí! —dice, arrodillándose para acariciar a Fingal, que está acurrucado en una enorme cesta en un rincón, mordisqueando un juguete de goma que parece gustarle mucho.

La habitación es espaciosa y luminosa; la mesa, rústica; los armarios, de un gris claro. No es perfecta —las encimeras de mármol tienen manchas, marcas y profundos arañazos en la pátina tras muchas décadas de uso—, pero es lo que Steffi llamaría una auténtica cocina de profesional. Se vuelve para mirar un horno de La Cornue, con calientaplatos encima, que hay en un rincón. Pero, claro, no se esperaba menos de Mason.

Sobre la isla central hay una estantería con ganchos de los que cuelgan cacharros de cobre, y Steffi continúa su recorrido acariciando el mármol, notando el cariño que ha ido absorbiendo la piedra en el transcurso de los años.

Sí, piensa, aspirando una profunda bocanada de aire. Me siento bien aquí. Este es mi sitio.

Las palabras le salen sin pensar, pero ya no le cabe duda. Esa casa ha estado esperando a que alguien llegara y le diera vida. Esa casa ha estado esperándola a ella.

Arriba, en la parte trasera, está el dormitorio principal, con unas vistas increíbles. Una cama con dosel llena de almohadas; una bañera victoriana con las patas en forma de garra en el cuarto de baño contiguo que es más grande que la habitación en la que ella se crió; una chimenea —¡otra!— a los pies de la cama.

Steffi se sacude los zuecos y se tira de espaldas en la cama, sonriendo. Levanta el trasero y saca el móvil de un bolsillo. Escribe un mensaje, olvidándose de la diferencia horaria con Londres.

> Es perfecta. Me encanta. A lo mejor no
> me voy nunca.

Pasan varios minutos y su teléfono emite un pitido.

> ¡Sabía que te encantaría! ¿Cuándo te
> mudas?

> ¿Ya mismo?

> ¿Está contento Fingal de haber vuelto a
> casa?

> Está feliz. Abajo, mordisqueando un
> mono de goma zarrapastroso.

> No es un mono. Es Parsley. Su mejor
> amigo.

Perdón. Creía que su mejor amigo
eras tú.

                    Suelo competir con Parsley.

En serio, no pensaba mudarme hasta el
próximo finde, pero creo que ya no
puedo marcharme. ¿Te parece bien?

                    Claro. ¡Esa era la idea!

¿Cómo está Londres?

                    Húmedo. Gris. Divertido. Comida
                    increíble.

¡Ja, ja!

                    No es broma. Deberías venir.

Iré. En cuanto encuentre un novio rico.

                    ¿Sin sustitutos para la estrella del rock?

No. Libre cual pajarito y feliz.

                    Dentro de poco te volverán a pillar.

Esta vez no. Necesito descansar de los
hombres. Este es el sitio ideal.
Maravilloso.

                    ¡Calla! Lo echo de menos.

¡Ven a verme!

                    La esposa quizá no lo consienta.

¡Tráela!

            Te lo dije: detesta el campo. Menos en
            Four Seasons.

Fingal quiere salir. Muchas gracias,
Mason. No tengo palabras...

            De nada. Encantado. Besos.

Besos.

Mason deja el Blackberry en el escritorio, se levanta y se estira, con una sonrisa en los labios. Siente el corazón ligero, cálido. Su adorada casa ya no está vacía y fría, ni alquilada a un desconocido, ni tiene que meter sus cosas más preciadas en cajas y guardarlas en la buhardilla.

En su adorada casa está Steffi. La idea se va apoderando de él, reconfortante y cálida.

Quiche vegana de espinacas con hierbas y quinoa

Ingredientes

Para la masa:
1 taza de quinoa cocida
2 cucharadas de harina de quinoa, escanda, arroz o trigo integral para ligar (se puede necesitar un poco más o un poco menos)
2 cucharadas de linaza
1 manojito de salvia y tomillo finamente picados
sal y pimienta al gusto

Para el relleno:
1 paquete de tofu, escurrido
el zumo de 1 limón
300 gramos de espinacas frescas
1 diente de ajo picado
½ cucharadita de cúrcuma (para darle color)
½ cucharadita de sal marina
½ cucharadita de nuez moscada
½ taza de levadura de cerveza
1 cucharada de mostaza de Dijon
½ taza de piñones tostados

Elaboración

Precalentar el horno a 180 ºC.

Mezclar la quinoa, la harina de quinoa, la linaza, la salvia y el tomillo, añadir sal y pimienta. Engrasar un molde con fondo extraíble, y extender la mezcla uniformemente, sin olvidar los lados.

Triturar el tofu con el zumo de limón hasta que quede cremoso. Añadir las hojas de espinaca y volver a triturar; incorporar el ajo, la cúrcuma, la sal marina, la nuez moscada, la levadura y la mostaza, y mezclar. Verter sobre la masa y poner los piñones por encima. Hornear durante 30 o 40 minutos.

Se puede servir fría o templada.

17

Callie vuelve a desplomarse en la cama del hospital y observa inexpresiva a la enfermera que le inserta la vía. En otra época le daban miedo las agujas, los enfermeros y las prácticas médicas como esta. En otra época la idea de que le pusieran una vía, de tener permanentemente algo extraño en su cuerpo, la habría puesto enferma. Pero los meses de quimio hace cinco años la han inmunizado, y únicamente se siente agradecida de que Mark la haya ingresado para averiguar qué le ocurre.

La buena noticia es que los TAC no muestran indicios de cáncer. Nada en el pecho, ni metástasis detectable. Ganglios linfáticos, cerebro, huesos: todo limpio.

La mala noticia: que no saben qué es, pero evidentemente hay algo. ¿Tal vez una infección? ¿Meningitis? ¿Una infección por estafilococos? ¿Bacteriemia? No lo saben, pero para no correr riesgos le están poniendo antibióticos, corticosteroides y un analgésico opiáceo.

Reece está sentado en un rincón, con una expresión tan seria como jamás le había visto Callie. Lo mira suplicante cuando le pegan en el brazo el tubito de plástico con esparadrapo; él se levanta, se sienta a su lado en la cama y le coge la mano, apretándola con dulzura.

—¿Qué tal, Loki? —susurra Reece.

—Bien —contesta Callie, tratando de sonreír.

—Dentro de nada se sentirá muchísimo mejor —dice la enfermera animadamente mientras coloca bien la bolsa—. En cuanto le entre el Dilaudid desaparecerá el dolor, y esto lleva muchas más cosas para que se sienta usted mejor. Empezará a quedarse adormilada, pero dormir es bueno. Así es como se cura el cuerpo.

Demasiado dolorida para mover la cabeza, Callie abre mucho los ojos para mirarla, y de repente se parece tanto a Eliza que a Reece se le rompe el corazón.

—¿En serio? —dice—. ¿Qué lleva?

—El Dilaudid, el Decadron, que son los corticosteroides, y además antibióticos normales, por si hay infección.

—Mark, el doctor Ferber, dice que los corticosteroides y los antibióticos son para prevenir, ¿verdad?

—Eso es. —La enfermera asiente con la cabeza—. Más vale prevenir que curar. Estará aquí dentro de poco. Voy a llamarlo para que venga a verla.

—Gracias.

Reece mira agradecido a la enfermera cuando esta sale de la habitación.

—No te preocupes tanto. —Callie sonríe—. Todo irá bien. Y si quieres que te diga la verdad... me alegro de que me hayan ingresado. Es... un alivio que me quiten el dolor.

—No me había dado cuenta de que fuera tan terrible —dice Reece. Porque Callie aseguraba que estaba bien cuando tenía los dolores de cabeza, pero unas horas antes, cuando le pidieron que señalara el grado del dolor en una escala del uno al diez, había puesto siete, lo que para Callie, que nunca se queja, es tremendo.

Callie no dice nada.

—Detesto todo esto —dice Reece de repente.

—¿Qué?

—Esto. Que estés aquí. Es que no me puedo creer que hayamos vuelto a este puto hospital, y encima a la planta de oncología.

—Chist. —Callie tiende los brazos y acerca a Reece para abrazarlo—. Mark dice que debemos estar en la planta de oncología porque él trabaja aquí y así puede controlarme mejor. No significa nada. Y ya sé que tienes miedo, pero te prometo que yo no me voy a ir a ninguna parte. Me harán más pruebas, descubrirán qué es y cuando me pongan un tratamiento volveré a casa, ¿vale? —Aparta a Reece para mirarlo a los ojos—. No estoy dispuesta a ir a ninguna parte, ¿entendido? Os tengo a Eliza, a Jack y a ti, y todos me necesitáis. Esto no es más que un paréntesis.

Reece sonríe a pesar de que tiene los ojos empañados.

—¿Un bache?

—Exacto —dice Callie—. Igual que hace cinco años. Un puñetero bache.

Se abre la puerta y los dos miran hacia allí, esperando ver a Mark, pero quien entra es Lila, cargada de bolsas.

—¡Caray! ¿No podíais haber elegido una habitación más lejos del ascensor?

Deja las bolsas en el suelo y se acerca a la cama. Reece se levanta para dejarle sitio y vuelve al sillón. Lila se sienta, le coge la mano a Callie y se inclina para darle un beso.

—¿Cómo estás, cielo?

Habla en voz baja mientra acaricia con dulzura a Callie en una mejilla.

—Podía estar mejor —contesta Callie—. Y tú, ¿qué haces aquí? ¿No deberías estar trabajando?

—¿Cuando mi mejor amiga está en el hospital con una misteriosa dolencia? Ni lo sueñes. Además, no es que estén aporreando mi puerta para contratarme. Tengo el sentido de la oportunidad. Dejo mi trabajo, eso sí, con una enorme indemnización, y el mundo decide venirse abajo. Esta hija de puta de Lila, como de costumbre. —Callie sonríe—. Bueno, he traído unas cosillas —añade, echándole un vistazo a la habitación—. Para dejar esto un poco más agradable. No hay nada peor que una habitación de hospital.

Empieza a sacar cosas del bolso. En primer lugar, una serie de fotografías enmarcadas de Callie y Reece, Callie y los niños, Elizabeth, la perra, Callie, Steffi y Lila de vacaciones en México, hace siglos.

Callie empieza a adormilarse y cierra los ojos unos momentos mientras Lila coloca las fotos sobre el alféizar, apoyadas contra la persiana.

—¿Qué más? —susurra.

—Una manta supersuave.

Lila saca una manta rosa claro, suave como una pluma, y la pone encima de la colcha hospitalaria. Callie suspira encantada.

—Y caramelos de cacahuete para cuando te entre algún antojo.

—¡Mis preferidos!

—¡Ya lo sé! Un montón de revistas por si te apetece leer, y si no un iPod lleno de audiolibros.

—¿Me has traído un iPod? —A Callie empiezan a cerrársele los ojos—. Por Dios, si parece que estoy colocada. Se me va la cabeza.

Reece sonríe.

—Así tiene que ser; eso dijo la enfermera. ¿Y el dolor?

—Mejor —contesta Callie en un susurro.

—¿En una escala de uno a diez?

Reece ha empezado a adoptar la jerga del hospital.

—Cuatro —musita Callie. Se le cierran los ojos, se le abre ligeramente la boca y se queda profundamente dormida.

Lila no se mueve. Se queda sentada, observando a su amiga, sujetándole la mano, acariciándola con el pulgar. Pasado un rato, la suelta y la coloca con dulzura sobre la manta.

Cuando se vuelve hacia Reece, está llorando a mares, y cuando él se levanta para consolarla, Lila se deshace en sollozos callados entre sus brazos.

Al volver a casa, sin dejar de pensar en Callie, Lila se pregunta si debería contárselo a las amigas de ella, a las que ve todos los días: Betsy, Laura, Sue, Lisa.

Coge el Blackberry en un semáforo en rojo y pulsa la agenda, dispuesta a llamar, pero de pronto piensa: no. No hasta que Callie diga que sí. Porque si bien Callie es muy abierta y no tiene secretos para sus amigas, todavía no le ha contado a nadie lo terribles que son los dolores de cabeza y quizá no quiera que se entere todo el mundo.

Todavía no.

Una vez en Rowayton, en casa, espera ver el Volvo de Ed en el sendero de entrada, pero no está allí, y casi lo agradece. Quiere hablar con él, que la consuele, contarle lo asustada que está, pero primero necesita recobrarse: ponerse un vaso de vino, encender unas velas, respirar hondo y tratar de centrarse.

Cuando entra en la casa suena el teléfono.

—Hola, cariño.

La cálida voz de Ed hace que se sienta mejor inmediatamente, y, de pronto, más que querer recobrarse, tomar vino, poner sus pensamientos en orden, lo que desea es que la rodeen los brazos de Ed, ocultar la cabeza en su hombro y no pensar absolutamente en nada.

—Hola —contesta con voz triste.

—¿Cómo está?

—Está... No lo sé. Me da miedo. No saben qué le pasa, pero la buena noticia es que no es cáncer.

—Eso es más que bueno, es estupendo, ¿no?

—Sí. O sea, que claro. Pero es que parece tan frágil... Parece enferma.

—Pero no podría estar en mejor sitio, con un médico que la conoce muy bien. ¿Quieres que llame a alguien?

Es un cielo, piensa Lila. Por su condición de periodista tiene contactos en todos los estamentos sociales, y como es tan buena persona, tan amable, muchos de sus contactos acaban siendo amigos, y cuando alguien necesita ayuda, Ed siempre conoce a la persona más adecuada para pedírsela.

—No, cariño. Primero vamos a averiguar qué pasa y después ya pedirás los favores que hagan falta.

—¿Cómo están los niños?

—¿Eliza y Jack? Bien. ¿Por qué no iban a estarlo? Lo único que saben es que su mamá no se encuentra bien. Honor está con ellos, y cuando Reece salió del hospital se fue directo a casa. Creo que están bien.

—¿Y Reece?

—Reece también tiene miedo. No lo reconoce, pero yo lo sé. Por cierto, ¿cómo es que me llamas? ¿No deberías estar ya en casa?

—Pues...

Antes de que diga nada, Lila nota que se pone tensa. Estas conversaciones siempre empiezan igual. Ed tiene que darle plantón porque Mindy le exige que haga algo con Clay. Obliga a Ed a elegir, cada vez con más frecuencia, según parece, ahora que Lila y él van tan en serio: o Lila o Clay. Y Lila sabe que el sentimiento de culpa por el divorcio, por no ser un padre que pueda ejercer como tal al cien por cien siempre lo obligará a elegir a Clay.

—Por Dios bendito, ¿qué quiere ahora? —exclama Lila, deseando poder disimular su enfado.

—No es ella —advierte Ed—. Es Clay. Le duele la garganta y dice que quiere estar conmigo. No puedo decirle que no cuando está enfermo.

Lila aspira varias bocanadas de aire. No estalles, se dice. No estalles.

—Pero... esta noche íbamos a cenar tranquilamente, tú y yo. ¿Has hablado con Clay, al menos?

Se hace una pausa.

—No, pero esa no es la cuestión.

—Por supuesto que esa es la cuestión. Mindy siempre hace lo mismo cuando ha quedado con alguien. Se inventa alguna razón para que te ocupes de Clay y tú siempre dices que sí.

—¡Tranquilízate, Lila! —intenta calmarla Ed—. No es tan terrible como parece. Siempre te pones en lo peor...

—No me estoy poniendo en lo peor. —Lila nota que se le van a saltar las lágrimas—. Es que a veces necesito pasar tiempo contigo, y precisamente esta noche es una de esas veces. Si Clay quiere venir, me parece bien, me encanta tenerlo aquí, pero no puedes dejarme y quedarte en la ciudad con él. No puedo aceptarlo.

—Lila, yo...

—No, espera un momento. —Su tono de voz es tranquilo—. Hoy han ingresado a mi mejor amiga en el hospital, no saben lo que tiene, y yo tengo miedo, ¿entiendes? Estoy muerta de miedo. Y esta noche te necesito. Te necesito aquí, conmigo. No por teléfono, sino aquí, conmigo. Iba a preparar la cena, y necesitaba que nos sentáramos tranquilamente tú y yo, para digerir esto. Eso es lo único que estoy intentando decir.

—De acuerdo —dice Ed sosegadamente—. Todavía no he llamado a Mindy. Voy a decirle que es imposible. Perdona. Comprendo perfectamente lo que dices. A lo mejor le deja que venga aquí y que se quede con nosotros esta noche, aunque mañana hay colegio. Perdóname, nena. Se me hace muy difícil decirle que no a mi hijo.

—No es a tu hijo a quien vas a decirle que no. —Lila suspira—. Es a tu ex mujer.

Saquitos de salmón con berros, rúcula, espinacas y queso cremoso

Ingredientes

1 bolsa de berros
1 bolsa de rúcula
1 bolsa de espinacas
2 barras de queso cremoso
la ralladura de un limón
sal y pimienta al gusto
1 paquete de masa de hojaldre
4 filetes de salmón
1 huevo
1 cucharada de leche

Elaboración

Precalentar el horno a 180 °C.

Triturar los berros, la rúcula y las espinacas en la batidora. Añadir una barra de queso, la ralladura de limón, la sal y la pimienta; mezclar bien. Reservar una parte para servir con los saquitos de salmón.

Desenrollar la masa de hojaldre y cortar en cuatro. Para cada saquito colocar un filete de salmón en el centro de cada cuadrado y cubrir con ¼ de la mezcla de queso. Doblar los bordes sobre el pescado y sellar por encima. Batir el huevo con la leche y pintar los saquitos con un pincel. Dejar en el horno unos 25 minutos o hasta que el hojaldre quede dorado.

Servir con el resto de la crema y acompañar con ensalada.

18

Honor cuelga el teléfono y mira su reloj. Ha dejado a Callie en el hospital para ir a casa a encargarse de los niños. Sabe que acaba de decirle a Reece que ella cuidaría a los críos, pero ¿cómo puede cuidarlos cuando su hija está en el hospital y en lo único que puede pensar es en cómo estará? ¿Cómo va a atender a esos niños, explicarles por qué mamá no ha ido a buscarlos al autobús del colegio como todos los días, cuando su hija está dormida, fuera de combate a causa de uno de los narcóticos más potentes que se conocen y que los médicos no saben qué le pasa?

Desea ardientemente que Lila pueda ir a casa esa noche; así ella regresará al hospital. Es cuestión de esperar, y sabe que ya no puede hacer nada más allí, pero hoy, el primer día de hospital de Callie, necesita estar con ella. Al fin y al cabo, es lo que hacen las madres.

Entra en el cuarto de baño y se mira en el espejo. Qué vieja parezco de repente, piensa. La piel grisácea, las profundas y oscuras ojeras. Es como si se le hubiera descolgado la cara de la noche a la mañana.

Abre el grifo, espera a que el agua salga helada y se la lava para intentar espabilarse, estirar la piel, tener mejor aspecto.

Y cuando termina vuelve a mirarse en el espejo y suspira, porque sigue pareciendo una mujer veinte años mayor.

Cuando conoció a Walter Tollemache, Honor era un bellezón, el alma de la fiesta, una mariposa que revoloteaba por la ciudad de Bar Harbor, en Maine, a la espera de extender las alas y volar a algún sitio, mucho más grande y mejor.

Hasta que conoció a Walter. Con sus modales impecables, solícito y amable, cuidó de ella desde la primera cita como nadie la había cuidado hasta entonces.

Cada cual se casa por motivos distintos, naturalmente, y a Honor, que había perdido a su padre cuando era pequeña, la crió una madre plenamente dedicada a ella, pero no disfrutó del amor y de la adoración incondicionales que toda niña necesita de un padre.

Empezó a destacar en los años sesenta; iba a fiestas, bailes y reuniones en los que los hombres se apiñaban a su alrededor, como ocurriría años más tarde con su hija Callie, sin darse cuenta de cuánto tiempo llevaba buscando a alguien que cuidara de ella.

Pero apareció Walter con su elegante nariz aquilina, se presentó, la llevó inmediatamente a cenar, después la dejó a la puerta de su casa y le dijo que siempre cuidaría de ella; entonces Honor empezó a ser la niña que nunca había podido ser y cayó en brazos de su papá.

Fueron felices durante un tiempo. Los padres de Walter les regalaron por su boda las antiguas cocheras de su finca, y la señora Tollemache, la madre, enseñó a Honor a recibir en su casa.

A Honor no le interesaba especialmente aprender a recibir visitas, aunque le encantaba cocinar, pero la señora Tollemache le dijo que no debía cocinar, que para eso estaba el servicio. Su tarea consistía en ser amable, la anfitriona ideal, y su suegra la acogió bajo su ala, la presentó a la alta sociedad de Boston, hizo venir de la ciudad a su modista, que le tomó medidas a Honor para el fondo de armario que necesitaría para la temporada, y la trató como a la hija que no había tenido.

La enseñó a llevar trajes de chaqueta de bucle y perlas, o largos pendientes multicolores de clip. Todos los viernes la acompañaba a que la peinara su peluquera de una forma muy parecida a la de ella.

A Honor la colmaron de joyas que jamás había imaginado que llevaría algún día: pendientes de diamantes y esmalte, grandes pulseras de topacio, anillos de Jean Schlumberger.

Honor trató con todas sus fuerzas de ser la mujer que al parecer todos deseaban que fuera, una copia más joven y más guapa de la señora Tollemache.

Lo logró durante unos años. Ofrecía cócteles y cenas, preparaba menús como una profesional (le encantaba cocinar, no delegar en el servicio, como insistía su suegra). Su solomillo relleno era famoso. Formaba parte de la junta directiva de diversos museos y organizaciones de ballet. Al fin y al cabo, era una Tollemache, y como insistía en recordarle su suegra, ser una Tollemache conllevaba una gran responsabilidad; *noblesse oblige* significaba corresponder.

De vez en cuando acompañaba a la señora Tollemache en una visita para ver cómo vivían los *desfavorecidos*, sonriendo y estrechándoles la mano a los menos afortunados, que se quedaban petrificados ante la llegada de aquellas personas perfumadas y enjoyadas, pasmados ante aquellas desconocidas que acababan de presidir una gala en la que se había recaudado suficiente dinero para que sus hijos fueran al colegio.

Durante algún tiempo fue divertido, como meterse en una película en blanco y negro de las que tanto le gustaban a Honor cuando era adolescente. Ella era Grace Kelly. ¿Y Walter? Bueno, Walter tenía que ser Cary Grant.

A Honor siempre le había gustado actuar, y de pequeña tenía la esperanza de que de mayor sería estrella de cine, y aunque esa no era la clase de actuación que tenía en mente, le encantaba el glamour y el entusiasmo exaltado de aquel mundo.

Durante algún tiempo.

Después nació Callie —Caroline Millicent—, y eso lo cambió todo. La señora Tollemache esperaba que Honor hiciera exactamente lo mismo que había hecho ella: dejar a la niña en manos de las niñeras y continuar como si no hubiera pasado nada.

Durante el embarazo, la señora Tollemache observaba con creciente malestar cómo Honor engordaba.

«No debe una abandonarse —repetía, horrorizada al ver que Honor cogía otro trozo de bizcocho—. Es cuestión de disciplina, querida mía, y hay que mantener la línea para los maridos.»

Pero por primera vez Honor no le hizo caso. Dejó de ponerse zapatos de charol y minúsculos trajes de chaqueta de bucle, a pesar de que la señora Tollemache había sugerido que se los arreglara su modista para adaptarlos al embarazo. Los sustituyó por amplios caftanes, que empezaban a ponerse de moda —¡si aparecían en *Vogue,* por Dios!— y se dejó crecer el pelo.

Del peinado perfecto y enlacado, Honor pasó a llevar el pelo suelto, una melena rubia y sedosa con raya en medio, y cuando nació Callie no vio razón para cambiar.

En cuanto a dejar a la niña en manos de una niñera, Honor no soportaba separarse de Callie ni un minuto. La llevaba en un canguro, al hombro —así le resultaba mucho más fácil darle de mamar— o en brazos. Cuando se hizo mayor, Callie seguía a su madre por todas partes, agarrándose al bajo de su falda larga.

Cuando Callie tenía ocho años empezó a manifestarse plenamente el descontento. Walter no se sentía muy satisfecho con la nueva versión de su esposa, tan relajada. En su opinión, las mujeres tenían que ser verdaderas señoras e ir bien vestidas a todas horas, no flotando por la casa con túnicas vaporosas, sin maquillar y descalzas.

Honor siguió vistiéndose para las ocasiones cuando no le quedaba más remedio, pero se acabó el pasarse horas debajo de un secador con los rulos puestos; se recogía la larga melena en una cola de caballo y se embutía en el traje de chaqueta de rigor cuando la llevaban a ejercer de joven señora Tollemache.

Porque así se sentía, como si la llevaran y la trajeran como un accesorio. Y eso era precisamente, o así lo vivía ella. Walter la quería, desde luego. Pero a los padres de Walter no les interesaba ella como persona, sino el poder moldearla para que fuera una Tollemache, alguien que transmitiera el apellido con orgullo a las siguientes generaciones.

Hasta que se negó a que siguieran moldeándola. Hasta que dejó de aceptar de tan buena gana encajar en el papel de una Tollemache. Entonces Walter y ella empezaron a distanciarse.

Él estaba desconcertado. ¿Qué le había pasado a la mujer con la que se había casado? Sobre todo después de que Honor conociera a Sunny, una mujer de California que había acabado en Maine y había transformado su casa en un mercadillo. Varios amigos suyos tenían puestos en las distintas habitaciones, y la gente iba a comprar y se quedaba allí durante horas enteras, sentados alrededor de la mesa de la cocina, pasándose collares de cuentas y vasos de vino, y el aire se llenaba del aroma a pachulí y de la música de Neil Young.

La primera vez que Honor entró en la casa y vio los carteles de Jimi Hendrix y los Rolling Stones, oyó la música y vio a la gente se sintió... agredida. Había tanto que asimilar... Sintió curiosidad, rechazo, excitación.

No era capaz de alejarse de allí. Al principio se dejaba caer por la casa con la excusa de comprar un collar de cuentas, otra blusa vaporosa o unas sandalias planas de cuero traídas de la India, pero al poco tiempo iba para tomar un vaso de vino. Cuando empezaron a pasarle porros, le pareció una grosería no probar.

Walter sabía muy poco del otro mundo de Honor, de sus nuevos amigos. Él era tan estirado, tan mojigato, tan carca que Honor sabía que los detestaría, que se empeñaría en que no los viera. Así que, en lugar de desobedecerle abiertamente, no le contó nada.

Pero Callie sí. Se lo contó todo sobre los nuevos amigos de mamá. Pero eran otros tiempos y Walter no se dio cuenta de que no se trataba únicamente de que Honor tuviera amigos que él rechazaba, sino que al haber encontrado a esas personas su mujer estaba empezando a encontrarse a sí misma.

Uno de los amigos de Sunny comenzó a dar clases de pintura en horario escolar, y cuando Callie se iba al colegio, Honor metía una bata en la trasera de su camioneta y se encaminaba a casa de Sunny.

De pequeña Honor tenía aptitudes para la pintura, pero no llegó a desarrollarlas. Ahora tenía la confianza en sí misma y la voluntad de dedicarse a ello, y también un ojo para el desnudo que su profesor consideraba incomparable.

Honor pasaba horas enteras embebida, un pincel en una mano y la paleta en otra, tratando de captar la distribución precisa de la luz en el muslo de una mujer, la línea de un hombro o la curvatura de una barbilla.

Poco a poco fue dándose cuenta de que era la primera vez desde hacía años que se sentía realmente feliz. Era una sensación tan diferente a la que experimentaba cuando por la noche Walter entraba por la puerta...

Ella estaba en la cocina, preparando la comida —ya se negaba en redondo a hacerle caso a la señora Tollemache y cocinaba de todo—, con Callie sentada en un taburete, ayudándola y charlando las dos. A veces ponían una cinta y bailaban por la cocina, riéndose como tontas. Hasta que oía el crujir de la grava que la avisaba de que Walter había vuelto a casa y le decía a Callie que subiera rápidamente a peinarse y a ponerse calcetines y zapatos.

Era como si apareciese una nube oscura. Nada terrible. Nada espeluznante que obligara a una mujer a salir huyendo, pero sí una nube negra y deprimente que la enmudecía, que eclipsaba a la naciente Honor, que solo era capaz de volver a emerger cuando a la mañana siguiente Walter se inclinaba para darle un beso en la mejilla y desaparecía por el sendero de entrada.

La pintura fue su salvación. La mantenía ocupada, le evitaba ahondar en el hecho de saber, ya casi sin asomo de duda, que se había casado con el hombre que no debía. No solo era esposa y madre, sino que estaba casada con un Tollemache. ¿A qué mujer se le ocurriría dejar a un marido como Walter y, al fin y al cabo, quién iba a quererla a ella?

Steffi llegó por sorpresa. Y menuda sorpresa. Honor se había prometido a sí misma que cuando Callie fuera lo suficientemente mayor, cuando quizá fuera a estudiar interna —todas las chicas de la familia iban a Putney—, se marcharía. Y de repente no le bajó la regla. No le dio mucha importancia hasta que unos meses más tarde —sí, en serio, tardó mucho tiempo en darse cuenta— comprendió que no era solo que estuviera engordando, sino que estaba embarazada. ¿Cómo iba a dejar a su marido precisamente entonces?

Pero no pudo aguantar más de dos años. Cuando Steffi apenas empezaba a gatear, Honor se dio cuenta de que no podía seguir adelante. Había llegado al punto en el que no soportaba sentir que día tras día iba muriendo un trocito de su ser.

Sentados en extremos opuestos del sofá de angora del salón, el señor y la señora Tollemache le explicaron que la infelicidad en el matrimonio era absolutamente normal, pero que el deber era el deber y que había que apretar los dientes y continuar. O al menos eso es lo que Honor entendió que decían, porque la mayor parte del tiempo intentó desconectar.

Walter estaba desolado. Eso fue lo más duro. Perdió un montón de kilos aparentemente en cuestión de días; los trajes le colgaban por todas partes, y la gente murmuraba que debía de estar terriblemente enfermo.

Iba a recoger a las niñas —se había trasladado de las antiguas cocheras al edificio del antiguo granero, en la misma finca pero a varios kilómetros—, y en cuanto Honor abría la puerta rompía a llorar.

A Honor se le caía el alma a los pies. Walter nunca había sido hombre que mostrara sus emociones, y que no pudiera controlarse ponía las cosas mucho más difíciles.

Honor se preguntaba cada dos por tres si hacía bien al dejar a Walter, a la familia Tollemache, esa forma de vida, pero cada vez que pensaba en el elegante salón revestido de madera, las mesitas chinescas de anticuario, los bustos de bronce y las colecciones de pastilleros esmaltados en todas las superficies horizontales, sentía que se ahogaba. Quizá no supiera lo que quería, pero sí sabía lo que no quería.

Los Tollemache aceptaron al fin que no iba a doblegarse a su voluntad, y Honor acabó con suficiente dinero para comprarse una casa a las afueras de la ciudad, una antigua granja con habitaciones pequeñas y acogedoras, chimeneas enormes y suelos de madera que crujían. Le encantaba.

Callie tenía una habitación preciosa y soleada en la parte de atrás, y Steffi, a la edad en la que ya empezaba a andar, una habitación minúscula junto al dormitorio principal, llamado así porque tenía medio metro más que el de Callie.

Todos los días iban a verla sus amigos. Se encendía fuego, se abrían botellas de vino y siempre había música. El pobre Walter, tan envarado, iba a buscar a las niñas y se quedaba en la puerta, incómodo, mientras la gente iba y venía por la habitación.

Con el tiempo su malestar se transformó en odio, lo que producía una terrible tristeza a Honor, quien deseaba para él lo mismo que para ella: paz, felicidad, alegría, y tal vez amor, porque todo el mundo merece ser amado. Siguió sintiéndose culpable por no haber sido capaz de amarlo como él quería, como él se merecía. Siempre esperó que pudieran ser amigos, en parte para acallar su propia culpa, y sobre todo por las niñas, pero a medida que fue pasando el tiempo a Walter le resultaba más difícil —tanto que ni siquiera la miraba a los ojos—, y sin mucho tardar empezó a enviar emisarios para recoger a las niñas, evitando así ver a su ex mujer.

Y de repente, cuando menos se lo esperaba, y cuando se sentía realmente feliz, conoció a George, que fue sin duda el amor de su vida. Era todo lo que ella había esperado encontrar, e incluso mucho más.

Empezó a hablar con ella en una librería, haciendo comentarios sobre un libro que Honor había comprado, y acabaron tomando café y charlando durante horas. A Honor le dio inmediatamente la impresión de que lo conocía desde siempre. Era divertido, inteligente, humilde y amable. Y por encima de todo, la aceptaba. La quería por ser quien era, no por quien podría ser ni por quien él quería que fuera.

Su muerte supuso un golpe brutal. Ya hace ocho años y todavía le parece que fue ayer, pero Honor se niega a no vivir. Es lo que habría querido George. En ocasiones le gusta estar sola, cocinar para ella, sobre todo platos que a George no le gustaban, como pasta y cordero, o, como le ocurre tantas veces, no cocinar, preparar cualquier revoltijo con lo que encuentra en la nevera, platos que los demás considerarían incomibles.

Y la cama es una maravilla. Su cama grande, blanda, llena de almohadas, revistas, libros, revistas de arte y cuadernos de dibujo amontonados sobre la mesilla de George, que a veces se caen encima de la colcha. Y nadie que se queje, nadie que chasquee la lengua cuando abre la puerta del dormitorio y descubre que una vez más «han estallado catorce bombas mientras estábamos fuera». Aunque, para ser justos, siempre lo decía con una sonrisa asomando a los ojos.

Honor no duerme mucho últimamente, o al menos no por la noche. No como dormía antes. Puede acostarse a medianoche y seguir completamente despierta a las cuatro; ya del todo incómoda en la cama. Siempre le han gustado las mañanas tranquilas, y muchas veces se levanta, se prepara té y se pone a leer en la terraza, en la tumbona de mimbre, con una manta por encima, y siempre se queda dormida. Otras veces se vuelve a la cama a las cinco y duerme hasta media mañana, pero raramente se siente de verdad descansada.

Lo que echa de menos es la vida en pareja. Compartir. La compañía. Alguien con quien pasar una tarde, con quien comentar un artículo interesante, alguien... con quien hablar. Echa en falta la comodidad de llegar a una fiesta como la mitad de un todo, de ser presentada a otras parejas y de poder llamar a alguien «mi marido». Echa en falta encajar.

No es que tenga mucha importancia en su círculo de amigos, en la ciudad en la que lleva viviendo más de cuarenta años, pero en las ocasiones en las que se arriesga a salir de su terreno se da cuenta de que desearía tener un compañero. Esas veces que coinciden con una obra de teatro que quiere ver, una ópera a la que le encantaría ir, una charla que le parece interesante. Llama a los amigos viudos o sin pareja, y en ocasiones, si todos tienen algo que hacer, va ella sola, con su bolso y su sonrisa por toda compañía.

Siempre habla con todo el mundo, pero la gente no siempre está dispuesta a hablar con ella, y echa de menos volver a casa hablando de por qué la obra produce esa sensación de angustia, o de que la producción de este año es mucho mejor que la del año anterior.

Pero ha tenido suerte. Ha vivido tres grandes amores, muchos más que la mayoría de las personas: George, Callie y Steffi. Perder a George la dejó completamente afligida. Perder a Callie... es impensable. Ya ha pasado por esto hace cinco años. Aún no sabe cómo consiguió superarlo. Los hijos no mueren antes que tú. Es algo que no ocurre, que no puede ocurrir.

«No a mí —susurra, mirándose en el espejo antes de ir a preparar la cena de los niños—. No otra vez.»

Jarretes de cordero con higos y miel

Ingredientes

4 cucharadas de aceite de oliva
10 jarretes de cordero
3-4 ramitas de tomillo
1 kilo de cebollas
2 dientes de ajo
2 cucharadas de romero
400 gramos de puré de calabaza en lata
3 tazas de higos secos
1 cucharadita de pimienta de Jamaica molida
1 cucharadita de canela en polvo
½ taza de miel
1 botella de vino tinto
2 tazas de agua

Elaboración

Calentar el aceite en una cacerola grande, dorar el cordero (unos cuantos trozos de cada vez) y poner en una bandeja.

Quitar las hojas de tomillo y desechar los tallos. Picar finamente las cebollas, los ajos, el tomillo y el romero (más fácil en la batidora). Freír la mezcla en el aceite hasta que se ablande la cebolla.

Añadir la calabaza, los higos, la pimienta, la canela, la miel, el vino y el agua. Remover bien, llevar a ebullición e incorporar el cordero. Bajar el fuego y cocinar durante una 1 ½ horas.

Cuando sea posible, hacerlo un día antes y dejarlo en la nevera una noche. Al día siguiente destacarán más los sabores y la grasa habrá quedado arriba. Retirarla antes de volver a calentar y servir.

19

—¡Si es mi hermanita pequeña! —Callie está sentada con las piernas cruzadas en la cama, con su pijama de franela preferido, y una enfermera le está ajustando la bolsa al soporte del gotero cuando entra Steffi—. Steffi, es Esther —dice, presentando a la enfermera—. Me está cuidando de una manera increíble. Te juro que es la única persona que quiero que me pinche.

Tras un golpecito en la puerta, que está abierta, entra un joven con instrumental. Steffi le dirige una mirada inquisitiva a Callie, que extiende el brazo.

—Vienen a tomarme las constantes vitales cada hora.

—¿Y no te pones de los nervios?

—Un poco. —Callie le dirige al enfermero una tímida sonrisa—. Por eso he pedido que solo vengan hombres jóvenes y guapos.

Otro golpecito en la puerta y entra una mujer con una bandeja, que deja sobre la mesa.

—Sopa de pollo y pastel de carne, ¿vale? —dice con una sonrisa radiante.

—Gracias, Rose —responde Callie, mientras Steffi retira la tapa de aluminio para inspeccionar la comida.

—¿Te sabes los nombres de todo el mundo?

—Solo de los que entran en esta habitación.

—Eres increíble. Y tienes un aspecto increíble. Por lo que me contó mamá, pensaba que estarías a las puertas de la muerte.

Callie se echa a reír.

—Si no fueras mi hermana, no te irías de rositas después de soltarme eso.

—Si no fuera tu hermana, no me habría atrevido a decírtelo. No pensarás en serio comerte eso, ¿verdad?

Steffi señala la carne cenicienta, las zanahorias frías y el puré de patata apelmazado.

—La sopa de pollo está bastante buena.

—Supongo que es estupendo que tengas ganas de comer, ¿no? Llevas no sé cuántos días sin probar nada.

Callie sonríe.

—Me siento mejor, pero me he dado cuenta de que es por los medicamentos. Les pedí que no me despertaran anoche para darme las pastillas, que me dejaran dormir, y esta mañana me sentía fatal.

—¿Mareada?

—Con náuseas y un dolor tremendo. Dicen que pueden tardar un poco en dar con el tratamiento adecuado para el dolor.

—Pero ¿ahora estás bien?

—Mejor.

—Bueno, entonces ¿qué es? ¿Ya saben algo?

Callie se encoge de hombros.

—Hoy me han hecho más pruebas, y están esperando los resultados de los cultivos de las pruebas del otro día. Uno del equipo ha sugerido que podría ser migraña...

—¡Lila dijo que era migraña!

—Ya lo sé, y ahora me verá un neurólogo.

Callie suspira y se acerca la bandeja de la comida.

—No puedes comerte eso.

Steffi retira la bandeja y saca de su bolso un termo y varios tupperware.

—¿Has cocinado para mí?

Callie parece encantada.

—Pues claro. No quiero que comas esta porquería de hospital, y además lo que no quiero es que comas carne. Ya lo habíamos hablado, y ahora que estás otra vez mal, no puedes seguir comiendo esto, ¿vale?

Hace cinco años, cuando a Callie le diagnosticaron el cáncer,

Steffi consultó un montón de libros e internet, y llegó a la conclusión de que todos sugerían que los productos animales son la causa primordial de las enfermedades comunes en Occidente, sobre todo de las afecciones cardíacas y del cáncer.

Le imploró a Callie que dejara la carne; se sentaba a su lado durante las sesiones de quimio y le leía unas estadísticas terribles, y Callie siempre decía que lo intentaría. Pero cuando Steffi entraba en la cocina de su casa se la encontraba comiendo un sándwich de beicon, lechuga y tomate a mediodía o huevos revueltos por la noche. Estaba claro que no ponía el suficiente empeño.

Era lo más frustrante del mundo. Steffi estaba segura de que si eliminaba los productos animales de su dieta notaría la diferencia. Si a Steffi le diagnosticaban cáncer, sabía que haría lo posible y lo imposible para ayudar a combatir la enfermedad, sobre todo si era algo tan fácil como cambiar la dieta.

Descubrió que al cáncer le encanta el azúcar. Subrayó pasajes de libros, envió informes por correo electrónico, pero Callie no dejó sus caramelos de cacahuetes ni sus barritas de chocolate y mantequilla de cacahuete.

«No pienso dejar el azúcar —decía con un suspiro cuando Steffi se quejaba—. Por Dios bendito, que me están dando quimioterapia. No me pueden quitar lo único que me apetece en la vida.»

Steffi desenrosca la tapa del termo y Callie inclina la cabeza para olerlo.

—Sopa de setas, lentejas y cebada.

—Qué bien. ¿Qué más?

—Quiche de espinacas.

—¿Sin huevos ni leche?

—Pues claro, pero... esto lo hice el otro día y supongo que un poquito de lácteo no te va a matar, así que te he traído uno. Bizcocho de naranja y almendras.

—¡Qué rico! ¿Y cómo es que lleva productos lácteos?

—Es que tengo trabajo. Bueno, una especie de trabajo. Cocinar a tiempo parcial para una tienda del pueblo. A la dueña no le interesa especialmente el rollo vegano, así que cocino prácticamente de todo.

—¡Dios mío! —exclama Callie—. Si seré egoísta... ¡Ni siquiera te había preguntado! ¡La casa! ¡El perro-poni gigante! ¡Tu nueva vida! Cuenta, cuenta.

Steffi sonríe radiante.

—Callie, soy tan feliz que parece de tontos.

Si a Steffi le hubieran dicho hace solo unos meses que iba a levantarse antes de las seis de la mañana, y no solo eso, sino que lo haría muy contenta, se habría muerto de la risa.

Pero eso habría sido en Nueva York, cuando salía todas las noches, bebía con los del restaurante Joni o con los de la banda y sus colegas, y acababa en un club y desplomándose en la cama bien entrada la madrugada.

Notaba que deseaba una vida más tranquila, pero no podía imaginarse que la fascinaría hasta ese extremo.

Susie le envió la noche anterior un mensaje instantáneo cuando iba camino de una actuación para decirle que Rob tenía nueva novia, una chica de veintidós años. Steffi no sintió absolutamente nada, si acaso alegría de que Rob hubiera pasado página tan rápidamente, y también alivio porque en el momento en que Susie apareció en la pantalla de su ordenador, arreglada, maquillada, con unas botas negras de tacón que acababa de comprarse, ella estaba acurrucada en el sofá con la cabeza de Fingal sobre el regazo, un largo camisón blanco y un fuego consumiéndose lentamente.

No había tenido camisones en su vida. Era la clase de chica que dormía con las camisetas y los calzoncillos bóxer de su novio, pero el primer día fue a hacer un reconocimiento del pueblo y entró en una de las tiendecitas familiares en la que tenían un montón de camisones de estilo victoriano en una estantería.

—¡Son lo mejor del mundo! —le dijo la dueña con entusiasmo—. Yo hace años que no duermo con otra cosa, y con cada lavado se ponen más suaves.

—La verdad es que yo no soy muy de camisones —replicó Steffi, sonriendo.

—Pues lo serás. ¿Eres la chica que está viviendo en casa de Mason?

Steffi abrió los ojos de par en par.

—¡Sí! ¿Cómo demonios se ha enterado?

—Llevo viviendo en este pueblo toda la vida. Pocas cosas hay que pasen por aquí de las que yo no me entere. Había oído que andaba por ahí una chavalita guapa que es chef y me he arriesgado a preguntar. Verás qué vamos a hacer. Llévate un camisón, duerme con él, y si no te gusta, te devuelvo el dinero.

—No puedo hacer una cosa así.

—Insisto. Te cambiará la vida, te lo prometo. Por cierto, soy Mary.

—Yo, Steffi.

—Ya lo sé. ¿Qué te parece si te pongo una taza de café y me cuentas?

Steffi se fue de allí con el camisón, una botella de limpiador Soft Scrub, dos esponjas, una bolsa de naranjas y además una lista.

Mary le había apuntado el número de Stanley, el manitas del pueblo; el de la señora Rothbottom, que llevaba el mercadillo benéfico de la iglesia; el de Mick, el guarda, y el de la familia Van Peterson, que vivía en la casa grande de West Street y a lo mejor les interesaba alguien para cocinar.

—Igual puedes preguntar —le dijo Mary—. Ella viene todos los días y me pide que empiece a vender comidas preparadas sanas porque en el supermercado no tienen gran cosa en cuestión de comida preparada orgánica, pero a mí me preocupa, porque no hay mercado para eso. Pero, en fin... —Suspira—. Supongo que si la llamas por teléfono y le dices que te interesaría cocinar para ella, no se lo pensará dos veces, con tres niños pequeños, una casa enorme y un marido que nunca está allí. A la pobre chica también le vendría bien tener una amiga. Se llama Amy. Dile que yo te he dado su teléfono.

—Sería estupendo —dijo Steffi—. Y de todos modos, podría hacer comida sana para usted y ver si se vende. Podríamos empezar con sopas de verduras y cebada caseras... y a lo mejor unas magdalenas de calabaza y sirope de arce.

—¿Y si no se vende?

—No tendría que comprarlo. Lo preparo yo y usted solo tiene que hacerles un hueco. Podría poner unas bandejas de magdalenas, ahí, al lado del café. Y la sopa la pondríamos en botes, sobre esa mesa donde tiene los folletos. No tendría que pagar nada, solo quedarse con un porcentaje de lo que se venda.

—No, yo no quiero llevarme un porcentaje. Verás. Tú te llevas el camisón y yo me quedo con la sopa y las magdalenas, a ver si funciona. ¿Qué te parece?

—Perfecto.

Steffi sonrió, y se estrecharon la mano.

—Ah, por cierto, ándate con cuidado con Mick, el guarda. Por lo visto es un poco mujeriego. —Mary enarcó una ceja—. No te dejes embaucar, que en su época iba por ahí rompiendo corazones.

—No se preocupe —repuso Steffi, riéndose—. Voy a descansar de los hombres una larga temporada.

Esa noche Steffi se puso el camisón y al mirarse en el espejo no daba crédito. ¿Dónde estaba la chica marchosa que iba de club en club? Parecía un personaje de principios del siglo XIX, pero se sentía cómoda, abrigadita y femenina, e inmediatamente comprendió a qué se refería Mary.

Susie se quedó asombrada cuando Steffi recorrió la casa con la videocámara y le enseñó todas las habitaciones.

—¡Es increíble! —exclamó Susie con envidia—. Pero ¿no echas un poquito de menos Nueva York?

—La verdad es que no —vuelve a contestar Steffi, en esta ocasión a Callie, que se ha tomado hasta la última cucharada de sopa y se acerca ansiosa el bizcocho de naranja y almendras.

—Mamá siempre ha dicho que en el fondo eres muy de campo —dice Callie—. Pero qué rico está esto, Steff. Gracias.

—De nada. Sí, supongo que mamá tiene razón. La paz de allí tiene algo especial. Levantarse envuelta por la oscuridad, cuando no se ve nada en absoluto, con una tranquilidad y una paz increíbles...

—Entonces ¿qué haces durante todo el día?

Callie piensa en su ajetreada vida, levantarse con Eliza y Jack, darles el desayuno, llevarlos al autobús, contestar correos electrónicos, editar fotos, ir a la compra, recoger a los niños, acompañarlos a las actividades extraescolares, hacer la cena, acostarlos.

Dios mío, los niños. Tiene que esforzarse para no pensar en ellos. Aunque van todas las noches a visitarla, se llevan comida y cenan con ella, acurrucados en la cama, a su lado, y ven una película juntos, los echa terriblemente de menos.

Echa de menos su vida. Su rutina cotidiana. A su marido. Sabe que no debe pensar demasiado en ello, porque no puede hacer nada y si piensa en ello se pondrá más triste, y no tiene sentido porque hasta que sepan qué le pasa no pueden mandarla a casa.

Lo de esta mañana ha sido un golpe tremendo. El día anterior se sentía mucho mejor, tanto que llegó a pensar que con suerte ya estaría en casa para el fin de semana. Fue algo más que una idea; rápidamente se convirtió en fantasía, y después en una realidad para ella. Hasta tal punto que le dijo a Rita, la enfermera, que el viernes estaría ya en casa; no advirtió la mirada escéptica de Rita.

No se le pasó por la cabeza que en realidad no estaba mejorando, que era la generosa y constante cantidad de medicamentos, los más fuertes que se conocen, lo que estaba contribuyendo a que se sintiera mejor.

Hasta esta mañana, cuando el dolor arremetió contra ella como un taladro y tuvo que vomitar dos veces. Miró angustiada por la ventana, desde las alturas de un decimotercer piso, y pensó seriamente en romperla y lanzarse al vacío. Cualquier cosa sería mejor que ese dolor.

Empezó a gemir, a gemir sin parar. Después rompió a llorar, porque no sabía qué más podía hacer sino llorar, sin ruido, dejando rodar las lágrimas por las mejillas, hasta que los medicamentos empezaron a hacer efecto y el taladro aflojó su intensidad.

Y en este momento, unas horas más tarde, se siente casi bien. El dolor sigue ahí, pero es una palpitación sorda, soportable, algo tan rutinario como respirar.

—¿Que qué hago durante todo el día? —Steffi sonríe—. ¿Lo dices en serio? Pues en primer lugar suelto a Fingal. Por lo visto no se debería dejar sueltos a los galgos escoceses, pero, según Mason, hasta las ardillas le lamen las patas y no hace nada.

—¿Que le lamen las patas? ¿Las ardillas dan lametazos?

—No lo sé, pero sabes a qué me refiero. Así que lo suelto y enciendo fuego...

—¿Tú encendiendo fuego? ¿Tú sola?

—¡Sí! ¡Lo aprendí en un vídeo de YouTube!

Steffi ríe entre dientes, encantada.

—Vale. Estoy impresionada. ¿Y después?

—Después preparo el desayuno, para mí avena cortada y fruta, y el otro día hice un pan estupendo, así que también estoy comiendo tostadas, y después doy de comer a Fingal. Más tarde, cuando empieza a haber luz, salgo a hablar con las gallinas.

—¿Hablas con las gallinas? Por Dios. Tiene razón Reece. Vivir en el campo te está volviendo loca.

Steffi se ríe.

—Me encantan. Me parecen fascinantes. Me llevo el café afuera y les hablo.

—¿Y por casualidad te contestan?

—Ahora eres tú la que se está volviendo loca. Estoy viviendo en el campo, no volviéndome como Sybil, la de la película, caray.

—Era broma, ¿vale?

—Vale. Así que me quedo allí un rato mirándolas. Me hacen reír. Y después tengo que darles de comer a las cabras, porque si no se ponen celosas...

—Pero ¿no decías que había un guarda o algo así? Pensaba que había un guarda que se encargaba de los animales.

—Sí, una especie de guarda, Mick, pero creo que trabaja por horas, y ese es otro problema... Nunca aparece, y por eso Mason quería que viviera alguien allí todo el tiempo y que arrimara un poco el hombro.

—¿Y qué pasa con el tal Mick?

—No lo sé. Mason dice que no es muy de fiar.

—Vale —dice Callie, acercándose a Steffi—. Ya tienes cubierta media hora. ¿Qué haces durante el resto del día?

—Me pongo a cocinar. Hay una señora estupenda, Mary, que tiene una tienda y me deja vender allí cosas que yo hago. Preparo grandes cantidades de sopa y magdalenas y se las llevo por la mañana. Normalmente me quedo un rato con ella. Estoy empezando a conocer el pueblo, y a la gente, y he descubierto que no hay mejor punto de observación que el mostrador de la tienda de Mary, así que paso allí un par de horas, leyendo el *New York Times*.

—Pero ¿lo lees de verdad?

—De cabo a rabo. Ya, ¡no me lo digas! Es para no dar crédito. Creo que no había leído el periódico entero en mi vida, y ahora me lo leo todos los días. Lo más irónico es que ahora estoy al tanto de todo lo que pasa en el mundo del arte en Nueva York, de quién hace qué y dónde, y ya no vivo allí.

—No está tan lejos. Podrías acercarte para hacer algunas cosas.

Steffi hace una pausa, porque piensa lo mismo. Susie le dice continuamente que vaya, que solo está a una hora... y sin embargo, a ella le parece que la separa de allí toda una vida, y de momento necesita seguir lejos de la ciudad.

Steffi se ha pasado la vida huyendo, no sabe muy bien de qué ni hacia dónde, pero se ha pasado la vida yendo de una relación a otra, de un trabajo a otro, de un grupo de amigos a otro. Todo ha sido o una tragedia, o un torbellino o una vorágine, y de repente en el campo ha encontrado algo que ni siquiera sabía que estaba buscando: paz.

Y la sola idea de subirse a un tren, de abrirse paso a codazos por Grand Central, por las calles de Nueva York, de entrar en un bar, un club o un restaurante hasta los topes le produce una tremenda angustia.

—Es que todavía no estoy preparada para volver —le dice a Callie—. Por supuesto que iré de vez en cuando, pero tengo la sensación de que esta es mi nueva vida, y de momento prefiero aferrarme a ella, porque me encanta, y quiero vivirla plenamente. ¿Lo entiendes?

A Callie se le llenan los ojos de lágrimas.

—Vale —asiente—. Sé que no debería decirlo, porque acabas de trasladarte allí y es todo muy nuevo, y, conociéndote, dentro de tres semanas serías muy capaz de decir que no soportas tanta tranquilidad y que echas en falta el ruido de la ciudad y volverte en cuestión de...

—No pienso hacerlo —la interrumpe Steffi.

—Ahí voy. Es que lo sé. Creo que al fin has encontrado tu sitio.

—¡Eso es! —exclama Steffi—. Has dado en el clavo. Si es que... por Dios, no me puedo creer que yo vaya a decir algo tan ridículo, pero me da la impresión de haber llegado a casa.

—Bueno, no es de extrañar —dice Callie, apartando la bandeja y reclinándose en la cama cuando entra la enfermera—. Eres una chef vegana y una mujer maravillosa con espíritu de hippy que ha estado dominada por la rockerilla que tú siempre has creído que tenías que ser.

—O sea, ¿que en realidad no soy rockera sino una especie de hippy?

—Sí, pero hazme un favor... No me gustaría verte con faldas hasta el suelo llenas de espejitos como las de mamá.

—No te preocupes. —Steffi sonríe—. Tengo mis límites.

Sopa de coliflor con parmesano y aceite de trufa

Ingredientes

2 lonchas de beicon ahumado picadas
1 taza de cebolla picada
¼ de taza de apio picado
2 dientes de ajo picados
6 tazas de coliflor (las flores)
3 ½ tazas de caldo de pollo
3 cucharadas de queso parmesano rallado, y un poco más para decorar
½ taza de nata montada
aceite de trufa negra o blanca

Elaboración

Saltear el beicon en una cacerola de fondo grueso hasta que se dore. Añadir la cebolla, el apio y el ajo. Tapar y cocinar hasta que se ablande, removiendo de vez en cuando durante unos 7 minutos. Añadir la coliflor, el caldo y el queso. Cuando rompa a hervir, bajar el fuego, tapar y cocinar a fuego lento hasta que la coliflor quede tierna (entre 10 y 20 minutos).

Hacer un puré con la mezcla y añadir la nata montada. Poner a fuego lento. Sazonar. Adornar con parmesano rallado y rociar con el aceite de trufa.

20

—¡Mamá!

Eliza y Jack se suben a la cama, peleándose por ver quién llega primero hasta su madre, mientras Honor le da un beso a su hija y después va a sentarse en el sillón de un rincón de la habitación.

—¡Mis niños! —dice Callie con dulzura, besándoles y acariciándoles la cabeza.

—Tengo un montón de cosas que enseñarte —dice Eliza, la que primero se baja de la cama para ir hasta su mochila, que ha dejado en el suelo, al lado de la puerta—. He hecho este trabajo sobre los canguros, y la señora Brumberger me dijo que podía llevármelo a casa para enseñártelo, aunque no le han dejado a nadie que se lo lleve a casa, pero como estás en el hospital y no puedes ir a la exposición te lo he traído. Mañana tengo que llevarlo al colegio para que lo pongan en la pared con los de los demás, ¿vale?

—Vale —dice Callie, y Jack se acurruca contra ella, con un brazo sobre su pecho y una sonrisa beatífica. De vez en cuando levanta la cabeza para mirar a su madre con un amor infinito.

Le acaricia la mejilla con la mano, se alza un poco para darle un beso y vuelve a apoyar la cabeza en el hombro de su madre, feliz de estar allí, a su lado.

«Si pudiera, volvería dentro», decían en broma Reece y ella, porque no conocían a ningún niño que quisiera tanto a su madre como Jack a Callie.

Es el momento que ilumina el día, cuando sus hijos entran corriendo, desbordantes de energía, charlando con las enfermeras, preguntando un montón de cosas. Ayer estaban tristes, pero hoy están pletóricos de alegría y no paran de saltarle encima, de comérsela a besos y chocar cada dos por tres con el soporte del gotero. A Callie no le importa. Está cansada, feliz de estar allí tumbada, con ellos, con el corazón henchido de amor.

Una hora más tarde están peleándose, como ocurre tantas veces durante «la hora de las brujas». Honor le lanza una mirada de preocupación a Callie, que de repente parece enferma y agotada, y anuncia que es hora de marcharse.

Entonces empiezan los llantos.

—¡Mamá!

Los dos se agarran a Callie, negándose a apartarse de la cama, y Honor trata de explicarles que mamá está mala y que es la hora de su medicina.

—No me quiero ir —lloriquea Jack, con el cuerpecito convulso mientras Honor intenta levantarlo del suelo.

—¿Dónde está Reece? —le pregunta implorante Callie a su madre—. Pensaba que esta noche iba a traer él a los niños.

—Está muy liado con el trabajo —contesta Honor, sintiéndose culpable por tener que decírselo a Callie—. Me ha dicho que vendrá directamente al hospital, pero que no podrá llegar hasta las ocho.

Callie no dice nada, pero aprieta los labios. No tiene fuerzas para eso; ¿acaso puede elegir?

Callie ha contado tantas veces lo de su matrimonio, lo independiente que es ella, cuánto le gusta tener su espacio, que el tiempo que pasan separados mantiene vivo el romanticismo, que les ofrece a Reece y a ella algo que esperar con ilusión. Sin embargo... si ella no está en casa, como ahora, alguien tiene que estar.

Cuando Reece se presenta en el hospital, a las nueve, Callie se despierta lentamente, le besa y se abrazan. Agotada por el rato que ha pasado con los niños, resurge poco a poco de las profundidades del sueño y tras unos minutos, ya completamente despierta, mira a Reece.

—Tenemos que hablar.

—Sí, ya lo sé, ya lo sé. —Reece se pasa una mano por el pelo y suspira—. Llego tarde. Lo siento. Hay un tráfico tremen...

—Ya está bien. —Callie levanta una mano. No habla en voz muy alta, pero sí con decisión—. No quiero excusas. Dijiste que traerías a los niños a las seis, no has venido, y ya está bien.

—Lo siento, Callie, pero cuando el trabajo se...

—Reece, me importa tres pitos lo que pase con el trabajo. —Está tan enfadada que escupe las palabras—. Lo que me importa es lo que les pasa a mis hijos, y cómo se sienten, y cómo llevan no tener a su madre. ¿Lo entiendes? No es lo mismo que cuando tuve cáncer y venía aquí a quimioterapia mientras ellos estaban en el colegio. Sí, vale, muchas veces me sentía cansada, y pasaba mucho tiempo en la cama, pero estaba en casa. Su vida no cambió. No te necesitaban a ti.

»Reece, ahora te necesitan. Y no voy a consentir que pongas el trabajo como excusa. Esto es más importante que el trabajo. Y si yo no estoy, no te vas a refugiar en el trabajo porque es más fácil trabajar que ocuparte de tus hijos.

Reece se ha puesto blanco.

—¿Qué quieres decir con que si tú no estás? —dice tras una larga pausa.

—Si me muero —contesta Callie con sencillez. Sin emoción.

—¿Has... tienen ya los resultados? ¿Sabes algo?

Apenas puede hablar; su voz es un tenso susurro.

—No, todavía no han llegado los resultados. Y no tengo ni idea de lo que va a ocurrir, pero tengo miedo. Bueno, no. Estoy aterrorizada. Y lo que más miedo me da es qué pasará con los niños si tú sigues llevando la vida que yo siempre te he permitido que llevaras y no estás a la altura de las circunstancias.

»¿Me estás escuchando, Reece? Si me muero, no puedo dejar que los niños paguen las consecuencias. No voy a consentirlo. Tú eres su padre y tienes que empezar a ejercer como tal, y eso significa que si dices que estarás aquí a las seis, estarás aquí a las seis. Que le den al trabajo. Que le den al tráfico. Ahora mismo, hasta que se adapten, y hasta que sepan qué me pasa, no quiero que vayas a trabajar. Puedes hacerlo en casa. Y cuando sepamos qué pasa y cuánto tiempo voy a estar aquí, seguirás estando en casa a las seis todas las tardes y estarás allí por la mañana para darles el desayuno.

»No va a ser Jenn —añade, sin tomar aliento—. Ni una canguro. Ni mi madre, ni mi hermana, ni nadie. Y tienes que ponerte las pilas ya mismo, Reece. Se acabaron las excusas, los viajes. Te estoy pidiendo que seas su padre, que estés presente en sus vidas. Te estoy pidiendo que los lleves al autobús del colegio todas las mañanas, que te sientes con ellos a la mesa para cenar todas las noches. Y tienes que empezar ya mismo, Reece.

Callie está llorando. Apenas se pueden distinguir sus palabras entre los sollozos, pero Reece las oye y se asusta.

—Por Dios, Callie, ya basta. Hablas como si fueras a morirte. Ya basta, por favor.

—No, Reece. Espero no morirme. Dios sabe que no tengo ningunas ganas de morirme, pero si lo que quieres saber es si me siento como si fuera a morirme, sí, muchas veces. Y no puedo dejar a mis hijos si no sé que te van a tener a ti, y necesito saberlo ahora mismo.

»Ojalá me ponga bien, pero pase lo que pase, mientras yo no esté en casa, tienes que estar tú, y tienes que prometérmelo. —Rodea la cara de Reece con las manos y la acerca a la suya—. ¿Lo comprendes, Reece? Te quiero tanto... Nunca he querido a un hombre tanto como a ti, y sé que eres capaz de hacerlo. Sé que puedes hacerlo, y tienes que prometértelo.

A Reece también le resbalan las lágrimas por las mejillas. Callie lo atrae hacia ella, le pone la cabeza sobre su pecho y lloran juntos.

—Todo irá bien —susurra Callie tras unos momentos—. Es solo que me estoy poniendo en lo peor, ¿entiendes? Estoy haciendo de abogado del diablo, pero ahora, mientras esté en el hospital, tú tienes que estar con ellos. Sí, muy bien, está mi madre, pero te necesitan a ti.

—De acuerdo —dice Reece, apoyado en el pecho de Callie—. De acuerdo.

—¿De acuerdo qué?

—De acuerdo, que lo haré.

Reece levanta la cabeza, con los ojos enrojecidos e hinchados.

—Tienes que prometérmelo.

—De acuerdo. Te lo prometo.

—¿Qué me prometes? Tienes que decirlo.

—¿Qué quieres que diga?

—Prometo llevar a los niños al autobús todas las mañanas y estar en casa a las seis para cenar todas las noches.

—Prometo llevar a los niños al autobús y estar en casa para cenar a las seis.

—Todas las noches.

—¿Qué?

—Repítelo: al autobús todos los días y en casa a la hora de la cena todas las noches.

Y Reece lo repite, con la voz ronca y quebrada.

—Puedes hacerlo, cariño —susurra Callie—. Creo que volveré a casa el fin de semana que viene como muy tarde, así que solo serán unos días más, pero incluso si es un poco más, podrás hacerlo. Eres el mejor padre del mundo. Eres divertido, cariñoso, amable y paciente. Les encanta estar contigo. Solo necesitan que pases más tiempo con ellos.

—Callie —susurra Reece tras un largo silencio—. ¿De verdad crees que te vas a morir?

—Sí —contesta Callie—. Pero no ahora mismo. Me gustaría pensar que todavía me quedan unos cincuenta años.

Sonríe; Reece levanta la cabeza y le da un beso.

Reece se sirve café y asoma la cabeza por la puerta de la sala de la televisión. Eliza y Jack están sentados en silencio en el sofá, viendo un programa del canal Disney. Han desayunado cereales y la especialidad de papá: huevos revueltos, queso y ketchup. Los platos están en el lavaplatos, Elizabeth ya ha comido, y todo está tranquilo.

De qué demonios se quejará Callie, se pregunta, pensando en todas las veces que él llama a la hora del desayuno y se oyen chillidos de fondo, los niños peleándose, y Callie le suelta que tiene que hablar con él una vez los haya dejado en el autobús.

Es muy fácil.

Se sienta a la mesa de la cocina y hojea perezosamente el periódico local; después mira el microondas: las 7.47.

Joder. ¿No pasa el autobús a las 7.50?

—¡Eliza! —Entra corriendo en la sala de la televisión—. ¿A qué hora dices que pasa el autobús?

La niña se encoge de hombros, con la mirada clavada en la pantalla.

—A las ocho menos diez —contesta Jack, y Reece apaga rápidamente el televisor.

—Tres minutos, chicos. —Salta a la vista su preocupación—. A ponerse los zapatos y los abrigos.

—Pero yo no me he lavado los dientes —dice Jack.

—¿Por qué? Pensaba que te los lavabas cuando te levantabas.

—Nunca se lava los dientes —interviene Liza—. A mamá le dice que sí, pero no lo hace.

—¡Deprisa! —La angustia de Reece va en aumento—. Ponte los zapatos. No te preocupes por los dientes. Después nos los lavamos más rato, ¿vale?

—¡No! —grita espantado Jack—. Tengo que lavarme los dientes.

—Por favor, Jack. —Reece está a punto de estallar—. Tendremos que hacerlo después.

—¡No!

Jack se pone a sollozar.

—Por Dios. Venga, vale. Lávate los dientes, pero rápido.

Por favor, conductor del autobús, sea quien sea llegue tarde, no llegue puntual, piensa.

Coge los abrigos y abre la puerta de la casa.

—¡Eliza! ¿Adónde vas?

—A por los deberes.

—¿Dónde están?

—No sé.

—Vale. Tú mira en la habitación, y yo busco en la cocina.

A los diez segundos los encuentra en la cocina.

—¡Eliza! —grita desde el pie de la escalera. Nada—. ¡Eliza! Tengo tus deberes. ¡Vamos! —Nada.

Reece empieza a subir la escalera.

—¡Eliza! —grita con todas sus fuerzas.

—¡Voy! —grita Eliza a su vez.

Justo al salir por la puerta, ven el autobús alejándose por la calle.

—Joder —murmura Reece. Ahora tendrá que llevarlos él, otros veinte minutos, y todavía tiene que hacer esa llamada, dentro de veinte minutos. Dios, Dios.

—A mi coche —ordena, y los niños aplauden, porque no hay nada que más les guste que los lleve uno de sus progenitores.

—Mamá siempre me guarda los deberes en la mochila por la noche —murmura Eliza.

—Pues me alegro por mamá. —Reece se muerde la lengua—. Pero mamá no está, y yo hago lo que puedo.

—Papá —dice Eliza—, si mamá se muere y tú te mueres, ¿seremos huérfanos?

Jack se echa a llorar.

—¡Pero Eliza...! —Reece mueve la cabeza, pensando, ¿por qué tendrá que preguntar eso ahora?—. No te preocupes, Jack, que no se va a morir nadie. Y Eliza, en primer lugar, mamá no se va a morir, y yo tampoco me voy a morir; o sea, que no hay por qué hablar de eso.

Guarda silencio, sin saber muy bien si debería decir eso o ser más sincero, pero no es momento de tener esa conversación ahora, camino del colegio.

—Pero si os morís los dos, ¿seremos huérfanos?

Reece suspira.

—Técnicamente, sí, pero eso no va a pasar nunca, ¿vale? No va a pasar.

—Pues a los niños de *Lemony Snicket* sí les pasó —replica Eliza a propósito, mirando por la ventanilla, mientras los sollozos de Jack se intensifican.

—Jack, cielo, no tienes por qué llorar. Mamá está mala, pero le van a dar medicinas y se pondrá mejor. ¿Te acuerdas de cuando te quitaron las amígdalas?

Sentado detrás, Jack asiente con la cabeza.

—¿A que te dolió mucho, mucho, durante un montón de días, pero como tomabas tu medicina te pusiste bien del todo?

Jack vuelve a asentir, y los sollozos se calman un poco.

—Pues lo mismo pasa con mamá. Ahora le duele mucho, pero cuando se toma la medicina deja de dolerle, y dentro de poco estará mejor.

—Yo pensaba que era cáncer —dice de repente Eliza.

—No, bonita, no es cáncer.

—Julia dice que su madre le ha dicho que a mamá le ha vuelto el cáncer.

—Pues Julia está equivocada —Reece piensa si no debería hablar con el colegio—. Mamá ya no tiene cáncer. Es otra cosa.

—Entonces ¿qué es?

—Ya me lo dirá el médico.

De momento se le han agotado las respuestas y no puede decirles, a diferencia de Callie cuando esta realmente pierde la paciencia y no puede contestar más preguntas, «preguntádselo a vuestro padre».

Aparcan delante del colegio y mientras se desabrochan los cinturones de seguridad Eliza pregunta:

—Papá, ¿qué nos has puesto para comer?

—¿Para comer? —A Reece se le cae el alma a los pies—. ¿Para comer cuándo?

—¡Por la mañana! Tienes que ponernos algo para comer todos los días, en una bolsa de papel, con nuestro nombre y un corazón muy grande. Es lo que hace mamá.

Joder. ¿Por qué nadie se lo ha dicho? Honor, que se ha pasado la noche en vela, a juzgar por las tazas vacías en el fregadero, estaba roncando tranquilamente en la puñetera habitación de invitados por la mañana, y él tiene que descubrir las cosas por sí mismo.

—Os lo traeré —dice con calma—. Lo siento, cielo. No lo sabía.

—Vale. ¿Puedes traerme los barquillos rosas, por favor?

—Claro. ¿Están en la cocina?

—No. Tienes que comprarlos. Ah, y nubes.

A Jack se le ilumina la cara.

—¡Nubes! ¡Yupi!

—¿Nubes por la mañana? ¿Mamá os da eso para comer a media mañana? ¿Seguro?

—Todos los días —dice Eliza con solemnidad—. Todos los niños lo comen. ¿Nos los traes?

—Vale, cielo.

Reece suspira.

—Ah, papá. —Jack se despide con un beso—. ¿Has puesto en mi carpeta la nota para lo de jugar con Jasper?

—¿Qué nota para jugar con Jasper?

—Hoy después del colegio voy a jugar a casa de Jasper y viene a buscarnos su mamá y tienes que poner una nota.

—¿No puedo mandarla por correo electrónico? —pregunta Reece, pensando que Jack seguramente no podrá responderle, pues todo se está complicando demasiado.

—Sí —contesta Jack con convicción—. Puedes mandar un correo. Te quiero, papá.

—Yo también te quiero, colega —dice Reece, y observa a sus hijos entrando precipitadamente al colegio, con una inesperada sensación de alivio, y también de cariño.

Hoy ha sido un día sorprendentemente tranquilo. La casa está en silencio, Reece solo se ha retrasado unos minutos en hacer la llamada y ha conseguido trabajar con provecho desde casa.

Honor ha ido al hospital a ver a Callie, no antes de prepararle un sándwich de atún a la plancha para la comida. Casi podría llegar a acostumbrarse a esto.

A las tres y veinte se levanta y se estira, coge el abrigo y se dirige a la parada del autobús.

—¡Reece! —April, una vecina, aprieta el botón para subir la ventanilla de su Porsche Cayenne—. No esperaba verte por aquí. ¿Cómo está Callie?

—Bien —contesta Reece, porque ¿qué otra cosa puede decir?

—¿Sí? Porque Honor parece muy preocupada. ¿Saben ya lo que es?

Vaya. ¿Cuánto saben? Se le había olvidado lo mucho que hablan las mujeres.

—Todavía no —dice—. Pero mañana llegan los resultados de las últimas pruebas y espero que nos digan algo.

—Es terrible —dice April—. Sobre todo después de lo... bueno, de lo de hace unos años. Pero parece que no es cáncer, así que menudo alivio, ¿no?

—Mucho —concede Reece.

—Bueno, mañana Jack va a taekwondo con Will. Callie y yo compartimos coche, pero los llevaré encantada.

—Ah. —Reece no tiene ni idea de qué hacen los niños después del colegio. Toma nota mentalmente de leer el horario de sus hijos que está pegado en la puerta de la nevera—. Sería estupendo. Gracias.

—Se puede quedar a cenar en casa, si quiere. Nada del otro mundo, una pizza —le propone Abril encogiéndose de hombros.

—Yo... Gracias. Otro día estaría muy bien, pero voy a llevar a los niños al hospital para que cenen con su madre. Es una especie de costumbre.

—Claro. Lo entiendo perfectamente, y está muy bien. Oye, ¿necesitas algo? Lo que sea. ¿Comida, por ejemplo? Yo cocino todos los días para mi familia, y no me supondría ningún problema traerte algo...

Lo mira con expectación.

Reece también la mira, sin saber muy bien de qué está hablando, y de repente recuerda, de la vez anterior, que eso es lo que hace la gente cuando estás enfermo, cocinar y darte comida. Pero ¿cómo se acepta? La vez anterior, aunque Callie estaba con la quimio veía a todo el mundo y se ocupaba de todo. Él nunca tuvo que enfrentarse a los ofrecimientos de comida, y si aceptaba se sentiría extrañamente desvalido y vulnerable, aunque podía estar muy bien que la vecina cocinara para él.

Honor se había encargado de la cocina hasta entonces, pero últimamente suele pasar el día en el hospital con Callie y trae comida para los niños al volver a casa, porque dice que no tiene tiempo. Él llegaba tan tarde a casa, hasta hoy, que normalmente compraba un trozo de pizza por el camino o se tomaba un plato de sopa en la cafetería de al lado de la oficina. Muchas veces, si Lila va a casa a cuidar a los niños, lleva algo riquísimo, pero que una vecina que apenas conoce cocine para él... Le parece raro. Está bien, pero es raro.

—Eres muy amable, pero mi suegra está en casa, así que realmente no hace falta —dice al fin.

A la mañana siguiente cuando sale a llevar a los niños al autobús, encuentra junto a la puerta dos bandejas de aluminio, todavía calientes, una de lasaña y otra de pollo con espinacas. No hay ninguna nota.

Agradecido, entra en casa y las guarda en la nevera.

Pollo con espinacas

Ingredientes

2 paquetes de espinacas congeladas troceadas, descongeladas y escurridas
8 pechugas de pollo sin piel y sin huesos
sal y pimienta al gusto
1 bote de mayonesa de tamaño mediano
1 cartón de yogur griego de tamaño mediano
1 cartón pequeño de crema de leche ligera
1 cucharada de curry en polvo
¾ de taza de pan rallado

Elaboración

Precalentar el horno a 180 °C.

Cubrir el fondo de una fuente de horno rectangular grande con las espinacas. Poner encima las pechugas de pollo y añadir la sal y la pimienta.

Mezclar la mayonesa, el yogur y la crema, añadir más o menos curry, al gusto. Cubrir por completo el pollo y las espinacas con la mezcla.

Espolvorear el pan rallado por encima y dejar en el horno unos 45 minutos.

21

Mason pensaba que había visto suficientes películas británicas, había leído suficientes libros de autores británicos y conocía lo suficiente esa cultura para saber qué se podía esperar, pero está descubriendo que no responde a sus expectativas.

No es que se esperase un Londres de simpáticos deshollinadores con acento barriobajero a lo Dick van Dyke, pero tampoco el crisol que es, ni que la gente fuera tan brusca. Por Dios, si a veces le da la impresión de no haber salido de Nueva York...

Hay cosas que le encantan. Le fascinan el diseño, la arquitectura, la sofisticación. Callejea, como en Nueva York, pero en Londres alza la vista cada pocos metros, asombrado ante el esplendor de la arquitectura.

¡Y la comida! ¡Qué placer tan inesperado descubrir que la comida de Londres iguala y en ocasiones supera a la de Nueva York! Deambula por los mercados, recreándose ante los productos, mucho más pequeños que a los que está acostumbrado en Nueva York, pero ¡el sabor! ¡El aroma! Nunca había disfrutado tanto como aquí hincándole el diente a un jugoso tomate.

Disfruta en los taxis negros interrogando a los locuaces conductores que serpentean por las calles de una forma que la primera semana casi le costó un infarto pero en la que ya confía.

Siempre había pensado que Nueva York era la ciudad más trepidante del mundo, y quizá sea la energía de Londres lo que más le sorprende. Es palpable en las calles, y en su negocio. Los departamentos de marketing están dirigidos por jóvenes listísimos a quienes les encanta lo que hacen; los editores son entusiastas y contagian su entusiasmo, y en la editorial hay más vida que en los sitios a los que está acostumbrado.

Y sin embargo, todas las mañanas se despierta con un conflicto interno.

Esta mañana se ha despertado a las seis, se ha duchado —sí, es absolutamente cierto lo que dicen de las duchas inglesas, que son un desastre— y después de vestirse ha pasado de puntillas por delante del dormitorio de Olivia —tenía la puerta cerrada, lo que significaba que estaba durmiendo y que seguiría durmiendo durante tres o cuatro horas— y, cruzando el enorme arco, ha entrado en el salón, camino de la cocina.

Sienna y Gray estaban sentados en el sofá, hipnotizados ante el televisor, y no lo vieron ni lo oyeron cuando les dio los buenos días. Mason estaba a punto de preguntar si alguien quería tortitas cuando se abrió una puerta y por el corredor se oyeron unas pisadas firmes y apresuradas.

—¡Ah! ¡Señor Gregory! —La niñera Bea se detuvo, sobresaltada—. No sabe cuánto lo siento. No me había dado cuenta de que los niños estaban viendo la televisión. Vamos, niños, ya conocéis las normas. Nada de televisión por las mañanas. Lo lamento —añadió, volviéndose hacia Mason—. No volverá a ocurrir.

Mason se echó a reír, un tanto incómodo.

—No se preocupe, niñera Bea. Y por favor, no me llame señor Gregory. Hace que me sienta viejo. Mason, por favor.

A él le gustaría llamarla Bea, o Beatrice, porque le parece una tontería tener que poner el «niñera» delante del nombre, pero desde el principio ella dejó bien claro que los niños debían llamarla niñera Bea, y de paso también los adultos.

—Por supuesto, señor Gregory... quiero decir, Mason.

Y se ruborizó un poco.

—No se preocupe tanto —dijo Mason con amabilidad—. No pasa nada si los niños ven un poco la tele. Si en casa la ven todo el rato...

—Pero la señora Gregory lo dejó muy claro.

—La señora Gregory deja muchas cosas muy claras —replicó Mason con un suspiro—. Pero si usted no dice nada, yo tampoco.

El miedo desapareció unos momentos de los ojos de la niñera.

—¿En serio?

—En serio. Y no se va a enterar, porque no abandona su cripta hasta las nueve por lo menos, ¿verdad?

La niñera abrió desmesuradamente los ojos, escandalizada, y trató de reprimir una sonrisa, sin conseguirlo.

—Es usted muy buen padre —dijo—. Relajado. Y eso es bueno para los niños.

—Gracias, niñera Bea, y usted se sentiría mejor si se relajase un poco con Olivia, quiero decir, con la señora Gregory. Ya lo sé, sé que es difícil, pero hablaré con ella. ¿Qué le parece?

—Por favor, no le cuente que yo he dicho nada...

—De ninguna manera. Es que tiene esas absurdas expectativas desde que nos mudamos aquí. Yo no voy a meterla en líos, se lo prometo. Bueno, ¿qué le parece si viene a la cocina y le enseño a hacer auténticas tortitas a la americana?

—¿De veras? —A la niñera Bea se le iluminó la cara—. Sí, me apunto.

Mason se pasó la mañana pensando en eso, en que Olivia parecía mantenerse cada día más al margen de los niños —bueno, si acaso era posible— desde que se trasladaron a Londres, pero al mismo tiempo lo controlaba todo de un forma que asustaba.

Al fin tenía lo que tantos años llevaba esperando, una auténtica niñera inglesa. Olivia se había criado con una así, como no se cansaba de contarle a todo el mundo, y cuando los niños eran todavía bebés trató de contratar a alguien, pero no funcionó.

Ahora, con Bea, tenía a una niñera inglesa profesional, de uniforme, y parecía creer que su tarea como madre consistía en enseñar a la niñera Bea las cosas que la niñera Bea llevaba años haciendo y en microgestionar la vida de sus hijos, a pesar de que nunca estaba presente para ver los resultados.

De repente Olivia se empeñaba en que los niños solo vieran la televisión veinte minutos al día, y una vez bañados. No se les permitía la harina blanca, el azúcar refinado ni ningún alimento procesado, pero en la prohibición no estaban incluidas las salchichas que desbordaban del congelador a modo de recurso de emergencia para las ocasiones en que los niños se negaban a cenar en plan gourmet, lo que Olivia denominaba merienda cena, algo que ocurría casi a diario.

Tenían que dedicar al menos media hora al día a la lectura, y la niñera Bea tenía que llevarlos al parque o a un museo al menos una hora al día. Los videojuegos y las videoconsolas —las herramientas a las que recurría Olivia como canguros alternativos hasta que se presentaban las canguros de verdad— quedaron prohibidos en cuanto contó con una niñera interna, y solo se les permitía usar el ordenador con fines educativos.

Olivia nunca les había hecho mucho caso a Sienna y a Gray, y esa reciente obsesión con lo que hacían a todas horas parecía una incoherencia, porque ¿qué hacía ella?

Al parecer había conocido a un montón de chicas tan pronto llegó a Londres. Un grupito de expatriadas ricas de Nueva York y varias chicas de la alta sociedad londinense. Comían juntas todos los días y, como se había metido en diversos comités de obras benéficas, había retomado sus actividades justo donde las había dejado, solo que ahora también tenía el teatro.

Nunca estaba en casa, y daba la impresión de que necesitaba aún menos que en Nueva York la presencia de Mason.

Él aprovechaba para conocer Londres. Después de sentarse con los niños durante la cena y leerles un cuento, esperaba hasta que se quedaban dormidos y salía, dejándolos al cuidado de la niñera Bea.

Iba en metro a distintos barrios y callejeaba, empapándose de la atmósfera de cada sitio. Cuando encontraba un restaurante con una pinta que le gustaba cenaba él solo; se tomaba un par de vasos de vino y prestaba oídos a las conversaciones de las mesas vecinas. La percepción que obtenía de la condición humana lo fascinaba y se preguntaba por qué no se le había ocurrido hacerlo antes.

El único sitio en el que de verdad se había sentido cómodo comiendo solo hasta entonces era Joni. Ah, Joni. Cómo lo echaba de menos. Porque, por fascinantes que le resultaran los barrios de Londres, por mucho que disfrutara de ser un cándido extranjero, echaba de menos el entrar en un sitio y sentirse como en casa.

Echaba de menos a Steffi, a quien, como estaba empezando a comprender, no sin cierta sorpresa, consideraba una amiga mucho antes de que hablaran de que viviera en su casa; echaba de menos verla con el pelo recogido mientras trajinaba por la cocina comprobando que todo estaba en orden. Echaba de menos cuando se asomaba por la ventanilla de servicio para echar un vistazo a las mesas y al verlo allí, en un rincón, le dirigía una sonrisa radiante y lo saludaba con la mano. Y echaba de menos cuando iba a sentarse con él al final de la ajetreada hora de la comida, cuando el restaurante se quedaba casi vacío, bromeaba y le hacía sonreír, le hacía olvidar lo dura que era la vida a veces, al menos durante un rato.

Se dio cuenta de que no le vendría mal un amigo en Londres. Una gran ciudad puede contribuir a que una persona se sienta aún más sola, que es como se sentía Mason casi todo el tiempo. Y por eso paseaba por los distintos barrios; pasear significaba no tener que pensar en la soledad y sumergirse en el ambiente, aprender, tomar notas sobre las zonas que más le gustaban. Se enamoró de Bayswater, con Queensway; le encantaba que todo estuviera abierto hasta tan tarde. Comió el mejor pollo que había probado en su vida en un minúsculo restaurante marroquí lejos de las calles más frecuentadas, y se quedó hasta bien entrada la noche tomando café turco, sintiéndose como si estuviera en Beirut.

Le encantaba Westbourne Grove por sus elegantes tiendas de ropa y sus magníficos cafés. Una mañana, a primera hora, se tomó un capuccino y un cruasán en Tom's Deli, antes de una reunión; disfrutó observando a la gente.

Curioseó por Pimlico, y pensó que ojalá vivieran en Barnes.

El único barrio que no le gustaba, el único sitio que no sentía el menor deseo de explorar, era Belgravia, que le quedaba a tiro de piedra: las enormes casas estucadas de entradas imponentes rodeadas de plantas de jardín perfectamente recortadas; las criadas y asistentas que entraban y salían sin cesar del sótano, acentos esetadounidenses por todas partes; sin duda se trataba de la zona preferida de sus compatriotas, que habían ido a la ciudad por cuestiones de trabajo.

No le gustaba, no sentía el menor deseo de conocerlo mejor, porque parecía vacío. No se le ocurrió pensar que lo que estaba vacío no era el barrio, sino su matrimonio.

Mason despide a su ayudante y cierra la puerta del despacho. Las once y cuarto. Supone que Olivia ya estará despierta. Ya le habrán llevado el pedido matutino de Starbucks y podrá hablar. Marca el número de su casa, salta el contestador, cuelga y marca rápidamente el número del móvil de Olivia. Se la imagina revolviendo en su bolso y torciendo el gesto al ver que es él.

Por supuesto, contesta con brusquedad.

—¡Diga!

—Hola, soy yo. ¿Cómo te va el día?

—Bien. —Olivia suaviza un poco la voz—. Me estoy preparando para una comida. En Scott, en Mayfair. Será divertido.

—La comida es fantástica. Te gustará —dice Mason.

—¿Tú has estado?

Parece molesta.

—En comidas de trabajo. No te preocupes. No te perdiste nada —le asegura Mason.

Una pausa.

—Estoy un poco liada —dice Olivia al fin—. ¿Querías algo?

—Solo quería saber qué te parece la niñera Bea.

—Creo que es estupenda. —Olivia se pone en guardia—. ¿Por qué? ¿Hay algo que yo debería saber?

—¡No, por Dios! Yo creo que es fantástica, y los niños la adoran. Es que... bueno, he observado que parece un poco intimidada por tantas normas y, francamente, por ti. Creo que las cosas serían más fáciles si se relajara un poco, pero evidentemente es un tanto difícil teniendo que cumplir tantas normas.

Otra pausa.

—¿Te ha dicho algo?

—¡No! —Mason insiste—. Absolutamente nada. Es algo de lo que me he dado cuenta yo, y pensaba que debía contártelo. Verás, los niños se las arreglaban perfectamente sin tantas normas, y creo que la vida podría ser más divertida para todos si las cosas estuvieran un poquito menos estructuradas.

—Ya hemos discutido esto —le espeta Olivia—. Tú y yo tenemos una forma muy diferente de criar a los hijos. Creo que la niñera Bea está desempeñando muy bien su trabajo, y decir que... ¿que me tiene miedo?, es una estupidez.

—¿Sabes una cosa? —Mason empieza a ponerse de mal humor—. No es ninguna estupidez. Le das órdenes a gritos como si fuera una empleada.

—¡Como lo que es! —exclama Olivia.

—No. Quiero decir, técnicamente quizá sí, porque está contratada, pero no es una empleada. Olivia, no vivimos en el pasado. Forma parte de nuestra familia y deberíamos tratarla como tal.

—Que tú creas saber en lo más mínimo cómo tratar a los empleados es sencillamente inconcebible. —La voz de Olivia es glacial—. Teniendo en cuenta que te criaste en un rancho sin nada, me parece increíble incluso que empieces esta conversación. Tú no tienes ni idea.

—Es posible, Olivia, pero hay algo que sí sé. Esos niños están creciendo con una madre demasiado egoísta, demasiado pendiente de sí misma y demasiado preocupada por trepar en la escala social para tan siquiera hablar con ellos. No te importan, apenas los ves, se los traspasas al primero que esté dispuesto a hacerse cargo de ellos, con miles de instrucciones absurdas para parecer una buena madre.

—¡Dios bendito! —chilla Olivia—. ¿Y tú te crees un buen padre por poner un par de tortitas en la plancha por las mañanas? ¿Lo dices en serio? Pero ¿cómo te atreves?

Mason deja caer los hombros. No puede creer que haya dicho lo que acaba de deci, que haya tenido tanto valor, y es terrible, porque una vez pronunciadas las palabras, palabras que tal vez no debería haber pronunciado, ¿cómo retirarlas? ¿Qué puede hacer?

—Lo siento —dice, sin saber qué añadir—. No tenía intención... Lo siento.

Hay un largo silencio.

—Esta noche estaré en casa —dice Olivia sosegadamente—. Tenemos que hablar largo y tendido. Hay que... Tenemos que hablar.

Pollo con mermelada de tomate, miel y azafrán al estilo marroquí

Ingredientes

8 piezas de pollo en trozos pequeños
aceite de oliva
1 cebolla grande cortada en trozos
3 dientes de ajo aplastados
2 ½ cucharaditas de canela molida
1 ½ cucharaditas de jengibre molido
¾ de kilo de tomate en dados (puede ser de lata)
1 taza de caldo de pollo
½ cucharadita de hebras de azafrán
5 cucharadas de miel
1 cucharada de agua de azahar (yo la compro por internet, pero se puede sustituir por zumo de naranja)
un puñado de almendras tostadas y troceadas
un ramito de cilantro picado
sal y pimienta al gusto

Elaboración

Salpimentar el pollo y dorarlo en una cacerola. Retirar y pochar la cebolla en el mismo aceite hasta que cambie de color. Añadir los ajos, la canela y el jengibre y remover durante 1 minuto. Incorporar los tomates, mezclar bien, bajar el fuego y cocer durante unos 5 minutos, removiendo de vez en cuando.

Poner a hervir el caldo y disolver el azafrán en él. Verter sobre la cebolla y las especias, junto con el jugo que haya soltado el pollo, y regarlo con una cuchara. Bajar el fuego, tapar y cocer hasta que el pollo quede tierno (unos 30 minutos).

Retirar y reservar el pollo, tapándolo para que se mantenga caliente. Hervir y remover el jugo para reducirlo. Añadir la miel y mantener al fuego hasta que quede como mermelada. Añadir el agua de azahar. Volver a colocar el pollo y calentar con la salsa.

Servir con las almendras y el cilantro por encima, y acompañar con cuscús o pan de pita.

22

Steffi rodea con las manos la taza de té Lemon Zinger, se calza mejor sus zapatillas Ugg y alcanza los libros de cocina amontonados en el banco mientras las gallinas picotean a su alrededor.

Esta mañana va a conocer a Amy van Peterson y tiene que causar buena impresión. Ayer mantuvieron una larga conversación por teléfono, aunque casi no se oía a Amy con los gritos de los niños, pero logró explicarle que les gustaba la comida sencilla y sana y que estaba loca por desenganchar a sus hijos de las bolitas de pollo y las pizzas con que los habían cebado en el colegio anterior, antes de mudarse allí.

La noche anterior Steffi se sentó a la mesa de la cocina a preparar varios menús de prueba. Quería que todo fuera riquísimo y al mismo tiempo poco complicado. Comida buena, sana. Guacamole, humus, verduras troceadas que los niños pudieran comer al volver del colegio. Pollo con salsa de soja y lima, pavo y albóndigas al limón, con pasta y arroz integrales.

Como capricho dulce, ha hecho bolitas de dátiles y coco y barritas de harina de avena con higos, y lo ha guardado todo en cajas blancas con papel de seda verde.

Necesita dos comidas más, una de las cuales va a preparar hoy para su madre, Reece y los niños, Lila, Ed y Clay, que van a ir a comer a su casa.

Busca en los libros y finalmente pone tiras de papel entre las páginas de la sopa de chirivías y manzana al curry y los saquitos de salmón con berros y rúcula. En el mercado tienen pescado fresco esta mañana, así que perfecto. Para ella, puede sustituirlo por tofu. Se pone los libros bajo el brazo y se levanta.

—Hasta luego, chicas —dice y se da la vuelta al oír un crujido en la grava.

Está entrando en el sendero una vieja furgoneta Ford roja. Maldita sea. Se le había olvidado que Mick, el guarda, le había dejado un recado diciendo que iba a pasarse por allí para ver si todo iba bien.

«Pues claro que irá —le dijo Mary ayer cuando Steffi fue a dejar la comida en su tienda y le dijo que Mick se acercaría a la casa—. Seguramente se habrá enterado de que hay una jovencita guapa viviendo allí. Lo que me extraña es que haya tardado tanto.»

Y Steffi no está para que la admiren. No es que le interese lo más mínimo tontear con un guarda guapo, precisamente ahora que su hermana está en el hospital y se pasa la mayor parte del día preocupada por ella, pero... preferiría no estar en camisón, chaleco de lana y zapatillas.

Se dirige a la furgoneta, sonriente, y un hombre sale del vehículo con una sonrisa de oreja a oreja.

—Soy Mick —dice el hombre, y Steffi reprime una risita. Mary debía de estar tomándole el pelo. Mick es bastante... voluminoso, con larga barba gris y centelleantes ojos azules. Parece un hombre encantador, pero ¿mujeriego? Ya sería raro.

—Y yo Steffi.

Mick le estrecha la mano con firmeza.

—Me había enterado de que había una señora preciosa en la casa —dice Mick—. Así que he venido a conocerla. Y además cocinas muy bien; el otro día me comí unas galletas y estaban riquísimas. Así me gustan a mí las chicas, pensé.

—Gracias —replica Steffi—. ¿Ha venido a dar de comer a los animales? Porque yo acabo de darles a las gallinas y a las cabras.

—Bueno, he venido para echar un vistazo, a ver si todo está en orden. Incluyendo las señoras.

Le dirige un alegre guiño y Steffi abre los ojos de par en par, entre horrorizada y divertida.

—Ya... —Retrocede unos pasos—. Bueno, pues voy a dejarle para que siga con lo suyo.

—¿Qué tomas? —Mick se inclina y olfatea la taza de Steffi—. Lemon Zinger, ¿no? No me vendría mal una taza. Hace un poco de fresquito y llevo ya una hora andando por ahí.

Mick se adelanta, entra en la cocina, y Steffi se queda allí, impotente. Vaya por Dios. ¿Cómo va a librarse de él?

—No tengo mucho tiempo —dice, poniéndole una taza de té delante—. Tengo que ir al pueblo a comprar unas cosas. Me viene la familia a comer.

—¿El marido? ¿Los niños?

—No —contesta Steffi con voz débil—. Mi madre, mi cuñado y unos cuantos más.

—Pero ¿tienes marido?

—No. —Steffi suspira—. Y antes de que me pregunte, tampoco tengo novio. Y... —Se inclina hacia delante y lo mira a los ojos—. No estoy en el mercado.

—Ah, ya entiendo. —Mick asiente con gesto de complicidad—. Te van las señoras. No me extraña. Si yo fuera mujer, desde luego sería lesbiana.

—No soy lesbiana —replica Steffi—. No porque tenga nada de malo, pero es que estoy soltera y feliz de estarlo.

Y por supuesto no me interesaría un hombre de sesenta y tantos como tú. ¿A qué demonios se refería Mary?

Mick se echa hacia atrás y levanta las manos.

—Vale, vale. Era una broma. Por aquí tengo cierta fama y hago lo que puedo por mantenerla. Por mí no tienes que preocuparte. Tengo edad para ser tu padre. —Steffi suspira con alivio—. Y no es que no me hubiera arriesgado de tener unos cuantos años menos. ¿No te sientes muy sola aquí? Es lo que pienso del señor Mason, aquí siempre solo. Esta casa es para una familia.

—¿Mason viene aquí solo? Yo creía que la tenía alquilada antes de que yo me mudara y que no venía nunca.

—El año pasado sí que hubo alguien, pero antes venía casi todos los fines de semana. A veces con sus hijos, las criaturitas, pero esa mujer que tiene tan estirada no venía nunca. Se cree que este pueblo no está a su altura.

—¿En serio? —A Steffi le interesa el asunto—. Yo en realidad no la conozco...

—Yo no soy de los que cotillean —dice Mick, aunque salta a la vista que le encanta hacerlo—, pero digamos que nunca intentó encajar aquí. Siempre me ha dado un poco de lástima, el señor Mason, porque ella parece muy negativa y no es precisamente amable con los del pueblo. Si tienes verdadera clase, no miras a la gente por encima del hombro. Fíjate en Mary, la de la tienda. No será de familia rica de Texas por lo del petróleo, pero tiene más clase que nadie que yo haya conocido jamás.

Vaya, vaya, piensa Steffi. Salta a la vista que se admiran mutuamente, y de ahí la descripción elogiosa que le había hecho Mary de Mick. Sonríe.

—Mary parece una señora encantadora.

—Y lo es. Pero el marido bebe. Una pena. Una mujer así tendría que tener un buen hombre que se ocupara de ella.

—¿Alguien como usted? —sugiere Steffi.

Mick se pone colorado y suelta con brusquedad:

—Bueno, gracias por el té. Tengo que marcharme.

Y se marcha, saliendo del sendero entre crujidos y chirridos.

—Se acabó el fantasear con el guarda guapo. —Steffi se sienta en el sofá, al lado de Fingal, que suspira complacido, levanta perezosamente una pata y la pone en el brazo de Steffi—. Me da la impresión de que acabaré siendo una solterona solitaria. Tú y yo. Podemos envejecer juntos.

Fingal vuelve a suspirar, como si lo entendiera, y cierra los ojos.

—Ya, vale. Te estoy aburriendo. Voy a comprar unas cosas y vuelvo. Tú vigila la casa.

Se agacha para darle un beso y se da cuenta, pero no le preocupa demasiado, de que está hablando con un perro.

Se abre la puerta de la casa de los Van Peterson y no hay nadie. Steffi baja la mirada y ve a una personita minúscula, rubia, llena de rizos y chocolate alrededor de la boca.

—Hola. —Se pone en cuclillas—. Soy Steffi. He venido a ver a tu mamá.

La personita da media vuelta y se va, dejando en la puerta a Steffi, que no sabe muy bien qué hacer.

—Esto... ¡hola! —dice en el recibidor, contemplando admirada el suelo de madera de acacia negra encerada con alfombrillas de sisal, si bien una tiene un par de manchas de pis de perro en una esquina—. ¿Se puede?

No hay respuesta. Entra y cierra la puerta; sigue los pasos del niño, por un corredor con las paredes cubiertas de fotografías de una familia ideal, y entra en una cocina como la que siempre ha soñado. Enorme, con dos islas, sofás en un extremo y una chimenea grande, puertas vidriera en toda una pared que dan a una preciosa terraza de piedra rodeada por un seto de tejo antiguo y bien recortado.

—¡Hola! ¿Hay alguien? —repite.

Al oír voces infantiles traspasa una puerta y se topa con dos niños en la despensa. La niña está en lo alto de una escalerilla, pasándole chocolate de la estantería de arriba al niño pequeño y rubio que ha abierto la puerta.

—Ah. Hum —dice Steffi—. No sé yo si deberías hacer eso. A lo mejor subirte a la escalera es un poco peligroso, y estoy segura de que no deberíais comer chocolate a las diez de la mañana. ¿Está vuestra mamá por aquí?

La niña que está subida a la escalera mira a Steffi.

—Creo que está arriba, en el lavadero. ¿Quieres chocolate? Puedes subir.

—Pues creo que me pondría mucho más contenta si te bajaras de esa escalera. ¿Cuántos años tienes?

—Seis y medio.

—¿Y tú? —Steffi se vuelve hacia la personita rubia, que levanta dos dedos—. ¿Dos? ¡Qué mayor!

—¿Me ayudas? —La niña estira los brazos y Steffi la baja columpiándola—. Soy Amelia. —Le tiende la mano cortésmente y se la estrecha—. Encantada de conocerte.

—Madre mía, es impresionante —dice Steffi—. Encantada de conocerte. Y tú, ¿cómo te llamas?

—Se llama Fred —contesta Amelia—. Es que no habla mucho.

—Ah. Vale. ¿Queréis venir conmigo a ver si encontramos a mamá? No sé dónde está el lavadero.

—Vale —dice Amelia—. Y así te enseño mi habitación.

Steffi está sentada en la cama de Amelia, con una corona plateada de plástico en la cabeza y una muñeca American Girl sobre el regazo cuando por delante de la habitación pasa con andares majestuosos una mujer menuda y rubia con una cesta de ropa. Echa un vistazo, sigue andando y vuelve rápidamente sobre sus pasos al tiempo que Steffi se levanta y empieza a disculparse.

—Lo siento, es que no sabía dónde estabas, y Amelia...

—¡Dios mío! —exclama la mujer—. Yo sí que lo siento. Me había olvidado por completo de que ibas a venir. —Señala su pijama—. ¿Quién te ha abierto?

—Fred.

La mujer suelta un gruñido.

—No me lo puedo creer. Los niños saben que no deben abrir la puerta a desconocidos. Amelia, tendrías que vigilar un poco a tu hermano. ¿Dónde está Tucker?

—Jugando con la Wii.

—Por Dios, lo siento. Perdona. Tú debes de ser Steffi.

—Sí. —Steffi se acuerda de la corona y se la quita—. Y tú tienes que ser Amy.

Cuando se sientan ante la encimera de la cocina, Steffi ya sabe que Amy y ella van a hacerse amigas. Siempre ha confiado en su instinto, y desde el primer momento en que Amy abrió la boca supo que era la clase de persona con la que se llevaría bien.

—Soy una calamidad absoluta para la cocina —confiesa Amy al atacar una de las barritas de avena e higos de Steffi—. Tucker el mayor... es mi marido, y todo el mundo le llama Tucker el mayor, bueno, ya está desesperado conmigo. No para de comprarme libros de cocina... —Señala un estante gemebundo sobre la mesa de la cocina—. Pero para mí es un galimatías.

—¿Y qué coméis?

A Steffi le interesa de verdad.

—Cualquier cosa que se pueda calentar. También se me da muy bien la comida para llevar a casa, pero aquí no hay mucho donde elegir. Ese es el problema. Hemos vivido en la ciudad tantos años que nunca he tenido que cocinar. Cuando compramos esto, pensábamos que iba a ser para los fines de semana, no que fuera a ser algo permanente.

—Entonces ¿desde cuándo vivís aquí de forma permanente?

—Hace casi un año. Sí, ya, ¿por qué nos mudamos? —Amy habla muy deprisa, sonriendo, y mueve continuamente las manos. Es muy expresiva, tiene grandes ojos castaños y es de palabra y risa fáciles—. Los niños. Vivir con tres niños en la ciudad era demasiado... opresivo. Pero en realidad es el sueño de mi marido, porque, en mi caso, yo sería feliz en cualquier sitio con tal de tener a mi familia y dos o tres amigos.

—¿Y has encontrado amigos?

Amy asiente con la cabeza, entusiasmada.

—Un montón. Bueno, a lo mejor no son amigos de verdad. Un montón de madres del colegio, aunque no lo que se dice amigas íntimas. Pero no pasa nada. Soy autosuficiente.

—Como yo. —Steffi sonríe—. Con dos o tres me basta.

—¡Eso es! Bueno, cuéntame algo sobre ti. ¿Cómo demonios has acabado aquí? ¿Te gusta la paz y la tranquilidad... me da la impresión de que sí, o te mueres de soledad?

—Lo primero —responde Steffi y le explica por qué se ha ido a vivir a casa de Mason. Le está contando lo de Fingal cuando se oye un portazo y en la cocina aparece un hombre.

Debe de ser Tucker el mayor, piensa Steffi, y de pronto recuerda que ha pasado por el corredor donde había fotografías de la familia colgadas en las paredes y si Tucker el mayor se pareciera al hombre que acaba de entrar en la cocina, está segura de que no se le habría olvidado.

Entonces ¿quién demonios es? Una cosa tiene clara, que si creía que todos los hombres guapos se habían quedado en Nueva York, estaba muy equivocada, porque es justo pero justo su tipo. Moreno, grandes ojos castaños, pelo oscuro y revuelto. Mira a Steffi, a quien el corazón le da un pequeño vuelco, y se sostienen la mirada unos segundos más de lo necesario, hasta que Steffi se raja primero y la aparta.

—Hola, Stan —dice Amy, totalmente ajena al efecto que el hombre tiene sobre Steffi—. ¿Has terminado?

—Sí. Ya están las estanterías.

—¿Conoces a Steffi? Acaba de instalarse en la casa de Mason. Steffi, Stan.

—He oído hablar de ti. —Stan se acerca y le estrecha la mano a Steffi, que está intentando recordar de qué le suena el nombre. Stan, Stan...—. Tenía intención de haber ido a ver qué tal iba todo, pero no he tenido tiempo. Lo siento.

—No te preocupes. ¡Ah, tú eres Stanley, el de mantenimiento! —exclama Steffi, cayendo en la cuenta.

—La mayoría de la gente me llama Stan. Stanley suena como si tuviera sesenta años —dice él sonriendo.

—Eso es lo que yo pensaba.

Steffi le devuelve la sonrisa y se hace un silencio incómodo.

—¡Tengo que pagarte! —interviene Amy a voz en grito; se levanta de un salto y coge su bolso—. Perdona. Siempre se me olvida. Toma.

Le pone un montón de billetes en la mano a Stan, que le da las gracias y sale.

—¿Es tan estupendo como parece? —susurra Steffi, inclinándose hacia Amy cuando Stan se ha marchado.

—¿Quién, Stan? ¿Lo dices en serio? ¿A ti te lo parece? Pero si es un crío...

—¿Qué? ¿Cuántos años crees que tiene?

—No sé, veintinueve, treinta... ¿Y tú?

—Treinta y tres. O sea, que yo también soy una cría.

—Qué va. Lo que pasa es que yo tengo cuarenta y ahora soy mayor que todo el mundo. Pero no tengo ni idea de si es soltero o no. ¿Quieres que lo averigüe?

—No. Ni se te ocurra. Lo último que necesito ahora es que me parta el corazón un manitas que está buenísimo.

—¡Buenísimo! —Amy escupe el té que está tomando, por la risa—. No hay duda de que tú y yo no tenemos el mismo gusto en cuestión de hombres.

Dos horas más tarde siguen allí sentadas charlando sobre sus respectivas vidas. De repente Steffi le cuenta lo de Callie. No sabe muy bien por qué, ni cómo consigue hablar de ello, pero tiene a Callie en la cabeza casi todo el tiempo y no ha sido capaz de desahogarse con nadie.

A Amy se le llenan los ojos de lágrimas cuando Steffi le cuenta lo asustada que está y le coge una mano.

—Cuando necesites hablar, ya sabes que me tienes aquí —dice, y Steffi asiente con la cabeza, tragándose un nudo que se le ha puesto en la garganta—. Lo digo en serio. Mi madre murió de cáncer. Yo he pasado por esto y sé cómo es. Y también sé cómo es pasarlo sola. Tengo la impresión de que tú y yo vamos a ser buenas amigas, así que podemos saltarnos lo de empezar a conocernos y pasar directamente a llorarnos en el hombro, ¿no crees?

Steffi vuelve a asentir con la cabeza y mira el reloj del microondas que está detrás de Amy.

—¡Joder! —Se levanta de un salto—. Perdón, perdón —se disculpa, mirando a su alrededor para ver si están los niños, pero han desaparecido hace rato—. Mi familia llega dentro de una hora y se me ha olvidado ir a comprar. Voy a hacer la comida.

—¿Qué vas a hacer?

Steffi se lo cuenta y le promete preparar un poco más para dárselo después a ella y a Tucker el mayor.

—Será la primera comida de muchas más. —Amy la acompaña hasta la puerta y le da un abrazo enorme, sorprendentemente vigoroso para una persona tan menuda—. Ánimo —susurra.

Steffi la saluda con la mano cuando sale del sendero, con el corazón alegre al saber que ya no va a estar completamente sola. Le encanta esta vida, le encanta la soledad y sabe que aún estará mejor si tiene amigos. No necesita muchos. Bien sabe Dios que no tiene tiempo, al menos ahora, hasta que Callie se recupere. Hoy irá otra vez al hospital con el resto de la familia, y tiene la intención de ir todos los días para acompañar a su hermana en este viaje.

Así que solo un par de amigos, y quizá una historia entretenida con un manitas de aspecto peligroso que es justo, pero justo, su tipo.

Barritas de harina de avena e higos

Ingredientes

Para el relleno:
250 gramos de higos secos
100 gramos de dátiles deshuesados
2 cucharadas de almendras picadas o fileteadas
1 cucharada de jarabe de arce
2 cucharadas de agua
1 cucharada de zumo de limón
¼ de cucharadita de canela

Para la masa:
1 taza de avena normal o instantánea pasada por la batidora
1 taza de harina de avena
1 cucharadita de levadura
¼ de cucharadita de sal
3 cucharadas de jarabe de arce
100 gramos de compota de manzana sin endulzar
¼ de taza de agua

Elaboración

Precalentar el horno a 190 °C.

Poner los higos, los dátiles y las almendras en la batidora y triturar hasta que se forme una pasta. Añadir el jarabe, el agua, el zumo de limón y la canela; mezclar y reservar.

Mezclar bien la avena, la harina de avena, la levadura y la sal; añadir el jarabe, la compota y el agua. Remover. Poner la mitad de la masa en un recipiente rectangular engrasado. Cubrir con el relleno y poner el resto de la masa encima, alisándola. Hornear durante unos 30 minutos y dejar enfriar por completo antes de cortarlo en barritas.

Para el glaseado (opcional): mezclar azúcar glas con agua o leche hasta que espese. Añadir esencia de vainilla al gusto y rociar por encima.

23

—¡Steffi! —A Honor se le llenan los ojos de lágrimas ante la encimera de la cocina, donde está sirviendo copas de champán—. Esto es precioso. Entiendo perfectamente por qué te gusta tanto.

—Es una cosa rarísima. —Steffi sonríe, acepta la copa de champán y llama a Reece y a los niños para que entren—. ¡No había sido tan feliz en mi vida! ¿Quién habría pensado que yo fuera tan de campo? —concluye, riéndose.

—Es la bomba —dice Reece, volviéndose hacia sus hijos—. ¿Qué queréis de beber, chicos?

—¿Una Coca-Cola? —pregunta Jack, esperanzado.

—¿Una Coca-Cola? No lo dirás en serio. —Reece mira horrorizado a su hijo de seis años—. ¿Desde cuándo bebes tú Coca-Cola?

Jack se encoge de hombros e intenta otra cosa.

—¿Sprite?

—No. Nada de refrescos con burbujas.

—Cielo —dice Steffi, acuclillándose—, no tengo nada con burbujas, pero sí zumo de manzana. Puedo calentarlo. ¿Qué te parece?

—¡Estupendo! —exclaman Eliza y él alegremente.

Steffi se vuelve hacia Reece y pronuncia en silencio «¿Coca-Cola?». Reece sonríe y se encoge de hombros. Todo el mundo sabe que Callie es muy estricta con los refrescos de burbujas. Y con el chicle. Y con la televisión antes de irse a la cama, y con la comida no casera. Normas que no se están cumpliendo, sobre todo desde que se encuentra en el hospital.

Reece hace lo que puede. Tiene a Honor para ayudarle, pero esta pasa la mayor parte del tiempo con Callie. Reece consigue trabajar desde casa, así que es el encargado de organizar los días en que los niños juegan fuera, las actividades extraescolares y las fechas en que hay que devolver los libros de la biblioteca.

Se las va arreglando, pero a veces a duras penas. Si la historia del hospital se prolonga mucho, tendrá que pensar en llevar a alguien a casa, una canguro o una *au pair*. Él solo no puede hacerlo todo.

Los fines de semana es más fácil. Siempre se ha encargado de los fines de semana, y al ir a la nueva casa de Steffi está ansioso por sacar a los niños de excursión, observar la cara que ponen al ver los animales. A diario no lo lleva bien, y sinceramente no sabe cómo puede hacerlo Callie.

—Es la casa de campo perfecta —dice—. ¿Cuánto pagas de alquiler?

—¡Nada! —contesta Steffi, dejando un plato de queso con mermelada de higos—. La casa es a cambio de cuidar de Fingal.

—Ese tío debe de estar por tus huesos —bromea Reece—. ¿Cuánto costaría un canguro de perros? Yo diría que el alquiler de esta casa sale por un huevo en comparación.

—¡Papá! —Eliza le tira de la camisa—. Has dicho una palabrota.

—¿Ah, sí? Lo siento.

—Cuando volvamos a casa tienes que poner veinticinco centavos en el tarro de las palabrotas.

—Vale —acepta Reece encogiéndose de hombros, y espera a que Eliza haya salido de la habitación para añadir—: Menos mal que no me sigue hasta el trabajo, porque a estas alturas sería millonaria. —Se asoma a la ventana cuando un coche entra lentamente en el sendero y se para ante la puerta—. ¿Conoces a alguien que tenga un Volvo plateado? ¡Ah! Si son Ed y Lila, y un niño. No sabía que fueran a venir.

—Cuantos más, mejor. Es Clay, el hijo de Ed.

Steffi les abre la puerta, y poco después la cocina se llena enseguida de ruido y movimiento mientras todos ayudan a Steffi a dar los últimos toques y se reúnen en torno a la encimera para tomar los entremeses y el champán que ha llevado Honor.

Clay da vueltas por la habitación hasta que Eliza lo arrincona y lo interroga; entonces empieza a relajarse. Al poco rato los tres niños corretean como locos por toda la casa, haciendo tanto ruido que Reece les ordena que vayan afuera a jugar y Steffi les dice que se lleven a Fingal.

—¡Que no se acerque al gallinero! —les grita Steffi, y levantan las manos para indicar que lo han oído y se alejan como patos en fila; Eliza ya se ha enamorado de Clay, y Jack quiere ir a donde vayan los niños mayores.

Al fin se sientan a la mesa del comedor, que está preciosa con la porcelana de Wedgewood y las copas de Mason, pero con un toque típico de Steffi: hay tres recipientes de acero galvanizado con lechuga plantada y varios cuencos de rábanos, un montoncito de brotes de judía y un plato de piñones tostados, de modo que cada cual puede coger las hojas de lechuga directamente de la planta y prepararse la ensalada a su gusto.

Como tantas reuniones familiares, todo transcurre con tranquilidad y desenfado, con muchas risas, y nadie hace comentarios sobre el gran elefante gris que ocupa su sitio en la habitación. Los niños comen a toda prisa —no han hecho caso del salmón y han optado por las albóndigas de pavo al limón— y después salen a dar de comer a las gallinas.

—¿Cómo está hoy? —Steffi es la primera en sacar el tema a colación—. Yo volví ayer por la tarde y estaba increíble, con ganas de hablar y de comer, y con un aspecto estupendo de verdad. ¿Hay alguna novedad?

Todos miran a Honor, que pasa la mayor parte del tiempo con su hija. Ya es una presencia constante en el hospital, con un libro en la mano, una taza de té y una manta; incluso cuando Callie está dormida, no es capaz de dejarla allí sola y se queda silenciosamente en la habitación hasta que su hija se despierta.

—Esta mañana no se encontraba muy bien. —Honor suspira—. Tenía dolores otra vez.

—¿Sí? —tercia Lila—. Pero yo pensaba que ya lo tenían controlado, que lo del otro día fue porque no les dejó que le dieran la medicación oral por la noche.

—Eso es lo que creíamos también nosotros, pero anoche se la dieron y esta mañana tenía un dolor tremendo.

—¿Qué están haciendo para quitárselo, aparte del gotero con Dilaudid?

—Cuando me marché estaban hablando de darle oxicodona.

—¿Por vía oral o con el gotero? —pregunta Lila.

—Por vía oral.

—¿Y eso va bien con el Decadrón y el Zofrán? ¿No puede producir reacciones adversas? ¿Lo ha preguntado alguien?

Todos miran a Lila inexpresivamente.

—¿Qué es ese Deca... como se llame? ¿Y Zofrán?

—Le han estado dando Decadrón, que es un corticosteroide, y Zofrán, un antiemético para que no vomite.

—¿Cómo puedes acordarte de todo eso? —pregunta Reece asombrado.

—Lo anoté y luego lo miré en internet.

—Uau. —Reece la mira—. Eres sensacional.

—No, lo que pasa es que sé que hoy en día tienes que defenderte a ti mismo. Tienes que saber exactamente lo que pasa y no tener miedo de preguntar qué te están dando, y pedir otra cosa si no te funciona.

—Lila, nos vendrías muy bien en el hospital —dice Honor pensativamente—. A mí me agobian un poco tanto término y tanto nombre, y no se me da bien tratar con los médicos y los enfermeros. Los de mi generación seguimos pensando que son todopoderosos. Yo no me atrevería a preguntar nada.

—¿En serio? Pero... ¿no quieres saber?

—Confío en que hacen todo lo que está en sus manos.

—Ese es el problema. Siempre pensamos eso, pero nadie es infalible. Son humanos. Callie no tiene fuerzas ahora mismo para luchar por sí sola, así que alguien tiene que hacerlo por ella. —Todas las miradas están clavadas en Lila—. ¿Qué pasa?

—Honor tiene razón —dice Reece—. Yo paso allí todo el tiempo que puedo, pero tú eres increíble. Como durante el día yo no puedo estar en el hospital tanto tiempo como querría, a lo mejor tú... —Su voz se apaga, y vuelve a empezar—. O sea, que lo que quiero decir es que a lo mejor tú podrías defenderla.

—Sí. —Lila asiente con la cabeza, tras una larga pausa—. Por supuesto. No es que esté precisamente hasta las cejas de trabajo.

—¿No? Yo creía que ibas a empezar con una nueva empresa —dice Honor.

—Eso es lo que tenía pensado, pero lo que no tenía previsto era la peor recesión desde los años treinta. Ahora mismo soy consultora, lo que significa que tengo dos clientes y no creo que tenga más en un futuro inmediato.

—Pero económicamente estás bien, ¿no? —pregunta Reece.

—Gracias a Dios me dieron una indemnización fantástica. —Mira a Ed y se ríe—. Perdón. Siempre se me olvida que a Ed le da un infarto cada vez que hablamos de dinero.

Ed sonríe.

—Es que los ingleses nunca hablamos de dinero. Es lo único a lo que todavía no me he acostumbrado aquí.

—Y su amada judía de Long Island —dice Lila adoptando un marcado acento— no para de hablar de dinero. No puedo evitarlo. No me da vergüenza. Pero, gracias a Dios, económicamente estoy bien, y desde luego tengo un montón de tiempo libre. ¿Sabéis que nunca había visto por dentro un Starbucks a las once de la mañana? —dice inclinándose hacia delante.

—¿Es... distinto? —pregunta Reece sonriendo.

—¡Sí! Un caos. Se pone a tope de madres jóvenes con niños pequeños que no paran de corretear y chillar y te plantan las manos llenas de azúcar mientras sus madres ni se fijan en su espantosa conducta y se quedarían boquiabiertas si a alguien no les parecieran adorables sus mocosos.

—Le encantan los niños. —Ed se encoge de hombros—. ¿Qué puedo decir yo?

—Pero sí te gustan los niños —dice Reece—. Al menos los nuestros. Y ellos te quieren.

—Sí, bueno, pero es distinto. En primer lugar, son los hijos de mi mejor amiga, y en segundo lugar son increíblemente bien educados. Seguro que no se pondrían a corretear y a chillar en un Starbucks. Y si lo hicieran, Callie los sacaría a rastras de allí y les tiraría los donuts a la basura al salir.

—Tiene razón —dice Reece sonriendo—. Mi mujer siempre ha sido quien ha impuesto la disciplina en casa.

Vuelve a invadirles la tristeza y el silencio al darse cuenta, una vez más, de que Callie no está allí y al pensar en el motivo por el que no está allí.

—Entonces sabemos que tiene dolores, pero ¿hay más resultados? —dice Steffi.

—Hoy mismo llegarán más —contesta Reece—. Yo voy a volver al hospital cuando deje a los niños en casa con Honor. Espero que pronto tengamos buenas noticias.

Reece y Ed han ido a dar un paseo con los niños, Lila y Honor están inspeccionando el jardín y Steffi está recogiendo la cocina cuando aparece una furgoneta azul. Steffi frunce el ceño y reprime un grito cuando Stanley, el de mantenimiento, sale del vehículo.

—Joder —murmura, alisándose el pelo y corriendo hasta el espejo para secarse la piel brillante (no se había molestado en maquillarse para su familia, y no esperaba que ese tipo se presentara allí esa tarde).

Llega a la puerta trasera justo cuando Stanley está a punto de llamar.

—Hola. —Stanley inclina la cabeza, con una media sonrisa—. Es que me parece una grosería no haberme acercado por aquí y quería saber si necesitabas algo.

—Ah, vaya. Eres muy amable. No... yo... ¿quieres entrar?

—Vale. —Entra, y cuando pasa al lado de Steffi, ella nota su olor, que es tan agradable como imaginaba. Y ahora que lo tiene en su cocina, se siente tontorrona y con ganas de reírse como una colegiala—. Ah, tía, no sabía que tuvieras gente.

—No importa. Solo es mi familia.

—¿En serio? ¿Dónde están?

—Fuera. ¿Quieres... champán?

Steffi se siente imbécil por preguntar, pero Stanley está mirando la botella medio vacía, y es lo que ellos han estado bebiendo, al fin y al cabo.

—No, no. No soy muy de champán.

—A ver si lo adivino... Budweiser.

Stanley se echa a reír.

—A la primera.

Steffi sonríe para sus adentros. Si te conoceré, piensa. Te conozco mejor que tú mismo. Y nota un escalofrío de deseo.

—Lo siento, no tengo, pero ya me aprovisionaré.

Cállate, piensa. Eso implica que quieres que vuelva, y tienes que tomártelo con calma.

—Estaría guay —dice él.

—Bueno... —dice Steffi, incómoda—. ¿Y como es que acabaste aquí?

—¿En Sleepy Hollow? He vivido aquí toda la vida. Mis padres tienen la gasolinera. Pasé una temporada en Seattle recién salido del colegio, intentando meterme en la historia de la música, pero como no funcionó me volví.

Ya lo sabía, piensa Steffi. Te he conocido un millón de veces. Pero, por si acaso, le hace la pregunta de rigor, aunque ya conoce la respuesta.

—¿Teníais contrato para grabar?

—¡Vaya, tía! —Stanley se echa a reír—. Sí que sabes qué preguntar. Estuvimos a un tris. —Separa el pulgar y el índice unos milímetros—. Pero el vocalista la cagó. No quiso aceptar el contrato, y se piraron. ¿Y esa sonrisa?

—No, es que... me recuerdas a alguien.

—¿Un novio?

—A lo mejor.

Steffi se encoge de hombros. Podría haber dicho, ajustándose más a la verdad: «A todos y cada uno de mis novios».

—Oye, me voy a marchar. Solo quería que supieras dónde puedes localizarme si necesitas algo. Y si quieres pasarte un día por el Horseshoe a tomarte una birra, llámame. Viviendo aquí sola, las noches pueden ser un poco aburridas.

—¿Tú vives solo?

—Sí.

De nuevo le sostiene la mirada unos segundos más de lo necesario, y a Steffi el corazón le da un pequeño vuelco.

Honor se inclina para tocar levemente las hortensias, que se han secado y tienen un color marrón, como de papel. Aunque Lila y ella han visto la furgoneta azul, ninguna de las dos hace ademán de ir a ver al recién llegado.

—Estoy realmente preocupada —dice Honor en voz baja, y, al enderezarse, su mirada se encuentra con la de Lila—. No se lo he contado a nadie, ni siquiera he podido decirlo en voz alta, pero estoy muy asustada.

—Lo sé —dice Lila, y le frota la espalda con una mano—. Todos estamos asustados.

—Es que... es que tengo el presentimiento de que... Dios, no debería ni decirlo.

—No lo digas. Sé qué vas a decir. Yo siento lo mismo, pero no debemos pronunciarlo en voz alta. No debemos ni siquiera pensarlo.

—Me siento tan impotente... —Honor rompe a llorar—. Es una sensación tan distinta a la de antes, con el cáncer... El no saber hace que todo parezca más grave y da tanto miedo... Es la espera... Es como estar metida en el mismísimo infierno, y aunque no sabes el resultado, sabes que no es...

—Vamos, vamos. —Lila la hace callar—. No conocemos el resultado, pero vamos a rezar para que sea bueno. Y yo voy a hacer todo lo que pueda, Honor. Voy a estar allí todos los días, y lucharé para que le den el mejor tratamiento posible. Voy a hacer todo lo que esté en mi mano, te lo prometo.

—Eres una buena amiga —dice Honor con una débil sonrisa—. Siempre has sido una amiga maravillosa para Callie.

—Ella siempre ha sido una amiga maravillosa para mí —replica Lila, tragándose el nudo que se le ha puesto en el garganta.

—A ver, ¿quién es el tío buenorro de la furgoneta azul? —pregunta Lila al volver a la cocina.

—¿Ese? Ah, nadie, bueno el de mantenimiento.

—¿Como que nadie? O sea, que acabas de mudarte al quinto infierno y el de mantenimiento parece una estrella de rock que es justo, pero justo tu tipo, ¿y dices que nadie?

—¡Ya lo sé! —Steffi sonríe—. ¡Y está solo! Yo pensaba que sería célibe durante el próximo año, pero el señor Manitas podría ser la respuesta a mis oraciones. Perdón, mamá.

—No te preocupes, cielo. Yo llegué a la mayoría de edad en los años sesenta, así que no me escandalizo por nada.

—¿Cómo se llama?

Steffi guarda silencio unos momentos.

—Stanley —responde al fin, de mala gana.

—¡Stanley!

Honor y Lila se parten de la risa.

—No puede ser Stanley —dice Lila—. Tiene pinta de llamarse Rip, o Thorn, o al menos Jack.

—Stanley el sexy —murmura Honor, y todas estallan en carcajadas.

—¿Y qué tal? ¿Es buen chico o un desastre como las demás estrellas del rock con los que sueles salir? Ah, perdona, estrellas del rock y/o camareros y/o manitas.

—Si no fueras prácticamente de la familia, pensaría que eres una perfecta cretina —contraataca Steffi.

—Vamos, chicas —dice Honor teatralmente—. Comportaos.

—Te perdono —dice Lila—. Además, si fuera una perfecta cretina, cosa que no soy, sería una perfecta cretina que quiere a esta familia tanto como a la suya. Bueno, incluso un poquito más que a la suya.

—No eres una perfecta cretina —dice Steffi—. Eres increíble. Y en respuesta a tu pregunta, todavía no tengo ni idea de si es un desastre. No sé nada de él, pero me ha invitado a ir al Horseshoe, el bar del pueblo, a tomar una copa.

—¿En serio? ¿Te ha pedido que salgas con él? —pregunta Honor.

—No exactamente. Me ha dicho que si me apetece ir a tomar una cerveza, que le llame.

—¿No debería llamarte él? —dice Honor.

—Mamá, qué anticuada eres. Ahora no pasa nada por llamar a los chicos.

Lila frunce los labios.

—No, yo estoy de acuerdo con tu madre. Es él quien debería llamar. Y seguro que si no sabe nada de ti durante los próximos días, te llamará.

—Pero yo no quiero andarme con jueguecitos —replica Steffi.

—Y también estoy de acuerdo en eso. No deberías tener que andarte con jueguecitos, pero ¡fíjate en él! Ese tío ha jugado más el año pasado que yo en toda mi vida. No, en serio. ¿A ti no te parece también que es de los que les gusta jugar?

—No lo sé —responde Steffi—. De todos modos, se trata tan solo de ir a tomar una copa. No voy a casarme con él.

—No le llames —dice Lila—. Por favor. Finge que eres una chica anticuada. Hazlo por mí.

—¡Eh! ¡Hablando de antiguallas, tenéis que ver mi camisón!

Steffi sube corriendo y se lo pone encima de la ropa que lleva; después baja la escalera, pavoneándose.

—¡Dios mío! —exclama Lila—. ¡Me chifla! ¿De dónde lo has sacado? ¡Yo quiero uno igual!

—Y yo —dice Honor, contemplando el encaje—. Hace años que no veo uno así.

—Hay un montón en la tienda de Mary —dice Steffi—. ¡Subid al coche, que nos vamos de compras!

Atún con salsa de lima y cilantro y aguacate

Ingredientes

4 filetes de atún
2 puñados de cilantro picado
1 cucharadita de jengibre rallado
1 diente de ajo picado
el zumo de 2 limas y la cáscara de una
2 cucharadas de salsa de soja
un pellizco de azúcar
2 cucharadas de aceite de oliva
1 aguacate deshuesado y cortado en rodajas finas
sal y pimienta al gusto

Elaboración

Salpimentar el atún. Mezclar el cilantro, el jengibre, el ajo, el zumo de lima, la salsa de soja y el aceite. Incorporar el atún y dejarlo marinar durante al menos 2 horas o mejor durante toda la noche.

Retirar el atún de la marinada y hacer a la plancha, entre 3 y 5 minutos por cada lado.

Verter la marinada en una cacerola pequeña y reducir a fuego fuerte hasta que espese.

Cuando esté listo para servir, verter la salsa sobre el atún y poner las rodajas de aguacate encima.

24

No hay nada como dejar sueltas a tres mujeres en una pintoresca tienda de pueblo para que se animen y dejen de pensar en lo que las está agobiando.

Mary recibe a Honor con grandes aspavientos y se deshace en elogios por la maravillosa hija que tiene, mientras Lila está a punto de desmayarse ante los chutneys caseros, las cestas de la compra y los posavasos.

—Dios, cómo me gusta ir de compras —le dice feliz a Steffi mientras recorre la tienda poniendo más y más artículos en el carrito.

A las tres las consumía el miedo por Callie, que se ha apoderado de gran parte de sus pensamientos. Todas las mañanas se despiertan pensando en ella, y durante el resto del día apenas pueden hacer otra cosa.

La vida sigue, por supuesto, a pesar de la carga que llevan sobre sus hombros continuamente, y se están adaptando a esa nueva versión de sus vidas.

Steffi tiene un nuevo sendero que abrir. Tiene que ocuparse de Fingal y de los animales de la granja, organizar los menús para Amy van Peterson y pasar largas horas preparando platos para la tienda de Mary. Está conociendo a la gente del pueblo y acostumbrándose a pasar muchas horas a solas. Jamás se habría imaginado que disfrutaría de la tranquilidad, habiendo vivido con el bullicio de la ciudad y la locura de ser chef en un restaurante popular, pero es precisamente la tranquilidad lo que más le gusta.

Es como si la hubiera centrado, calmado; por primera vez en su vida no siente la necesidad de tener que ir continuamente corriendo a todas partes.

Lila también se está adaptando a la tranquilidad, con menos facilidad que Steffi. Todavía no se ha acostumbrado a trabajar por cuenta propia, sobre todo en un mundo que ya no gasta dinero, que ya no necesita consultores de marketing como antes. Su tranquilidad va acompañada de una angustia leve pero continua. ¿Y si no encuentra suficiente trabajo... si tiene que buscarse otro fijo? ¿Podría volver a trabajar a jornada completa? ¿Y si no puede pagar las facturas? De vez en cuando comparte sus temores con Ed, que tiene una habilidad mágica para calmarla. Le dice que lo suyo va en serio y que están juntos, que todo irá bien. Y cuando lo dice, ella se lo cree, durante un rato.

De las tres quizá sea Honor la que peor lleva el peso de la tristeza. Ella no está empezando desde el principio, no tiene una casa nueva ni un trabajo nuevo que le ocupe el día. No tiene una pareja que la apoye y a quien pueda recurrir cuando se siente agobiada por las preocupaciones.

Honor no está en su casa, rodeada de las cosas que quizá la consolarían, y vive cada día abrumada por el miedo. Para ella el miedo es constante. Solo desaparece cuando está con los niños, cuando puede fingir que no está muerta de miedo, pero sabe que se engaña a sí misma. No tiene ningún sitio adonde ir, ni física ni mentalmente, para apartarse de sus pensamientos.

Hoy, en estos momentos más que nunca, las tres mujeres necesitan estar juntas. Necesitan ir de compras, reírse, divertirse. Necesitan dejar de pensar en la pieza que falta, aunque sea durante unos minutos.

Regresan riéndose, entusiasmadas con sus camisones nuevos, y al entrar en la casa reina la calma más absoluta. Ed está al ordenador haciendo algo con los niños, y Reece junto a la encimera, pálido.

—Ha llamado Mark —anuncia en voz baja—. Dice que ya tenemos algunos resultados.

—¿Y qué te ha dicho?

—Que tengo que ir. Quiere que vaya al hospital ahora mismo.

Se hace un silencio desangelado, y Steffi se lleva las manos al corazón.

—Madre mía, creo que voy a vomitar —dice.

El trayecto hasta el hospital se hace eterno. Los niños se han quedado con Steffi y Ed, y Reece conduce, acompañado por Honor y Lila.

—¿Estás seguro de que quieres que vaya? —pregunta Lila, y no es la primera vez.

—Si vas a ser la defensora de Callie, tienes que saberlo todo de primera mano —señala Reece.

Después, apenas hablan. Cuando el coche tuerce por el camino de entrada al hospital, él dice:

—Sé que algo tiene. Pero quizá no sea grave. A lo mejor ya saben qué es, y podremos encontrar un tratamiento.

—¿Cuál sería la peor de las posibilidades? —interviene Honor—. ¿Que sea cáncer? Si ya lo ha vencido una vez, lo vencerá otra.

—Eso, si es cáncer —subraya Reece.

Lila no dice nada.

Cuando llegan al piso trece han vuelto a quedarse sin nada que decir. Pasan en fila india por los corredores, y Honor mira en cada habitación, todas ellas ocupadas por ancianos, enfermos, personas a las que no sorprende ver en un hospital.

Cómo puede estar aquí mi hija, se pregunta. ¿Cómo puede estar aquí mi hija, tan maravillosa, tan llena de vida?

Callie acaba de despertarse y le están tomando las constantes vitales cuando ellos entran. Lila se queda pasmada al ver lo delgada y demacrada que está, su mal aspecto. Sobre todo porque han desaparecido de su rostro la sonrisa y el brillo de los ojos. Eso es lo más terrible de todo; vuelve a tragarse el nudo de la garganta y se acerca a darle un beso a su amiga.

—Hola, cielo. —Se inclina sobre Callie, le acaricia la mejilla y le coge la mano—. ¿Cómo te encuentras? —pregunta en un susurro.

—Hoy no estoy muy allá —contesta Callie. De pronto sus ojos son demasiado grandes para su cara, y parece tan pequeñita en la cama de hospital que da la impresión de ser una niña.

—Ya lo sé, cielo.

—Mark dice que quiere vernos a Reece y a mí. ¿Tú te vas a quedar?

—Sí, nena. Por supuesto. Si tú quieres. —Callie asiente con la cabeza—. No voy a dejar que te pongan nada que no sea el mejor tratamiento —dice Lila.

—Lila, tengo miedo.

Callie se queda mirándola a los ojos, y Lila no sabe qué decir.

—Yo también tengo miedo —dice al fin, porque no puede asegurarle a su amiga que no va a pasar nada. No lo sabe.

Mark aparece cinco minutos más tarde. Entra en la habitación y cierra la puerta con suavidad; les da un beso a las mujeres y a Reece le estrecha la mano. Pero su actitud no es desenfadada. Reece nunca lo ha visto tan serio.

Postrada, Callie lo sigue por la habitación con sus enormes ojos. Mark se aclara la garganta, agarra con fuerza su carpeta y se apoya en una silla.

—Como sabéis, el otro día hicimos una punción lumbar, y los resultados son negativos —dice.

—Pero eso es bueno, ¿no? —pregunta Reece.

Mark guarda silencio unos segundos.

—Entre el cuarenta y el cincuenta por ciento de las punciones lumbares dan un falso negativo. Encontramos unos niveles de proteína ligeramente elevados, pero ante la posibilidad de una falsa citología hicimos otra. —Vuelve a guardar silencio y aspira una profunda bocanada de aire—. Hoy hemos confirmado los resultados con una resonancia magnética. Callie tiene una enfermedad que se llama carcinomatosis leptomeníngea.

Se hace el silencio, que rompe Reece.

—¿Qué es eso?

Mark les explica que las leptomeninges son la capa interna del sistema de membranas que recubren el sistema nervioso central y que su función fundamental, junto con el líquido cerebrospinal, consiste en proteger el sistema nervioso.

—La carcinomatosis leptomeníngea es un tumor que se ha extendido por las leptomeninges, es decir, que está en el líquido cerebrospinal desplazándose por el sistema nervioso, y de ahí los dolores de cabeza de Callie y —añade con un suspiro— el nuevo síntoma durante las últimas veinticuatro horas, debilidad y entumecimiento del lado izquierdo del cuerpo.

—Con lo del tumor —dice Reece tragando saliva—, ¿te refieres a que el cáncer ha vuelto?

Mark levanta la vista con expresión grave.

—No se presenta como en otros tipos de cáncer, pero el cinco por ciento de las pacientes de cáncer de mama sufren esta enfermedad, y es el mismo cáncer que el primero de mama.

—¿Y cuál es el tratamiento? —pregunta Honor.

Mark se vuelve hacia ella, y mientras habla también mira a Callie.

—Empezaremos con radioterapia en todo el cerebro. He llamado al radiólogo para que venga y consultarle la cantidad de radiaciones necesarias, pero yo diría que tres semanas.

—¿Y después? —pregunta Callie, y Mark le contesta directamente a ella.

—Después, si da buenos resultados, podemos empezar con terapia intratecal, que consiste en insertar en el cerebro un reservorio de Ommaya para dirigir la quimioterapia.

—Entonces ¿cuál es el pronóstico?

Callie es la única que ha tenido el valor de preguntar. Es en lo que están pensando todos, pero nadie se ha atrevido a verbalizarlo.

Mark titubea.

—Es difícil decirlo. Es un caso raro, que no nos encontramos a menudo. Pero, Callie, Reece, sabéis que vamos a hacer todo lo posible. El tratamiento es paliativo, pero puede ser muy efectivo para aliviar los sínto...

—¿Paliativo? —interviene bruscamente Lila, y su voz de profesional enmascara su corazón, que se le ha desbocado—. ¿Quieres decir que no va a ponerse mejor, que solo es para que no tenga dolor?

Mark asiente con la cabeza.

—Entonces ¿no va a mejorar?

Reece se ha puesto blanco de la impresión.

Todos en la habitación parecen haber olvidado que Callie también está allí.

—Lo siento. —Mark mira a Callie y le coge la mano—. Lo siento.

—Mark, eres mi amigo —susurra Callie, la única que parece capaz de hablar—. Conoces a mi familia. Conoces a mis hijos. Has estado en mi casa. Si tengo que poner mi hogar en orden, ¿de cuánto tiempo dispongo?

Mark traga saliva.

—Si el tratamiento funciona, quizá entre seis meses y un año.

Nadie dice nada.

—¿Y si no funciona? —La voz de Callie es sorprendentemente potente.

—Entre cuatro y seis semanas.

Mark se marcha, y Callie vuelve la cabeza para mirar a su marido, a su madre, a su mejor amiga. Nadie puede pronunciar palabra, y a Callie empiezan a resbalarle las lágrimas por las mejillas.

Reece se precipita hacia la cama y la abraza, y Honor y Lila se levantan y salen de la habitación. Se dirigen en silencio a la sala de espera, al otro extremo del corredor; se miran y rompen a llorar, aferrándose la una a la otra para consolarse. Honor hipa como una niña, y Lila solloza.

Entra una enfermera, les da unas leves palmaditas en la espalda, pone una caja de pañuelos de papel sobre la mesa y sale para dejarlas a solas con su pena.

Al cabo de un rato se separan, se desploman en sendos sillones, como embotadas, y se quedan mirando a la pared con las lágrimas corriéndoles por las mejillas hasta que aparece Reece.

—Quiere verte —le dice a Honor, que asiente con la cabeza y vuelve cansinamente por el pasillo.

Reece se derrumba en el sillón al lado del de Lila, apoya la cabeza en su hombro y se echa a llorar.

—Tienes que hacerte cargo de mis hijos —dice Callie; Honor ya ha dejado de llorar—. Reece es un padre increíble, pero él solo no puede con todo. Necesita un montón de ayuda. Tú tienes que estar con ellos.

—Claro que estaré.

Honor está a punto de estallar otra vez en llanto, pero allí no puede; tiene que ser fuerte, por Callie.

—Puedo hacer planes con seis meses o un año —dice Callie con dulzura—. Podemos hacer vídeos para Eliza y Jack, escribirles cartas. Puedo organizar las cosas. Dios mío...

Guarda silencio y desvía la mirada.

—¿Qué?

—Es que... no puedo creérmelo. No estoy... preparada. No estoy preparada para morir. Tengo que hacer demasiadas cosas.

—Yo voy a ayudarte —dice Honor, que tampoco puede creérselo—. Haré todo lo que necesites que haga.

Lila es la última en entrar. No consigue serenarse lo suficiente para ver a Callie y se queda una hora en la sala de espera. Finalmente, cuando Honor y Reece bajan a la cafetería a por un café —aunque a ninguno de los dos les apetece, pero no saben qué otra cosa hacer—, aspira una profunda bocanada de aire y se dirige a la habitación de Callie.

A lo mejor está durmiendo, piensa, y al acercarse de puntillas a la cama ve a Callie con la cabeza apoyada en las manos, sobre la almohada, con los ojos muy abiertos, mirando la ventana mientras las lágrimas le ruedan por las mejillas y empapan la almohada.

Lo que quiere Lila es incorporarla, tomarla entre sus brazos, que se sienta mejor, pero no puede hacer nada. Se sienta en la cama y reclina la cabeza en el hombro de Callie. Se da cuenta de que en todos los años que la conoce nunca la había visto llorar. Porque Callie es la chica que puede con todo, la chica que siempre está feliz, la chica que exprime la vida hasta la última gota.

¿Cómo es posible que esté ocurriendo algo así?

Se queda inmóvil un largo rato. Al final Callie vuelve la cabeza y la mira fijamente a los ojos.

—Tengo miedo —susurra—. No quiero morirme.

—Lo sé.

—¿Quién va a criar a mis hijos, Lila? ¿Quién se va a ocupar de Reece?

—Ya encontraré yo a alguien —dice Lila—. Hablaré con las agencias. Te buscaré una niñera que también se ocupe de la casa, alguien que criará estupendamente a tus hijos.

Callie asiente con la cabeza.

—Y tú. Y Steffi. Las dos tenéis que aseguraros de que están bien. Tenéis que ayudar a Reece. Lo quiero a rabiar, pero ya sabes lo desastre que es.

Lila sonríe entre las lágrimas.

—Te sorprendería ver lo increíble que ha sido.

—Desde luego que sí.

Callie le devuelve la sonrisa, también llorando.

—Te quiero —dice Lila en voz baja.

Se inclina y le da un beso en una mejilla, después en la otra y en la frente. Si pudiera, se pasaría horas dándole besos. No es capaz de estar en la habitación sin tener un contacto físico con Callie, sentada en su cama cogiéndole de la mano, apoyándole una mano en la espalda, reclinando la cabeza en su hombro sin parar de llorar. A las dos las consuela.

—Te quiero —dice a su vez Callie, y se quedan abrazadas hasta que entra Reece para sustituir a Lila.

—Tenemos que llamar a papá —dice Callie, agotada por las emociones y el dolor.

—Lo llamaré esta noche —dice Reece.

—No —replica Callie—. Díselo a Steffi y que ella se lo cuente a papá. Y tenemos que hacer una fiesta.

—¿Una qué?

Reece cree que no ha oído bien.

—Una fiesta. Preferiría celebrar mi vida mientras esté viva.

—¿Dónde? ¿Aquí, en el hospital?

—No, me voy a casa. Los niños. Tengo que hacer tantas cosas... Dejarles normas con las que puedan vivir. Hablarles de mí, de ellos cuando eran pequeños.

—Y lo haremos —dice Reece—. Puedo traer una grabadora y empezar mañana mismo.

—¿Cómo se lo contamos a los niños? —A Callie se le vuelven a llenar los ojos de lágrimas—. ¿Cómo les digo a nuestros hijos que me voy a morir, que solo voy a estar aquí un año?

Nadie les dice nada a los niños esa noche.

Reece, Lila y Honor vuelven a casa de Steffi a recogerlos, y Reece se queda cuando se marchan para contárselo a Steffi.

—¿Qué? —repite Steffi una y otra vez, con un fuerte zumbido en los oídos—. ¿Qué?

No puede entenderlo, se niega a entenderlo hasta que se marcha Reece. Entonces se desploma en el suelo del salón, mirando la chimenea sin verla, y de repente la sacude un enorme sollozo y se queda allí tumbada durante horas, llorando, con Fingal acurrucado a su lado.

De madrugada reúne fuerzas para irse a la cama. Está tan entumecida que apenas puede andar. Esto es lo que significa sentirse agobiada por la pena, piensa.

A la mañana siguiente va una psicóloga para hablar con Callie y Reece. Es cálida, comprensiva y prudente. Les explica lo que les tienen que decir a sus hijos, que los niños carecen de la experiencia vital y del desarrollo intelectual y emocional que les permita comprender lo que ocurre como los adultos. Guarda silencio mientras Callie y Reece lloran, y les pone ejemplos de lo que deben decir, pero añade que no hay prisa. Que sean sinceros sobre la enfermedad, que está tomando medicamentos, pero que dejen caer la posibilidad de que no funcione. Según han demostrado los estudios, cuanto más preparados estén los niños, mejor lo sobrellevarán.

Mark entra después y les explica el tratamiento.

—Quiero irme a casa. ¿Puedo hacerlo allí?

Mark es un poco reacio, porque le preocupa la medicación para el dolor, pero está dispuesto a dejar que se vaya a casa si consiguen controlar el dolor en los próximos dos días.

—Es que quiero estar en mi cama —dice Callie. Con los niños. Un año, se repite sin cesar, y las palabras parecen tranquilizarla—. En un año puedo hacer muchas cosas.

Steffi no puede quitarse de encima el peso que se le ha puesto en el pecho durante la noche. Ya se levanta con lágrimas en los ojos, incluso antes de recordar conscientemente lo ocurrido. Ha dejado de sollozar, pero las lágrimas no paran de resbalar por sus mejillas mientras se dedica a las tareas matutinas de cada día: hacer café, dejar salir a Fingal, dar de comer a los animales.

Debería preparar pollo con almendras y jengibre para Amy, pero ella lo entenderá. Se pone unas mallas, una bufanda, calcetines gruesos y botas y sube al coche para ir a ver a Callie.

No se lo va a contar a nadie, ni siquiera se atreve a pensarlo como es debido, pero le han dicho un año, o entre cuatro y seis meses, y aunque nunca ha creído tener dotes de vidente, sabe que no tendrá a Callie mucho tiempo, que su hermana ya no estará en verano, posiblemente ni siquiera en primavera. Y el poco tiempo que les quede tiene que ser maravilloso. Ya se encargará ella de que así sea.

Se para en el mercado de flores, camino del hospital, y compra un ramo de peonías enorme y terriblemente caro —sabe Dios de dónde las habrán sacado; ¿quién tiene peonías en invierno?—, pero a Callie le encantarán.

Entra a toda prisa en la tienda de Mary, coge el bizcocho de chocolate y plátano que ella misma ha hecho y un camisón.

—¿Te encuentras bien, cielo?

Mary mira atentamente los ojos llorosos e hinchados y las mejillas enrojecidas de Steffi.

—Sí... estoy...

Se le escapa un sollozo, y cuando Mary la abraza se echa a llorar.

—Ve a demostrarle a tu hermana lo mucho que la quieres —dice Mary—. Ve a cuidarla. No te preocupes de cocinar, y a Amy ya le diré que de momento tampoco cocinarás para ella. Tienes cosas más importantes que hacer.

Callie está dormida cuando llega Steffi. Deja las bolsas con suavidad, se quita las botas y se agacha con mucho cuidado junto a la cama. Callie abre los ojos y sonríe al verla, y Steffi reclina la cabeza en su hombro y le vuelven las lágrimas.

—Dios, Dios —dice tras unos momentos, mientras Callie le frota la espalda—. Como siempre eres tú quien tiene que cuidarme. Se supone que estoy aquí para cuidar de ti.

—Pues no lo estás haciendo muy bien —dice Callie.

—Ya lo sé. —Steffi sonríe—. Call... —Se le quiebra la voz. Maldita sea. No era eso lo que tenía intención de hacer—. Lo siento. No era mi intención —concluye, secándose la cara.

—No pasa nada, nena —dice Callie en voz baja—. Llora cuanto quieras. Yo no puedo parar.

—Por Dios, no te puedes ir —solloza Steffi—. ¿Qué voy a hacer yo sin mi hermana mayor?

—¿Y qué voy a hacer yo sin mi hermana pequeña? —Callie frunce el ceño—. Un momento... Tú no te vas a ir. Dios mío, no me esperaba una cosa así.

Las dos guardan silencio, y Steffi sigue llorando.

—¿Me vas a dejar plumas blancas? —susurra esta última.

Las dos sonríen al recordar que su madre les contaba que siempre que encontrasen una pluma blanca era un mensaje de su ángel de la guarda para decirles que estaba cuidando de ellas.

—Te dejaré suficientes para rellenar un millón de almohadas —contesta Callie. Vuelven a sumirse en el silencio, hasta que al fin pregunta—: ¿Tú crees que el cielo existe?

Steffi se pone de costado para mirar a Callie a los ojos.

—Pues no creo que la muerte sea el fin. Una vez hice lo de la güija y me salió el tío Edgar.

—¿Cómo supiste que era él?

—Pues eso es lo más curioso. Le pregunté cómo se llamaba su mujer, para ponerlo a prueba, y dijo que Lavinia.

—Entonces, supongo que no sería él.

—No le di importancia, pero una vez hablando con papá le pregunté, por curiosidad, por la tía Celia, y si la llamaban de otra manera. Me dijo que todos la llamaban Celia, pero que su nombre de pila era Lavinia.

—¡Nooo!

Callie pone los ojos como platos.

—¿A que es raro? Y yo no lo sabía; o sea, que ahora me lo creo. ¿Me hablarás por la güija?

—Nena, todavía no me he muerto —señala Callie haciendo una mueca.

—No, ya. Solamente te lo estoy diciendo: plumas blancas, tablero de güija, y a lo mejor podías encender y apagar una luz o algo, para que yo sepa que estás bien.

—Lo intentaré, pero lo de la luz va a ser difícil. ¿Te acuerdas de que le preguntamos a la abuela, la madre de papá, si lo haría?

—Sí, pero nunca le caímos bien —dice Steffi.

—Porque tú eras una niña demasiado llena de vida y peleona.

Callie se ríe.

—Y ella una vieja bruja.

—¿Has hablado con papá?

—No. Le dejé un mensaje anoche. Solo le decía que me llamara, pero no lo ha hecho. Volveré a intentarlo cuando regrese a casa.

—Gracias, Steff.

—Ay, Callie —dice Steffi—. ¿Por qué te tiene que pasar esto a ti? No es justo.

—Solo les pasa al cinco por ciento de los pacientes de cáncer —dice Callie—. Míralo por el lado bueno. Siempre hemos sabido que yo era especial. No, en serio. Creo que soy demasiado buena para este mundo. —Recurriendo al humor para obviar el dolor, como siempre—. Pero ¿sabes una cosa? —añade, poniéndose más seria—. Es un año, y eso sin contar con los tratamientos nuevos que puedan aparecer. Si consigo durar un año, con un poco de suerte habrán encontrado algo para tratar esto, ya verás. De todos modos, soy demasiado buena para este mundo.

Sonríe cuando Steffi le da un ligero codazo, y las dos alzan la vista cuando se abre la puerta.

—¡Papá! ¿Qué haces aquí?

Pollo con almendras y cilantro

Ingredientes

4 pechugas de pollo sin piel y sin huesos
2 cucharaditas de cilantro molido
1 cucharadita de jengibre fresco rallado
2 cucharaditas de vinagre de vino blanco
½ cucharadita de sal
¼ de cucharadita de pimienta recién molida
4 cucharadas de aceite de semillas de uva, cacahuete o maíz
4 cebolletas grandes
½ taza de chutney de mango
¼ de taza de caldo de pollo
1 cucharadita de ajo picado
¼ de taza de jengibre fresco cortado en juliana
¼ de taza de almendras tostadas y fileteadas
un manojito de cilantro fresco picado

Elaboración

Cortar el pollo en diagonal en trozos de 1 ½ cm de grosor. Poner en un cuenco con el cilantro molido, el jengibre, el vinagre, la sal, la pimienta y 2 cucharadas de aceite. Marinar a temperatura ambiente durante al menos 15 minutos.

Cortar finamente las cebolletas, separando las partes verdes de las blancas.

Mezclar en un cuenco el chutney, el caldo y el ajo.

Calentar el resto del aceite en una sartén o un wok a fuego medio. Añadir la parte blanca de las cebolletas y el jengibre fresco; remover durante 30 segundos. Incorporar el pollo y freír, removiendo, hasta que quede hecho, entre 4 y 6 minutos. Añadir la parte verde de las cebolletas y el chutney, y remover durante 2 minutos.

Decorar con las almendras y el cilantro fresco.

25

En cuanto llegó a casa y oyó la voz de Steffi que le decía que llamara, Walter supo que las cosas no iban bien. Naturalmente, sabía que Callie estaba en el hospital, que estaban esperando los resultados, razón por la que, nada más oír el mensaje de Steffi, subió a su coche y salió de Maine.

Se paró a mitad de camino, en un pequeño motel. Pidió un filete y una cerveza en el restaurante al otro lado de la carretera y se quedó dormido con las risas del programa de David Letterman.

Desde el mismo momento en que se enteró de que habían ingresado a Callie en el hospital no dejó de pensar si debía ir, pero Honor estaba allí, y no se hacía una idea de cómo podría ser, los dos en el mismo sitio y al mismo tiempo. Reece le había asegurado que no hacía falta, que él no podía hacer nada, pero anoche algo le dijo que tenía que dejar a un lado sus sentimientos heridos y estar con su hija.

Cuando se despertó se duchó, dobló cuidadosamente el pijama y lo puso encima del resto de la ropa en la maleta, pagó la cuenta, volvió a su viejo Mercedes ranchera y continuó hasta Bedford, parándose de vez en cuando en una cafetería para repostar.

No le gustan los hospitales, y ese hospital menos que ninguno, porque le recuerda a cuando Callie estuvo allí enferma, las horas que pasó en la unidad de oncología, esperando a que las inyecciones de Neupogén le subieran el nivel de glóbulos blancos, esperando a que quedara libre una silla de ruedas para ir a que le dieran la quimio.

Los hospitales hacen que Walter tome conciencia de su condición de mortal. Bien sabe Dios que ya no es joven, y que desde el matrimonio con Hiromi se siente más viejo que nunca, un imbécil, un viejo imbécil. Así se sintió entonces, y así sigue sintiéndose al cabo de los años.

Llega al piso trece con gran desazón, porque ¿y si Honor está allí? ¿Y si Callie no quiere verlo? ¿Y si...? Dios, Dios. ¿Y si Steffi le ha llamado porque Callie ha muerto? Pero una enfermera le señala amablemente una puerta, y siente un alivio tremendo cuando lo envían a esa habitación, al saber con toda certeza que sigue viva.

—¡Mi niña! —dice Walter con dulzura, ablandándose como no podía hacerlo cuando era más joven, pero obligándose a disimular la impresión que le produce ver a Callie tan... frágil. No es la que era, y ella lo mira como una niña asustada.

—¿Lo sabes? —pregunta Steffi en voz baja, tras haberle dado un enorme abrazo.

—¿Que si sé qué? —Su voz no denota ninguna emoción—. He venido porque pensaba que hacía falta aquí. ¿Cómo está el patio?

Callie y Steffi se miran y sonríen. Era la muletilla de su padre: «¿Cómo está el patio?».

—No está para tirar cohetes —contesta Callie—. Tengo una enfermedad que se llama... leptonosequé. ¿Tú te acuerdas, Steffi?

—No. ¿Leptocarcialgo?

—No. Tiene algo que ver con la meningitis o algo así. Dios, no sé. Me da la impresión de que se me ha quedado el cerebro hecho puré.

—Bueno, sea lo que sea la enfermedad esa, ¿qué tratamiento tiene?

—Me van a poner radioterapia y después quimioterapia.

Una pausa.

—Entonces... ¿es cáncer?

—Sí. El mismo cáncer, pero en otro sitio.

—¿Dónde?

Pero Walter ya sabe que es algo malo. Cree recordar que la meningitis tiene algo que ver con el cerebro, y el miedo empieza a atenazarle el corazón.

—Está en el CEL.

Callie hace una mueca de dolor, intentando recordar.

—¿En el qué?

—¿El LEC? No lo sé. Es el líquido que va por el cerebro y el sistema nervioso central. ¡Ya está! ¡El LCE!

—¿Y por eso tienes esos dolores de cabeza tan tremendos?

Callie asiente con la cabeza.

—¡Pero pueden ponerte un tratamiento! Eso es estupendo, ¿no?

Callie y Steffi vuelven a mirarse.

—No, no es... estupendo. Es una enfermedad muy rara. Mark dice que si el tratamiento da buenos resultados me queda un año.

—¿Cómo que un año? ¿Para qué?

Walter no comprende a qué se refiere Callie.

—Pues un año para que me vaya al gran estudio de fotografía del cielo —contesta Callie, tratando de bromear.

—¿Un año? —repite Walter, atontado.

—O seis semanas.

Callie se encoge de hombros despreocupadamente, y, por alguna absurda razón, Steffi y ella se echan a reír. Oír esas palabras pronunciadas en voz alta parece algo tan surrealista, tan absolutamente increíble que ya no pueden llorar, solo reír.

Walter se sienta en el sillón y se obliga a controlarse. Soy su padre, dice para sus adentros. No voy a consentir que me vea llorar. Tengo que ser fuerte, por ella. No puedo ablandarme.

Ni siquiera oye reírse a las chicas, pero sí cuando la risa de Steffi se transforma en llanto. Se levanta y abraza a sus dos niñas, intentando convencerse de que tiene nervios de acero.

Seré fuerte por las dos, piensa, tragándose el nudo que se le ha hecho en la garganta. Puedo hacerlo.

Reece mira el reloj de la pared, calculando lo que queda para la hora de acostarse. ¿Cómo es posible que los fines de semana nunca se le hayan hecho tan cuesta arriba? Supone que porque Callie estaba con él, y porque siempre ha sido él quien se llevaba a los niños a hacer cosas divertidas —las ferias, los festivales, las fiestas— y al volver a casa Callie se encargaba de bañarlos, darles la cena y acostarlos.

Ahora está solo, y, por Dios, vaya si es un trabajo difícil. Al volver del hospital esta mañana se los llevó a un mercado agrícola un par de pueblos más allá, y no pararon de quejarse porque se aburrían. En un momento dado Jack se sentó con las piernas cruzadas en medio del aparcamiento y se negó a seguir andando. Cuando Reece fue a levantarlo, se puso a chillar.

Pero no puede perder la paciencia con el pobre niño, que echa de menos a su madre. Eso es exactamente lo que les ha dicho la psicóloga que ocurriría. Reaccionarán, les avisó, sobre todo el niño de seis años, porque no comprenderá por qué no está su madre con él, y manifestará sus temores y su rabia de formas inesperadas.

Tienen cita para llevar a los niños a la psicóloga el martes, pero hasta entonces ¿qué puede hacer? Eliza está rebelde, y a Jack le dan rabietas. Ninguno de los dos suele comportarse así. Sí, están fuera de su terreno, pero ¿y Reece? ¿No hay un manual que explique lo que hay que hacer?

Oye gritos arriba, sube cansinamente y se encuentra a Eliza chillándole a Jack.

—¡Sal de mi habitación! ¡Fuera! ¡Te odio!

—¡Eliza! —dice Reece enérgicamente—. ¡No le hables así a tu hermano!

—¡Pero es que ha cogido mi muñeca American Girl! —vocifera Eliza, al borde de la histeria—. ¡Ha entrado en mi habitación y ha tocado mi muñeca American Girl, y es mía! Le odio. ¡Te odio, Jack!

—¡Ya está bien, Eliza! En nuestra familia no existe la palabra odiar.

—¡A mí qué me importa! ¡Aaah!

Se tira sobre la almohada, chillando, y Jack sonríe burlonamente en la puerta.

—Y tú, Jack, ya está bien de sonrisitas —dice Reece—. Vamos abajo.

—Y yo ¿qué? —Eliza levanta la cara, llena de lágrimas—. Yo también voy abajo. No es justo.

—¡No! —Jack tuerce el gesto—. Es la hora de los chicos. Papá y yo.

—¡No! —grita Eliza—. No es justo. Como mamá no está en casa, no hay hora de chicas. ¡Díselo, papá! No puede haber hora de chicos cuando mamá no está aquí.

—Dios, Dios —murmura Reece para sus adentros—. Ya lo solucionaremos —añade, haciendo lo posible por no alzar la voz.

Al final los soborna. Ya puede hacer un frío espantoso fuera, pero una excursión a la heladería siempre obra maravillas. Se llevan a la perra, y al salir se cruzan con Honor, que vuelve a casa después de haber hecho unas compras.

—¿Quién quiere ver una peli? —pregunta Reece cuando se terminan los helados—. ¿Dejamos a Elizabeth en casa y vamos a ver qué ponen en el Playhouse?

—¡Yupi! —gritan al unísono los niños, que con el subidón del helado hace tiempo que han olvidado su mutua aversión.

Honor está en el baño de arriba cuando oye ruidos en el recibidor. Seguramente será Reece, piensa, echando la cabeza hacia atrás y preguntándose cuándo se le pasará ese torpor, si es que se le pasa. Durante todo el día no hecho más que poner un pie delante del otro, tratar de sobrellevar las largas horas que tenía por delante.

Ya ha pasado por esto antes, este miedo, este letargo. Con George. Pero no se esperaba tener que pasar por lo mismo con su hija. Un año. Una sentencia de muerte.

Sale cansinamente de la bañera, se envuelve en un albornoz y baja a hacerse un té. Nunca ha sido mujer de siestas, pero apenas puede mantener los ojos abiertos, y una taza de té y un sueñecito le parecen la mejor idea del mundo en este momento.

Está encendiendo el hervidor cuando de pronto oye a un hombre aclarándose la garganta; a punto está de pegar un bote del susto. Se vuelve lentamente y se queda de piedra al ver a su ex marido de pie, incómodo, en la puerta de la cocina.

—¿Walter? —dice, perpleja.

—Hola, Honor.

Sí. Decididamente es Walter.

—Yo... Dios mío. No esperaba... —Mira hacia abajo, sus pies descalzos, el albornoz, que se ciñe al cuerpo—. Evidentemente, no esperaba a nadie.

—¡Hola, mamá! —Steffi irrumpe en la cocina, intentando reprimir la excitación por que sus padres estén en la misma habitación por segunda o tercera vez en casi veinte años—. Papá ha conducido durante horas para venir. Callie dice que debería quedarse en la otra habitación libre.

—Por supuesto —dice Honor, aspirando una profunda bocanada de aire para recobrarse. Se acerca a Walter y lo mira detenidamente—. Me alegro de que hayas venido.

Walter aspira y se queda aturdido al darse cuenta de que Honor sigue oliendo exactamente igual. Reconocería su olor en cualquier parte. Y es entonces cuando nota que empieza a flaquear.

Tengo que ser fuerte, no me puedo ablandar, piensa.

Asiente con la cabeza y retrocede, apenas perceptiblemente. Honor baja los brazos. Iba a darle un abrazo, para agradecerle que haya venido, por ser la clase de padre que acude cuando sus hijas necesitan ayuda y para mostrarle su apoyo. Pobre Walter, tan estirado como siempre.

—Vamos, papá. Te ayudo con tus cosas. ¿Nos preparas un té, mamá?

Por mayores que se hagan los hijos, siguen deseando que sus padres vuelvan a estar juntos, piensa Honor. Durante años después del divorcio, cuando les preguntaba a sus hijas qué querían por Navidad, siempre decían que se volviera a casar con papá; incluso cuando los dos estaban casados con otras personas, y a pesar de que adoraban a George. No pasa día sin que no deseen que las dos personas que les dieron la vida vuelvan a estar juntas.

No hay más que fijarse en Steffi, con sus padres en la misma habitación, al fin. Sube la escalera prácticamente a saltos, mirándolos a los dos con ojos jubilosos.

Honor coge las tazas y las bolsitas de té, sonriendo para sus adentros. Walter tiene muy buen aspecto. Se sorprende de ello, pero quizá no debería. Como ocurre en tantos casos, Walter ha mejorado con la edad. Tiene el pelo blanco y le queda muy bien. Se parece mucho a su padre: un hombre guapo, elegante y aristocrático que, a pesar de su torpeza en la puerta de la cocina, se ha acostumbrado a ser como es.

Pero sigue sintiéndose incómodo con ella. Pobre Walter. A Honor la invade una oleada de simpatía, como siempre. Es un buen hombre. Ella lo sabía entonces y lo sabe ahora, pero un hombre mutilado por su educación. Tan estirado, tan reservado, incapaz de relajarse y dejarse ir.

Sirve el té y pone un plato de galletas. Siente la tentación de coger su taza y subir a su cuarto, como tenía pensado, y echarse una siestecita, dejar solos a Walter y a Steffi. Ya no está cansada. Se le ha disparado la adrenalina y supone que una siesta es algo impensable. Se sienta a la mesa, se sirve un poco de leche en su taza y abre una revista.

Walter deshace la maleta y coloca cuidadosamente la ropa en la cómoda: la ropa interior a la izquierda, calcetines a la derecha, camisetas y jerséis debajo. Así ha organizado siempre sus cajones, y siempre seguirá haciéndolo.

Cuelga los pantalones, comprueba que la raya está en su sitio, a continuación las camisas y por último coloca en fila los zapatos, abajo.

La navaja y la brocha de afeitar van al cuarto de baño, junto con el cuenquito para el jabón. Siempre se ha negado, por una cuestión de principios, a claudicar ante la espuma de afeitar en bote. Le encanta el ritual cotidiano de remover la brocha húmeda en el cuenco hasta que se forma espuma.

Y ya no puede retrasarlo más. Tiene que bajar. Aunque... no ha sido tan terrible. Durante todos estos años ha temido el mo-

mento de ver a Honor, y sin embargo haberla visto le ha resultado... extrañamente reconfortante. Está igual. Mayor, lógicamen-
te, con más canas, más cansada, pero al aspirar su olor unos
segundos, al ver esa mirada suya, ha retrocedido al pasado y, en
lugar del resentimiento y de la rabia acumulados durante años,
ha sentido que se hallaba... en terreno conocido. Quizá sea esa la
mejor manera de expresarlo.

—Bueno, ¿qué os parece? —pregunta Walter, sentándose a
la mesa.

—Una putada —dice Steffi, y su padre la mira con dureza.

—Ese lenguaje —dice Walter.

—Perdón, pero, como decía antes Callie, ¿quién sabe qué habrán encontrado el año que viene? Continuamente sacan un tratamiento nuevo para el cáncer. Mark dice que un año, pero Callie
piensa que a lo mejor ya han encontrado una cura para entonces.

—Nuestra hija es una luchadora —dice Walter, mirando directamente a los ojos a Honor por primera vez.

—Desde luego. —Honor sonríe—. Lo que no sé es si podrá
vencer en esta lucha.

—¡Mamá! —exclama Steffi—. No podemos pensar eso. Tenemos que ser positivos, dar por sentado que lo va a superar.

—Tienes razón —reconoce Honor—. Lo siento. ¿Te ha dicho algo más?

—Sí. Yo le dije que iba a estar allí con ella todos los días, y
me dijo que ni hablar.

—¿No quiere que vayas?

—Eso mismo pregunté yo, y me dijo que no quiere ver caras
deprimidas. Comprende que es un golpe tremendo y que todos
nos sentimos como una puta mierda. —Mira a su padre—. Perdón, papá. Sabe que todos nos sentiremos fatal una temporada,
pero no es eso lo que quiere. Dice que si ella no puede vivir su
vida, quiere que nosotros la vivamos por ella.

—¿Y qué significa eso? —pregunta Walter con brusquedad.

—Pues que no quiere vernos alicaídos y que nos echemos a
llorar cada dos por tres, aunque, desde luego, yo soy un desas-

tre. Ya conocéis a Callie... Nunca ha soportado tener gente deprimida a su alrededor, y dice que si seguimos como hasta ahora, tendrá que matarse en menos de un año. —Honor y Walter sonríen. Esa es su hija, no cabe duda—. Dice que no es que no nos quiera a su lado, sino que nos quiere ver felices. Al parecer la radioterapia será muy dura. Se sentirá agotada y dormirá mucho, así que cuando esté despierta quiere ver cosas bonitas.

—¿Más instrucciones? —pregunta Honor.

—Sí. Guacamole. Quiere que le haga guacamole. Dice que tiene ese antojo.

—¡Pero eso es bueno! —Honor se entusiasma—. Si tiene apetito, debe de ser algo bueno, ¿verdad?

—Yo diría que sí es algo bueno —concede Walter—. ¿Está informándose alguien sobre esta enfermedad que tiene?

Steffi asiente con la cabeza.

—El novio de Lila, Ed, es periodista. Al parecer ayer se pasó toda la noche indagando en el ordenador. Vendrán más tarde. Voy corriendo a la tienda a por aguacates y cilantro. ¿Se viene alguien conmigo?

—Yo voy —contestan Honor y Walter al unísono.

—¡Estupendo! —Steffi no puede ocultar una sonrisa de satisfacción—. Yo conduzco.

Reece acaba de pagarle al repartidor de pizzas y se pregunta dónde demonios se habrá metido todo el mundo. Quiere volver al hospital para ver a Callie, pero no hay nadie en casa. Han ido a la heladería, al cine, han estado en el parque de regreso a casa... Esperaba poder dejarle los niños a Honor y volver corriendo con Callie, pero no hay nadie, ni una nota ni nada.

Cuando va a dejar la pizza sobre la mesa se abre la puerta trasera y —¡gracias a Dios!— irrumpen Steffi y Honor, y Walter detrás.

—¡Walter!

Reece le da el típico abrazo masculino al tiempo que los niños entran corriendo en la habitación.

—¡Abuelo! —gritan, aferrándose a las piernas de Walter, que los coge en brazos y los cubre de besos.

—¡Eliza! ¡Pero qué grande estás! ¡Y qué guapa! ¿Cuándo te has puesto tan guapa?

—Creo que fue el año pasado —contesta Eliza muy seria, apoyando la cabeza en el hombro de Walter y acariciándole una mejilla.

—¡Y Jack! ¡A ver, esos músculos!

Jack dobla un bracito orgullosamente, y Walter echa la cabeza hacia atrás, riéndose; aprieta a los niños con fuerza y acerca sus cabecitas para olerles el pelo.

Ahí está, piensa Honor, observándolos con asombro. Ahí está el verdadero Walter. Nunca se lo había imaginado como abuelo, no tenía ni idea de cómo sería, no se le había ocurrido que sus nietos fueran capaces de desbloquear su rigidez, su torpeza.

Pero ¡hay que verlo ahora! Cálido, sencillo y cariñoso. Ahí está al fin.

Sonríe para sus adentros. ¿Quién sabe?

Guacamole

Hay que ajustar la receta al gusto de cada cual.

Ingredientes

2 aguacates maduros
½ cebolla morada, picada
2 cucharadas de hojas de cilantro finamente picadas
1 cucharada de zumo de lima o limón
½ cucharadita de sal gorda
una pizca de pimienta negra recién molida
guindilla roja seca
½ tomate maduro sin semillas y picado

Elaboración

Cortar los aguacates por la mitad y quitar el hueso. Sacar la pulpa, ponerla en un cuenco y aplastarla con un tenedor.

Añadir la cebolla, el cilantro y el zumo, y salpimentar y agregar guindilla al gusto.

Cubrir con plástico transparente, pegándolo a la superficie del guacamole, para evitar que se oxide. Meter en la nevera. Justo antes de servir, añadir el tomate y mezclar.

Acompañar con rábanos o jícama y tortillas de maíz.

26

—¿Qué quieres que haga?

Lila ha arrastrado el sillón hasta la cama y le está sujetando la mano a Callie.

—Necesito que cuides de mis hijos.

—Lo haré.

—No, quiero decir ahora, mientras esté en el hospital o cuando vuelva a casa pero no me encuentre en condiciones de hacerlo yo misma. Ya sé que eres su madrina, pero quiero que los cuides de verdad. Lo que quiero es que hagas cosas con ellos unas cuantas veces a la semana, mientras a mí me dan la radioterapia. Sí, van al colegio, pero si pudieras llevarlos a las actividades, al parque a jugar o algo...

—Claro que sí —dice Lila, tratando de disimular el pánico. Siempre ha dicho que los niños están bien en pequeñas dosis, y siempre y cuando sean de otros.

—Ya sé que la maternidad no es tu fuerte. —Callie la mira de reojo, y Lila sonríe—. Pero te conocen de toda la vida y te quieren. Mi madre tiene casi setenta años y está cansada, y me preocupa cargar a Steffi con esta responsabilidad. No va a ser para siempre; solo mientras me estén dando la radioterapia.

—Yo haría cualquier cosa por ti, y Ed también. Se ha pasado toda la noche en vela leyendo cosas sobre tu enfermedad —dice Lila.

—Tu novio es un gran tipo. ¿Lo sabías?

—Sí. Tengo mucha suerte.

—No es cuestión de suerte. Te lo mereces. Me alegro de que os hayáis conocido. ¿Ha descubierto algo?

—Bueno, ya sabes que no es una maravilla, pero al parecer hay casos de personas que han llegado a vivir dos mil días.

—Lila, de momento no tengo neuronas. ¿Cuánto tiempo son dos mil días?

—Cinco años y medio.

—¿En serio?

A Callie se le enciende una lucecita en los ojos por primera vez en muchos días.

—En serio —asiente Lila sonriendo.

—Dentro de cinco años y medio Eliza tendrá trece y Jack once —reflexiona Callie en voz alta—. Eso estaría... bien. Entonces ya podría dejarlos. Que les den a las estadísticas. Yo voy a vivir más que todos ellos.

—Así me gusta. —Lila le aprieta la mano—. Tú puedes hacerlo.

—Sabes que lo de cuidar a mis hijos va con doble intención, ¿no?

Lila suspira.

—Adelante. Estás intentando convertirme en madre. ¿Has hablado con Ed?

—Desde que estoy aquí, no —contesta Callie—, pero sí hablé con él una vez y me dijo que le encantaría tener más hijos.

—¿Por qué no dices claramente lo que se te está pasando por la cabeza?

—Tengo que decirlo. No tengo tiempo para tonterías. Tengo que decirles a las personas que quiero lo que de verdad pienso. Y pienso que deberías tener hijos con él.

—¡Ni hablar! —Lila levanta una mano—. Ya lo hemos hablado y he dicho que no.

—Lo sé. Y voy a hacer que cambies de idea.

—¿Cuidando de tus hijos? Eso no hará que cambie de idea. La única razón por la que quiero tanto a tus hijos es porque al final del día te los puedo devolver. Créeme. Si tuvieran que estar con la tía Lila veinticuatro horas al día siete días a la semana, no nos querríamos tanto los niños y yo.

—¿Y si te pidiera que tuvieras hijos y después me muero?

Callie sonríe con expresión malvada.

—Ni te atrevas, porque tendría que hacerlo y no quiero. Lo digo en serio, Call. Puedes pedirme lo que sea, pero no me obligues a hacer algo que no quiero hacer.

—Pero, Lila, con unos pequeñajos gorditos con rizos negros que hablarían con ese acento inglés almibarado y te llamarían mamá... Estoy segura de que te enamorarías perdidamente.

—Hum. Le dije a Ed que me lo pensaría, y eso es lo que te digo a ti. Que me lo pensaré.

Cinco años y medio. Cinco años y medio.

Steffi nota que se libra un poco del peso que lleva encima mientras vuelve a Sleepy Hollow. Incluso si solo una persona ha vivido cinco años y medio, ¿por qué no Callie? Y ya puestos, ¿por qué no incluso más?

«Voy a poner a Callie a estricta dieta vegana —ha anunciado esa tarde, después de que todos se hubieran enterado de la buena noticia de que su hermana va a volver a casa en cuanto controlen el dolor, y parece probable que sea dentro de uno o dos días—. Para vosotros haré algo distinto, chicos, pero Callie no puede tomar productos animales. Si tiene alguna posibilidad de superar esto, tiene que hacer todo lo que pueda, y se han dado casos increíbles de personas a las que la dieta vegana ha ayudado a recuperarse de un cáncer.»

Nadie se ha opuesto; están dispuestos a intentar cualquier cosa que pueda ayudar.

Steffi se detiene en el mercado al volver a casa; se siente inspirada para empezar a cocinar. Esta semana va a cocinar para Mary y para Amy. Y también para Callie. Porque cuando no sabe qué hacer, ¿qué mejor que cocinar?

Y está exaltada. Las recetas se le agolpan en la cabeza. Galletas y bizcochos para Mary, pescado y pollo para Amy, verduras, frutos secos y cereales para Callie.

Dos horas más tarde está trajinando feliz por la cocina, como en una nube. Tiene enchufado el iPod y Sarah McLachlan suena a todo volumen mientras corta, bate y prueba. No oye la furgoneta, ni la puerta hasta varios minutos después.

Stanley está en el umbral, con un ramo de flores de gasolinera y un paquete de seis Budweiser.

—Hola —dice Steffi, sorprendida—. Eres tú otra vez.

—Sí. Yo otra vez. —Mueve los pies, incómodo—. Me he enterado de que tu hermana está enferma y quería decirte que lo siento. Te he traído esto.

Le ofrece las flores.

—Vaya. Son preciosas —miente Steffi, profundamente conmovida por el detalle—. Gracias.

—Y había pensado que a lo mejor te venía bien una copa.

—¿Sabes una cosa? Me encantaría. Pasa. Vamos a tomar una cerveza.

Stanley contempla el desorden de la cocina.

—¿Pasas algún rato sin cocinar?

Steffi se sienta a la mesa y mira a su alrededor, riéndose.

—Supongo que no. Es lo que me hace más feliz. Y cuando estoy triste, o deprimida, o me siento sola, lo único que hace que me sienta mejor es la cocina.

—¿Es todo para ti? —pregunta Stanley, asombrado.

—¡Nooo! —Steffi le da una palmada—. ¿Qué te has creído que soy, una tragona?

—Yo no he dicho eso.

—Las galletas y los bizcochos son para la tienda de Mary, y el resto lo divido entre Amy y mi familia.

—¿Es verdad que eres vegana?

—Más o menos —contesta Steffi, cogiendo la botella que Stanley acaba de abrir—. Lo era. Como trabajaba en un restaurante vegetariano usaba huevos y productos lácteos, aunque yo no los probaba, pero aquí en el campo es más difícil. En Nueva York es fácil ser lo que quieras, pero fuera de una gran ciudad estás mucho más limitado. Además, ves las cosas de una manera distinta cuando sabes de dónde sale la carne que comes. Si me la voy a comer, quiero saber que es de un animal que se ha criado en una granja pequeña, con hierba, que ha llevado una vida feliz y lo han matado de la manera más compasiva posible, y por aquí hay varias granjas pequeñas donde sé que lo hacen.

—¿En serio? —Stanley se encoge de hombros—. A mí no me importa demasiado cómo lo críen, si sabe bien.

—Pues debería importarte. —Steffi se pone seria—. La mayoría de los animales están amontonados en jaulas diminutas, llenos de enfermedades, y llevan una vida espantosa.

—Supongo que nunca me había parado a pensarlo.

—No quiero soltarte un sermón, pero deberías pensarlo. Y sabe mejor cuando es de la zona. Todo. Fíjate en esto —dice Steffi, mirando a su alrededor; se levanta y coge una cacerola—. Es pesto casero. Pruébalo.

Mete una cuchara y se la ofrece a Stanley, pensando que va a cogerla, pero Stanley le cubre la mano con la suya y adelanta la cara para comer de la cuchara que están sujetando los dos.

Es algo sorprendente y súbitamente íntimo, y guardan silencio mientras Stanley, masticando, le sostiene la mirada a Steffi, que nota un nudo en el estómago. Dios. No se lo esperaba tan pronto.

—¡Uau! —dice Stanley al fin—. Está increíble.

Steffi se recobra enseguida y sonríe encantada.

—¿Lo ves? Esta albahaca está plantada ahí fuera, y el ajo al lado. Todo es fresco y se nota la diferencia, ¿verdad?

—No sé si es porque es fresco, pero está buenísimo.

—¿Quieres más? Tengo un montón. Estaba preparando una receta con pescado. ¿Te gusta el pescado?

—Me encanta. Sí, un poco sí me apetecería.

Steffi no tiene nada de hambre (cocinar siempre le quita el apetito), así que se sienta a observar a Stanley mientras él come. Engulle impetuosamente, con la cabeza gacha, y a Steffi le alegra que sea un cliente tan entusiasta.

—¿Quieres ensalada? —pregunta cuando Stanley ha terminado.

—No, tía. —Stanley suspira—. No me cabe nada más. Es increíble lo amable que eres. Vengo aquí a ver si estás bien y resulta que me das de comer. Qué marcianada.

—No, qué va. Me gusta que la gente coma lo que cocino.

Steffi se estremece; ahora que ha dejado de trajinar por la cocina se da cuenta de que ha bajado la temperatura y que la habitación está helada.

—¿Quieres que encienda la chimenea? —le pregunta Stanley.

—No, no te preocupes. Así está bien.

—Si no me preocupo. Es que no me importa hacerlo. Se me da bien.

—Vale —dice Steffi, encogiéndose de hombros—. Recojo esto y después voy.

Steffi sabe lo que va a ocurrir esta noche. No se lo esperaba tan pronto, ni que fuera a pasar así, pero desde el mismo momento en que le echó el ojo a Stanley supo que, dadas las circunstancias —ni esposas, ni novias ni nadie que lo asedie—, acabarían en la cama.

Alarga sin necesidad el arreglo de la cocina; no está segura de desearlo de verdad. Solo puede pensar en Callie, pero ¿qué le ha dicho su hermana precisamente hoy? Que quiere que Steffi viva, que tenga aventuras, que vaya a verla y le cuente cosas.

Si Callie quiere vivir a través de Steffi, hay que ser sinceros: hacer la compra y pasarse el resto del día cocinando no es fascinante.

Steffi pasa un paño húmedo por las encimeras y se inclina para ver cómo tiene el pelo en la ventana oscura. Desde ahí está estupenda. Joder, piensa. Lencería chunga. Había guardado en el fondo del armario sus chismes con encaje de Victoria's Secret, y se contentaba con ponerse bragas y sujetadores deportivos de color carne, nada sexy, pero infinitamente más cómodos.

—¡Vuelvo enseguida! —le grita a Stanley; sube la escalera corriendo y revuelve entre su ropa interior hasta encontrar la «buena».

En el cuarto de baño se pasa una cuchilla por las axilas y se huele, por si acaso. Bien. Mete la ropa interior usada en el cesto y se pone la limpia. No tiene la tripa tan lisa como cuando vivía en Nueva York —tanto andar contribuía a mantener los kilos a raya—, pero él tendrá que conformarse con lo que hay.

Al volver al cuarto de estar Steffi intenta actuar con naturalidad, fingir que ninguno de los dos sabe cuál es el menú para el resto de la noche. Stanley está repantigado en el sofá, sujetando con una mano la cerveza y con el otro brazo extendido sobre el respaldo. Parece muy cómodo, e increíblemente sexy.

¿Dónde debería sentarse Steffi? Bueno, sabe dónde debería sentarse, pero resultaría demasiado evidente, y se sienta en el sillón junto a la chimenea.

Hablan, en voz baja. Stanley le pregunta por Callie y Steffi empieza a contarle, casi sin darse cuenta, y al llegar al pronóstico se le llenan los ojos de lágrimas.

—Ven aquí —dice Stanley, tendiéndole los brazos, y la rodea para consolarla. Steffi reclina la cabeza sobre su pecho y recuerda lo bien que te hace sentir que un hombre te abrace.

Y cuando al fin la besa, no se sorprende.

Steffi se despierta lentamente, se arropa con las mantas y piensa en qué hora será. Fuera está oscuro, pero eso no significa nada. Hace semanas que las mañanas son oscuras. Coge su reloj, que está en el borde de la mesilla de noche, y lo mira entornando los ojos: las 6.04. Hora de levantarse, de dar de comer a las cabras y las gallinas, soltar al perro, encender la calefacción. Tiene que haber una forma de programar la calefacción para que esté apagada durante la noche y se encienda automáticamente hacia las cinco de la mañana, para no tener que salir de la cama y meterse en una especie de nevera.

Pero no ha sido capaz de averiguar cómo funciona. Parece imposible regular el mecanismo. O hace un calor tremendo o te congelas. Ha enviado un correo electrónico a Mason pero todavía no sabe nada. Le preguntará a Stanley; ya sabía ella que se le había olvidado algo la noche anterior.

Stanley. Sonríe al arrebujarse entre las mantas, tratando de recordar todos los detalles.

Se quedaron sentados en el sofá varias horas. Besándose, acariciándose y hablando en susurros. Steffi esperaba irse a la cama con él, pero no fue así. Todavía no sabe muy bien por qué, pero se alegra. Le bastó con los abrazos, los besos y el consuelo.

Stanley se marchó a las dos de la mañana. Se levantó y dijo que tenía que irse. Steffi sabía que ese era el momento en el que podría haberle dicho que se quedara. Sabía que si lo hubiera dicho, él habría aceptado. Pero necesitaba un rato de soledad, necesitaba digerir todo lo que había ocurrido durante las últimas veinticuatro horas en aquella montaña rusa de emociones en la que había estado, desde la desolación de pensar que Callie quizá solo viviría unas semanas hasta el subidón de pensar que podría durar cinco años y medio.

La ternura de Stanley presentándose con flores, abrazándola durante horas, sin presionarla ni intentar llegar más lejos de lo que quizá ninguno de los dos realmente habría querido.

En los viejos tiempos se habría ido con él a la cama sin dudar, pero piensa que si algo ha aprendido de este viaje con Callie es lo que significa hacerse adulto. La vida es corta y hay que aprovechar el momento. Sin embargo... sin embargo, tiene la sensación de haber envejecido diez años durante las últimas semanas, y también de que la enfermedad de Callie la está obligando a crecer, a ser paciente, no impulsiva, a mantener la calma aunque esté rabiando por dentro.

Los adultos no siempre se rinden a la gratificación inmediata. No se van a la cama con la primera persona que aparece simplemente porque les apetece.

Quizá se acueste con él la próxima vez, o quizá no, pero de momento se siente bien por haberlo mandado a su casa, haberse quitado la ropa interior de Victoria's Secret, ella sola en el cuarto de baño, haberse puesto el camisón victoriano, blanco y largo y haberse desplomado en su cama con un enorme galgo escocés peludo y roncador por toda compañía.

Mejor despertarse a solas. Pero sufre las consecuencias: salta de la cama, corre escalera abajo, con los dientes castañeteándole, enciende el termostato, abre la puerta de atrás, echa a Fingal, vuelve corriendo arriba y se mete otra vez debajo de las mantas.

Esa es ahora su rutina matutina. Las tuberías retumban amenazadoramente, y mientras la casa empieza a calentarse rápidamente, alcanza su portátil y se lo coloca sobre el regazo. Puede que solo haya dos temperaturas, pero al menos, gracias a Dios, no tarda mucho en caldearse.

Tiene un correo de Mason, al fin.

PARA: STEFFI TOLLEMACHE
DE: MASON GREGORY
RE: CONGELADA

Querida Steffi:

La calefacción de la casa hace tiempo que deja mucho que desear. Sospecho que tengo que cambiar la puñetera instalación, pero llevo años dándole largas y encendiendo chimeneas y poniendo montones de mantas. Puedo mirar una nueva instalación, pero te aviso de que habrá que poner la casa patas arriba. En otro caso, estoy dispuesto a facilitar una o treinta estufas. (Creo que con un par sería suficiente.)

Londres es... no es lo que me esperaba. Bastantes más cambios de los que me imaginaba, pero eso lo dejo para otra ocasión. Sigue siendo una ciudad gris y lluviosa, y eso sí me lo esperaba, pero maravillosa en muchos aspectos. Resulta que voy al teatro con demasiada frecuencia y estoy descubriendo que los estadounidenses estamos muy equivocados al suponer que toda la comida inglesa es espantosa.

Como dicen en Inglaterra, es ¡genial! No había probado una comida tan buena como aquí en mi vida, pero echo de menos Nueva York y los restaurantes de barrio. Y por supuesto, Joni, aunque tengo entendido que la comida va cuesta abajo desde que se marchó su chef estrella... ;—)

Lo fascinante son los productos, mucho más frescos. Te encantaría esto. Las cantidades son mucho más pequeñas, pero todo tiene un sabor mucho mejor. Hay unos mercadillos increíbles los fines de semana, y tienen de todo. Deberías venir y daríamos una vuelta por allí.

Te repito que estoy muy contento de que tú estés contenta en Sleepy Hollow. Es mi trocito de paraíso, y no creo haber tenido ningún inquilino que se haya enamorado de él tanto como yo, y como tú ahora.

¿Hay alguna novedad sobre tu hermana? En tu último correo, hace tres días, decías que estabais esperando los resultados. ¿Ya los tenéis? ¿Saben ya lo que le pasa? Sé que la espera es horrible. Te envío cálidos abrazos desde el otro lado del Atlántico, y todo mi apoyo.

M

Steffi aspira una profunda bocanada de aire y pulsa «Responder».

Sándwich de pescado blanco con pesto

Ingredientes

Para el pesto:
2 tazas de hojas de albahaca
½ taza de queso parmesano o romano recién rallado
½ taza de aceite de oliva virgen extra
½ taza de piñones o nueces
3 dientes de ajo de tamaño mediano picados
sal y pimienta negra recién molida al gusto

Para el sándwich de pescado:
la ralladura de 1 limón
4 filetes de pescado blanco más bien finos (bacalao o tilapia)
1 paquete de jamón (prosciutto)
4-5 manojos de tomates cherry en rama
5 tomates secos
2 dientes de ajo, finamente fileteados
½ taza de aceitunas negras sin hueso (no en salmuera)
1 guindilla finamente fileteada

Elaboración

Precalentar el horno a 180 ºC.

Pasar por la batidora la albahaca, el queso, los piñones, el ajo, la sal y la pimienta.

Añadir la ralladura de limón y remover. Hacer 2 sándwiches con los filetes de pescado y el pesto entre medias.

Envolverlos con el jamón y reservar.

Poner en una plancha los tomates cherry, los tomates secos, el ajo, las aceitunas y la guindilla durante unos 25 minutos.

Colocar el pescado encima de los tomates y dejar en el horno durante 20 o 25 minutos.

Servir caliente.

Reece comprueba que todo está en la maleta. La manta, las fotos enmarcadas que había llevado Lila, la ropa, las cosas de aseo, el iPod. Está todo.

Entran las enfermeras y ayudan a Callie a incorporarse y a sentarse en una silla de ruedas en la que la llevarán hasta el coche. Irá a casa una fisioterapeuta que la ayudará a recuperar la fuerza muscular, dicen con optimismo.

—Cinco años y medio —le dijo Reece a Mark hace media hora cuando el médico fue a comentarles que la primera sesión de radioterapia sería al día siguiente—. Hay casos de personas que han vivido tanto. ¿Es posible?

—Siempre es posible —respondió Mark—. Las probabilidades no son muchas, pero hay quienes las superan. Callie es joven y fuerte, y eso la pone en una situación mejor que a muchas personas.

—Entonces ¿pueden quedarle varios años?

Mark guardó silencio unos segundos.

—Mientras hay vida, hay esperanza.

—Yo voy a conseguirlo —dijo Callie con una voz sorprendentemente enérgica—. Voy a superar las probabilidades.

Mark asiente con la cabeza.

—Tener una actitud positiva es muy bueno. No os podéis imaginar la diferencia. Y, Callie, Reece, sabéis que estamos haciendo todo lo que podemos.

Lila da unas patadas en el suelo para combatir el frío y finge estar pasándoselo estupendamente haciendo cola desde hace media hora para entrar en la feria navideña del Washington Homestead para ver a Papá Noel.

En principio Reece iba a llevar a los niños, pero cuando se enteró de que Callie volvía a casa, Lila y Ed se ofrecieron a llevarlos. Que Callie descansara tranquilamente hasta que llegaran los niños más tarde, dijeron.

—¿Estás segura de que Papá Noel está aquí? —pregunta Jack, dubitativo—. Yo creía que estaba en el Polo Norte preparándose para Navidad.

—Sí, pero a veces va a otros sitios para ver a los niños —interviene Ed al observar la cara de pánico de Lila. Se echa a reír; sabe que Lila no tiene muy clara la historia de la Navidad.

—Pero ¿por qué tiene que venir a vernos? —pregunta Eliza—. Febo se lo cuenta todo por la noche.

—¿Quién?

Ahora es Ed quien se siente perdido.

—Febo. Nuestro duende.

Ed se queda mirando a Eliza en silencio.

—Perdona —dice al fin—. Llevo aproximadamente cuarenta y seis años celebrando la Navidad y no sé de qué me estás hablando.

—Febo es el duende de nuestra casa, y vuelve volando todas las noches al Polo Norte para contarle a Papá Noel cómo nos hemos portado; o sea, que si hemos sido malos se lo dice y no nos traen regalos en Navidad.

—Y además, le decimos a Febo lo que queremos para Navidad y él se lo dice a Papá Noel —añade Jack muy serio.

—¿Se lo contáis a él?

—Le escribimos cartas y él se las lleva a Papá Noel.

¡Vaya! Ed mira sonriente a Lila. Qué... sofisticado se ha vuelto todo.

—A Papá Noel no le hace falta venir a vernos porque ya lo sabe todo —explica Eliza.

—A lo mejor solo quiere venir para comprobarlo —dice Lila—. ¡Ah, mirad! ¡La cola está avanzando, y están repartiendo bastones de caramelo!

Suspira con alivio y le aprieta la mano a Ed.

Aunque nunca ha celebrado la Navidad, en el fondo le encanta esta época del año. Enciende diligentemente las velas del candelabro de nueve brazos todas las noches, pero ver un candelabro encendido por una ventana oscurecida no la emociona tanto como ver un árbol de Navidad con sus preciosas luces. Quizá porque de niña no celebraban la Navidad, esta festividad ha conservado para ella un encanto romántico. Bajar por Main Street siempre es más excitante cuando los árboles están cubiertos de centelleantes luces blancas.

Su familia salía a cenar a un restaurante chino en Nochebuena, y el día de Navidad tomaban salmón y roscas de pan. Cuando estaba en la universidad, Lila iba a casa de Callie a pasar las vacaciones y le encantaba la comida del día de Navidad, un híbrido entre almuerzo y cena. Se sentaban a la mesa a las cuatro y no se levantaban hasta después de las nueve.

George le daba mucha importancia a trinchar el pavo, y Lila siempre recordará la amabilidad y el cariño con que la recibían. Nunca la consideraron el símbolo judío, como ella se temía, ni se sentía fuera de lugar. La consideraban parte de la familia. Callie recibía un montón de regalos, Steffi también, y ella no se quedaba atrás.

La Navidad siempre ha sido un gran acontecimiento en casa de los Tollemache, pero ¿qué va a pasar este año? Ya está a las puertas, y Callie no podrá hacer nada. Steffi y ella tendrán que encargarse de todo.

Callie se toma la Navidad muy en serio. No pone un árbol, sino tres. Cada habitación tiene un motivo con distintos colores, y coloca cascanueces de madera enormes fuera, junto a la puerta, y adornos con relucientes copos de nieve en el magnolio del jardín delantero.

Ha ido acumulando adornos en el transcurso de los años, y celebra una fiesta en Nochebuena en la que corren el ponche de huevo y el ron con especias, y los niños cuelgan en el árbol tiras de palomitas de maíz y arándanos secos.

Este año no. Este año no se hará, a menos que Lila se encargue de ello, con Steffi y Honor.

Lila cierra los ojos unos segundos y estira un brazo para recuperar el equilibrio. La mayor parte del tiempo está bien. Carga con el peso de la tristeza cada minuto del día, pero consigue salir adelante. La mayor parte del tiempo tiene que estar bien, porque además de pensar en Callie, preocuparse por ella y cuidarla, sigue habiendo vida. Están Ed, Clay, su trabajo, llevar su casa, hablar con los clientes, realizar la compra y todas las cosas que hay que hacer a diario.

Pero de repente se le viene encima. Como ahora. Un fuerte mareo. Y entonces esconde la cara entre las manos, o estalla en sollozos sin venir a cuento, o se da cuenta de que la razón por la que todo el mundo la mira con expresión preocupada mientras empuja el carrito por el supermercado es porque le corre un reguero de lágrimas por las mejillas.

Se traga el nudo que tiene en la garganta porque está con los niños y no quiere que la vean llorar. Los abraza con fuerza y ve, sorprendida y encantada, que Jack, quien pocas veces está dispuesto a dejarse abrazar por nadie más que sus padres, se apoya contra ella y le devuelve el abrazo.

Ed se ha sentado a una mesa de manualidades de la feria con los niños a hacer adornos navideños y finalmente convence a Lila de que se siente con ellos. Ella asegura que preferiría irse a la planta de abajo a tomar chocolate caliente con sabor a menta, pero en cuanto coge el pegamento se enfrasca en la tarea, para alegría de los niños.

Pega guirnaldas blancas en el fieltro, las espolvorea con purpurina y coloca lentejuelas en su árbol de Navidad.

—¡Es la bomba! —exclama Eliza, apoyándose en Lila, e inmediatamente se pone a copiar lo que ella ha hecho.

Desde fuera cualquiera pensaría que los niños están perfectamente, que el hecho de que su madre haya pasado las últimas semanas en el hospital no los ha afectado lo más mínimo. Sin embargo, Lila nunca los ha visto tan cariñosos ni tan receptivos al cariño. Eliza siempre ha sido cariñosa con ella, pero hoy está literalmente pegada a ella, y Jack es normalmente un tiquismiquis, pero hoy le da la mano, se deja abrazar y se sienta sobre su regazo.

Dan una vuelta por la feria y se paran a hacer manualidades o a jugar a algún juego y después vuelven a la cola para ver a Papá Noel.

Los niños casi no pueden respirar de la excitación, y a Lila le gusta que vayan a ver un Papá Noel de verdad. En la feria no hay un chico con barba postiza, sino un hombre de sesenta y tantos años, con mofletes sonrosados y barba auténtica, larga y blanca, ojos brillantes y una barriga grande y blanda. Hasta Lila tiene que contener un grito de sorpresa. Puede que no celebre la Navidad, pero sí puede reconocer a Papá Noel.

Eliza se pone vergonzosa cuando llega su turno, y Papá Noel la anima con dulzura a que se acerque.

—¿Cómo te llamas, guapa? —le pregunta.

—Eliza —responde la niña en un susurro.

—¿Y has sido buena este año?

Eliza asiente con la cabeza.

—¿Qué te gustaría por Navidad?

Eliza se encoge de hombros.

—Vamos, tiene que haber algo precioso que quieres que te lleve esta Navidad.

—¿Puedes poner mejor a mi mamá? —Y lo mira esperanzada.

Papá Noel sonríe.

—Puedo intentarlo, desde luego —dice—. No te puedo prometer que funcione, pero les diré a mis duendes que se pongan a trabajar inmediatamente. ¿Quieres algo más?

—Sí —responde Eliza, repentinamente segura—. Me gustaría una cama con dosel para mi muñeca American Girl, por favor.

—Eso está hecho —dice, y los dos posan para la foto de rigor—. Dile a tu mamá que estoy trabajando en ello, y que se mejore.

A continuación va Jack. Se dirige muy decidido a Papá Noel y le mira directamente a los ojos.

—Soy Jack —dice—. Y tengo una lista.

Papá Noel se echa a reír; Jack rebusca en un bolsillo, saca un papel doblado y bastante arrugado y se lo entrega.

—¿También me lo quieres contar? ¿Me lo lees?

—Sí —dice Jack, y se pone a leer.

Querido Papá Noel:

Tiene erores lo siento para Navidad porque tengo que pensar rápido y hablar y el globe junior y el del misterio que los niños hacen su robot y el de jología y el de los espías que van y matan y los niños mandan y el robot Robie con visión nozturna y el lego de la guerra de las galasias por favor.

Papá Noel parece sorprendido, y Lila se parte de la risa.

—¿Qué es todo eso, Jack? —pregunta.

—Está en el libro de casa —responde Jack muy serio.

—¿Qué libro?

—Los catálogos —tercia Eliza—. Roba los catálogos que llegan con las cartas y le pone un círculo a todo lo que le gusta.

Papá Noel se ríe entre dientes.

—Vamos a ver. Si hay alguna cosa en esa lista sin la que de verdad no te puedas pasar, ¿cuál sería?

Jack reflexiona unos momentos.

—El LEGO de la *Guerra de las Galaxias* —contesta al fin.

—Muy buena elección. —Papá Noel asiente con la cabeza y se inclina para susurrarle a Jack al oído—: Los LEGO también son lo que a mí más gusta. —Y Jack sonríe de oreja a oreja.

Reece está preparando la cena cuando llegan a casa Ed, Lila y los niños.

—¿Lo habéis pasado bien?

—¡Yo me lo he pasado en grande! —dice Lila con toda sinceridad—. Los niños han estado increíbles, y ha sido... eso, muy divertido. Creo que les ha encantado. Además, sé lo que quieren para Navidad, por si acaso tú no tenías idea.

—¡Dios! —exclama Reece, cortando setas y midiendo polenta en una jarra—. Ni siquiera había pensado en eso.

—Pues no lo hagas —replica Lila—. Yo lo organizaré todo y reclutaré gente para que ayude. No sabía que supieras cocinar.

—Ni yo. —Reece sonríe—. Pero estoy aprendiendo. De momento los niños son grandes fans de mi pollo teriyaki.

—¿Haces pollo teriyaki?

—Empapo las pechugas de pollo en salsa de soja y las pongo en la parrilla. ¿Así vale?

—Supongo. Me dejas impresionada. ¿Alguna especialidad más?

—También hago unos macarrones con queso bastante malos. —Señala las cajas de macarrones con queso orgánicos que hay sobre la encimera a la espera de que las guarden en la despensa—. Y ahora estoy intentando hacer para todos los demás polenta de setas silvestres, aunque reconozco que es un tanto ambicioso por mi parte.

—Es increíble.

—Mi esposa me tiene bien enseñado.

—¿Puedo subir?

—Creo que está durmiendo, pero, claro, sube.

—¿Está contenta de haber vuelto a casa?

—Mucho. Dice que se siente mejor solo por estar en su propia cama.

—Ya me imagino. ¿Dónde están Honor y Walter?

—Honor tenía que comprar unas cosas en el pueblo y Walter la ha llevado.

—¿En serio? ¿Están juntos en un coche? ¿Walter ha accedido a compartir el aire con Honor?

—Ya, ya —dice Reece, riéndose—. Debe de ser un milagro de Navidad.

—Hay cosas que nunca dejarán de sorprenderme. —Lila mueve la cabeza—. Voy arriba a ver si Callie quiere algo.

La puerta de la habitación está abierta. Lila entra de puntillas por si Callie está dormida. Duerme inquieta, con la boca abierta, y vuelve la cabeza continuamente. Lila no está segura de que esté realmente dormida, y cuando la madera del suelo cruje un poco, Callie abre los ojos y los mueve lentamente para enfocar a su amiga.

—Hola, cielo —dice Lila. Se sienta en la cama, se inclina y le da un beso en la mejilla—. No quería despertarte. He entrado a ver si querías algo.

—Tengo sed —dice Callie, señalando con la cabeza la mesa en la que hay un vaso de plástico con tapa y una pajita. Lila le acerca la pajita a los labios, y Callie bebe agradecida unos sorbos. En cuanto termina deja caer la cabeza sobre la almohada—. ¿Cómo están los niños?

—Estupendamente. Hoy los hemos llevado a la feria de Navidad.

Lila le cuenta sus aventuras y acaba con la larga lista de regalos de Jack sacada de los catálogos. A Callie se le ilumina la cara y se echa a reír.

—Gracias —dice—. Eres la mejor.

—¿Quieres que ponga los adornos de Navidad? —pregunta Lila con dulzura.

—No. —Callie le cubre una mano con la suya—. Quiero ponerlos yo, con los niños. Si te necesito, ya te lo diré. Parece que esta historia de las radiaciones será muy dura, así que no sé cómo me sentiré, pero al menos quiero intentar celebrar la Navidad con los niños.

—¿Estás preocupada por los efectos secundarios de la radioterapia?

Callie asiente con la cabeza.

—Un poco.

—Ayer hablé con Mark de eso. Dice que en gran parte se puede controlar con medicamentos. Por ejemplo, el Zofrán puede seguir funcionando para las náuseas.

—Ya lo sé. Me lo ha dicho. —Callie empieza a incorporarse, y Lila le coloca detrás un gran triángulo de gomaespuma que se han traído del hospital y tienen siempre junto a la cama para que se ponga cómoda—. Los vómitos no me preocupan demasiado. Ni que se me vaya a caer el pelo. Eso ya me lo conozco. Lo que me da miedo es la demencia y el deterioro cerebral.

—Pero eso no le pasa a todo el mundo, ¿verdad?

—No. Tengo que confiar en que no me pase a mí. Mark me dijo que me dejará echa polvo y que dormiré mucho.

—Pero eso es bueno. Así tu cuerpo tendrá la posibilidad de curarse.

—Eso espero. ¿Dónde están los niños?

—Reece les está dando la cena. ¿Quieres que suban?

—¡Sí! ¡Vamos a hacer un picnic! ¿Te los traes? Y tráete también vino y guacamole.

—¿Puedes beber vino?

Lila se queda de una pieza.

—Tonta, no para mí. Para ti, Reece, Ed y mis padres. Oye, hablando de mis padres, ¿no es rarísimo que mi padre esté bajo el mismo techo que mi madre?

—Rarísimo, pero ojo: resulta que esta tarde tu padre ha llevado a tu madre al pueblo en el coche.

—¡No! Dios mío. ¿Te imaginas si volvieran a estar juntos? ¿No sería... increíble? Y extraño.

—Sería tan increíble como extraño. Seguro que los dos se sienten solos.

—Claro que se sienten solos. Voy a ver si hago de casamentera.

—Muy bien, porque no has intentado que volvieran a juntarse desde el día en que se divorciaron.

—¿Y qué? Al menos ahora parece que tengo una oportunidad. Podría ser mi último deseo.

—¿Te quieres callar? —Lila pone una expresión de horror—. No te estás muriendo.

—No, hoy no me voy a morir.

Y Callie muestra una de sus deslumbrantes sonrisas.

Lila baja corriendo la escalera, sonriente, ya sin el torpor que la atenazaba. Es la primera vez desde hace semanas que Callie parece ella misma. ¿Y si supera las estadísticas? ¿Y si consigue llegar a los cinco años y medio y encuentran un tratamiento que la cure?

De repente no parece una posibilidad tan remota.

Walter aparca el coche, sale rápidamente y va hasta el otro lado para ayudar a salir a Honor.

—Ah, no tenías que molestarte.

Honor sonríe, recordando que Walter siempre se empeñaba en abrirle la puerta del coche. Qué curioso. Hace muchos años que no pensaba en eso. George nunca lo había hecho, y ella no esperaba que lo hiciera. Siempre le pareció ridículamente anticuado y envarado, pero ahora reconoce que le gusta que Walter le abra la puerta, le coja las bolsas y le tienda una mano para ayudarla a salir del coche.

Porque las cosas como son, ya no es tan joven ni le aguantan tan bien las piernas como antes, y los elegantes modales de Walter le resultan reconfortantes de una forma natural.

No han hablado mucho. Ni siquiera han charlado en el camino de ida y vuelta en coche. Han pasado el rato escuchando una emisora pública en amigable silencio, intercambiando comentarios de vez en cuando sobre el programa radiofónico.

A Honor le sorprende que Walter se haya suavizado con la edad. Ella no lo presionó, pero por sus comentarios dedujo que, aunque quizá no hubiera avanzado tanto para compartir sus ideas de izquierda, está profundamente disgustado con lo que ha pasado con el Partido Republicano y humillado por la candidata a la vicepresidencia en las últimas elecciones.

Todavía no está todo perdido, piensa, y una vez más se sorprende por el afecto que acompaña a ese pensamiento.

En la casa están todas las luces encendidas, pero no se ve a nadie.

—¿Dónde están todos? —pregunta Honor mirando a Walter, que se encoge de hombros y vuelve la cabeza cuando oyen carcajadas en el piso de arriba.

Cuando suben se encuentran a una Callie sonriente, incorporada en la cama y dirigiendo un juego de pistas. Reece, Ed y Lila están sentados en la cama, cada cual con un vaso de vino, y los niños brincan entusiasmados, no por el juego, sino porque son felices de tener a su madre en casa.

—¡Vaya, vaya! —dice Honor con una cálida sensación en el corazón.

Walter y ella dejan las bolsas y se suben a la cama.

Polenta de setas

Ingredientes

Para la polenta:
3 tazas de caldo de pollo
½ taza de crema de leche ligera
2 tazas de polenta
¼ de taza de mascarpone
4 cucharadas de mantequilla
½ taza de queso parmesano rallado
sal y pimienta al gusto

Para la salsa de setas:
1 taza de setas variadas
1 diente de ajo
1 cebolla finamente picada
aceite de oliva
una ramita de tomillo
4 cucharadas de caldo de pollo
perejil picado
sal y pimienta al gusto

Elaboración

Cocer a fuego lento el caldo y la crema salpimentados. Añadir la polenta poco a poco y volver a cocer. Remover con una cuchara de madera y dejar a fuego muy bajo una hora, removiendo con frecuencia. Si empieza a espesarse demasiado, añadir más caldo caliente. Incorporar el mascarpone y la mantequilla, salpimentar y añadir el queso. Debe quedar como un puré de patatas suelto.

Para la salsa:
Si las setas son frescas, limpiarlas y escurrirlas bien; cortarlas en láminas, y sofreírlas con el ajo y la cebolla durante unos 10 minutos. Añadir el tomillo y el caldo; salpimentar. Subir el fuego para reducir y espesar.

Cuando esté lista para servir, verterla sobre la polenta y espolvorear con el perejil.

28

Steffi está tumbada en la cama de Callie, leyéndole el libro de consejos sobre el cáncer de Kris Carr. Su hermana se despierta y vuelve a dormirse continuamente, con cambios en la respiración, hasta que Steffi deja el libro y se queda mirándola, deseando que hubiera algo, cualquier cosa, que ella pudiera hacer para aliviarla.

Steffi sabía que la radioterapia iba a ser muy fuerte. Lo sabía todo el mundo. Lo que no sabía era que fuera a resultar tan... terrible, tan agotadora. Callie apenas tiene fuerzas para moverse. Tiene tal debilidad en las piernas que hay que ayudarla a bajarse de la cama, a llegar al coche, y lo único que quiere es dormir.

—Eso es bueno —le susurró Steffi hace un rato—. Estás durmiendo porque te estás curando.

Lo único que sabe Callie es que quiere cerrar los ojos y dormir para siempre. Su rutina cotidiana consiste en esforzarse por mantenerse despierta para desayunar con los niños, que están encantados de poder desayunar en la cama de mamá todas las mañanas, ir al hospital para la radioterapia, volver a casa y dormir el resto del día.

Por la tarde logra mantenerse despierta un par de horas, pero ya no tiene fuerzas para levantarse, a no ser para ir al hospital. Durante las horas de vigilia se reúne toda la familia alrededor de su cama para intentar llenar la habitación de risas y esperanza.

Ya no tiene pelo. El día que empezó a quedársele a puñados entre los dedos, Reece la llevó al cuarto de baño y le afeitó con cariño la cabeza. Callie estuvo todo el rato bromeando, y su padre y su madre, terriblemente nerviosos, trataron de sonreír cuando salió a la habitación con la cabeza afeitada y les preguntó si le quedaba bien.

Una vez en la cama, les pidió a todos que se marcharan porque quería echarse una siesta. Se hundió en la almohada, con un mechón de pelo en la mano, sintiéndose vacía.

Le habían advertido que le ocurriría, y ya conoce la sensación de no tener pelo, pero no se esperaba que fuera tan pronto.

—Menos mal que no tienes ganas de ir a ninguna parte —dijo Steffi la primera vez que la vio así—. Estás horrible.

Callie se echó a reír.

—Gracias a Dios que alguien tiene el valor de ser sincero —dijo—. Los demás insisten en que me queda bien.

—Pues no. Pareces un pajarito.

Y es verdad. Lleva semanas incapaz de comer como es debido y parece haber encogido. Sin pelo a consecuencia de las radiaciones, es como un pajarito con pelusilla.

Steffi ha ido haciéndose cargo de la situación casi sin darse cuenta, una situación extraña para ella, la hermana pequeña ejerciendo de hermana mayor. El otro día a Callie le pusieron una sonda, y cuando su madre descansaba era Steffi quien abría el tubo con sumo cuidado y lo vaciaba.

—Debería darme vergüenza —dijo Callie con un suspiro.

—¿Por qué? A mí no me importa. —Steffi negó con la cabeza—. Esta mañana me llegaba la caca de gallina hasta las rodillas; o sea, que esto no es nada, puedes creerme.

Y es verdad. Steffi y Lila, ninguna de las cuales es madre, se han metido de lleno en el papel de mamá y les resulta tan fácil como si Callie fuera una recién nacida.

Cuando Callie se despierta ve a Steffi sonriéndole.

—Hola —susurra Steffi, tendiendo una mano para acariciarle la cabeza.

—Hola, tú. Me encanta que al despertarme estés aquí —dice Callie—. ¿He dormido mucho?

—Un buen rato. Quería esperar a que te despertaras para marcharme.

—¿Adónde vas?

—Tengo que cocinar. Mary me ha pedido a última hora más bizcochos para mañana. Y todavía no te lo había dicho, pero mañana es la gran noche con Stanley.

—¿En serio? ¿Vais a salir?

—Bueno, más o menos. Vamos a un bar —contesta Steffie sonriendo.

—¿Es que no puede llevarte a cenar?

Steffi se encoge de hombros.

—Ya conoces mi tipo de hombres. Normalmente no tienen dinero y se sienten más a gusto con ropa zarrapastrosa que yendo a un restaurante elegante.

—Ay, Steff. —Callie se pone seria—. ¿No eres demasiado mayor para eso?

—¿Cómo? —replica Steffi a la defensiva—. ¿Qué quieres decir?

—Lo único que quiero decir es que te mereces a alguien que te trate maravillosamente. Te mereces a alguien... no sé, como Reece. —Steffi la mira con preocupación—. No me refiero a que espero que te cases con Reece. —Se echa a reír—. Me refiero a un adulto. A un hombre de verdad, a alguien que te valore y respete lo suficiente para llevarte a cenar, no a un bar asqueroso a pasarse la noche bebiendo cerveza.

—Hermanita, sé que no es el definitivo, pero de momento me vale.

—Pero, Steffi, ya es hora de que dejes ese «de momento». Quiero que estés con un buen hombre, con un tío permanente.

—Yo también.

—Entonces, quiero conocer a Stan.

—¿Qué? Pensaba que no querías visitas. Ayer dijiste que no quieres que nadie te vea así.

—Y no quiero. Pero ¿y qué? Voy a hacer un trato contigo. Tengo que conocerlo, y si me parece buen tío, puedes seguir viéndolo, y si no, lo dejas.

Steffi se queda pasmada.

—Pero ¡eso es espantoso! Es chantaje emocional. No puedo aceptarlo.

—Claro que puedes. Vamos. Se me da muy bien juzgar el carácter de la gente.

—A lo mejor lo traigo, pero no pienso aceptar nada más.

—Vale. —Callie sonríe—. Con eso me conformo.

—Call —dice Steffi al cabo de unos momentos, tragando saliva porque son palabras difíciles de pronunciar—. Si no lo consigues, si esto no... funciona, ¿has pensado en Reece?

—¿Qué quieres decir?

—Te conozco. Seguramente habrás estado repasando listas de mujeres solteras o divorciadas que conoces, para ver si alguna encajaría con Reece.

Callie sonríe abiertamente.

—Pues sí. Pero ¿qué es esto? ¿Una conversación morbosa o algo así? Hay una mujer, pero en realidad no la conozco. Es amiga de Vicky, una de las madres de la clase de Eliza. Es pelirroja, y Reece tiene debilidad por las pelirrojas, y además parece una tía guay. Es rara y divertida a la vez. Creo que encajarían.

—Entonces, si no lo consigues... —Steffi no es capaz de utilizar otro verbo, y añade—: ¿Intento localizarla?

—Deja que pasen dos años. Reece necesitará tiempo para el duelo. Steff...

Callie mira a su hermana, que se ahoga con un repentino sollozo.

—Lo siento, Call. —Steffi intenta serenarse—. No debería haber dicho nada.

—Claro que sí. Me encanta que lo hayas hecho. Te quiero tanto, Steffi... Eres la mejor hermana que se podría tener, y siempre te querré. Recuérdalo. Estés donde estés, y esté yo donde esté, seguiré queriéndote. Siempre.

—Vale.

Steffi no puede decir nada más. Apenas puede respirar.

—Y por cierto, no voy a pedirte que te cases con Reece porque os pondríais de los nervios el uno al otro.

Steffi sonríe entre sus lágrimas.

—Vale. Me quitas un peso de encima.

—Voy a dormirme, cielo. Estoy tan cansada... Tráete a ese chico. Ni siquiera me acuerdo de cómo se llama. Maldito cerebro lleno de quimio y radio... —farfulla; cierra lo ojos y vuelve a dormirse.

Reece está abajo, en la cocina, calentando la cena. Se asoma a la ventana para ver los copos de nieve. Fuera está oscuro y hace frío, pero están encendidas las luces de la entrada y ve a Walter intentando enseñarles a los niños a hacer ángeles en la nieve.

Lila entra en la cocina cargada de ropa limpia.

—Reece, cariño, te quiero mucho, pero necesitas alguien que te ayude de verdad —dice.

—¿Qué quieres decir?

—Que no hay ser humano que pueda con todo esto. Llevo la ropa de cuatro adultos y dos niños, y es imposible. Tenemos que encontrar a alguien que trabaje aquí, que lleve la casa.

—Se puede encargar Honor, ¿no? Se lo diré.

—No, Reece. Honor tiene... ¿cuántos años? ¿Casi setenta? No le puedes pedir que se ponga a planchar. Está aquí para cuidar a Callie, sobre todo, y a sus nietos, no para llevar la casa. Ya es enfermera a tiempo completo. Tenemos que encontrar a alguien, enseguida.

—Vale. —Reece se encoge de hombros—. Lo que tú digas.

—Callie te tiene bien enseñado. —Lila desaparece unos momentos para dejar la ropa y vuelve a entrar—. ¿Quieres que ponga la mesa?

—Claro. Oye, Lila.

—Dime.

Lila se da la vuelta antes de llegar al cajón de los cubiertos.

—Solo quería darte las gracias. Por todo lo que estás haciendo, por ser tan buena amiga. Eres increíble.

—Gracias a ti —replica Lila.

Se le llenan los ojos de lágrimas y Reece se acerca para abrazarla. Pero al final es él quien no puede apartarse.

Alrededor de las siete de la tarde hay diez personas en la cocina. La familia más próxima, incluyendo a Lila, y cuatro amigas de Callie que han aparecido con comida y ramos de flores.

Ahora que la gente se ha enterado de que la cosa es grave no paran de presentarse en la casa sin avisar. Al principio, Reece pensaba que verían a Callie y que luego desaparecerían cuando les dijera, con la mayor amabilidad posible, que su mujer no estaba en condiciones de recibir visitas. Pero siguieron yendo, y se sentaban alrededor de la isla de la cocina a tomar té o vino, a últimas horas de la tarde. Al final ha comprendido que seguirán junto a la familia, esos amigos que están tan asustados, tristes y perdidos como los demás y que necesitan mantener una relación, si no puede ser con Callie, al menos con sus más allegados, porque encuentran gran consuelo en estar todos juntos.

Es normalmente a las cinco, cuando todos han vuelto a casa e intentan relajarse en torno a la isla de la cocina, cuando empiezan a llegar las visitas, y la casa no se queda tranquila hasta mucho más tarde. Entonces, cuando todos se han marchado y Reece sube para estar con Callie, solo se oye el zumbido del calentador y una corriente continua de tristeza.

—¿Está funcionando? —le preguntó Callie a Mark el otro día, durante una de las sesiones de radio—. ¿Se puede saber ya? Porque me siento fatal y empiezan a olvidárseme las cosas. Tengo el cerebro hecho puré. He perdido vocabulario.

—Es normal —le aseguró Mark—. Todavía es demasiado pronto para saber si las radiaciones están influyendo en los síntomas neurológicos. Tenemos que completar el tratamiento, hacer los escáneres y ver en qué situación estamos.

—¿Y si no ha funcionado? —insistió Callie.

—No adelantemos acontecimientos —dijo.

Pero hay otras cosas que no auguran nada bueno. Callie está cada día más débil; necesita que la ayuden a incorporarse, no puede andar y hace dos días sufrió «un percance».

Ahora lleva pañales para adultos, que su madre le cambia con todo cariño, y la limpia y la lava en la cama.

Todo el mundo tiene miedo.

Eliza y Jack parecen sobrellevarlo bien: para ellos es como una fiesta todas las noches, y todo el mundo está continuamente pendiente de ellos. Pero Honor ha visto a Jack dándole puñetazos a la almohada de su cama, cuando cree que nadie lo ve, en un acceso de ira que no quiere exteriorizar sino en privado.

La psicóloga, que ahora va a verlos a casa, dice que es normal, y que también es normal que el niño no muestre su rabia; a los seis años, es demasiado pequeño para comprender.

Por el contrario, Eliza se pone triste y pegajosa a medida que el día toca a su fin. Por la noche entra de puntillas en la habitación de sus padres, se encarama a la cama y se acurruca contra su madre. Es una niña que no ha dormido en la cama de sus padres ni una sola vez en su vida, cuyos padres consideraban su cama algo sagrado, pero las circunstancias han cambiado; Callie se despierta, estrecha a su hija y le acaricia el pelo hasta que la niña se queda dormida.

Honor está agotada. Ya no se mira en el espejo, a menos que sea absolutamente necesario. Parece como si se le hubiera descolgado la cara, y se despierta todas las mañanas pensando que las fuerzas no la acompañarán hasta el final del día, pero sabe que tiene que hacer un esfuerzo, por Callie, por los niños y Reece. No le queda más remedio.

La primera vez que tuvo «un percance», Callie sintió vergüenza. Honor intentó convencerla de que a ella no le importaba lo más mínimo.

—La primera vez que te limpié fue hace cuarenta y tres años, cielo. Puede que haya pasado un poco de tiempo, pero no se me ha olvidado cómo hacerlo.

Reece la había duchado —la llevaba en la silla de ruedas hasta el baño y la lavaba con delicadeza—, y Honor se quedó horrorizada la primera vez que ella le quitó el camisón y vio que se había quedado literalmente en los huesos. Los de la cadera le sobresalían de manera lastimosa, y tenía los muslos cóncavos. Honor cerró los ojos unos segundos, tragándose las lágrimas mientras le pasaba una esponja por el cuerpo a su hija; después la dejó en la silla de ruedas mientras cambiaba las sábanas, con rapidez pero con tranquilidad, charlando sobre los niños y contándole cosas divertidas de Jack.

Estuvo animada y graciosa, y antes de salir de la habitación le dio un beso a su hija, recorrió pausadamente el pasillo con las sábanas que había que lavar en los brazos, y al llegar a la puerta del lavadero se desplomó llorando.

Allí la encontró Walter. Se quedó unos momentos en silencio, mientras Honor sollozaba, y después se agachó, con un crujido de articulaciones, porque ya no es tan joven, y le dio unas torpes palmaditas en la espalda. Honor reclinó la cabeza en sus brazos, con el cuerpo convulso, y tras unos momentos Walter apoyó la frente en la cabeza de Honor, aspirando su olor, y cerró los ojos, sintiendo todo el peso del dolor.

Se quedaron allí largo rato.

Esta noche Honor se ha sentado en el sofá, junto a la chimenea, con un cuenco de sopa —lo único que consigue ingerir porque ha perdido el apetito— que reposa sobre una pequeña mesa frente a ella. En la habitación está el árbol de Navidad, con las luces encendidas y los regalos debajo, pero este año no hay un ambiente festivo en casa de los Perry, aunque todo el mundo se esfuerza cuando están los niños.

El fuego se está apagando. Walter se ha empeñado en encender un gran fuego todas las noches; es lo que hace Callie durante todo el invierno, y aunque ya no puede salir de su habitación, para Walter es importante mantener la costumbre.

Callie encendía la chimenea nada más levantarse, para que los niños empezaran el día en una habitación acogedora, desayunando chocolate caliente y bollitos antes de ir al colegio. Y cuando volvían, el fuego seguía resplandeciendo.

Honor contempla el fuego con la mirada vacía y alza la vista al oír un ruido. Walter está en la puerta, con una taza de té en la mano.

—He pensado que a lo mejor te apetecía un té —dice.

—Ah, gracias, Walter. Eres muy... atento.

Walter deja la taza sobre la mesa y piensa en lo mucho que han cambiado los dos.

No deberían haberse casado; Honor lo sabía entonces y lo sabe ahora, pero eran tan jóvenes, y tan diferentes... y esas diferencias eran tan asombrosas que ella no pudo evitar sentirse atrapada.

¿Y ahora? Walter sigue siendo un hombre amable. Durante las dos últimas semanas Honor ha pensado con frecuencias en las cosas buenas de su matrimonio, en cómo la cuidaba Walter, en cómo la cuida ahora.

También ha pensado en el daño que debe de haberle hecho, en que el odio de Walter no era en realidad odio, sino una decepción y un resentimiento muy profundos, y en que la única manera que tenía Walter de expresar su dolor era desaparecer de su vida.

—Ven a sentarte —le dice, dando un golpecito en el sofá, a su lado.

Walter vacila, pero finalmente se sienta. Honor toma un sorbo de té.

—Está perfecto. Justo como a mí me gusta.

—¿Una gota de leche y media cucharadita de azúcar?

—Exacto. ¿Aún te acuerdas?

—Sí.

—Walter, ¿me perdonas? —dice Honor en voz baja, tras unos segundos. Walter la mira, sorprendido—. Sé cuánto me has odiado durante todos estos años, y quiero decirte que lo siento. De verdad, no sabía qué otra cosa podía hacer.

—No te odiaba —replica Walter sosegadamente—. No tienes que pedirme perdón. Todo eso es... agua pasada.

—¿No crees que deberíamos hablarlo?

Walter niega con la cabeza.

—No —contesta—. Creo que no. El pasado pasado está, y ya no importa. Éramos los dos jóvenes, y muy distintos. Tomamos las decisiones que tomamos basándonos en cómo éramos entonces. Yo estaba... aislado, creo. En realidad no sabía nada de nada, y tú estabas tan llena de... pasión. Yo quería algo de eso. Quería escapar de esta vida tan seria, tan aburrida, de la vida que se esperaba que llevara, y tú eras la mujer más fascinante que nunca había conocido.

—Creía que no íbamos a hablar de ello —replica Honor.

—Y no estamos hablando de ello. —Walter le sostiene la mirada—. Lo único que importa ahora es Callie, y estar aquí por ella.

Parpadea y se vuelve hacia la chimenea. Honor ve con sorpresa que tiene los ojos húmedos. Walter no es hombre que se sienta cómodo mostrando sus emociones delante de nadie. Y de repente hace un ruido, entre gruñido y grito sofocado, y Honor se da cuenta de que está llorando. Al fin se está viniendo abajo; se acerca y lo toma entre sus brazos.

Sopa de chirivías y manzana al curry

Ingredientes

1 cucharada de mantequilla
½ kilo de chirivías peladas y troceadas
2 manzanas peladas, sin semillas y cortadas en láminas
1 cebolla mediana picada
2 cucharaditas de curry en polvo
1 cucharadita de comino molido
1 cucharadita de cilantro molido
1 diente de ajo machacado
4 tazas de caldo
sal y pimienta al gusto

Elaboración

Calentar la mantequilla, y cuando haga espuma añadir las chirivías, las manzanas y la cebolla. Ablandarlas sin dejar que se doren.

Incorporar el curry, el comino, el cilantro y el ajo, y remover bien durante unos 2 minutos. Verter el caldo lentamente, removiendo hasta que quede todo mezclado. Tapar y dejar a fuego lento unos 30 minutos o hasta que las chirivías estén tiernas. Hacer un puré con la minipimer y añadir más agua o caldo, si queda demasiado espeso. Salpimentar al gusto.

Para una versión menos sana se puede añadir nata. Adornar con cebollino picado.

29

Steffi está haciendo el recorrido matutino y primero pasa por la tienda de Mary, a dejar sopas, bollitos y galletas, y después por casa de Amy, con comida para la semana.

Ayer hizo figuritas de jengibre, con un agujero en la parte superior y cintas de terciopelo rojo para que los niños las cuelguen de los árboles.

—Si alguien quiere, puedo poner el nombre de sus hijos con azúcar glas —le dijo a Mary.

—¡Qué idea más buena! —exclamó Mary, entusiasmada—. ¿Y si ponemos un cartel? Ah, Steffi, qué contenta estoy de que vivas aquí. Llega gente que me dice que han venido a propósito porque han oído que tenemos la mejor comida de los alrededores.

A Steffi se le agrandan los ojos de alegría.

—¿En serio? ¿Eso dicen?

—Sí. Ayer vinieron tres personas, y llamaron del periódico local. ¡Dejaron un recado diciendo que querían escribir un artículo sobre la comida de aquí!

—Qué bien que esté funcionando.

—¿Qué voy a hacer yo cuando te marches?

—¿Cuando me marche? —Steffi se echa a reír—. Si me he enamorado de este sitio... ¿Por qué iba a marcharme?

—No, como he oído que Mason ha vuelto, pensaba que iba a mudarse aquí otra vez.

—¿Qué? —Steffi se queda inmóvil, atónita—. ¿Estás segura de esto?

—Bueno, no sé. A lo mejor no lo entendí bien —contesta Mary, desdiciéndose.

—No, no, cuéntemelo. Me mandó un correo electrónico el otro día y no me decía nada. ¿Seguro que es él? ¿Y qué quiere decir eso de que ha vuelto?

—Mick me dijo que se encontró con él en el parador y que le comentó que iba a estar aquí una temporada.

—Pero ¿por qué iba a volver y no decírmelo? —Steffi nota que la atenaza el miedo. A lo mejor ha vuelto para pedirle que se marche. Dios. Tiene que averiguarlo inmediatamente—. ¿Está en el parador?

Mary asiente con la cabeza, preocupada por si ha metido la pata.

—Voy a buscarlo —dice Steffi—. Perdona, Mary, pero tengo que marcharme.

Sale a toda prisa, se sube a la vieja furgoneta y se dirige al parador.

—Hola. Estoy buscando a Mason Gregory. ¿Está aquí? —le pregunta al hombre sentado tras el antiguo mostrador de caoba de la recepción.

—¿Steffi?

Alguien pronuncia su nombre en la biblioteca, y Mason, que estaba sentado en un sillón de orejas junto a la chimenea, se levanta.

—¡Mason! ¿Qué haces aquí?

Los nervios no le permiten alegrarse de verlo.

—Vaya, bonito recibimiento —dice Mason; se le borra la sonrisa y frunce el ceño.

—Perdona. —Steffi suspira—. Es que... ¿Por qué no me has dicho nada? ¿Por qué no me has dicho que pensabas venir a Sleepy Hollow?

—No lo tenía pensado —contesta Mason—. Fue una decisión de última hora.

—Pero... ¿por qué estás aquí? —le suelta Steffi—. ¿Quieres que me marche?

—¿Que te marches? —Mason parece confundido, y de repente se echa a reír—. ¡No, por Dios! No he venido para echarte. ¿Eso creías? —Steffi agacha la cabeza, avergonzada—. Cuánto lo siento, Steffi. Vamos a empezar otra vez. ¡Steffi! ¡Me alegro de verte!

—¡Mason! ¡Qué agradable sorpresa!

Y Mason le da dos besos, a la europea.

—Bueno, ahora en serio —dice Steffi, retrocediendo un poco—. ¿Qué haces aquí?

—Es una larga historia —contesta Mason—. Y no especialmente bonita.

—Uy, uy. Suena fatal. ¿El trabajo?

—Tendría que empezar por el principio, y tardaría un buen rato.

—¿Por qué no te vienes conmigo? Voy a pasarme por casa de Amy van Peterson a dejarle comida. Me lo puedes contar por el camino.

—De acuerdo, vamos —dice Mason, y la sigue hasta el coche.

—Bueno, entonces ¿qué ha pasado? —Steffi vuelve la cabeza mientras van dando botes por el camino de tierra hacia la casa de Amy—. ¿No ha ido bien el trabajo?

—No, el trabajo va muy bien. Pero el matrimonio no tanto.

—¿Qué? —Steffi para el coche y mira a Mason—. ¿Tu matrimonio? ¿Qué quieres decir?

—Nos hemos separado.

—¿Qué? —grita Steffi, realmente espantada.

—A ver, no es exactamente así. Olivia me ha dejado.

Steffi se queda mirándolo en silencio.

—¿Qué quieres decir con que te ha dejado?

—Pues resulta que durante sus frecuentes viajes a Londres para preparar el piso y ver al decorador y elegir los muebles, se ha enamorado de él.

—¿Del decorador? ¿Es hetero?

—Eso parece. A mí también me dejó un poco sorprendido.

—Entonces ¿ya está? ¿Se acabó? —Mason se encoge de hombros—. ¿Dónde están los niños?

—Con ella, en Londres, en ese enorme piso de Belgravia, todo blanco.

—Lo siento mucho, Mason. —Steffi le pone una mano en el brazo, comprensiva—. ¿Tú cómo te sientes?

Mason se queda mirando el salpicadero unos momentos y después mira a Steffi.

—No creía que pudiera reconocerlo delante de alguien, pero más que nada lo que siento es... alivio.

—¿De verdad?

Mason asiente con la cabeza y expresión de tristeza.

—Nuestro matrimonio hace años que no funciona. No sé si llegó siquiera a funcionar. Yo me sentía tan halagado de que me eligiera una persona como Olivia, y ella... bueno, no estoy seguro de por qué lo hizo ella, francamente. Creo que se esperaba de mí cosas más importantes. Durante todo este tiempo se ha sentido decepcionada por todo lo que no he logrado.

—¿Qué quieres decir? Pero si eres un editor increíble con un montón de exitazos en tu haber.

—Bueno, gracias por sacar a relucir ese detalle, pero a Olivia no le importaban demasiado los exitazos editoriales. Lo que quería era que yo la mantuviera, y supongo que pensaba que no ganaba suficiente dinero.

—¿Y a ella qué más le da? Yo pensaba que tenía un fortunón.

—Sí, pero, como siempre decía, era su dinero, para gastárselo en lo que ella quisiera, y yo, como hombre de la casa, tenía que pagar todo lo demás.

—¿Compraste tú el piso? —pregunta Steffi, horrorizada.

—¿Quién, yo? Es uno de los pisos más caros de la historia de las inmobiliarias de Nueva York. Yo no podría haberlo comprado ni en sueños. Aunque pensándolo bien, no habría querido comprar ese piso ni en sueños. Fue todo cosa de Olivia. Su piso, su dinero, a su nombre. Yo le dije que era absurdo, pero Olivia está loca por mantenerse al nivel de esas chicas de la alta sociedad. Si ellas hacen una cosa, ella hace dos. Si ellas compran algo caro, ella algo todavía más caro. Al fin y al cabo, ella se lo puede permitir —concluye, encogiéndose de hombros.

—Pero... ¿y vuestra relación? ¿Fue mal?

—Verás, no quiero hablar mal de ella. Es la madre de mis hijos. Yo creía que éramos si no felices, que estábamos... bien. Hay muchísimos tipos de matrimonio, y muy pocos son fantásticos. La mayoría simplemente va tirando, e incluso si piensas que te has equivocado, encuentras alguna manera de seguir adelante.

—¿Y tú pensabas que te habías equivocado?

—La verdad es que no lo pensé mucho. No era feliz, pero no habría querido dejar a los niños y, francamente, nunca quise romper la familia.

—¿Y qué pasa con los niños? ¿Están bien? ¿Qué vas a hacer con lo de la custodia?

—No lo sé. —Por primera vez Mason parece realmente dolido—. Es una de las cosas que tenemos que solucionar.

—Entonces ¿cuánto tiempo te vas a quedar aquí?

—Eso tampoco lo sé. Londres es fantástico, pero no quiero vivir allí solo... No tengo amigos, no lo conozco. Pensábamos que me necesitarían allí un año, pero la verdad es que la empresa va sobre ruedas. El director editorial es muy competente y yo ya no hago falta allí. —Guarda silencio unos momentos—. No sé cómo irá todo. Lo más difícil son los niños. No soporto no estar con ellos todos los días.

—¿Por qué has venido aquí?

—Necesitaba estar en Sleepy Hollow para... intentar digerirlo. De verdad, pensé en llamarte, pero no quería agobiarte. Yo es que... me encanta este sitio; es el único donde me siento de verdad en casa, y necesitaba un poco de serenidad. John y Kathy, los que llevan el parador, son viejos amigos míos, y me han dicho que puedo quedarme todo el tiempo que quiera.

—Pero yo me siento fatal por estar en tu casa. Es absurdo que tú estés aquí. ¿Por qué no te quedas en casa?

—No podría. —Mason niega con la cabeza—. Sería demasiada carga. Estoy aquí para encontrar un poco de paz y tranquilidad y poner mis ideas en orden. Ni siquiera tenía pensado verte. No quiero molestarte ni hacer que te sientas incómoda. Pero echo de menos a Fingal. ¿Qué tal está?

—¡Mason! —Steffi le da un golpe en un brazo—. Haz el favor de no ser imbécil. Fingal te echa de menos, y aquí tienes una casa. Vas a venir conmigo, y no consentiré que me digas que no.

—No tienes por qué hacerlo —dice Mason al tiempo que Steffi arranca el motor, pero sonriendo.

—Ya sé que no tengo por qué hacerlo, pero es que quiero hacerlo. —Le lanza una mirada de soslayo—. Si te portas bien, incluso cocinaré para ti.

—¿Cómo está Callie? —pregunta Mason cuando empiezan a pegar botes otra vez por el camino de tierra—. ¿Y cómo estás tú?

—Callie está hecha una mierda, y yo más o menos igual.

—¿Puedo hacer algo?

—No, nada. No creo que nadie pueda hacer nada. Bueno, si quieres, podrías venir conmigo. Después iré a verla.

Steffi no sabe por qué lo ha dicho. En realidad, debería llevar a Stan, no a Mason. Pero las palabras ya están dichas, y es demasiado tarde.

—Me encantaría —dice Mason—. Gracias.

Lila se para en Starbucks, camino de la casa de Callie, para tomarse un café con leche desnatada y un donut con glaseado de chocolate en el coche. Sabe que no debería tomarse el donut, pero cuando está tensa, o nerviosa, o triste le da por comer. Y justo ahora le pasan todas esas cosas, y está muerta de hambre.

Anoche se inventó un plato, pollo con judías. Era para cuatro personas, pero después de haber cenado con Ed seguía teniendo hambre, un hambre de lobo, y se sirvió una segunda y una tercera vez.

—¿Estás embarazada? —le preguntó en broma Ed, con malicia.

—Ya te gustaría —contraatacó Lila—. Lo que estoy es con un síndrome premenstrual de mucho cuidado. ¿Tenemos chocolate?

—No, cariño. Te lo comiste todo hace dos días. ¿Quieres que vaya al garaje?

—Mira que eres inglés. No es un garaje, sino una gasolinera. Y sí, me encantaría.

—¿Cuál es el menú de esta noche? ¿Snickers o M&M?

—¿Por qué no las dos cosas, y cuando vuelvas lo decido?

Lila se ha pasado años preocupándose por el peso, y ahora está con un hombre al que al parecer no solo no le importa lo más mínimo, sino que la quiere como es, pese lo que pese. Y es una suerte enorme, ya que últimamente le cuesta lo indecible abrocharse los pantalones. Ahora solo lleva mallas con jerséis largos que le tapan los muslos. Todas las noches se acuesta decidida a ponerse a dieta al día siguiente, pero cuando llega la mañana está muerta de hambre otra vez.

Lila entra en la casa, que se halla en silencio puesto que los niños están en el colegio, Honor y Walter haciendo recados y Reece trabajando en la oficina.

Sube a la habitación de Callie. Esta abre los ojos en cuanto ella entra.

—Hola, cielo —susurra Lila, sentándose en la cama—. ¿Cómo te encuentras hoy?

—No muy bien —contesta Callie, también en un susurro—. No me encuentro nada bien.

—¿Qué pasa?

—Estoy... cansada —dice Callie, y Lila observa que el blanco del ojo está de color amarillento y toma nota mentalmente de hablar con Mark más tarde, cuando vaya al hospital—. ¿Hoy también tengo que ir?

—Sí, cielo. —Lila le acaricia la mejilla, y Callie cierra los ojos—. Ya casi ha terminado. Solo te quedan cuatro sesiones.

—Pero no quiero ir. Ya no quiero. Ya no me importa.

Lila palidece al inclinarse hacia su amiga.

—Callie, tiene que importarte. Tienes que seguir luchando. Todavía puedes conseguirlo. Ya te falta poco, y no puedes rendirte ahora.

—Pero estoy tan cansada... —balbucea Callie—. No quiero seguir.

—Tienes que hacerlo, por tus hijos —dice Lila—. Cuatro sesiones más, y ya está. Y esta tarde te quedarán solo tres. Puedes hacerlo, Callie. Sé que puedes.

Callie abre los ojos y se queda mirando a Lila. Después asiente con la cabeza.

—Vale. ¿Puedo hacerlo?

—Claro que sí, bonita, claro que sí.

Lila la ayuda a llegar al borde de la cama, le apoya los pies en el suelo, le coloca bien la sonda y le pone con delicadeza unos pantalones de chándal.

—Oye, Lila.

—Dime, cielo.

—Te quiero.

—Ya lo sé. Y yo también te quiero.

—Solo quiero que sepas que estés donde estés, y esté donde esté yo, siempre te querré. Recuérdalo.

—Por Dios, Callie... —dice Lila aspirando una profunda bocanada de aire—. No digas esas cosas. Suena... siniestro.

—No lo es. Lo único que significa es que te quiero. Si pasa algo, yo seré tu ángel.

—Más te vale. —Lila la coloca en la silla de ruedas—. ¿Qué sombrero quieres?

—Ninguno. Hoy no. Ya no me importa.

—Vamos, tienes que lavarte los dientes.

Lila la lleva al cuarto de baño y le prepara el cepillo. Normalmente se lo da a ella, pero hoy Callie niega con la cabeza y deja los brazos colgando. Hoy no tiene fuerzas.

—¿Puedes lavármelos tú? —pregunta, y Lila se traga el miedo y le cepilla cuidadosamente los dientes, mientras Callie la observa en el espejo.

—Lila, abre el cajón de abajo. ¿Ves ese estuche blanco? ¿Puedes sacarlo?

Lila saca un estuche blanco de plástico y lo mira.

—¿Qué es?

—Una prueba de embarazo —contesta Callie con una débil sonrisa.

—¿Qué? ¿Crees que estás embarazada?

Si es posible gritar en susurros, Lila lo ha hecho.

—Yo no. Tú. Haz pis.

—¿Por qué? ¿Tan gorda estoy? Por Dios, Callie, si no te quisiera tanto...

—No estás gorda. Creo que estás embarazada.

—No estoy embarazada.

—Haz pis. Quiero saberlo. Tienes que mimarme un poco. Estoy moribunda.

—¡No digas esas cosas, coño! —le suelta Lila, espantada—. No estás moribunda.

—Todos nos morimos. Bueno, hoy no. Vale, vale, perdona. Estaba intentando ser graciosa. Pero hazlo.

—¿Qué tengo que hacer?

—Pis, y después veremos si hay una línea azul.

—No hay tiempo. Tienes radioterapia dentro de media hora.

—Siempre nos hacen esperar. Hoy pueden esperar ellos.

Lila cierra la puerta del retrete y hace pis sobre el bastoncito, con cautela; le pone la tapa y vuelve al cuarto de baño.

—¿Has hecho? —pregunta Callie.

Lila asiente con la cabeza.

—Dámelo.

Lila se lo da.

Callie se lo pone sobre el regazo, cuenta hacia atrás unos momentos y quita la tapa para ver el resultado.

—¡Lo sabía! —exclama sonriendo de oreja a oreja, pero Lila está a punto de desmayarse.

—¡Enséñamelo! —Lila coge el palito y le entran náuseas al reconocer la línea de un azul intenso dentro del círculo—. Joder, ¿y ahora qué hago yo?

—Lila. —A Callie se le ilumina la cara de alegría—. Ahora me llevas a la puñetera radioterapia y después aceptas que vas a tener un hijo.

Lila espera a que Ed se siente a la mesa de la cocina, con un vaso de whisky en la mano y un cuenco de sopa de chirivías y manzana al curry delante, y deja el palito sobre la mesa.

Ed se lleva la cuchara a la boca.

—Está riquísimo, cariño. ¿Qué es eso?

—¿Qué?

—Ese palito.

—Una prueba de embarazo.

Ed deja la cuchara y se le pone una sonrisa de oreja a oreja.

—¿Qué dice?

—¿Tú qué crees que significa la línea azul?

—¿Que estás embarazada?

Lila asiente con la cabeza, y Ed suelta un grito de alegría; se pone de pie y le da a Lila un enorme abrazo.

—¡No me lo puedo creer! ¡Maldita sea, es que no me lo puedo creer! —Estrecha a Lila con fuerza—. ¡Vamos a tener un hijo!

—No sé, Ed —dice Lila—. O sea, que tenemos que hablarlo.

—¿De qué tenemos que hablar? ¡Estás embarazada! ¡Por Dios! Pero ¿cómo te has quedado embarazada? Yo creía que usabas algo.

—Pues claro. Supongo que formo parte del dos por ciento. Pero, cielo, de verdad no sé qué pensar.

—Te irá bien.

Ed no puede dejar de sonreír y de besar a Lila, sin prestar oídos a lo que ella dice.

—Ya sé que me irá bien, pero no sé si puedo tener... si puedo tener un hijo.

—¿Cómo? —A Ed le cambia la cara—. ¿Te refieres a abortar?

—Ni siquiera he empezado a pensarlo en serio, pero sí, si tengo claro que no quiero tener este niño, abortaré.

—¿Vas a abortar? Es nuestro niño —dice Ed, horrorizado.

—No es un niño —replica Lila—. No es nada. Es un feto. Solo estoy de cinco semanas. Podría hacerlo la semana que viene, y después seguiríamos como siempre.

Da la impresión de que Ed está a punto de echarse a llorar.

—No puedes anunciar así como así que vas a hacer semejante cosa. Es nuestro hijo. No es una decisión que puedas tomar tú sola.

—Ya lo sé. —A Lila se le cae el alma a los pies. No es eso lo que esperaba. O quizá sí; tal vez lo único que esperaba era que Ed enfocara las cosas desde su punto de vista—. Pero, cielo, es mi cuerpo. Y eso es tremendo. No sé cómo me siento. A lo mejor solo necesito tiempo para acostumbrarme.

—Por supuesto que necesitas tiempo. —La voz de Ed recupera la esperanza—. Es una sorpresa tremenda, y puedes tomarte todo el tiempo que necesites. Vas a ser una madre fantástica. Te quiero tanto... y la idea de tener un hijo contigo es sencillamente increíble. Es lo que siempre había querido. Mi pareja, mi mejor amiga, mi amante, una mujer con la que me veo pasando el resto de mi vida, que me da tanta paz y tanta felicidad que todas las mañanas me despierto pensando en la suerte que tengo. Y lo único que podría mejorarlo sería tener una familia contigo. Una familia como es debido.

—Te quiero, Ed, y comparto todo lo que dices, pero dame tiempo. Deja que vea cómo me siento.

Ed no dice nada. Su sonrisa habla por él cuando se inclina para besar a Lila.

Pollo con judías

Ingredientes

3 botes de judías (negras o rojas)
1 lata de tomate en dados
guindilla
5 tomates secos cortados
un puñado de aceitunas negras, sin hueso y partidas por la mitad
4-5 anchoas picadas
3 dientes de ajo
tomates cherry en rama (no es fundamental, pero queda bonito)
6 pechugas de pollo
perejil picado

Elaboración

Precalentar el horno a 180 ºC.

Poner un poco de aceite en una cacerola y añadir las judías (previamente lavadas con un colador), los tomates en dados, la guindilla, los tomates secos, las aceitunas, las anchoas y el ajo. Mezclar, con cuidado de no romper las judías.

También se puede añadir beicon o panceta finamente cortados.

Añadir los tomates cherry. Hornear unos 25 minutos, hasta que se ablanden los tomates y empiece a oler maravillosamente.

Incorporar el pollo (si las pechugas tienen piel, se pueden dorar primero por este lado en una sartén). Dejar en el horno durante unos 30 minutos más, hasta que el pollo esté hecho.

Adornar con perejil.

30

Steffi observa a Stan, que vuelve de los servicios y los amigos le dan palmadas en la espalda al pasar.

Stan se sienta a su lado, le aprieta una pierna y echa la cabeza hacia atrás para tomar un trago de cerveza. Y entonces Steffi lo ve, el polvo blanco chivato en la nariz. El polvo blanco al que podría no dar importancia si no lo conociera de sobra, si no hubiera vivido tantos años en Nueva York, si no hubiera salido con tantos hombres que tomaban cocaína como quien bebe agua.

Se acabó, piensa, y la luz de la atracción se le apaga con la misma rapidez con que se le había encendido aquella soleada mañana en casa de Amy van Peterson.

Se acabaron las drogas. Se acabó el alcohol. Se acabaron los hombres que actúan como si todavía estuvieran en la universidad. Se acabaron los hombres a los que no puede imaginarse con su familia, llevándose bien con sus padres, con Callie.

Ni siquiera se ha animado a invitar a Stan a casa de Callie. Sí, Callie le había dicho que quería conocerlo, pero a Steffi no le hace falta ser neurocirujano para saber lo que diría.

Sin embargo, Mason...

Stan había ido a recogerla una hora antes, mientras Mason, sentado a la mesa de la cocina, la hacía reír. Ella estaba limpiando la cocina, armada de bayeta y limpiador, cuando Mason fue al sótano a por una botella de vino tinto que se había empeñado en que compartiera con él.

Se encontraba a gusto, cómoda, y además se divertía. Steffi se enfadó un poco consigo misma al recordar que Stan vendría a buscarla esa noche. Se retrasaba ya media hora, y pensó que tal vez podría anular la cita, o hacer como si no estuviera en casa, o poner cualquier excusa.

—Tengo entendido que el Post Inn es estupendo —dijo Mason, sirviendo el vino—. ¿Quieres que vayamos a ver si podemos entrar esta noche? A lo mejor es divertido.

—Me encantaría, pero no puedo —contestó Steffi con tristeza—. Tengo... planes.

—¿Planes? —Mason la miró sonriente—. Parece... interesante. —Steffi se puso colorada; se agachó para abrir un armario y fingió buscar una sartén para que Mason no la viera. ¿Por qué le daba tanta vergüenza?—. Bueno, dime, ¿quién es el afortunado?

—¿Qué te hace pensar que sea un tío?

Al notar que se le pasaba el sonrojo, se enderezó.

—No, por intuición. ¿Hay hombres solteros por aquí?

—No muchos. —Steffi se echa a reír—. Y no te lo voy a decir.

—Vamos, mujer, que somos amigos. Tienes que contármelo. Creo que eso figura en el contrato de alquiler.

—Yo no he firmado ningún contrato.

—¿No? Qué barbaridad. Lo prepararé la semana que viene. Voy a ver quién es; o sea, que más te vale decírmelo. ¿Es alto, moreno y guapo?

—Pues sí. Por Dios, no me puedo creer que me estés presionando así... Vale. Es Stan.

—¿Qué Stan?

—Stan, Stanley. El manitas, el de mantenimiento.

—¡Dios santo! —A Mason se le ensancha la cara con una amplia sonrisa—. ¡Stanley el manitas! No, en serio, ¿quién es?

—Es él —balbuceó Steffi—. Y resulta que ahora no me apetece ir.

—Lo siento. —A Mason se le borró la sonrisa—. No es asunto mío, y parece buen chico. Debería haberme dado cuenta... Es... muy atractivo, ¿no?

Steffi se encogió de hombros.

—Sí, supongo.

—No, quiero decir, tengo entendido que tiene mucho éxito con las mujeres... Vaya por Dios. Será mejor que me calle. Seguro que te lo pasas estupendamente.

—Seguro. —Steffi lo miró, furibunda—. Vamos a ir al Roadhouse a ver un grupo y lo pasaremos estupendamente.

¿Por qué daba la impresión de estar intentando convencerse a sí misma?

Y allí está, en el Roadhouse, lleno de humo, de gente y de ruido, y salta a la vista que el chico con el que ha quedado acaba de meterse una raya de coca, y en el único sitio en el que realmente le apetece estar es en casa, leyendo un libro junto a la chimenea, con Fingal acurrucado sobre sus pies, calentándoselos, y Mason sentado en el sillón.

No es que se sienta atraída por Mason —qué va, no es su tipo—, pero le gusta tenerlo cerca. Es un alivio en la agobiante tristeza de su vida en estos momentos, y nota su callado apoyo.

—Stan, lo siento mucho, pero tengo un dolor de cabeza tremendo y no me encuentro nada bien —dice de repente, y observa que el destello de irritación de los ojos de Stan se transforma en fingida preocupación—. Tengo que volver a casa. ¿Te importaría llevarme?

Se hace el silencio, y Steffi trata de controlar su propia irritación. Por Dios bendito, que es el tío con el que ha quedado... Por supuesto que tendría que llevarla a casa. ¿Es que tiene que pensárselo?

Pero sabe por qué tiene que pensárselo: porque algo ha cambiado. Un dolor de cabeza es una excusa de manual, y Stan se ha dado cuenta enseguida de que no es que no se encuentre bien, sino que ha cambiado de idea.

Steffi siempre ha sido muy voluble, capaz de enamorarse y desenamorarse en cuestión de segundos.

En otra época una motita de polvo blanco en la nariz no habría significado nada. En otra época le habría quitado importancia, porque, a pesar de que no le chiflaba la cocaína, no le molestaba que los demás la tomaran. Pero en otra época su hermana no estaba terriblemente enferma, y no se había visto obligada a cuestionarse toda su vida. Incluso los hombres que elige, como bien le ha hecho ver Callie. Hace seis meses habría tenido un rollo estupendo con Stan, pero hoy no. Ya no.

—Puedo coger un taxi —dice al fin Steffi, sacando a Stan de sus reflexiones.

—Bah, si son solo unos minutos. Claro que te llevo.

—¿Sabes una cosa? Que mejor tomo un taxi. —Se da cuenta de que no quiere pasar ni un momento más en compañía de Stanley, ni pasarse todo el trayecto hasta casa sintiendo esas oleadas de resentimiento—. No te preocupes. Aquí están tus amigos. Quédate y que lo pases bien.

Le pregunta un número de teléfono al camarero y cuando cuelga ve a Stan hablando ya con una chica alta y rubia en la que ella se había fijado al entrar.

—Qué rapidez. —Mason levanta la vista del ordenador cuando Steffi pasa por delante de la puerta de su estudio—. ¿Ha ocurrido algo?

—Sí, bueno, algo —contesta Steffi.

—Ven.

Le hace una seña para que entre, y Steffi se desploma en el sofá desteñido, bajo la ventana.

—Me he dado cuenta de que no es mi tipo.

—Ya. —Mason sonríe—. ¿Y cuál es tu tipo?

—Ese es el problema, que no tengo ni idea. Siempre han sido tíos como Stan, pero es que ya no me sirven.

Suspira y, al levantar los ojos, su mirada se encuentra con la de Mason, quien la mantiene unos segundos más de lo necesario. Vaya, piensa, mirando para otro lado. ¿Qué demonios ha sido eso?

—¿Has cenado? —pregunta Mason.

—No, pero estaba pensando en ir a Bedford. —Vuelve a mirarlo—. ¿Quieres venir?

La cocina está tranquila. Del salón sale el sonido bajo del televisor, y Steffi deja a Mason junto a la encimera mientras ella rebusca en la nevera algo de comer.

—¿Estás segura de que hacemos bien cogiendo lo que queramos?

—¿Lo dices en serio? —Steffi se asoma por detrás de la puerta—. Es mi familia, y soy yo quien lo ha cocinado todo. Hay garbanzos al curry, rollitos de carne al estilo asiático y macarrones con queso casero. Vaya, hombre, lo había hecho para los niños. Ya sabía yo que no les iba a gustar. Los únicos macarrones con queso que se comen son esa guarrería que viene en cajas. Toma. —Saca una botella de vino y se la da a Mason—. Vete abriéndola mientras yo caliento esto. Voy a ver quién anda por aquí.

Eliza y Jack están profundamente dormidos en sus respectivas camas, Eliza envuelta en un jersey de cachemira de Callie sin el que se niega a dormir últimamente.

La puerta de la habitación de Callie está cerrada, y al abrirla sin hacer ruido ve a Reece tumbado en la cama, abrazado a su esposa. Mira a Steffi, se lleva un dedo a los labios y le dice sin palabras que bajará enseguida. Callie está profundamente dormida, tan diminuta que su cuerpo apenas se nota bajo el edredón.

No hay ni rastro de su padre ni de su madre. Steffi baja de puntillas para no despertar a los niños y se asoma al salón. Hay una luz muy tenue, solo el parpadeo de la pantalla del televisor y el rescoldo de un fuego moribundo.

Y allí, en el sofá, dormidos el uno en brazos del otro, están Honor y Walter.

Steffi se queda boquiabierta, pasmada. Retrocede rápidamente y vuelve a entrar en la cocina.

—¿Te encuentras bien? —Mason mira con preocupación a Steffi cuando esta entra en la cocina, con la mano en el pecho—. Ni que hubieras visto un fantasma.

—Pues creo que sí —replica Steffi, con los ojos desmesuradamente abiertos—. Acabo de ver la cosa más rara de toda mi vida. Mi padre y mi madre están... abrazados en el sofá.

—¿Y qué tiene eso de raro? —pregunta Mason frunciendo el ceño.

—Que llevan divorciados unos treinta años y que mi padre odia a mi madre.

Mason se encoge de hombros.

—Pues está visto que ya no.

Steffi se sienta en un taburete y da un largo trago a su vaso de vino.

—¡Es de locos!

Reece entra en la cocina, le da un abrazo a Steffi y se presenta a Mason.

—Bueno, antes que nada, acabo de ver algo extrañísimo —dice Steffi—. Mamá y papá se han quedado dormidos el uno en brazos del otro en el cuarto de la televisión.

—No lo dices en serio.

Reece sonríe.

—Lo juro por Dios. Vete a ver.

Reece va de puntillas hasta la puerta, seguido por Steffi, y los dos se asoman.

—¡Dios mío! No creía que llegaría a ver este día —dice Reece en voz muy baja.

—¿Podemos traer a Callie? ¡No se lo va a creer!

Reece niega con la cabeza.

—No tiene fuerzas, pero podemos captar la evidencia.

Saca el Blackberry del bolsillo trasero de los vaqueros, lo levanta y hace una foto.

—Vaya, joder —murmuran los dos cuando el *flash* se apaga y Walter suelta un gruñido. Corren por el pasillo, riéndose como unos críos.

—A ver, a ver. —Al volver a la cocina Steffi intenta coger el Blackberry, moviendo la cabeza, sin dar crédito a lo que tiene ante los ojos—. ¿Cómo habrá ocurrido?

—Pues a mí no me sorprende tanto —dice Reece—. Creo que han encontrado un tremendo consuelo el uno en el otro. Y hay que reconocer que los dos han cambiado. Tu padre está más suave, y tu madre... bueno, sigue estando como una cabra, pero de una forma muy agradable. Creo que se hacen compañía mutuamente, y me parece muy bien.

—Tenemos que enseñárselo a Callie —dice Steffi—. ¿La despertamos?

Reece mira el reloj.

—De todos modos es la hora de la medicación. Vamos a subir. Mason, ¿te importa quedarte aquí?

—Puedo ayudar a preparar la comida. Decidme qué tengo que hacer.

Steffi le da un cuenco grande de madera.

—Puedes empezar con la ensalada.

—Parece buen tío.

Reece le guiña un ojo a Steffi mientras suben la escalera.

—Lo es.

—Y es tu casero, ¿no?

—Sí.

—Pero está casado.

—Separado, parece.

—¿En seeerio? —dice Reece, sonriendo.

—Venga ya. —Steffi le da un codazo—. No tiene nada que ver. Somos amigos. Además, aunque hubiera algo entre nosotros, que no lo hay, solo lleva separado cinco minutos. Y no es mi tipo.

—¿En seeerio? —repite Reece, y Steffi nota con sorpresa que se le suben los colores.

—Déjame en paz —dice al fin, sin saber qué más decir.

Callie abre los ojos lentamente y enfoca primero a Reece y después a Steffi.

—¿Dónde están los niños? —susurra, confundida, con voz ronca.

—En la cama, durmiendo. —Reece se inclina y le da un beso en la frente, acariciándole una mejilla—. Son casi las nueve.

—¿Cuánto tiempo he dormido?

—Desde las tres.

—Hola.

Mira a Steffi, pero parece desconcertada.

—Hola. —Steffi se acerca a la cama y le da un beso—. ¿Qué tal? Soy yo, Steffi.

—Ya lo sé —replica Callie, pero Steffi no está tan segura de que lo sepa. O no de momento.

—Es la hora de tus pastillas —dice Reece—. Y tienes que comer algo. Venga, vamos a incorporarte.

Steffi y él la mueven para colocarle la almohada de gomaespuma detrás. Steffi se queda pasmada al ver que está mucho más débil. No tiene fuerza alguna en los brazos y parece incapaz de incorporarse ella sola.

—¿Qué quieres que te traiga de comer? —le pregunta con cariño—. ¿Quieres guacamole?

Callie niega débilmente con la cabeza.

—Pudin de chocolate.

—¿Qué?

Reece y Steffi se echan a reír.

—Ya, ya lo sé. —Callie esboza una sonrisa—. Creo que he estado soñando con pudin de chocolate.

—¿Tienes pudin de chocolate?

—Sí. Siempre tengo chocolate en polvo, por si acaso. En el estante de arriba de la despensa.

—Voy a prepararlo —dice Steffi, mientras Reece llena un vaso con agua de la jarra de la mesilla y le acerca a Callie la pajita a los labios.

—Tenemos que enseñarte una cosa curiosísima.

Callie mira a Steffi. Reece le apoya suavemente la cabeza en la almohada, saca el Blackberry y busca la foto.

—¿Qué es?

Callie se esfuerza por enfocar, y Steffi se pregunta si las radiaciones le habrán afectado la vista.

—Fíjate bien. —Steffi sonríe—. Son papá y mamá.

—¿Cuándo has sacado esta foto?

—Hace unos cinco minutos —contesta Reece.

—Es fantástico. Lo sabía —dice Callie.

—¿Ah, sí?

—Bueno, tenía la esperanza. Oye, ¿qué tal con el chico? —pregunta, mirando a Steffi.

—¿Qué chico?

—Porque hay más de uno, ¿no, Steff? —bromea Reece.

—Vamos, Reece. Si te refieres a Stan, nada de nada. Tenías razón. No es para mí.

—¿Por qué no le cuentas a Callie quién es para ti? —dice Reece, sonriendo.

—Mason no es para mí, ¿vale?

—Entonces ¿cómo es que está preparando la ensalada en la cocina? —contraataca Reece.

—¿Está abajo? —Un destello del apasionamiento de Callie—. ¡Tráelo ahora mismo!

Steffi bate la leche con el chocolate en polvo y lo pone cuidadosamente en un pequeño molde de cristal. Además prepara un cuenco con trocitos de tortita de maíz, el inevitable guacamole, otro cuenco con salsa picante y unas galletas que había hecho antes, porque sabe lo poco que le gusta a Callie ser la única que come delante de mucha gente y que la miren.

—¿Seguro que te parece bien todo esto? —le pregunta a Mason.

—¡Pues claro! Estoy deseando conocerla.

—Pero ahora es... terrible verla. Ella no es así.

Señala con la cabeza las fotos de la pared, la Callie radiante, preciosa, sonriente, con los niños, las fotos que Mason ha elogiado, que todo el mundo elogia cada vez que entra en la cocina.

—No te preocupes por mí. —Mason apoya una mano en el brazo de Steffi y la mira a los ojos—. Mi madre murió de cáncer, ¿te acuerdas de que te lo conté? Sé cómo es.

—De acuerdo. —Steffi aspira una profunda bocanada de aire—. Vamos arriba.

Mason se empeña en llevar la bandeja, pero Steffi se la quita cuando entran en la habitación y la deja con cuidado sobre la cama.

—Tú debes de ser Callie. —Mason se acerca a ella y la toma de la mano—. He oído hablar mucho de ti.

—Siéntate —susurra Callie, indicándole la cama, y Mason se sienta, sin soltarle la mano.

—Call, he hecho el pudin. ¿Quieres que te lo dé yo?

Steffi coge el cuenco, porque a Callie ya hay que darle de comer, mientras sus grandes ojos miran fijamente a quienquiera que le lleva la cuchara con cuidado a la boca.

Callie parpadea para asentir y, como un pajarito, abre la boca cuando se le acerca la cuchara a los labios.

—Normalmente no estoy así —le dice a Mason entre dos cucharadas.

—Ya me lo imagino. —Mason sonríe—. He visto las fotografías de la cocina. Son preciosas.

—Gracias.

—Pero no pudiste hacerlas tú...

—Yo preparé la cámara. Reece disparó —susurra Callie.

—Pero todas las fotografías de la casa son buenísimas. Tienes un gusto exquisito.

—Las ha hecho ella —tercia Steffi con orgullo—. Son todas suyas.

—¿En serio? Son increíbles. Deberías exponerlas.

Callie se encoge de hombros.

—Algún día.

—Cuando te pongas mejor —dice Mason—. Me gustaría que conocieras a un amigo mío que lleva una de las galerías más importantes de la ciudad. Le encantaría tu obra. Esos paisajes son extraordinarios. ¿Quieres que se lo diga?

Callie asiente con una sonrisa.

—¿De verdad te parecen tan buenas?

—Me parecen mejor que buenas —contesta Mason—. Son sensacionales.

Callie dirige la mirada hacia Steffi.

—Steff, ¿puedes traerme un plátano?

—¿Tienes hambre? ¡Qué bien! —dice Steffi, encantada.

Callie espera a que Steffi haya salido de la habitación para volverse hacia Mason, con la mano aún en la de él. Evidentemente, lo del plátano es una excusa para echar a Steffi.

—Vas a cuidar de ella, ¿verdad? —dice lentamente.

Mason intenta tragarse el nudo que se le ha hecho en la garganta, que le ha traído recuerdos tan agridulces como ese momento que está viviendo. No se ve capaz de hablar.

Callie mira hacia el otro lado para comprobar que Reece sigue en el cuarto de baño y después se vuelve hacia Mason.

—Lo sabes, ¿verdad?

Lo mira a los ojos, y Mason asiente con la cabeza, porque sabe perfectamente a qué se refiere.

Callie se está muriendo.

Nadie ha hablado de ello, no se sabe si la radioterapia ha dado resultado, pero ella lo sabe.

Se está muriendo.

Y Mason también lo sabe.

—Yo lo sé, y estoy preparada —dice Callie para sí misma. Vuelve a mirar a Mason—. Todavía no sabe que te quiere, pero lo sabrá. Bien. Está bien —añade, otra vez como si hablara consigo misma—. Eres tú, ¿verdad? El chico.

Mason le aprieta la mano, sin decir nada, y se inclina para darle un beso en la frente.

—Cuidaré de ella. No te preocupes. Todo irá bien.

Y al salir se le agolpan los recuerdos de su madre y del dolor de ver a alguien muriéndose... el dolor de Steffi al tener que pasar por esto... Es todo inesperadamente angustioso.

No se echa a llorar hasta que llega al baño de abajo. Apoya la cabeza en el espejo y deja resbalar unas lágrimas por las mejillas.

Galletas navideñas con merengue

Ingredientes

- 2 claras de huevo
- ⅛ de cucharadita de sal
- ⅛ de cucharadita de crémor tártaro
- ¾ de taza de azúcar
- ½ cucharadita de esencia de vainilla
- 1 taza de virutas de chocolate con poco azúcar
- 1 taza de nueces picadas
- 3 cucharadas de caramelos de menta machacados

Elaboración

Precalentar el horno a 120 °C.

Batir las claras hasta que hagan espuma; añadir la sal y el crémor tártaro, y seguir batiendo hasta que se formen picos blandos. Incorporar el azúcar, una cucharada de cada vez, batiendo bien. Seguir batiendo hasta punto de nieve. Incorporar la vainilla, las virutas de chocolate, las nueces y los caramelos.

Colocar a cucharaditas, dejando un espacio de 1 cm entre cada una, en una bandeja de horno engrasada. Hornear durante 40 minutos. ¡Intentad no coméroslas todas antes de que se enfríen!

31

Eliza no le ha soltado la mano a Lila desde que bajaron del tren en Grand Central Station, y parece que así va a seguir durante todo el día.

Jack está sentado sobre el regazo de Ed, dando botes de entusiasmo y tomándole el pelo a Clay, que está junto a su padre, mirando a su alrededor, a la espera de que ocurra algo en el circo.

—¡Ya estamos aquí!

Aparece Honor al final de la fila, cargada con bolsas de palomitas, y detrás de ella Walter, que lleva las bebidas y bolsas con más cosas.

—¿Qué es eso? ¿Algodón de azúcar? —pregunta Lila con incredulidad—. No les dejan tomar algodón de azúcar. A Callie le daría algo.

Walter mueve la cabeza.

—Yo soy su abuelo, y estamos para malcriarlos.

—Tiene razón —interviene Honor—. Estamos para cebarlos de comida que no les dejan comer en casa y para consentirles que trasnochen.

—¡Yupi! —gritan Eliza y Jack al unísono—. ¿Vamos a hacerlo esta noche?

—No nos queda más remedio —contesta Lila riéndose—. Desde luego, no os vais a acostar temprano. Vamos a llevaros a cenar a Marte 2112 antes de volver a Bedford.

Los cuatro adultos han llevado los niños a la ciudad, porque hoy es el día de los escáneres, el día en que van a saber si ha cambiado algo, y Callie les ha pedido que solo sean Reece, Mark y ella quienes vean si ha funcionado la radioterapia.

Lila quería ir con ellos, pero Callie le dijo, apretándole la mano, que la quería para las revisiones, pero que ahora necesitaba que Reece y ella estuvieran a solas.

Están todos muy angustiados.

No van a dejar que se les note. No delante de los niños, que tienen la sensación de estar viviendo la Navidad, su cumpleaños y las vacaciones de verano al mismo tiempo. Jamás les habían prestado tanta atención ni les habían servido en bandeja tantas diversiones.

Todos los días van a jugar a otras casas, las madres de sus amigos se deshacen en atenciones y elogios hacia ellos, van a ferias y festivales, teatros y espectáculos todos los fines de semana, y hoy —¡es genial!— al Big Apple Circus de Nueva York, y además, un día entre semana, un jueves.

No es de extrañar que no paren de reírse y dar brincos de pura excitación.

Bajan las luces, y los niños se parten de risa cuando entra muy ufana en la pista una payasa conocida como la Abuelita, con el bolso apretado contra el pecho. Walter le coge la mano a Honor y la aprieta con delicadeza; los dos sonríen ante la alegría de sus nietos y miran al frente, sin ver el espectáculo, pensando en su hija, con un miedo que ninguno de los dos puede expresar ni disipar.

Lila consulta su iPhone cada pocos segundos, esperando noticias. Envía mensajes de texto a Reece, que le pone al corriente.

Esperando resultados PET

Resonancia dentro de poco

Sin novedades

Es algo compulsivo. Mueve la pierna sin cesar, no para de mirar el iPhone.

—Estate quieta —le susurra Ed, sujetándole la mano con cariño—. No podemos hacer nada. Respira hondo.

—Ya.

Lila reclina la cabeza sobre el hombro de Ed y saca unas palomitas del cubo; el suyo hace siglos que está vacío.

Patatas fritas, palomitas, algodón de azúcar, patatas fritas, palomitas, más algodón de azúcar. Las náuseas no son del todo terribles, pero sí lo suficiente para justificar que lleve patatas fritas adondequiera que vaya y se meta un puñado en la boca a intervalos regulares.

Y cuando no come patatas fritas, normalmente llora; sus emociones, ya frágiles, se han disparado con el embarazo.

—Si me muero, tienes que ponerle de nombre Callie —dijo Callie el otro día.

—No digas esas cosas.

A Lila se le llenaron los ojos de lágrimas inmediatamente, y por mucho empeño que puso no hubo forma de refrenar los sollozos. Apoyó la cabeza en el hombro de Callie, quien le acarició el pelo débilmente.

—Chist —susurró Callie—. Todo irá bien.

—No digas eso. Sabes que no.

—Claro que sí —dijo Callie sosegadamente—. Es una niña, y le vas a poner Callie.

—¿Cómo sabes que es una niña? —preguntó Lila.

—Un presentimiento. Estoy segura —contestó Callie.

Lila, que aún no había decidido nada respecto al embarazo, siguió llorando, pero no podía decirle a Callie que aún estaba intentando aclararse, si seguir adelante o no.

Esa noche no pudo dormir. No podía dormir la mayoría de las noches. Acostada en la cama, pensaba en Callie con los ojos como platos. Se despertaba cada pocos minutos, o eso le parecía a ella, para hacer pis, y volvía a la cama completamente despierta.

Esa noche estuvo en el cuarto de baño largo rato, mirándose en el espejo, y de repente sintió que la invadía una gran sensación de paz.

Iba a tener ese hijo, y sería una niña.

Al volver a la habitación se apretó contra Ed, que gruñó y se movió un poco, y lo rodeó con un brazo.

—Ed —le susurró al oído.

—Sí...

—Vamos a tener un hijo —dijo, y cuando Ed se volvió para tomarla en sus brazos, volvieron a rodarle las lágrimas por las mejillas, pero al fin eran lágrimas de alivio. Y de alegría.

Acaba el espectáculo y Lila envía un mensaje. A continuación otro. Y otro. Mira a Ed y se encoge de hombros.

—Nada.

—A lo mejor le están haciendo más escáneres —dice Ed—. Estoy seguro de que aquí hay que desconectar el Blackberry.

—De acuerdo. —Lila procura tranquilizarse—. Lo intentaremos más tarde.

Mason va a ir hoy a la ciudad, a ver a un abogado matrimonialista que, según dicen, es el mejor de los mejores, para intentar plantearse su futuro, aunque al parecer de momento no se puede tomar ninguna decisión.

¿Permitirá un juez que Olivia se quede en Londres? ¿Con qué argumentos? ¿Que tiene un novio inglés? Eso parece... risible. Inverosímil. Pero le aterroriza la idea de que pueda ocurrir.

Si bien le gustaban algunas de las cosas que ofrece Londres, la sola idea de volver a dejar su casa le espanta.

Su casa. No está en Londres, desde luego. Ni siquiera en Nueva York, en ese piso enorme, desmesurado, recargado, en el que nunca se ha sentido a gusto. Pero en Sleepy Hollow, sí. Con Fingal, y los animales, y ahora... con Steffi.

¿Está enamorado de ella? No cabe duda. Le ha pillado por sorpresa. Ni siquiera lo había pensado hasta que se lo dijo Callie, y con tal certeza que casi llegó a plantearse si no sería su difunta madre hablando por mediación de ella.

No se había dado cuenta de que se había enamorado de Steffi

porque no lo estaba buscando y porque hasta ahora no sabía qué era el amor. Más joven, quizá lo que experimentó fue algún encaprichamiento, una pasión irrefrenable, la sensación de que prefería morirse a no estar con esa persona.

O, como con Olivia, el no dar crédito a que alguien como ella se hubiera enamorado de alguien como él. ¿Cómo iba a rechazarla? ¿No habría estado loco si no se hubiera casado con ella? Jamás encontraría a nadie como ella. La misma Olivia se lo dijo, en incontables ocasiones.

En Londres, cuando su mujer empezó a desaparecer, incluso antes de que anunciara que iba a dejarlo, descubrió que los destellos en medio de su soledad aparecían cuando abría la bandeja de entrada en el ordenador y veía un correo de Steffi. Y lo leía sonriendo sin darse cuenta.

No había vuelto a Sleepy Hollow para verla, pero el día que oyó su voz en el parador comprendió que sí había ido para eso, en cierto sentido.

Y ahora, al compartir una casa, está conociéndola mejor, y cuánto más la conoce, más le gusta.

No de una forma consciente, hasta que conoció a su hermana.

Es la sensación de... seguridad que la rodea. Una sensación de paz. Es la sensación —casi no se atreve a pensarlo— de estar en pareja. Ya. Y en el sentido más auténtico de la palabra.

Ya han adquirido una especie de costumbre, sin que haya nada físico entre ellos. Mason se levanta antes, prepara té para ella, dan de comer juntos a los animales. Él se enclaustra en su estudio durante el día, intentando dirigir la editorial desde casa lo mejor posible, y se alegra cada vez que oye las pisadas de Steffi en la escalera, o hablándole en voz baja a Fingal cuando le abre la puerta trasera para que salga.

Steffi pasa mucho tiempo fuera. Va de compras, o a repartir la comida o, naturalmente, a casa de su hermana, y a Mason se le alegra el corazón cuando oye su coche entrando por el sendero.

Sus horas preferidas del día son las tardes, cuando Steffi prepara platos. Entra en la cocina a tomar café, y ella se empeña en que lo pruebe todo, le pide su opinión, y después se ponen a hablar de todo lo habido y por haber.

Y eso es lo que más ha echado en falta, empieza a comprender Mason. Alguien con quien hablar. Olivia solo hablaba de gente, de compras: que si en Bergdorf se les habían acabado los Manolo de su número, que si su reunión del comité de esa mañana había sido en casa de Whitney Timsdale, y hay que ver qué decoración más ordinaria, que cuánto debían donar ese año al Ballet de Nueva York...

He estado más solo en mi matrimonio que en toda mi vida, piensa Mason con súbita claridad. Y horror.

Y no me esperaba que fuera a enamorarme. Ahora. De Steffi. Tan pronto. Pero no hay prisa. Sabe que son amigos, que de momento es suficiente con que se tengan el uno al otro.

Lo último que necesita es una relación de rebote. Cuidará de Steffi, como ha prometido, como haría incluso sin promesa de por medio. Ella va a necesitar que la cuiden, porque todavía sigue hablando como si Callie fuera a ponerse mejor, aunque los médicos califican el tratamiento de paliativo y explican que se están limitando a aliviarle el dolor, a intentar que se sienta más cómoda hasta que llegue el final.

Nadie puede dejar que Callie se vaya. Él lo vio el otro día. Callie quizá esté preparada, pero los demás no, y lo comprende. Él no estaba preparado para que su madre se fuera. Los médicos insistían en otros tratamientos, más quimioterapia, algo más que pudieran hacer, y cuando su madre dijo que ya estaba bien, él se enfadó con ella por rendirse.

Baja del taxi en Grand Central y envía un mensaje rápido a Steffi para preguntarle si hay novedades.

Aún no. No aguanto más. Nadie en casa. Voy a Bedford a esperar. XO

Se pregunta si debería volver para estar con ella, pero en realidad no es su sitio. Cuando Steffi vuelva a casa, él estará allí.

Acaban de bajarse de la nave espacial para entrar en el restaurante de Marte 2112 cuando suena el móvil de Lila.

—Vale.

Asiente con la cabeza; se ha puesto pálida.

—¿Qué pasa?

Los demás adultos la rodean.

—Era Reece. Están en casa. Han visto al equipo médico y quiere que volvamos.

32

La familia y los amigos de Callie podían pensar que estaban preparados para su muerte —sabían que era inevitable—, pero es
imposible prepararse para la tragedia de perder a alguien tan joven, tan lleno de vida.

El 21 de diciembre de 2010, mientras Reece y Honor estaban
sentados a la cabecera de la cama de Callie, en su casa, los niños
en el colegio, Walter en el supermercado, la respiración de Callie
experimentó un levísimo cambio, después hizo un ruido áspero
y a continuación... nada.

No fue dramático. No abrió los ojos ni pronunció unas últimas palabras. No hacía falta. Callie había vivido toda su vida
demostrando a las personas que le importaban cuánto las quería;
cuando llegó el final, no había dejado nada a medias. Estuvo allí
hasta que dejó de estar.

Steffi se mira en el espejo mientras se cepilla el pelo y comprueba que no tiene lápiz de labios pegado a los dientes.

Ahora ya no derrama tantas lágrimas. Al principio solo sentía el peso de la pena, el terrible vacío. Unas semanas después
fueron desapareciendo los efectos del tremendo golpe y se dio
cuenta de que no tenía ni idea de cómo enfrentarse a la mons-
truosidad de la pérdida, una pérdida que sentía día tras día, minuto a minuto, segundo a segundo.

Pero uno lo sobrelleva porque no le queda más remedio. ¿Acaso se tiene alternativa?

Steffi ha aprendido que la vida gira en torno al dolor, que le hace un hueco y lo absorbe hasta que pasa a formar parte del tejido cotidiano, te arropa y se aposenta en tu corazón.

Ha hecho grandes progresos durante el último año. Juega con Eliza y Jack, prepara la cena, inventa recetas, sale con amigos, lee libros... Y llora.

Se ducha, planta semillas, recoge hortalizas, besa a Mason, se va de vacaciones, toma demasiados postres, navega por la red. Y llora.

Organiza cenas, hace el amor, hace amigos, se parte de la risa, enciende fuegos, lee los periódicos, se cepilla el pelo. Y llora.

Y por encima de todo, echa de menos a su hermana.

Pudin de manzanas y almendras

Ingredientes

½ kilo de manzanas para cocinar, sin semillas y cortadas en dados
¼ de taza de azúcar moreno
½ taza de mantequilla a temperatura ambiente
½ taza de azúcar blanquilla
2 huevos grandes batidos
½ taza de almendras picadas

Elaboración

Precalentar el horno a 180 ºC.
Echar las manzanas en el azúcar moreno.
Batir la mantequilla y el azúcar hasta formar una crema esponjosa.
Añadir los huevos lentamente y seguir batiendo hasta mezclarlos por completo.
Incorporar las almendras y las manzanas con el azúcar moreno.
Colocar en una bandeja de horno y cocinar durante 45 minutos.

EPÍLOGO

24 de diciembre de 2011

Walter y Honor son los primeros en llegar, maniobrando con cuidado por el sendero de entrada que no se puede acanalar porque es de grava y ya está peligrosamente resbaladizo.

Anoche volvió a nevar, y la casa brilla tenuemente, un cuento de hadas hecho realidad, con una guirnalda en la puerta y velas encendidas en todas las ventanas.

—¿Te acuerdas de la última vez que tuvieron una Navidad blanca por aquí? —pregunta Honor volviéndose hacia Walter, que está sacando los regalos para los niños de la trasera del coche.

—No, pero dicen que este año sí que vamos a tenerla.

—Vaya año.

Honor lo mira, y él deja las cajas y las bolsas en el suelo, le tiende los brazos y la besa. Honor cierra los ojos y se apoya unos segundos en el pecho de Walter.

—Terrible —dice Walter, retrocediendo para mirarla a los ojos—. Pero a pesar del dolor y la tragedia, en algunos sentidos maravilloso. —Honor lo mira perpleja—. Por supuesto, echo de menos a Callie todos los minutos del día, pero tú has sido una alegría que no me esperaba. Y Steffi, nuestra hija descarriada, ha sentado la cabeza. —Se encoge de hombros, con los ojos empañados por la tristeza—. Parecía difícil que pudiera salir nada bueno de todo esto, pero... Reece es un padre increíble, y está criando a esos niños de una manera que yo no creía posible.

Vuelve a estrecharla entre sus brazos y se dan la vuelta cuando entra lentamente una furgoneta Volvo.

En el asiento delantero va Lila, que los saluda con la mano, salta del coche antes de que haya parado, corre hacia ellos y les echa los brazos al cuello.

—¡Feliz Navinuka! —dice. Walter se queda perplejo—. ¡Mezcla de Navidad y Hanuká! ¡Cuánto os he echado de menos! ¿Qué tal el viaje desde Maine? ¿Espeluznante?

—No, ha sido precioso, muy romántico —le confiesa Honor—. A ver, ¿dónde está ese pequeñín? Déjame verlo.

Ed desabrocha el cinturón de seguridad y coge orgulloso a su niño para enseñárselo a todos.

—¡Madre mía! —exclama Honor, inclinándose y tendiéndole un dedo al niño para que lo agarre—. ¡Es precioso! ¡Con todo ese pelo rizado! ¡Hola, bonito!

—Es Carl —dice Lila, tragándose el nudo que se le ha hecho en la garganta, porque es la primera vez que los padres de Callie ven a su hijo. No ha sido una niña, como pensaba Callie y también Lila, sino un niño fuerte y regordete.

—¿Puedo cogerlo? —pregunta Honor.

Lila lo desata, lo levanta con delicadeza y se lo da. Honor lo acuna en sus brazos, con los ojos brillantes de júbilo.

Se abre la puerta principal, Fingal sale al galope para saludar y olfatea con curiosidad al bebé, preguntándose qué será ese olor nuevo, desconocido. A continuación sale Steffi y después Mason, con delantal de rayas y una botella de champán en la mano.

—¡Al fin habéis llegado!

Salta a la vista que está encantado de tenerlos a todos allí; se inclina para darle un beso a Honor y saluda a Walter con un afectuoso abrazo. Todos se abrazan.

—Vamos adentro, rápido. —Steffi coge unas cuantas bolsas y los lleva hacia la puerta—. Hace un frío que pela. ¿Sabéis cuándo va a llegar Reece?

—Debería llegar en cualquier momento —dice Honor—. Hemos hablado con los niños esta mañana e iban a hacer algo que les había surgido a última hora. Madre mía, Steffi, esto es precioso —añade al entrar en el recibidor, con el niño en brazos.

Es la primera Navidad en casa de Steffi. En años anteriores iban a casa de Callie. Steffi nunca ha tenido que comprar un árbol ni elegir los adornos ni hacer otra cosa que cocinar.

Este año, un día en que Steffi y Mason habían salido a pasear, encontraron un abeto azul perfecto en la linde de la finca. «Gracias, Callie», susurró Steffi, mirando al cielo.

Lo hace muchas veces, hablar con Callie, convencida de que siempre que la fortuna le es favorable es en realidad Callie, su ángel de la guarda, que está pendiente de ella.

—Voy a celebrar la Navidad con Callie y contigo. Los tres juntos —le dijo a Mason. Y le encantó que él no lo pusiera en duda, como si comprendiera perfectamente a qué se refería.

Ha comprado cascanueces de madera en la tienda de Mary, ha puesto guirnaldas de palomitas de maíz y arándanos en el árbol y lo ha decorado con figuritas de jengibre caseras y galletas de Navidad con cintas de terciopelo rojo, junto con otros delicados adornos que eran de su abuela y que Reece le dio tras la muerte de Callie.

Hay guirnaldas de laurel de montaña alrededor de las barandillas, y las velas de diversos tamaños y formas lanzan destellos sobre todas las superficies.

Mason se trajo una caja de carámbanos de cristal que había encontrado en la liquidación de una tienda de la ciudad, y Steffi los ha colgado de la araña del techo del recibidor. La casa entera huele a nuez moscada, canela y clavo.

—Ay, cielo, ya sabes cuánto le habría gustado a ella —le dice Honor, aún con el niño en brazos.

—Sí, lo sé. —Steffi sonríe—. Noté su presencia a mi lado todo el rato.

No siempre ha sido así. Las primeras semanas tras la muerte de Callie estuvieron envueltas en la bruma. Steffi esperaba soñar con ella, recibir una señal, pero esta no llegó. Cuando al fin soñó con ella, Callie no le dijo que estaba bien y feliz, que no se preocupara por ella, como le había ocurrido a otras personas que conocía y que habían perdido a un ser querido; fue un sueño en el que

Steffi se había sorprendido y emocionado al ver que Callie estaba viva, que todo había sido un terrible error.

Al despertarse, el sueño parecía tan real que rompió a llorar. Durante toda la semana tuvo que sobrellevar de nuevo el dolor de la pérdida, más agudo y candente que nunca.

Las primeras semanas fueron las más fáciles en muchos sentidos. Hubo que preparar el entierro y la ceremonia religiosa. Estaba en constante movimiento y en profundo estado de conmoción. Tardó mucho más en encararse con la realidad. Llegado el momento, Mason la cuidó. Steffi dormía la mayor parte del tiempo. Quería dormir todo el día, y a veces lo hacía. Era Mason quien le llevaba té, se sentaba en la cama y hablaba con ella, y finalmente la convenció de que fuera al médico, que le diagnosticó depresión y le recetó un antidepresivo para que se recuperase.

Mason la arropaba con mantas y la sentaba ante la chimenea, o buscaba vídeos divertidos en YouTube que empezaron a hacerla reír. Él volvió a animarla, y una tarde, sin apenas darse cuenta, Steffi se quedó mirándolo cuando Mason estaba a punto de salir para ir a la ciudad a ver a sus hijos, y pensó: quiero a este hombre.

Fue algo inesperado, pero totalmente cierto. Por primera vez en su vida Steffi supo con certeza que era amor.

Le gustaba todo en él. Cómo vivía su vida, sus convicciones, su bondad y delicadeza, su sonrisa, y se dio cuenta de que incluso su olor.

Su futura ex esposa, Olivia, había vuelto a Nueva York. Su rollo con el decorador había resultado solo eso, un rollo, y ella había regresado corriendo a Nueva York. Steffi sintió un temor momentáneo a que Olivia intentara recuperar a Mason, pero no fue así. Enseguida empezó a compartir con él la alegría de que sus hijos estuvieran otra vez en casa, que volvieran a los mismos colegios de antes, que vieran a su padre una tarde a la semana y en fines de semana alternos.

Ha llegado a querer a esos niños, y ellos también la quieren. Olivia ahora la llama la inquilina, que no supone una mejora con respecto a la chef, pero a Steffi no le importa demasiado. Olivia no era una amiga, y nunca lo será. A lo máximo que puede aspirar es a una buena relación por cuestiones prácticas, y trata de mantenerse en segundo plano la mayor parte del tiempo cuando Olivia está de por medio.

Esa tarde, cuando Mason estaba a punto de salir, Steffi le puso una mano en el brazo. Él se volvió para mirarla, y ella lo miró a los ojos. No tenía intención de decirlo, ni siquiera había pensado en ello hasta entonces, pero le salieron las palabras casi sin querer.

—Te quiero —dijo, y las palabras quedaron flotando en el aire unos segundos mientras él asimilaba lo que acababa de oír.

Mason se quedó inmóvil unos momentos, atónito. Estaba enamorado de Steffi, pero ni se le había pasado por la cabeza que ella sintiera lo mismo. La estrechó y la meció entre sus brazos.

—Te quiero —susurró con los labios junto a su pelo—. Te quiero, te quiero, te quiero.

Esa misma noche llamó a la puerta de la habitación de Steffi. Ella se incorporó y lo recibió con los brazos abiertos. La besó con tal dulzura, con tal delicadeza que la invadió una oleada de emoción que desconocía.

A Steffi siempre le había dado repelús la expresión «hacer el amor». Le parecía hortera, sentimental, una descripción ridícula de un acto pura y abiertamente animal. Pero eso era antes de Mason.

Cuando no besaba delicadamente todo su cuerpo, recorriéndola con la lengua, la miraba a los ojos susurrándole palabras de amor. Se movía lentamente, con seguridad, sorprendiéndola porque parecía saber exactamente lo que a ella le gustaba.

Después, cuando se quedaba dormido, Steffi se ponía de costado y lo miraba, sin poder creerse lo guapo que lo encontraba de repente, sin comprender por qué no se había dado cuenta antes.

Mientras Mason sirve el champán y Ed reparte las copas, se abre la puerta de la cocina e irrumpen Eliza y Jack.

—¡Jack! ¡Eliza!

Sus abuelos se agachan para recibir a los niños, que se echan en sus brazos.

A continuación entra Reece, cargado de regalos y con la cara colorada por el frío.

—¡Reece! ¡No hemos oído tu coche!

—Será porque estabais haciendo mucho ruido. —Sonríe y se inclina para darle un beso en la mejilla a Steffi—. La familia Tochemalle no se distingue precisamente por ser calladita.

Todos sonríen, porque Callie era la más ruidosa de todos. Era la que siempre estaba de broma, partiéndose de la risa por la pura alegría de vivir.

—¿Dónde te habías metido? —Lila le echa los brazos al cuello y después retrocede para reñirle—. Apenas te hemos visto desde que nació Carl.

—¿Quién, yo? —Reece se echa a reír—. Pero si eres tú la que no para de quejarse de que estás hasta las cejas de esterilizadores y pañales siempre que llamo, y uy, me tengo que ir, que el niño acaba de despertarse.

—Vale, vale. De acuerdo —refunfuña Lila.

—¿Puedo coger al niño? —le pregunta Eliza, ilusionada.

—Claro que sí, pero tienes que sentarte. Voy a traértelo.

Recoge a Carl, que está con Ed, y lo pone con cuidado en los brazos de Eliza, a quien se le ilumina la cara al mirarlo.

—¡Qué pequeñito es! —dice.

—La verdad es que es enorme. —Lila se echa a reír—. Se salta todas las normas, en términos de percentil. Es decir, en cuanto a estatura y peso. A ver, nene —dice, inclinándose y mirándolo a los ojos—, ¿qué te parece tu tía Eliza?

—¿De verdad soy su tía?

—Oficialmente no, pero como te considero de mi familia, la respuesta es sí.

Reece se apoya en la encimera de la cocina y sonríe mirando a los niños. Los quiso desde el mismo momento en que salieron del vientre de Callie, pero no los conocía como los conoce ahora, no los valoraba como ahora.

Son increíbles. Los abraza con fuerza todos los días, y se sorprende de que intenten zafarse, de su resistencia, de lo bien que se portan, dadas las circunstancias.

La presencia de Callie es casi continua. Hablan de ella y hablan con ella. No hay ningún tema prohibido, nada que no pueda decirse en voz alta. Resulta más difícil por la noche, las noches en que los niños no pueden dormir y se acercan a la cama de Reece con ojos llorosos. Reece los toma de la mano y los lleva a sus respectivas habitaciones, los arropa y los acaricia mientras les cuenta cosas de cuando eran más pequeños, y de mamá.

Ha pasado bastante tiempo desde entonces. Ha pasado tiempo desde que Reece sintió tal dolor y tal pena que llegó al extremo de no saber si podría seguir funcionando.

Las primeras semanas parecía un facsímil de sí mismo, alguien que simplemente hacía acto de presencia. Por la noche, cuando todos estaban dormidos, se ponía a beber y a despotricar contra un Dios injusto. En el trabajo estallaba con tanta frecuencia que todos coincidieron al final en que debía tomarse un año sabático.

Tras un año de psiquiatras y tratamientos para el estrés postraumático la rabia ha dado paso a una triste aceptación. Reece ha aceptado que Callie ya no está, que en su corazón hay un hueco que nunca se llenará.

Tras ese año sabático, Reece trabaja ahora en casa. Sigue viajando, pero pasa en casa la mayor parte del tiempo; es el principal cuidador de Jack y Eliza, con la ayuda de Patricia, su señora Doubtfire particular.

Reece ha empezado a creer que puede volver a ser feliz. Pasa tiempo con viejos amigos, e inesperadamente ha hecho otros nuevos, una pareja de la calle de al lado cuyos hijos van al mismo colegio que los suyos y que a Callie le habrían encantado. Le pareció un paso importante, hacer nuevos amigos por sí solo, y se siente agradecido de que lo hayan acogido bajo su ala, de que los niños y él los vean casi todos los fines de semana.

Unas cuantas personas han intentado averiguar discretamente si le interesaría conocer a alguien, y en un par de ocasiones se ha visto sentado en una cena al lado de divorciadas atractivas. Pero todavía no. No está preparado para contar su vida otra vez, no está preparado ni para pensar en quedar con alguien. Todavía no.

Durante mucho tiempo se sintió culpable por salir solo. Si no estaba trabajando, pensaba que debía estar con los niños, incluso cuando no se encontraba en condiciones de ocuparse de ellos. Fue Honor quien le hizo reflexionar tranquilamente para que dejara de sentirse culpable. No era culpa suya. Sí, Callie había muerto, pero él tenía que seguir viviendo.

Poner un pie delante del otro; eso era lo único que tenía que hacer. Tenía que actuar *como si*. Como si fuera feliz, como si la vida fuera normal, como si no notara un espantoso vacío en su interior. Y un buen día se dio cuenta de que era feliz. No duró mucho, apenas una hora, pero una hora durante la que la vida le pareció... normal.

Y después esa hora se prolongó a dos, y al final ha descubierto que la vida sigue mereciendo la pena vivirse.

Agarra a Jack, que pasa a toda velocidad a su lado para ir a buscar a Fingal. Lo levanta del suelo, se lo echa al hombro y zarandea su cuerpecito, estrechándolo con fuerza, y le planta un beso enorme en la mejilla.

—¡Déjame! —chilla Jack, riéndose y agitando las piernas para librarse—. ¡Bájame!

—¡Reece! Deja a ese monstruito y pon las galletas saladas en la mesa —le ordena Steffi—. Vamos a cenar.

Steffi se sienta a la cabecera de la mesa y sonríe cuando Mason le lanza un beso desde el otro extremo. Eliza y Jack están debajo de la mesa recuperando servilletas y gorritos de fiesta que, no se sabe cómo, no paran de caerse. Honor y Walter sonríen, ambos con una serenidad que Steffi jamás se habría imaginado. Lila acuna a su hijo y Ed habla muy serio con Reece. Y Mason, ese hombre maravilloso que la ha llevado a un sitio que jamás pensó que alcanzaría.

Al mirar a su alrededor Steffi ve dolor, pena, tristeza y pérdida. Y sin embargo... sin embargo hay amor, y risas, y vida.

Amar es un verbo, piensa Steffi mirando a su alrededor, y requiere actos de amor. No se había dado cuenta hasta que Callie se puso enferma, demasiado preocupada por sí misma para pensar en lo que significa amar a alguien. Ahora ya lo sabe. Amar es estar demasiado cansada para ir a casa de Callie pero ir de todas maneras, pensar en lo que podía hacer para que Callie se encontrara más a gusto y hacerlo en lugar de limitarse a decirle que contaba con ella para todo, ponerse detrás de ella en su gigantesca cama y llorar con su hermana cuando esta decía que ya no podía más, que estaba preparada para marcharse.

Mira a su alrededor y piensa en el viaje que ha hecho durante el último año, en hasta dónde ha llegado, en cómo ha aprendido a aprovechar el momento y a apreciar todo lo que tiene, a mostrar su amor con obras y no solo con palabras.

El amor es y seguirá siendo Callie, por cómo vivió su vida, por su espíritu, su belleza, su elegancia y su capacidad única para dar un toque mágico a cualquier habitación en la que entraba.

¡Pero si ahora mismo sigue encendida su luz! Destella en los ojos de todas y cada una de las personas que están allí.

Apoya la barbilla en una mano y sonríe, y una plumita blanca desciende y aterriza suavemente, como un suspiro, en su otra mano.

LA HISTORIA DE HEIDI

En palabras de Erich Segal:

«¿Qué se puede decir de una chica de cuarenta y tres años que ha muerto? Que era maravillosa y admirable.»

Y valiente.

Que le encantaban, no precisamente en este orden y entre otras cosas, sus hijos, su marido y compañero del alma durante veinticuatro años, los chocolates Munson, la ropa de la tienda de Lucy, su familia, regatear (aunque no consiguió la lámpara de Bungalow a buen precio), su casita a orillas de un lago en Canadá, las chicas del campamento de Wapomeo, los jugadores de baloncesto Five Fab, el negikami de ternera de Matsu, esquiar, las Heidi's Angels, los talleres de arte para niños, entrenar al equipo de fútbol de su hijo.

Que tenía una sonrisa que iluminaba el mundo. Que su vaso siempre estaba medio lleno. Que solamente veía lo bueno de las personas, de la vida, de cualquier situación que se le planteaba, y que tenía más alegría de vivir que nadie que yo haya conocido jamás.

Heidi no se limitaba a vivir la vida. Brillaba.

Era una amiga extraordinaria. Estaba contigo para lo bueno y para lo malo, ofreciendo consejos, sentido común, apoyo y cariño.

Yo la llamaba la esquimal en mi blog porque cuando nevaba

sacaba a sus hijos y construían *quinzis* (casitas de nieve), algo que había aprendido en Toronto cuando era pequeña.

Era una experta en supervivencia: podías abandonarla en una selva tropical con una mochila y un cuchillo, y os garantizo que al año siguiente estaría tan campante y posiblemente habría construido una pequeña aldea.

Pero no pudo sobrevivir al cáncer que se propagó por su cuerpo como un fuego incontrolado en el transcurso de siete meses.

Yo estuve con ella casi todos los días durante su enfermedad. Un día cuando salíamos del hospital me dijo, con un destello en los ojos: «Espero que escribas algo sobre esto».

Y lo he hecho.

Callie no es Heidi, ni esta es la historia de Heidi, pero he tomado prestados algunos detalles, como el hecho de que Heidi formara parte de ese mínimo porcentaje de pacientes de cáncer que han sufrido y sufren carcinomatosis leptomeníngea.

En cuanto a Steffi y Lila, para mí fue un privilegio y un honor acompañar a mi amiga en tan desgarrador viaje. Su coraje, su risa y su gracia me enseñaron cosas extraordinarias sobre la vida. Y sobre el amor.

A pesar de haberle dedicado a Heidi *Promesas por cumplir*, este es realmente su libro, el que escribí con un ángel a mi espalda.

Dejó una huella indeleble en el corazón de todos, y yo la echaré de menos el resto de mi vida.

AGRADECIMIENTOS

Al doctor Richard Zelkowitz y al maravilloso personal del Whittingham Cancer Center de Norwalk Hospital.

A Adam Green, Carole Lipson, Bob Armitage padre, Bobby y Natalie Armitage, Judith Loose, Rachel Horne, Stacy Greenberg, Wendy Gardiner.

A Louise Moore, Anthony Goff, la deslumbrante Clare Parkinson, y los dos regalos más inesperados y encantadores del año pasado: Jennifer Rudolph Walsh y Pamela Dorman.

A Deborah Schneider, por su saber, sus orientaciones y su amistad durante los últimos diez años.

A Sharon Gitelle y Dani Shapiro por encauzarme debidamente y cambiar así el curso de mi vida.

No puedo olvidar a los extraordinarios cocineros y autores de libros de cocina que me inspiraron algunas de las recetas de este libro, y sobre todo a Diana Henry, Hugh Fearnley-Whittingstall, Claudia Roden, Delia Smith y Nigella Lawson. El resto de las recetas proceden de otros libros, y algunas son invenciones mías. Sin embargo, la mayoría de ellas no las he sacado de libros, sino que proceden de mi familia. Por ello, mi agradecimiento y mi cariño eternos para mi madre y mi abuela.

Y por último a Ian Warburg, mi marido, mi amor, que me alienta a seguir adelante. Te quiero.